中國現代文學的身體闡釋

李蓉·著

認識大陸作家系列

序

黃曼君

　　李蓉的博士論文《中國現代文學的身體闡釋》即將出版。這是作者的第一本專著，也是作者學術生涯很好的起點，令人高興並值得祝賀。這篇博士論文在匿名通信評審中即獲得一致好評，評審專家均給了「優」的評價，論文答辯時投票也獲「全優」，後被評為湖北省優秀博士論文。經過專家評審，又從湖北省優秀博士論文中脫穎而出，被推薦參加全國優秀博士論文評比，惜未獲通過。從博士論文中選取再加以整理的十多篇論文已由《文學評論》、《中國現代文學研究叢刊》等重要雜誌發表。面對即將付排的文稿，重讀論文，確實感到這本書不僅在選題的新穎、範疇界定的縝密、理論視野的開闊、文本解讀的拓新等方面顯示出比較全面的學術素質和功力，而且還表現出她對感性的、審美的、個人化的研究方式的重視，初步顯露出她特有的學術個性。

　　我覺得，本書立意高、富於創建，一個重要的原因就是作者具有多面綜合的眼光，因而其理論視點有較大的創新度，能將微觀局部性研究置於宏觀整體性研究之中，將體驗性研究納入體系性視野之內。

　　「身體」言說近幾年來雖成文學研究熱點，但從身體闡釋的角度切入對中國現代文學的研究，在此之前並無系統全面的學術成果。所

以本書的選擇顯然是一個極為重要的考察並建構文學史的理論和文學視點。當然，要把握好這種切入角度，需要有開闊的理論視野與精研的剖析能力，例如，關於「身體」、「身體意識」等概念、範疇的界定和闡發就是如此。關於「身體」、「身體闡釋」的問題，如何從哲學、社會學、美學、生理學、闡釋學等角度展開多維視野，對於其精神性與身體性，本體性與話語性，形上性與形下性等多重關係進行富於問題意識、辯證意識與歷史意識的探討顯得十分重要。

本書一方面在觀念上勇於突破傳統意識哲學的桎梏，批判了貶抑身體、僅將身體當作工具的傾向，看到西方已有的身體理論的價值，看到「身體思維」對學科體系的考驗和挑戰，看到身體闡釋作為人們重新理解世界、為各學科打開新的視野的重要意義；另一方面本書作者又堅持人文主義的精神和立場，在認定具體的身體是生發意義的「原點」的基礎上，強調身體與精神的難以分割，強調精神因素建構的重要性。作者不是一般地談到與生理、心理相交融的精神、心靈、情意的重要性，還談到身體與心理狀態深層交融的個人審美經驗、審美體驗的重要性，還由此強調作者自己對感性的、個人化的文學表達方式和立場的重視。這樣，她便不是在日益消解精神維度的消費主義潮流中隨波逐流，而是以蘊含於自己沉實的學術個性中的熱烈的學術追求來重新思考體現於身體闡釋中的對於人類生活具有永恒價值的東西。

由於作者不僅將身體看成是本體的自然存在，而且是話語的文化存在，看到身體在不同的歷史和文學語境中不斷生發出新的意義、構成新「話題」的特徵，因此她很自然地能從範式理論的整體性和範式轉換的競爭性的視野來看待 20 世紀中國文學中的各種「身體」現象和問題。

關於 20 世紀中國文學研究範式的轉換，我與作者有大致相同的看法，即認為這種範式轉換有社會政治化範式、文化現代化範式與後現

代話語化範式三種。按照範式理論創始者庫恩的說法，這些範式作為範式都有它們興衰的過程。在論述到範式理論所導致的科學成就時庫恩曾說：「它們的成就空前地吸引一批堅定的擁護者，使他們脫離科學活動的其他競爭模式。同時，這些成就又足以無限制地為重新組成的一批實踐者留下有待解決的種種問題。凡是具有這兩個特徵的成就，我此後便稱之為範式。」應該說，前兩種範式顯示過這兩個特徵，經歷過這個過程，後一種範式正顯示這兩個特徵並正在經歷這個過程。我以為，後現代話語化範式與前兩種外在的大敘事不同的是，它具有研究主體的個性化，審美、文本的內在境角，研究視野的獨特、多元等特點。

　　但我與作者的看法稍有不同的是，我以為，身體闡釋不能作為與前兩種大敘事相對立的一種單獨的範式，而應該與政治文化、個體審美等類別一樣，是後現代話語化範式中的一種，正如社會政治化範式中有更注重深入客體（如周揚）和更注重強調主體（如胡風）的不同類型一樣。而文化現代化範式的類型就更多了，有在人道主義思潮下的精神啟蒙敘事（如陳思和、錢理群、王富仁），有在存在主義思潮下的生命價值敘事（如汪暉、王乾坤），有通俗文化思潮下的日常生活敘事（如王德威、范伯群），還有在科學人本主義思潮下的文學學術敘事（如陳平原）。屬於後現代話語化範式的政治文化敘事或個體審美敘事也與傳統敘事不同，它們中糅合了語言形式、生命身體等敘事。當然，李蓉對身體闡釋的範式特徵的論述是更為有力的，她對範式轉換的敏感和追求，對西方意識哲學、意識美學向身體哲學、身體美學轉型的梳理，對身體闡釋交融個體與世界的優長的闡發等都有豐富的理論含量和精到的學術見解。

　　既然李蓉對於身體闡釋的範式追求是屬於後現代話語化範圍之內的，那麼，與此相適應，她進入中國現代文學歷史進程的歷史觀也是有著明顯的後現代色彩的。如果說她引用克羅齊的著名論點：「一切歷史都是當代史」，聲言「歷史語境因當下而變得鮮活而有意味，當下語境也因歷史語境而獲得反思和批判的能力」的時候，還是「現代性」場域的觀念的話，那麼，當她認為「本論文的邏輯線索並不是以個別概括一般，而是由個別提出一般未能涉及或被一般遮蔽的問題，並通過問題的提出反思一般」的時候，便呈現出鮮明的後現代解構特徵。這就是說，她是從邊緣、微觀、瑣碎和異質的事物中尋找敘述歷史的方式，在很大程度上放棄了傳統歷史觀對必然性和確定性的信仰而關注歷史的偶然性和不穩定性。

　　具體到身體闡釋問題上，即認為「身體具有感性化、個人化和邊緣化的特點，它能以一種隱匿和潛話語的方式敘說它和『一般』或合一或衝突的多種關係」。而運用這種視角和觀點進入現代文學文本和其他文學現象，便在具體評價上引發出一系列創新之處，論著能達到這種創新層次，不僅需要理論上的敏銳與自覺，還需要實際運用和探索上付出極大的努力！如通過對《沉淪》、《蝕》、《野草》、《看虹錄》等文學文本的精微解讀，透析了文學身體描寫的象徵、隱喻功能，從習見的文本中發掘出諸多新鮮的見解。由於論文專注於相關性的探討，雖然多採用散點透視、橫向展開的方式，但從個案研究中引申出來的問題卻很有「反思一般」的放大效應，較清晰地反映出身體意識在中國現代文學中的基本形態與不同時期的差異性特色。

　　再從研究方法上看，該論著運用了演繹、分析、綜合等方法，其中特別是分析方法的運用顯示了現代與後現代張力場中方法論獨有的魅力。我們知道，如果說演繹的思辨的研究還有著觀念先行目的論的

色彩，那麼分析的研究批評方法便具有重發現、體驗和思考的特徵，它注重研究對象豐富性、複雜性與多樣性，是一種平等、寬容的對話式的研究。本書對於吳虞這個歷史人物身上的矛盾的闡釋，對於妓女形象「苦難敘事」與「愉悅敘事」的多重話語的區分與闡發，對於沈從文思想意識中感性與理性的矛盾及其 40 年代作品「抽象的抒情」獨特內涵的揭示，這許多地方之所以既真實深刻又別開生面就是與現代分析方法的運用分不開的。

當然，論著還以問題意識更新了演繹思辨的方法，通過分析研究展示了豐富多彩的內容，又以新的綜合，充分吸納了美學的歷史研究方法的長處，以多元共生、互補交融的思維方式，形成了一種綜合的、開放的既有歷史意識又有現實精神的研究境界。

總之，作為一部具有學科前沿水平和厚重的文學史價值的著作，李蓉進入學術殿堂的起點是比較高的，如果她能在怎樣進入古代文學資源上再多加努力，我想一定會更上一層樓，開闢更新的境界。

以上議論，聊作本書之序。

2009 年 2 月於武昌

目　次

序 I

緒　　論　身體闡釋與新的文學史空間的建構.........................3

　　一、為什麼選擇「身體」 3

　　二、「身體意識」的理論緣起 6

　　三、身體‧文學史‧問題意識 13

　　四、研究現狀‧反思‧方法 26

第 一 章　五四：走向公共空間的身體 37

　第一節　五四的身體政治 38

　　一、晚清：身體的國家化歷程回溯 38

　　二、西方身體話語與五四的「身體」處境 43

　　三、五四：身體的呈現和遮蔽 53

　第二節　身體的個人性及其公共認同 62

　　一、個人體驗與五四革命：吳虞現象分析 62

　　二、「五四」公共話語空間中的《沉淪》 76

第 二 章　革命文學中的身體及其形式功能 97

　第一節　早期革命文學中的身體──用身體想像革命 97

　　一、身體：審美化的革命激情的載體.......................... 98

　　二、革命身體的先鋒和頹廢 103

第二節　身體在「革命＋戀愛」小說模式中的形式功能......109

一、革命敘事中的戀愛 111

二、個人的如何成為政治的 120

第三節　在身體中尋找「真實」──解讀《蝕》.................125

一、女性身體與體驗的真實 125

二、茅盾的「靈肉觀」與其早期小說的歷史意識.........130

三、真實──從體驗到理念 138

第 三 章　都市語境中的身體話語和身體想像.........145

第一節　海派文化中的身體話語.................................145

一、肉慾迷狂中的身體轉向
　　──以《幻洲》為例兼與五四比較 147

二、張競生性話語的建構 162

第二節　新感覺派小說中的身體想像.........................181

一、女性身體──想像西方下的都市符號.....................181

二、都市身體的時間和空間 193

第三節　張愛玲：都市日常性中的身體還原.........................203

一、日常性：歷史和生命虛無感下的身體實在 203

二、從「張看」到「看張」
　　──解讀張愛玲的一個流程.........218

第 四 章　身體的出場及其審美的言說.................239

第一節　《野草》中的身體言說.................................241

一、沉默中身體的出場..241

二、身體的詩性之思 250

第二節　沈從文《看虹錄》：作為審美形式的身體 258

一、歷史理性與生命感性 261

二、語言滯重中的「抽象的抒情」 269

三、《看虹錄》中的身體與審美現代性 280

第 五 章　歷史・文學・女性身體經驗 291

第一節　歷史話語下女性身體經驗的書寫 291

一、女性身體的他者書寫和自我書寫 291

二、「身體」在女性經驗書寫中的價值和意義 298

第二節　娼妓形象的身體敘事 304

一、晚清至「五四」主流歷史對娼妓問題的敘事 304

二、妓女形象的苦難敘事 310

三、妓女形象的愉悅敘事 314

第三節　性別視角下的疾病隱喻 321

一、他者鏡像中的女性身體疾病 323

二、女性疾病的自我書寫及其隱喻 326

結　　語 341

參考文獻 345

臺灣版後記 357

它的秘密遠在我們所有的語言之外

——穆旦《我歌頌肉體》

緒 論

身體闡釋與新的文學史空間的建構

一、為什麼選擇「身體」

　　本研究把身體作為闡釋中國現代文學的視角，可以說是由當下語境所決定的，這種語境既包括廣泛的社會和時代氛圍所構成的文化語境，也包括內在的學術語境。

　　當下社會生活的消費主義性質構成了身體頗受關注的外在環境，這是有目共睹的事實。　身體作為消費主體和消費對象這樣雙重的角色，它的每一個角落都被灌注以商業的目光和手段。在商業的操縱之下，對身體的矯情的撫慰、過度的寵信與任意的踐踏、無情的責難之間可以說是不分彼此的。身體在社會和日常生活中的凸現使人們從學理的層面對各種歷史與當下、抽象與具體的身體問題發生了興趣，而在興趣帶動下的對與身體相關的各種問題的思考和追問給人們帶來了重新獲得自主身體的希望。

　　從大的學術語境來看，今天身體之所以受到如此廣泛的重視，仍得歸功於西方思想界通過「身體」對自身學術傳統和日益膨脹的「現代性」進行深刻反思的努力。儘管在此之前，由於西方女權主義身體理論的推動，在中國女性文學創作和研究領域也形成了關注身體的熱潮，但在反思「現代性」的後現代語境中，身體的被重視不再是個別

研究領域的專利，而是一種普遍性的尋求學術範式轉換的反映。在後現代身體哲學中，對人們影響最大的是福柯，福柯通過譜系學的方法對權力如何對身體進行規訓的理論分析和考證，使被人們長期丟棄的身體成為銘寫歷史的重要處所。身體記錄下了種種被歷史忽略和遺忘的痕跡，也記錄下了種種對立和衝突，並因此構成了對歷史主體的客觀性和真理性的顛覆。由於譜系學是從邊緣、微觀、瑣碎和異質的事物中尋找敘述歷史的方式，它放棄了歷史學對必然性和確定性的信仰而相信歷史的偶然性和不穩定性，並且它也承認自己偏激的立場，而正是這種對形而上學歷史觀的徹底背叛，使人們對既有的歷史書寫持一種懷疑的審視態度。這種「身體政治」的思維對既有的學科體系無疑是一個巨大的考驗和挑戰。身體成為人們重新理解世界的一個重要突破口，身體視角也為各個學科打開了新的視野。

從現代文學這一學科自身的內部環境來看，對身體的關注首先來自於與當下語境展開對話的學科要求。正如克羅齊所說：「一切歷史都是當代史」，我們對文學史的研究也相應會與當下研究的各種語境發生關聯，即「今天的歷史語境必然要徵集今天的文學史」[1]。從這一意義來說，用身體視角來研究現代文學不應僅僅理解為當下消費文化和文學的身體寫作的語境使我們產生了關注身體的衝動，而且也應理解為現代文學研究應與當代思想、文化和社會語境展開一種積極對話的關係，從而使這一學科具有一種回應現實的能力。這樣一種「對話」和「回應」具體是指以身體的視角在對二十世紀文學中的各種現象和文本進行闡釋中，獲得對「身體」更為全面和深入的觀照，從而在歷史的延續中獲得對當下文學中各種意義上的身體書寫的體認。歷史語境

---

[1]　南帆《理論的緊張》，上海三聯書店，2003 年版，第 166 頁。

因當下而變得鮮活而有意味，當下語境也因歷史語境而獲得反思和批判的能力，這樣才能形成歷史語境和當下語境的互動，這也正是本研究選取身體作為研究視角的一個重要動機。

除了與當下文化語境的對話外，這種「對話」還包括對其他人文、社會學科正在形成的身體熱潮的回應。近些年，哲學、歷史學、社會學、人類學等領域都表現出對身體的興趣，並逐漸形成了身體視角的研究熱潮。然而，相比較而言，文學領域的身體研究仍然狹隘地局限於「身體寫作」或者說「性」文學上，並未真正認識到身體視角所具有的認識論和方法論上的重要意義。同時，對「現代文學」這一時間段（即從晚清至 1949 年）的歷史的研究，其他學科比如歷史學、思想史儘管也能根據歷史文獻資料從身體的角度進行新的闡釋和發現，但文學的言說方式是不同的，它源於感性和體驗，可以說，文學更能真實地反映人們在擺脫傳統過程中的種種步履艱難的印記以及時代思想與個人生活的距離，因而正是文學所提供的獨特的言說方式使我們對這一段歷史的觀照更為全面和深入，由文學所提供的這樣一種審美感性的身體言說，是對當今學界身體研究的一個回應和補充，這也正是文學研究選擇身體的重要意義所在。

當然，身體視角對於現代文學學科自身的發展的意義則是更為重要的。現代文學研究從來都具有尋求新的學術切入點和範式轉換的衝動，「重新尋找出發點」[2]已經成為每一代文學史研究的使命。而所謂「重新出發」的起點並不是漂浮和不確定的，文學史儘管關注的是曾經發生的事，但它敘述歷史的動力資源卻來自於當下的言說語境，因此新的範式應具有當下意義。從這一意義上來說，「身體」不僅是尋求

---

[2]　陳平原《文學史的形成與建構》，廣西教育出版社，1999 年版，第 6 頁。

範式轉換的結果，也是由當下語境賦予的對身體進行探求的衝動所決定的。身體視角的選擇無論是對新的研究空間的打開，還是對新的研究範式的建構，都能提供開拓性的研究思路。對於這一點，會在下面將要論述的第三個問題中進一步展開。

　　總之，身體視角的選擇，是由當下社會和時代語境的狀況、西方學術思想的演變邏輯的影響、學科與當下語境對話的需求以及學科自身範式轉移的需要等多種因素共同決定的。

二、「身體意識」的理論緣起

　　如果說「身體」進入目前的人文社科研究領域的外在原因構成了本研究的意義背景，那麼，已有身體研究的理論成果就規劃了本書中的身體視角的起點和視野，並讓我們重新審視我們自身習焉不察的身體觀念所存在的局限和問題，正是由此出發，才形成了本研究具有理論自覺的「身體意識」。

　　儘管身體頻繁地被言說被認為是緣起於「後現代」的文化語境，但不可否認的是，人的存在首先是身體的存在，從這一點來說，「身體」又是一個古老的話題，人類思想中豐富的身體思考，彙集了人類幾千年來認識自身的智慧，這些智慧可以給予我們面對身體的信心和動力，並讓我們在一個更具有普遍性和歷史延續性的意義上思考身體的問題。

　　在人們的習慣思維中，身體往往是肉體的別稱，它是受精神的指揮和統治的，這種頑固的思維定勢實際上是「靈肉二元論」的反映，它在西方傳統中有著較漫長的發展歷史。在中國古代哲學中，這種靈肉「二元論」並不明顯，「就整個中國思想傳統來說，身／心、形／神

固有輕重之別，但形軀身體與心神情意的互滲才是本來面目。」[3]但由於中國近現代以來的身體觀念主要是在西方啟蒙思想的影響下形成的，相比較而言，中國傳統文化的這種「身心一體」觀念的影響則較小。這是因為五四「人」的發現是直接在西方的人性思想的影響下產生的，西方人性思想中的身體觀念也隨之而進入到中國人的思想意識之中，由此，中國現代的身體觀念與西方的身體思想才發生了越來越多的聯繫。因此，要理解中國現代思想、文化和文學中的身體觀念，西方身體觀念的形成和變遷就是進入這一研究的理論背景。

　　同時，對於本研究來說，正是由於尼采、梅洛-龐蒂、福柯等哲學家的身體思想的引入，才使我們能夠站在新的理論起點的基礎上，對文學史予以重新的觀照和思考。本研究的「身體意識」也主要是建立在對身體與心靈、身體與世界、身體與權力等問題的哲學認識上，對現代文學中的有關現象和作品的身體視角的闡釋以及由此而引出的對文學史寫作問題的思考就是以這一身體意識的理論自覺為前提而形成的，當然，這一借鑒仍然必須立足於中西兩種不同文化的碰撞和交流之上。正是鑒於西方身體思想對現代文學的身體觀念形成的影響，同時，也是由於西方身體思想是本研究的重要理論資源，因此，對西方身體思想發展的認識和理解就是一個基本理論前提。

　　西方思想中有著漫長的靈魂統治肉體的傳統。從柏拉圖開始，靈魂和肉體就被看作自我的兩極。柏拉圖認為，在人們追求知識、真理的過程中，身體總是會從中作梗，因為身體帶給我們的感性經驗往往具有欺騙性，而只有純粹的理性思考才能獲得知識和真理，因此身體必須從人類認識世界的王國中驅逐出去。柏拉圖的思想奠定了西方思

---

[3]　周與沈《身體：思想與修行》，中國社會科學出版社，2005 年版，第 17 頁。

想靈魂對身體主宰的傳統，這一思想在基督教中得到了進一步的強調，在基督教思想中，充滿著慾望的身體是阻礙人靠近上帝的罪魁禍首，而基督教對身體的控制是通過修行、獨身、齋戒、懺悔等一系列的手段實施的。柏拉圖主義和基督教確立了西方身體意義的傳統，即：身體是低級、邪惡、不可信任的；靈魂則是高尚、純潔、值得信賴的。

文藝復興以後，身體從宗教神學的桎梏下解放出來，但是，作為對宗教蒙昧的反抗，儘管啟蒙主義高揚科學理性的旗幟，但它卻構成了對身體新的壓制，這尤其以笛卡爾主義為代表。笛卡爾的精神與肉體的二元論確立了近現代以來精神對身體的長期統治，在他看來，心靈與身體是世界的兩極，前者是精神的，後者是物質的，因而前者遠遠高於後者，笛卡爾對身體和靈魂的看法與柏拉圖仍然相去不遠。在靈肉二分的思維中，精神的至高無上性主宰著肉體的世俗性，身體是一個無所追求的、懶散的、不勞而獲的他者，總是一個被解釋的對象、被利用的對象。這種「身心二元論」於是成為二十世紀從思想文化到日常生活起著主導作用又不斷被質疑的困擾著人類的問題。

從十九世紀開始，西方思想界對「身心二元論」進行了明確的反抗。尼采說：「身體乃是比陳舊的靈魂更令人驚異的思想」，「對身體的信仰始終勝於對精神的信仰」，因此，要「以身體為準繩」。[4]尼采眼中的身體即是生命的本體，在尼采看來，人的存在本質上就是身體的存在，在與世界的聯繫中，詮釋意義的也不再是人的意識，而是身體，作為生命意志的身體主動而非被動地詮釋著世界的意義。尼采為形而下的身體正名是希望以此反叛西方形而上的思想傳統。從尼采開始，在西方思想領域，一條自覺地凸現身體的獨立意義的線索出現了。

---

[4]　尼采著，賀驥譯《權力意志》，中央編譯出版社，2000 年版，第 37、38 頁。

　　在現代拒絕二元論的身體哲學中，最具有啟發意義的是梅洛-龐蒂的身體哲學，他繼承了胡塞爾現象學的哲學基礎和方法論，同時進一步拋棄了其先驗的成分，並吸收了海德格爾存在主義哲學對「人在世界中的存在」的關注，把現象學的意義和人的身體存在聯繫起來，並通過知覺建立自我與外在環境的聯繫，這就是他的著名的知覺現象學。作為現象學的集大成者，梅洛-龐蒂構築了一個「身心一體」的哲學體系。與身體與心靈的二分相對立，他認為，人是通過身體而不是純粹的意識來進行知覺活動的，於是他用「身體──主體」的概念取代了身體與心靈的二元對立，「身體──主體被揭示為意義給予行為的前提條件和機體。沒有身體──主體，我們就會不再存在，並且也不再有人類的經驗、生活、知識和意義。」[5]對於梅洛-龐蒂來說，離開了身體和心靈的統一來談身體或者心靈都是荒謬的。身體於是成為了一個包含著主體對世界的感知和認識的概念，它擺脫了人們對其簡單的物的定位，而賦予身體以精神化的意義。梅洛-龐蒂關於身心問題的一個重要結論是：人的身體和心靈總是辯證地結合在一起的，「心靈和身體之間並不存在清楚的區分。身體的生命承載有心靈的存在，心靈存在於身體之中。」[6]在這樣一種理論前提下，重新審視我們所擁有的身體和世界，就會發現身體的意義和我們通過身體所看到和認識到的世界圖景會發生很大的改變：身體不再是一個被動的受大腦支使的客體，人的思想、人的意識的建構和身體的知覺緊密相連，身體成為無時無刻不在積極地建構著我們對世界的認知的主體。

---

[5]　〔美〕普里莫茲克著，關群德譯《梅洛-龐蒂》，中華書局，2003 年版，第 20 頁。
[6]　〔美〕普里莫茲克著，關群德譯《梅洛-龐蒂》，中華書局，2003 年版，第 8 頁。

　　儘管梅洛-龐蒂對身體只止於哲學性的探討，但在此基礎之上，我們就不難理解「身體決定性的處於世界的自然秩序和世界的文化安排結果之間的人類結合點上」[7]的意義；也同樣不難理解今天的所謂「身體的文化政治學」研究的哲學根基；更不難理解約翰·奧尼爾把身體分為生理身體和交往身體的意義。正是由於身體和靈魂的合一，才導致了它們彼此之間沒有止盡的彼此矛盾、衝突和離棄，又相互原諒、吸收和追逐的過程。身體和心靈合一的思維已經成為身體研究中一種代替傳統的「身心二分」的新的身體思維，以此為理論支點，身體在各項研究領域都呈現出新的意義。而在中國現代文化和文學中，儘管精神壓制身體的「身心二元論」是自五四以來就遭到批判的身體觀念，但是由於其漫長的歷史發展所形成的對人們思維的控制，所以它仍根深蒂固地潛藏在我們的意識深處。

　　如果說梅洛-龐蒂的現象學是在本體論意義上為我們提供了身體之於人的存在的意義，那麼，在其之後，後現代主義思潮則更多的著眼於對身體在具體的社會實踐中的意義的思考。後現代思想中關於身體的理論資源主要來自福柯，他對尼采開創的譜系學的研究方式投以極大的興趣，同時，在對待身體遭受壓抑的歷史解說上，福柯的著作也為我們提供了不同於傳統的思路。在他看來，身體和慾望被壓抑和控制的同時，卻通過各種合法化的方式使性話語生產和增殖，性的話語可以出現在教堂的懺悔儀式中，也可以出現在醫學研究中，因而權力和性的關係不只是壓制和被壓制的關係，「理由很簡單，法則既包含慾望，又包含使慾望得以產生的缺乏感。慾望存在之處，權力關係早

---

[7]　〔英〕布萊恩·特納著，馬海良、趙國新譯《身體與社會》，春風文藝出版社，2000年版，第99頁。

已存在。因而,指責這一關係事後對慾望的壓抑就是個幻想;但是,去尋求一種超越權力的慾望則更是徒勞。」[8]在福柯看來,即使在禁欲主義的中世紀,也從來都不缺乏性的話語。福柯對身體持的是一種反基礎主義的話語立場,他認為:「身體是被知識生產的,身體是體現這種知識形式的實踐的某種效應,這樣,他的研究看起來就拒絕了身體的確鑿性,而這種確鑿性對海德格爾來說恰恰是根本性的。」[9]從存在主義現象學中的身體向福柯式的身體的轉移,是真實的身體向話語的身體的轉移,是基礎主義的身體向反基礎主義的身體的轉移,同時,還是作為主體的身體向作為客體的身體的轉移,因為福柯強調的是權力對身體的控制,身體在他這裏是一個可利用和可馴服的對象,在這一點上福柯與傳統的身體觀竟然殊途同歸。福柯忽略了身體的抵抗力量,無視了身體所具有的主體性,而這一點恰恰是很重要的。與福柯相比,尼采眼中的身體即是生命的本體,是生命意志本身,在與世界的聯繫中,它主動而非被動地詮釋著世界的意義。

　　福柯對我們更具啟發意義的是他所繼承的尼采的身體譜系學的研究方法。譜系學作為一種新的史學方法顯示了它對形而上學的挑戰,「譜系學就是要拋棄形而上學的連續性,它看重斷層、裂縫和偶然性,他不試圖尋求種的進化之類的東西,相反,它要確定細微偏差,確定錯誤,確定細節知識,它要將異質性的東西聚攏,將紛繁的事件集結,將統一的東西打碎,將禁忌的東西觸動,將穩定的東西攪毀,將歷史插曲和散落的東西重新收拾起來。譜系學反對連續性的起源論,它也

---

[8] 〔法〕米歇爾·福柯著,姬旭升譯《性史》,青海人民出版社,1999 年版,第70 頁。

[9] 布萊恩·特納〈身體問題:社會理論的新近發展〉,汪民安、陳永國編《後身體——文化、權力和生命政治學》,吉林人民出版社,2003 年版,第 25 頁。

反對觀念、價值、和沈思的優先性。」[10]與形而上學歷史觀對主體、意識的信賴相反，作為一種歷史方法，譜系學對充滿著偶然性和可變性的身體投以關注的眼光，「歷史的變遷可以在身體上找到痕迹，它在身體上刻下烙印，身體即是對『我思』、『意識』的消解，又是對歷史事件的銘寫。歷史和身體的環接正是譜系學家的致力之處。」[11]我對於現代文學採取身體視角進行闡釋的思路就直接受到譜系學的觀念和思維的影響和啟發。在後現代的身體思想中，除了福柯執著於身體與權力的關係的探討外，還有羅蘭‧巴特對閱讀和身體的關係的探討，巴塔耶對色情文化的身體解讀，德勒茲對慾望的生產性的闡釋以及鮑德里亞對身體的符號性與消費主義關係的闡釋等，這裏不再一一展開。

在文學理論領域，西方馬克思主義則注重在審美中發現身體與意識形態的密切關聯，如伊格爾頓的《美學意識形態》，其寫作目的就是「試圖通過美學這個仲介範疇把肉體的觀念與國家、階級矛盾和生產方式這樣一些更為傳統的政治主題重新聯繫起來」[12]，這是對把審美與政治對立起來的傳統的有力的回擊，而在此起到關鍵作用的則是身體。可以說，這一通過身體重建文學和意識形態關係的努力為我們重新理解二十世紀的中國文學打開了一扇新的窗口。

以梅洛-龐蒂和福柯為代表，西方身體哲學為我們大致描畫出兩種不同的身體思考：真實的身體和話語的身體，這也成為研究現代文學中的身體現象和文本的兩個理論方向。當然，這兩個層面並不是相互獨立的，而是存在著互動和彼此滲透。這是由於：一方面，身體作為

---

[10] 汪民安《福柯的界限》，中國社會科學出版社，2002 年版，第 164 頁。

[11] 汪民安《福柯的界限》，中國社會科學出版社，2002 年版，第 171 頁。

[12] 〔英〕特里‧伊格爾頓著，王傑、傅德根、麥永雄譯，柏敬澤校《美學意識形態》，廣西師範大學出版社，1997 年版，第 8 頁。

生命存在的基本形式是和人存在的各種本體問題密切相關的，作家對人的形而上問題的思考離不開對身體的思考。另一方面，由於身體必然又是具體時代、文化語境中的身體，具體的言說語境給予了作家言說身體問題不同的立場和出發點，因此，即使是對身體本體的思考也不可能是純粹的本體，它會與政治、文化、權力等因素相纏繞。

　　本研究的「身體意識」就是建立在上述西方思想身體觀念的基礎上。概括地說，「身體意識」是指對身體的一種理論自覺，這種理論自覺是在拋棄傳統身心二元對立的觀念的前提下，用身心一體的觀念重新審視研究對象。同時，「身體意識」強調身體不僅是自然的存在，也是話語的存在，不僅是一個可以被馴服、被規訓的客體，同時也是一個主體，即身體是在主、客體的互動中生成的。因此，本研究將把身體看作是自然和文化的雙重產物，這也是身體能夠在不同的歷史和文學語境中不斷生發出新的意義、不斷構成新的「話題」的原因所在。

三、身體・文學史・問題意識

　　在討論身體視角對於文學史研究的價值和意義之前，首先必須明確本研究中「身體」的內涵是什麼。

　　在漢語的日常語彙當中，「身體」就是指作為人的生命存在的基本形式的物質實體——肉體，但進入理論視野中的「身體」的內涵並沒有日常使用中的那樣簡單。對於人文科學的理論研究來說，單純的物質肉體是不能體現為意義的，身體只有作為自然和文化、肉體和心靈相融合的產物才會體現為各種意義，因此，理論意義上的身體（body）是區別於肉體（flesh）的。正是由於抽象的精神性、文化性因素的介入，才使得「身體」成為一個豐富、複雜，並具有巨大的包容性的概

念。同時，按照身體現象學的觀點，身體是被體現的，也就是說，身體的意義是在具體的實踐中呈現出來的，這就使得身體的內涵和特徵既是具體的，也是變化的，在不同的使用語境中，身體有著不同的意指內涵。

身體內涵的多變性源於身體與精神的難以分割，在《身體思想》一書中，斯特拉桑指出：「所有的身體狀態都存在著一種精神要素，而同樣，所有的精神狀態都存在著身體因素。」[13]身體在這裏就成為了一個包容著精神、情感等因素的概念，我們很難在身體與精神之間畫一個非常明確的分界線。因此，基於身體的這一特徵，在以「身體」為核心而伸展出的場域中來認識身體就非常必要，「肉體是純生理概念，身體則牽涉到無形的精神、心靈、情意，是生理、心理所交相容與、容構而成的共同體。其意涵是豐富的，其邊界是模糊的，身體感／身體場如潮汐般漲落，如呼吸般起伏，因著人的體悟程度與踐行水平，在氣－場域意義上，小則止於生理形域，大則通於形上境界。」[14]可以看出，「身體場」中包含著實與虛、具象與抽象相交織的多種因素，只不過在此之中實在、具體的身體仍然是生發意義的「原點」，同時，這裏的「精神」也應該看作是「身體性的精神」，而不是純粹「抽象性的精神」。

因此，要給「身體」下一個標準化的定義顯然是困難的，但這並不是說「身體」是一個沒有邊界、無法把握的範疇，在相對固定的言說語境和範圍內，我們仍然可以對其有一個基本的把握。本研究中的「身體」儘管因具體研究語境的不同而顯示出一定的差異性，但「身

---

[13] 〔美〕安德魯‧斯特拉桑著，王業偉、趙國新譯《身體思想》，春風文藝出版社，1999 年版，第 6 頁。

[14] 周與沈《身體：思想與修行》，中國社會科學出版社，2005 年版，第 87 頁。

體」的內涵不僅可以通過具體的研究語境自然地呈現出來，而且，從文學的審美特徵和研究的價值取向出發，「身體」的內涵也可在一種整體性的研究思路之中有一個大致的規定。

　　本研究中的「身體」首先是我們看得見、摸得著的具體的生命實體，同時，由於精神因素的建構，這樣一個形式上的物質實體在內容上實際上已包含了豐富的人文內涵。不過，這還只是身體的一個基本性、普遍性的內涵，由於身體在不同的學科中有不同的研究側重點，這裏還必須從文學的審美特性出發來發現身體在文學中的特殊內涵。在作家對個人審美經驗的表達中，慾望、知覺、感受、體驗、情感等因素是非常重要的，而這些個人經驗性因素都具有以身體為主體並融合了精神的特徵，如對於「體驗」，王一川說：「體驗是個體對自身在世界上的生存境遇或生存價值的具體的深層體會。……體驗是身體與心理狀態的深層交融，它可能把切膚之痛與心靈之憂、身體快感與精神狂歡、或本能愉悅與超然享受等交織為一體。」[15]這種表述反映了論者對「體驗」這類範疇中所具有的身體與精神相融合的存在狀態的認識。在文學的身體視角的研究中，把這類經驗性因素納入研究視野就是必然的。因此，從文學的審美感性特徵出發，「身體」應該是一個包容著豐富的感性經驗的範疇。

　　對於本研究來說，對這些經驗性因素的關注，一方面是由文學審美感性的特徵所決定的，另一方面也出自於我對一種感性的、個人化的文學表達方式和立場的重視。由於身體為文學構築的是一個個人經驗的世界，「身體性的唯一性是個體自身認同的真正根據，而思想性的自我只

---

[15] 王一川《中國現代性體驗的發生》，北京師範大學出版社，2001 年版，第 27 頁。

有在以身體性的唯一性作為根據時才能夠連帶地具有唯一性」[16]。因此，個人身體的唯一性造就了個人世界的唯一性，也造就了作家文學世界的唯一性。我想，以這樣一種角度來理解「身體」並關注作家個人經驗的表達是本研究的重要意義所在。總之，本書中的身體不僅包含作為人的存在形式的身體，同時由身體所伸展出的慾望、知覺、感受、體驗、情感等個人經驗性的因素，都是身體所涉及的範圍。

　　以此為前提，下面想要說明的是：選擇身體作為現代文學的闡釋視角，其意義並不僅在於增添了一種新的解讀文學現象和文本的視角，而且也意味著對一種新的研究範式的尋求。對於這一目的的說明必須從對以下問題的回答起步：已有的文學史研究有哪些局限？身體視角的闡釋有什麼特點？它又是以怎樣的方式避免和超越了這些局限？它相對於已有的研究提供了哪些新的啟發和思路？

　　新時期以來的現當代文學史的研究，起步於對文學作為政治工具的「十七年模式」的反思，八十年代初期的文學史研究立足於把文學從政治的依附地位中拯救出來，並且呼喚人道主義主體性的復歸，從而恢復在很多人看來斷裂了的五四傳統，這是一種承繼五四的啟蒙主義的文學史觀。然而，處於「撥亂反正」的過渡時期的文學思維仍然繼續在文學和政治的關係的軌道上滑行，其潛意識的思維框架仍沒有脫離「十七年模式」。八十年代中期以後，這種狀況在學界的反思和努力下有所改觀。錢理群、黃子平、陳平原提出了「二十世紀中國文學」的概念，其用意在於希望在現代性的框架下從總體上把握二十世紀文學的發展。這樣一種整合二十世紀文學的系統化構想，把相互隔絕的近代、現代、當代打通，其積極意義自不待言，但其存在的問題也是

---

[16] 趙汀陽《沒有世界觀的世界》，中國人民大學出版社，2003 年版，第 61 頁。

明顯的。宏大敘事追求的是體系性、連續性、完整性，但是任何一種概括性、整合性的命題都是以犧牲個別和特殊為代價的，當把文學現象和文本納入這一敘述框架中，為了獲得話語的合法性，就勢必會忽略、遺漏甚至刪改文學史中的一些不容於現代性的框架的因素。同時，儘管以現代性的話語取代意識形態的革命話語作為文學史的敘述結構能更加全面、深入地探究 20 世紀文學的發展，但是，正如有研究者所說，「在『現代性』的闡釋框架中，世界性與民族性、傳統與現代、國家與個人、文學與政治、文言與白話、大眾與精英等現實因素仍然處在緊張的對立之中。相對於『革命文學』的革命與反革命的截然對立，雖然同樣武斷，但其宏大敘事在它所處的泛政治化社會環境中具有權威的解釋力，而『現代性』闡釋則不具有這種話語優勢，其所含的意識形態祛魅傾向雖然突破了意識形態的遮蔽和禁忌，在一定程度上擴展了 20 世紀中國文學研究的整體視野，但『現代性』不同闡釋者之間彼此衝突和矛盾的理解和闡釋，呈現出當下運用這一概念的粗略和含混，並極大地削弱了它的闡釋能力。」[17]這些存在的問題都潛藏著尋找新的範式的必要性。

　　近些年來，現當代文學史研究也經歷了「政治」和「審美」二元對立的文學史觀念的發展。1989 年陳思和、王曉明等學者提出了「重寫文學史」，所謂「重寫文學史」其實是指在「純文學」和「文學現代化」的觀念下重新審視文學史，陳思和主編的《當代文學史教程》就是在這一意義上出現的。對「純文學」和「文學性」的強調，顯然是基於文學史過去對「政治性」的過度強調的反撥，在這樣一種回歸文

---

[17] 榮躍明〈中國現當代文學史研究：表述危機和「重新出發」〉，《社會科學》2004年第 8 期。

學自身的觀念下，不僅一些主流作家得到了新的闡釋，而且曾經一直被「啟蒙」和「左翼」主流文學所排斥的作家如沈從文、張愛玲、路翎、師陀、穆旦、馮至等也被挖掘出來，並形成了一個又一個被淹沒作家的研究熱潮，曾經的「邊緣」成為新的文學研究「主流」，「個人的」、「審美的」、「現代主義的」等描述也成為對一個作家最高的評價和定位。但是，這樣一種反撥的結果卻又形成了對意識形態性質的文學的歧視和盲視，20 世紀中國文學的發展中具有意識形態性質的這一佔據較大空間的文學被簡單化地處理成了「審美的文學」的反面教材。

　　於是本世紀初，一批學者站在「革命」文學的立場對「純文學」提出了尖銳的批評和質疑，如曠新年說：「『重寫文學史』逐漸生成了『純文學』的意識形態和體制。同時，構成悖論的是，一方面，『重寫文學史』以『純文學』作為旗幟；然而，另一方面，最終卻同樣以政治正確性作為單純的評價標準，以對『政治』距離的測量來確定文學史地位的高低，並且同樣以政治性的評價代替了文學性的評價。」[18]李楊則說：「一部以『個人主義』、『文學性』為精神信仰的文學史又如何能夠理解和解釋與這種信仰背道而馳的『不個人』或『反個人』的文學？關於階級的、民族國家的政治認同又如何能夠在那種所謂的純粹『個人』認同中找到自己的容身之所？」[19]曠新年、李楊等人的文學史觀念的理論資源來自西方馬克思主義的文藝理論思想，強調文學和政治、歷史不可分割的關係，從這樣一種文學立場出發，左翼文學、十七年文學、文革文學等具有意識形態性質的文學受到了重視，而一些新的批評方法如解構主義、女權主義、後殖民理論等的引入也為這一

---

[18] 曠新年〈「重寫文學史的終結」與中國現代文學研究轉型〉，《南方文壇》2003年第 1 期。

[19] 李楊〈文學分期中的知識譜系學問題〉，《文學評論》2003 年第 5 期。

重新觀照提供了方法上的動力，人們感受到，意識形態性質的文學也並不像我們從前想像的那樣簡單和整齊劃一，它也暗含著多種話語的糾纏。

可以看出，儘管意識形態和文學（審美）的文學史研究模式設定的價值取向是相互對立的，但無論是意識形態的文學史研究模式，還是個人審美的文學史研究模式，雙方都是以對對方的質疑獲得自我確認，並在對方的參照下獲得價值定位的。這樣一種二元對立的文學史模式很容易形成一種缺乏生命力的封閉結構，從而難以獲得真正的超越。

在對現代文學的「文學性」的觀照中，韋勒克、沃倫的《文學理論》一書對英美新批評方法的介紹曾對現代文學研究有過很大的影響。韋勒克、沃倫把文學研究分為兩類，即外部研究和內部研究。這兩種研究範式在現代文學研究領域都此起彼落過，前者如一直有頑強的生命力的社會——歷史批評方法，後者如八十年代興起的語言形式主義批評方法。但這兩種範式都存在不同程度的缺憾，以社會歷史批評方法介入文學作品，會對作品的「文學性」重視不夠，且往往還會落入預設的種種話語模式，而語言形式主義批評專注於文本，而不考慮與作品的生成有重要關係的時代、歷史、文化、政治等外在因素的影響，勢必會有細膩有餘豐厚不足的缺陷。況且，在這兩種範式基礎上形成的現代文學研究中的系統、框架、分類模式，都有忽視作家個人的感性經驗的缺陷。

正是基於上述狀況，在「反思現代性」的思想背景下，現代文學研究逐漸放棄了此前在現代性框架中的言說自信，一些新的文學個案研究從不同方向提供了對現代性宏大敘事框架的補充，甚至是質疑和顛覆。同時，現代文學研究也逐漸懸置了審美與政治對立的文學史思

維，通過一種研究方式的轉換來獲得對文學史的新的思考。從王曉明主編的三卷本的《二十世紀中國文學史論》和續編《批評空間的開創》這幾本論文集中，我們可以看到這種研究範式轉移的脈絡，而這種轉移又是通過文學重返歷史語境的方式獲得的。儘管在此前的文學研究中，政治、歷史、經濟、文化等視角的引入開闊了文學研究的視野，現代文學的週邊環境問題從思想、文化到出版、教育、文學體制等方面都吸引了不少的研究者，但是，令許多研究者憂慮的是，在文學回到歷史語境的同時，文學研究的邊界卻模糊了，文學研究自身的價值也失去了。而這四本論文集中的文章可以說是對這一狀況的反撥，它們傾向於在歷史與文本之間尋找現代文學研究的切入點，並在此基礎之上形成一種既有充分的歷史意識，又個性化的批評方式和風格。

通過對現代文學史研究中的不同的研究觀念及其方法、立場的回顧，可以看出，研究範式問題是現代文學研究的一個非常突出的問題。範式對於文學史寫作來說即是哲學解釋學中所說的「前理解」和「先見」，從這一意義上說，研究範式從本質上規定著文學研究所具有的方法和視野，海德格爾、伽達默爾早就論證了這種「先見」的合法性，即「誰想理解某個本文，誰總是在完成一種籌劃。一當某個最初的意義在本文中出現了，那麼解釋者就為整個本文籌劃了某種意義」[20]。既然研究範式具有規劃「視域」的作用，那麼可以說，如果現代文學研究要有所超越的話，範式的轉換是關鍵。因此，尋求範式的轉換成為了當下許多學者的共識。

---

[20] 〔德〕伽達默爾著，洪漢鼎譯《真理與方法》（上卷），上海譯文出版社，1999年版，第 343 頁。

　　從尋求範式轉換的方向來看，人們一直試圖找到一個能彌和意識形態與審美、歷史與文本這些二元對立因素的有效視點，近些年來受到尼采、福柯的「譜系學」的影響而興起的話語分析，就是在語言和政治、社會、歷史之間找到的一種新的研究範式，「話語分析必須發現文學語言、社會歷史、意識形態相互關係的交匯地帶，最終闡述它們之間的秘密結構和持久的互動。」[21]與此相呼應，作為「譜系學」的重要關注對象的身體，它的價值也逐漸凸現出來。近些年一些海外學者的現代文學研究都力圖貫穿一種微觀身體政治學的思路，即在身體這種小敘事中尋找大敘事的印迹；或者是從身體的微觀敘事中找到宏大敘事難以整合而被捨棄的細碎的、邊緣的、斷裂的因素，並在詹姆遜所說的「民族寓言」的層面上理解小說中的身體和慾望的書寫，這樣一種身體研究思路帶有明顯的後現代特徵。海外中國現代文學研究的思路為我們尋找新的學術生長點和理解身體對於文學研究的意義提供了重要的啟發。從身體的角度來重新審視中國現代文學，正是筆者尋求中國現代文學範式轉換的一種嘗試。

　　身體現象學認為，身體處於自我與世界之間的交匯點上，具有仲介性的特徵。從身體的角度切入文學研究，既可以體味作家感性的審美世界，感受作家表達審美個體與世界相碰撞、交流、對話的原汁原味（不可轉述的性質），同時也能從身體不斷變遷的隱喻中洞察政治、時代、歷史的多方面訊息。因而身體闡釋既是我們尋找作家體驗世界的原初經驗的有效角度，同時也是折射歷史、文化、意識形態等領域的歷史狀況的有效視點，進而我們還能進一步透過身體發現個人與時代、審美與政治等因素之間的複雜糾葛。正如王德威所說：「如何在歷

---

[21] 南帆《理論的緊張》，上海三聯書店，2003 年版，第 116 頁。

史與虛構、慾望與實踐、個人與社會等傳統二元領域間，尋找相互交
會齟齬的介面，從而引起此起彼落的抗辯交談聲音，也許是我們應努
力的方向。」[22]而身體視角正體現出這樣一種努力。

　　如果說在思想文化領域，一些公眾人物可以以一種自信的理論姿態
建構起新的人性和社會理想的話，那麼不可忽視的是，作家則是以審美
經驗的方式認同這種新的人性和社會理想的。對於文學來說，即使作家
表現出他對理性的時代話語的認同，也一定是以他個體的經驗與時代的
碰撞為前提的，「現代性，不僅是一個政治或思想問題，而且同時更是
個人的生存體驗問題。甚至說到底，直接地就是個人的生存體驗問題。
現代性是同人對自身的生存境遇的體驗結合在一起的。人們不僅以自己
的政治活動去推動或阻擋現代性進程，也不僅以自己的思想活動去認識
現代性轉型，而且從根本上說，以自己的全部的生命和熱血去體驗現代
性的痛感和快感、憂鬱或希望、災禍或幸福。如果離開了這種現實的活
生生的生命體驗，現代性就只剩下空洞的軀殼。」[23]因此，歷史語境的
影響並不是決定性的，對於文學來說，只有這種影響喚起了作家的審美
經驗，作家才會表現出認同的熱情。

　　實際上大多數時候，作家個人的審美經驗與時代話語並不是完全
合一的，文學作為一種創造性勞動使得作家對感性審美經驗的表達不
可能只是時代話語的機械複寫，在個體經驗和公共認同之間會存在著
交融、反抗和分裂等多種存在方式。像「現代性」這樣的時代總體話
語往往具有覆蓋和消彌個體的差異性的功能，作家個人對此的猶疑和
抵抗就會通過身體感性的表達展露和隱藏在文本中，這也正是現代性

---

[22]　王德威《想像中國的方法》，生活・讀書・新知三聯書店，1998 年版，第 161 頁。
[23]　王一川《中國現代性體驗的發生》，北京師範大學出版社，2001 年版，第 3 頁。

所無法整合的部分。「如果他不願意為問題提出解決之道，同樣地，他也不願意樂觀地接受不是由他個人所建立的冠冕堂皇的歷史觀。一些較具省思的作家如魯迅、郁達夫，當他們面對了外在現實的混亂時，往往能夠將他們主觀的情緒，如焦慮、自我懷疑，投射到他們的文學中，這和那些熱忱的意識形態者與英雄式人物的樂觀主義態度是截然不同的。」[24]因此，主流話語對作家有著深刻的影響，但這決不意味著作家的創作只是附和和填空。如果說思想家的理論建構由於可以止於一種學術性的研究和探討，身體對於時代話語建構的在場與否更大程度上只是一個個人志趣立場的問題的話，那麼作家的審美世界是必須以身體的在場為前提的，身體的在場也就意味著真實地面對世界，正是因為如此，文學敘事才能以審美的方式展現處在傳統和現代之間的個人的種種滯重和艱難的體驗，這種體驗才是更豐富更真實的。從這一意義來說，身體敘事所具有的記憶和重構的功能，是對宏大敘事的一種補充和顛覆。本書對於身體的研究，就是把身體放入具體的歷史和文學語境中，並把身體作為一個具有批判性、反思性以至解構性的視點，發現身體在現代敘事中所具有的映照功能。

　　不可否認的是，由於身體是一種歷史的存在，作家體驗的真實也有來自於身體之外的各種話語的纏繞，因此對於「真實」，我們並不能按照現象學的要求，做到對一切外在因素進行完全的懸擱，我們所能做到的只是在作家感性經驗的表達中尋找真實的印迹。在我看來，作家言說的真實性也就是身體的真實性，無論作家自覺與否，只要他是對感性審美的經驗世界進行書寫，我們就會尋找到身體在場的表達，甚至當作家壓抑、鄙視身體的感性世界時，真實的個人經驗甚至也會

---

[24] 李歐梵《現代性的追求》，生活・讀書・新知三聯書店，2000 年版，第 65 頁。

通過文本的縫隙顯露出來，或以反抗的形式顯現出來，但無論哪種情況，它們都是身體真實的歷史存在。

身體視角的文學闡釋是對現有文學史的一種有效補充，然而，身體視角的文學研究的意義又遠不止於此。從歷史學界近些年的身體研究中我們可以受到一些啟發，如歷史學界對疾病醫療史的特別關注就打破了傳統歷史研究的社會、階級模式的僵化局面，對此，有研究者認為：「隨著研究越來越深入的開展，其結果可能會離我們的初衷越來越遠，當初關注它，是希望它能贈益歷史的血肉，然而，當血肉越來越豐滿以致難以合理『歸隊』後，我們是否又會逐步發現，原來歷史的骨架並非如此？！也就是說，這一研究的後果可能不僅是歷史知識的增長，還可能導致以往及現在某些史學範式的突破。」[25]身體對於文學史的意義亦與此同，身體問題的引入一方面可以提供一種新的闡釋視角，另一方面，隨著這一領域研究的逐步深入，身體所打開的無數空間又會超越已有的文學史範式，為新的文學史寫作提供可能。

在由身體意識對現代文學進行闡釋的過程中，我們還必須進一步強調問題意識，問題意識確立的緣由在於我們必須通過身體具體的言說語境來發現身體、闡釋身體。儘管二十世紀的文化、文學現象紛繁複雜，但本研究都試圖把它們統一到現象學所說的「人與世界的交匯點──身體」上來。然而，身體視角的闡釋又不能只是在一個普遍性的認識框架中進行。梅洛-龐蒂認為，在與世界的相互作用中，身體是原初的、生發意義的存在場域，身體帶著意向與周圍的世界發生聯繫，「身體把該意義投射到它周圍的物質環境和傳遞給其他具體化的主

---

[25] 餘新忠〈從社會到生命〉，楊念群、黃興濤、毛丹主編《新史學》，中國人民大學出版社，2003 年版，第 733 頁。

體」[26]，梅洛-龐蒂顯然也是從「場」的角度理解身體，「身體場」就是以身體為中心的時空場域，這種觀念使我們不再把身體看作是一個封閉、固定的實體，我們只能在身體與世界的聯繫中認識身體，源源不斷的具體的言說語境是產生它的新的內涵的源泉和動力，「是我們的存在，我們的處境，我們的身體——意識生成了意義」[27]，因此，只有在具體的問題語境中，考察身體如何被言說才是有意義的。

　　本研究所思考的基本問題是：在現代文學中，身體是如何在文化、文學現象和作家的創作中被體現和生成意義的？作家們是如何對待身體、並借助於身體來表達的？身體又是如何述說自身的？這樣，在上述總體問題之下，現代文學進程中的性別、審美、都市、革命等各種具體的問題中的身體呈現帶動著我們對這些問題和身體本身的思考。不過，這也並不意味著每一個思考「點」上借助身體提出的問題都是確定的，實際上，除了本書中所思考的問題之外，通過身體的視角也可以提出一些其他的問題來，這說明研究中問題的提出仍然是具有較強的選擇性的。所以，對於本研究來說，「問題」是非常關鍵的，可以說，選擇什麼樣的「問題」不僅決定著我所面對的身體的具體內涵，也決定了身體在闡釋中的意義呈現。當然，也正是身體的視角啟發了我們對「問題」的發現和對文學史的重新思考。

　　因此，身體、問題意識、文學史在本研究中猶如膠合在一起的三個環一樣是彼此牽制的。如果說「身體」和「問題意識」構成了研究的前臺，那麼，處於後臺的則是對各種文學史問題的關注和思考。

26　〔法〕莫里斯・梅洛-龐蒂著，姜志輝譯《知覺現象學》，商務印書館，2001 年版，第 230-231 頁。
27　〔美〕普里莫茲克著，關群德譯《梅洛-龐蒂》，中華書局，2003 年版，第 33 頁。

四、研究現狀・反思・方法

本研究擬採取的思路和方法與對「身體」的理解和認識密切相關，同時，在此前提下，對當下中國現代文學身體研究存在問題的反思也是本書寫作的一個出發點。

中國現代文學領域的身體話語分析模式最初的嘗試者是一批海外學者，如王德威、劉禾、陳建華、李歐梵、黃子平、唐小兵、安敏成等，這與他們在學術資源上優先受到西方理論的啟發有關。儘管他們並沒有明確提出諸如「身體視角」之類的概念，但是，他們的研究明顯具有一種關注身體的取向。如王德威在《想像中國的方法》一書中對晚清通俗小說的研究，注重從邊緣、縫隙入手，尋找過去被忽略和遺忘的種種歷史記憶，身體、慾望即是他切入分析的一個視點，如他從晚清的狹邪小說中，尋找到五四「慾望書寫」的源頭。儘管他的論文並未形成一種自覺的身體意識，然而這樣一種思路卻給予文學的身體研究以啟發，特別是他提出的「被壓抑的現代性」這一概念，正暗合了身體所具有的邊緣性、零碎性特徵。而後來他的《現代中國小說十講》一書，更進一步突出了他的這種身體視角，比如，在對現代文學中的一些革命作家如蔣光慈、茅盾的研究中，他的思路是，通過對作家個人經驗的追蹤和展現來尋找文本中革命與個人慾望的複雜關係。此書中的《從頭談起——魯迅、沈從文與砍頭》一文，又從對「砍頭」情結在魯迅和沈從文的作品中所代表的不同象徵意義的解讀中，揭示出這兩個作家所代表的現代中國寫實文學的不同路線。

海外學者們努力尋找身體的邊緣敘事與宏大敘事話語相對照的文學書寫，而這在過去是被我們忽略的。如劉禾在《女性身體與民族主義話語：〈生死場〉》一文中，對蕭紅的《生死場》進行了重新解讀，

認為民族、國家話語的排他性及其由此產生的對個人和性別敘事的遮蔽，通過《生死場》可見端倪。她認為蕭紅對大量女性身體生殖的痛苦和死亡的痛苦的描寫使得這篇小說與主流話語產生了距離，而過去的文學史對此卻視而不見，只承認其符合主流敘事的一面。劉禾的研究在九十年代末給人以耳目一新的感覺，在國內現當代文學研究領域產生了很大的反響，但人們的視線往往過多地停留在其「話語分析」的思想模式上，而對其採納的身體視角卻不太注意。

　　一個共同的特點是：這些海外學者都力圖貫穿一種微觀身體政治學的思路，即在身體這種小敘事中尋找大敘事的印迹；或者是從身體的微觀敘事中尋找由於宏大敘事難以整合而曾經被捨棄的細碎的、邊緣的、斷裂的因素，並在詹姆遜所說的「民族寓言」[28]的層面上理解小說中的身體和慾望的書寫。這樣一種思路帶有明顯的後現代思維特徵，對於現代文學如何通過身體視角的發現而提供一種新的研究思路和範式具有很大的啟發作用。這種深具後現代色彩與特性的「身體」研究隨後也出現在國內的現當代文學研究領域，特別是在權力控制相對明顯的十七年文學的研究中，更容易展開一種身體形象中的話語控制的思考。

　　在權力話語理論中，身體是最原始、最具有反叛性的力量，它的感性本能與人類的理性法則之間構成了一種衝突，因而在各個不同的文化和歷史時期，都充滿了對身體的不斷控制和訓誡。如在宗教社會，難以駕馭、充滿激情的身體需要用飲食控制、靜坐冥思和宗教行為來馴服；在革命時代，身體對革命和集體意志的服從則體現為對慾望的

---

[28] 〔美〕詹姆遜〈處於跨國資本主義時代中的第三世界文學〉，張京媛主編《新歷史主義與文學批評》，北京大學出版社，1993 年版，第 235 頁。

壓制和肉體的受難和犧牲；在消費社會，文化對身體的控制則巧妙地轉變為時尚……換言之，「一個社會的主要政治與個人問題都集中在身體上並通過身體得以表現」[29]。這才使得我們有了在身體上尋找歷史中的個人記憶的可能。也就是說，在後現代的學術語境中，身體成為了一個分析政治、權力的有效視點。在此意義之下，身體視角的研究不僅為我們提供了一種新的闡釋視角，同時也提供了一種具有反思性和顛覆性的研究方式。福柯「權力的身體」成為對中國學術界影響最大的話語理論，在各個學科如思想史、歷史、社會學的研究中得到廣泛的運用，也逐漸成為中國現當代文學研究中一種較為普遍的研究方法。

我認為，當下的身體研究由於是以各種身體思想為背景的，它應該融入更多的理論自覺，身體不再是一個被我們大腦指揮的客體，而是一個主體，並且人在感知和認識世界的時候，身體是最基本的出發點。只有具備這樣的理論自覺，才能與傳統的「性」文學研究產生區別，並真正顯示出一些超越性的價值和意義。正是因為這樣，它對人的關注更多地落實到人的肉體可感性的一面。從這一基本前提出發，現當代文學的身體研究主要存在兩方面必須引起我們注意的問題：

第一，通常人們在對身體與權力的關係進行考察時，注重的往往是身體在具體的歷史語境中所具有的反抗現代性宏大敘事的功能，即對話語的身體較重視，卻遺忘和漠視了真實的身體、本體的身體。如黃金麟的《歷史、身體、國家》一書對近代中國的身體考察其基本理論前提就是一種文化性、思想性的，他說：「存在主義和現象學層次上『我等同於我的身體』的聲稱，容或可以給予我們一個體悟身體觸覺，

---

[29]　〔英〕布萊恩・特納著，馬海良、趙國新譯：《身體與社會》第二版導言，春風文藝出版社，2000 年版。

以及意象性和生活世界建構的關聯的思考，但這並不能去除身體的存在必然交雜著許多力量的同時存在，以及身體必須存在於一個特定的時間、空間場域的這個事實。」[30]也就是說，作者重點研究的是身體的社會呈現，而不是身體的個人體驗性的呈現。對於文學來說，這種研究方式的選擇是片面的。

顯然，身體不僅有話語的抽象性和特殊性層面的意義，也有作為人性的真實性和普遍性層面的意義，而對於作為人的存在本體的身體，中西方哲學都已有很多思考。對於文學來說，只要作家對人存在的意義進行追問，就會觸及身體，並進而會對身體的本體意義進行思考。因此，對存在主義和現象學意義上的身體書寫進行研究，從文學的角度來看，不僅是有可能的，而且是完全必要的。

同時，本體意義上的文學身體研究又有狹義和廣義之分。狹義的文學身體研究指的是直接面對「身體」的文學研究；廣義的文學身體研究指的是由「身體」延伸出來的一些相關性研究。後者之所以必須納入文學的身體研究範圍，是因為作家對本體身體的重視和理解不僅表現在文學作品所直接書寫的對身體的體驗和理解上，它還會以其他的形式表現出來，會對作家創作中的人生觀念、歷史觀念以至文學觀念等產生重要的影響，也就是說，作家的身體觀念在作家的文學創作中會旁涉很多深層次的問題。所以，釐清作家的身體觀念及身體與一些相關問題的關係能夠幫助我們對文學史進行新的探索。可以說，廣義的身體研究是更深層並更具前景的身體研究方向，能夠為我們帶來一個更開闊的身體研究視野。如果說狹義的文學身體研究是因為學科

---

[30] 黃金麟：《歷史、身體、國家：近代中國的身體形成，1895-1937》，臺北聯經出版公司，2001年版，第7頁。

特點和學術時尚的限制而被研究者們捨棄的話，那麼可以說，廣義的文學身體研究則還遠未被研究者們廣泛意識到。

有個別研究者已經注意到了這一層面的問題，如陳建華在《「革命」的現代性——中國革命話語考論》一書中就論及了身體與作家的歷史觀、人生觀的關係問題，他對茅盾早期小說中的時代女性的身體書寫與現代時間意識的關係、女性身體與歷史意識的關係等問題的探討頗具特色，另外他的〈「乳房」的都市與革命烏托邦狂想——茅盾早期小說視像語言與現代性〉一文也透過「身體」洞察茅盾早期小說中的現代性、革命以及現代都市話語。遺憾的是，由於其研究側重點並不在於說明「身體」的意義，所以這些研究並沒有重點凸顯身體意識對於作家創作的重要性，這也正是當下現當代文學的身體研究在理論和實踐兩方面需要努力的方向。

第二，按照身體話語理論，身體是權力的施展場所，所以身體總是與政治、時代、文化等問題相糾纏。但不可忽視的是，身體也是個人慾望、感性經驗展開的場所。知覺現象學認為，身體是有主體性的，它體現為身體的感性本能具有不可剝奪的言說自身的能力。而當下的現當代文學身體研究在接受純粹話語分析方式的時候，往往也和思想史、社會學的話語研究方式一樣，把身體的意義作為一種話語結果予以顯現，這樣勢必忽視身體的感性主動性。同時，這樣的研究方式不僅違背了我們對於身體的現代認識，而且也和文學的審美主體性的特徵相悖。

特納認為：「『話語決定論』否認主體性和身體的體現，未能提供一種充分的身體現象學，丟棄了把身體看作感性潛能的觀念。」[31]身體

---

[31]　〔英〕布萊恩・特納著，馬海良、趙國新譯：《身體與社會》，春風文藝出版社，2000 年版，第 347-348 頁。

的話語分析方式具有思想史研究的特點，這種研究體現的是身體與政治、性別、道德、知識、權力等問題的相互纏繞。然而，這種研究方式終究不能體現文學研究的特點。當下文學的身體研究所存在的問題與文學的思想文化研究方法本身所存在的問題密切相關。所以，我認為，解決這些問題的根本途徑就是回到文學性的身體研究。事實上，由於身體為文學構築的是一個個人經驗的世界，個人身體是創造審美經驗世界獨特性的源泉，以「經驗」的角度來理解「身體」並關注作家個人經驗的表達才是身體視角的文學史研究的意義所在。同時，從這一意義來說，注重身體的主動性也恰恰是文學性的身體研究所應具備的特點。

從文學審美特徵出發，身體書寫的內容不僅包括我們通常在文學作品中所看到的作家對身體形象、身體體驗、身體認知等直接與身體相關的書寫，還應包括身體在文學中更為抽象也更為本質性的存在方式的書寫，比如個人體驗。按照現象學原理，身體感知體現了人對世界最原初的感知，這種以身體為中心展開的感知是不受預設的、先驗的理念所控制的，而這一點恰恰切合了文學的審美感性特徵。所以，文學的身體研究就是要結合文學的審美特性，充分研究文學身體書寫的「原初體驗性」，因為，身體的「原初體驗性」特徵反映了作家對世界、對社會、對人生最自然、最真實的一種體驗和把握，同時，這種「原初體驗性」特徵不僅具有傳達思想、情感的意義，而且也具有審美的意義。

具有文學特點的身體研究主要體現在對身體與作家的審美表達、語言和文體的關係以及身體如何呈現意義、身體在敘事中具有怎樣的表達功能等這樣一些問題的探討上。不可否認的是，文本在內容上所反映出來的作家對身體的理解和書寫，常常是和文學形式融為一體

的，但人們往往更注意前者，而對審美形式層面的身體意義關注得不夠。儘管已經有研究者涉足到了這方面的研究，如南帆《抒情話語與抒情詩》一文，從身體的角度來談抒情文體的形成，頗富啟發性。但這類研究仍然非常有限，且缺乏深入的追問。

以對現代文學身體研究存在的問題的反思為前提，本研究在思路方法上具有如下特點：

第一，身體具有多變性和流動性的特點，在不同的闡釋語境中呈現出不同的意義，這使得我們要經常變換視角才能捕捉到它，正如理查德・沃林所說：「身體是這樣一個仲介，我們由此即輸出了意義又受到了來自某個前定周圍世界的意義。身體是某個不可還原的實存棱鏡，我們只有通過它才能造就出關於世界的意義。它可以被比做一件藝術品……人類的意義和審美的意義只有通過感性肉體的本體論仲介才能得到自我揭示。由於這個原因，兩者都把自己呈現為意義的無窮『表演』，而非一勞永逸地得到某個闡明的邏輯假定的結果。」[32]因此，我們對身體的闡釋顯然得取一個變化和多元的視角。同時，正如前面所說，由於身體是人的體驗、慾望、情感等展開的場所，這也就決定了身體話題的無限延展性。所以，本研究不可能窮盡現代文學中的「身體」現象和文本，這倒並不完全是由於篇幅的問題，也與「身體」這一範疇的特徵有關，「身體」的不穩定性和不斷尋求超越的特徵使它像一個萬花筒，可以變換出無數豐富的圖案來。

在研究方法上，按照傳統的注重解釋框架和概念體系的方式進行身體研究值得質疑，因為身體是一種感性的生命存在，是一個有機體，

---

[32] 理查德・沃林著，張國清譯《文化批評的觀念》，商務印書館，2000 年版，第172 頁。

當對其予以條分縷析的分類、歸納後，它在文學中的特質就很容易流失和瓦解。而當今文學研究中的很多身體研究本身就悖離了身體的特點。在此意義上，從文本以及作家的感性經驗出發對文學進行身體研究是非常重要的，這也就意味著文學性的身體研究必須拋開理論和觀念體系，以一種感性的闡釋方式，對身體慾望在文學中如何顯露和隱藏的細節進行抽絲剝繭般的分析。以此為前提，本論題的寫作意圖並不是「身體文學史論」，對於作家，也並不是整體性的研究。本研究的基本思路是：在首先確立問題意識的前提下，以已有的文學史論述為參照，對身體在具體語境中的意義和功能進行闡釋，並希望以此來提供新的文學史經驗。由此，本書的框架也相應取一種散點透視的方式。當然，雖然在框架上無意於建構一個邏輯型的論證結構，但是，筆者在注重對不同的具體個案進行研究的同時，也注重考察各個對象之間的內在延續性，並試圖通過一種內在的聯繫和比較，發現身體在各個時期相同的或不同的意義生成，從而達到對文學史中的身體意識的較為整體的把握。

　　需要說明的是，本研究常常選取一些個別的文本進行分析，這並不是說我選取的「個別」就能代表一般，而是某個與身體相關的現象和文本引出了我的「問題」，這些「問題」儘管起於身體，但更重要的是通過身體這個視角我們可以在原有文學史的描述基礎上對政治、性別、審美等問題進行進一步的反思，因而本研究的邏輯線索並不是以個別概括一般，而是由個別提出一般未能涉及或被一般遮蔽的問題，並通過問題的提出反思一般。實際上，研究之所以採取這樣一種寫作方式，也是由「身體」的特殊性質所決定的，即身體具有感性化、個人化和邊緣化的特點，它能以一種隱匿和潛話語的方式述說它和「一般」或合一或衝突的多種關係。也正是因為如此，本研究在對「個別」

的觀照中，主要是從文本出發，因為文本正是這種「隱匿」最好的藏身之處，從文本出發，比任何一種理論的引導更能為我理解現代文學中的身體提供有效的幫助。

第二，在理論資源上，前面所陳述的西方身體理論為本研究提供了大的背景知識，但在身體意識的觀照下，本研究對現代文學中的各種相關問題的探討，又注意從具體的問題出發尋求一些理論如新歷史主義、女性主義等的支援。當然，對於這些理論的借鑒最終是以回到具體的歷史語境、具體的文本為前提的，借用劉小楓的話，即是：「帶著中國問題進入西方問題再返回中國問題。」[33]

對於在各個不同學科的身體研究中形成的「真實的身體」和「話語的身體」的兩種研究方式，我更認同特納的說法，他說：「身體被看成社會性地建構的、話語的，還是被看成是現象學的或哲學人類學視野裏的活生生身體，這樣一種立場選擇，從理論上說並沒有什麼強制性。似乎有一種更強大的理由將身體既看作是話語也看作是有生命活力的；既看作是 Korper，也看作是 Leib；既看作是社會性的建構的，也看作是客觀的。我們對任何一種或所有的二元性的強調都取決於我們的研究類型。」[34]因此，我在研究中的立足點是：從具體的對象出發，不排斥方法、觀念上的多種選擇，把身體看作是自然和文化、現實與話語、本體和形式雙向互動的產物。

第三，雖然對「身體」的關注，本來就是對「人」的關注，但在新的理論視野下，本研究並不是傳統研究對「人」的關注的重複和簡單延續。同時，這裏的「身體研究」也不是傳統意義上的「性文學」

---

[33] 劉小楓《現代性社會理論緒論》，上海三聯書店，1998 年版，第 3 頁。

[34] 布萊恩‧特納〈身體問題：社會理論的新近發展〉，汪民安、陳永國編《後身體——文化、權力和生命政治學》，吉林人民出版社，2003 年版，第 30 頁。

研究。儘管在文學作品中，身體在大多數情況下都體現為「性」的形式，但是，傳統研究不僅對於「性」與各種話語的糾纏缺乏理論關注，而且，對「性」的身體所具有的傳達、表意功能更是很少觸及。因此，本研究對「性」的身體的關注也主要是在它如何呈現意義層面上的，具體是指作家為何以及如何通過身體進行言說、身體在敘事中具有怎樣的表達功能等。當然，對身體的這些意義和功能的尋找並不意味著筆者對形而下的性愛本能的離棄和回避，也不意味著這種意義的「昇華」是要遠離「身體」，因為形而上與形而下、抽象與具象在身體呈現中往往是難以分割的。

　　最後，我想以普里莫茲克的一句話作為緒論的結語與研究的起點：「這是一個矛盾和模糊的世界，這是一個對那些具有足夠的睿智和洞察力來提出問題的人來說永遠會有問題的世界。」[35]

---

[35]　〔美〕普里莫茲克著，關群德譯《梅洛-龐蒂》，中華書局，2003 年版，第 57 頁。

第一章

五四：走向公共空間的身體

「我是我自己的，誰也沒有干涉我的權利。」《傷逝》中子君的這句話是五四關於個人解放最有力的表述，同時也可看作是典型的身體話語，「我是我自己的」意味著身體從各種層層疊疊的控制和約束中解放出來，獲得真正的自主性，從這一意義來說，五四新文化運動提出的「人的解放」的命題其實也是一個身體解放的命題。五四身體解放的具體內容主要是從道德倫理觀上反叛傳統文化對人性的種種壓制和束縛等方面展開的，不可否認的是，有關「人的解放」的各種觀念的提出一方面必須從人們切身的現實感受出發，另一方面，這些觀念最後又必須在人們具體的個人生活中發生作用，但是，一種普遍的人道主義和個人主義話語轉換為關己的身體解放的需求和行動，這之間必然存在著一段距離，也必然要經歷一個過程。正是在此意義上，本節將要考察的是：起於晚清的現代身體話語具有怎樣的特點？如果說西方近現代思想文化對五四啟蒙思想有著直接影響的話，那麼「身體」在中西方現代思想和文化中又表現出怎樣的差異？「身體」在五四文化和文學中究竟擔當著怎樣的角色？這些都是探討「身體」的現代性發生必須面對的問題。

第一節　五四的身體政治

一、晚清：身體的國家化歷程回溯

　　身體的被重視並不是起於五四，而是起於晚清。不過，儘管身體在這兩個不同的時期都是在與時代話語的密切聯繫中被言說的，但身體所擔當的角色卻是不同的。晚清對身體的強調是基於一種國家、民族話語，而五四對身體的強調儘管也承接了晚清的這樣一套身體的國家話語體系，但卻更側重於文化層面的反傳統。

　　晚清身體被凸現的歷史就是身體被國家化的歷史。應星認為：「正是由於 19 世紀的三大社會變化，身體在 20 世紀初的中國成為了一個備受關注的政治問題。儘管各方勢力對身體的關注角度不同——知識精英關注的是新民之道，地方豪紳關注的是擁兵自重，中央政府關注的是國家治理技術的發展，但三方共同促成了身體從道德化到政治化、從以士紳的修身為重心到以民眾的強身為重心的轉變。由於處在國力衰微、列強環伺的危機中，儘管也存在著某些離心力，但從總的傾向來看，身體的政治化幾近於身體的國家化，即把身體作為挽救國家命運的工具。」[1]因此，「身體」自晚清開始，就是在與國家危機息息相關的意義上被重視的，身體的國家化打破了中國古代「身體道德化」[2]的長久統治，把身體從中國古代漫長的個體「修身」推向了國家的政治舞臺。

---

[1]　應星〈身體政治與現代性問題〉，楊念群、黃興濤、毛丹主編《新史學》，中國人民大學出版社，2003 年版，第 698 頁。

[2]　有關中國古代思想中的身體觀的論述，見楊儒賓〈儒家身體觀〉，葉舒憲主編《文學與治療》，社會科學文獻出版社，1999 年版，第 131 頁。

　　而身體的國家化又是和國家的身體化思維緊密相連的。晚清國家的身體化思維是以「擬人說」為原型的。「擬人說」原是一種原始思維，它指的是以人的形象或性格為基準對宇宙等當時人類無法把握的事物進行構想的思維方式，「它是人類（對世界）的一種最根本的反應方式；是人類在構建其自身、建構其世俗組織及神祇系譜過程中的一種創造性力量」[3]。維柯在《新科學》中就認為，人類是通過自身的身體來構想自然和社會的，據此，美國學者約翰・奧尼爾進一步指出：「人類首先是將世界和社會構想為一個巨大的身體。」[4]這樣一種原始的身體思維在現代社會並沒有消失，晚清的國家身體化即是「擬人說」的現代呈現。梁啟超在《新民說》中開篇就以身體作為一個有機整體作喻談國民和國家之間的關係：「國也者，積民而成。國之有民，猶身之有四肢、五臟、筋脈、血輪也。未有四肢已斷、五臟已瘵、筋脈已傷、血輪已涸，而身猶能存者。則亦未有其民愚陋怯弱、渙散混濁，而國猶能立者。故欲其身之長生久視，則攝生之術不可不明，欲其國之安富尊榮，則新民之道不可不講。」[5]梁啟超以身體為喻來說明「新民之道」對於國家的重要性，這顯然是一種國家身體化的思維。不僅如此，國家的身體化還體現在這些思想家、改革家常常用身體疾病來喻指國家的衰弱：「我以病夫聞於世界，手足癱瘓，已盡失防護之權能，東西諸國，莫不磨刀霍霍，內向而魚肉我矣。我不速拔文弱之惡根，一雪不

[3] 〔美〕約翰・奧尼爾著，張旭春譯《身體形態——現代社會的五種身體》，春風文藝出版社，1999年版，第1頁。

[4] 〔美〕約翰・奧尼爾著，張旭春譯《身體形態——現代社會的五種身體》，春風文藝出版社，1999年版，第17頁。

[5] 梁啟超〈新民說・敍論〉，《飲冰室專集之四》，《飲冰室合集》第6冊，中華書局，1989年版，第1頁。

武之積恥，二十世紀競爭之場，寧復有支那人種立足之地哉。」[6]正是基於「國體」的衰弱，作為民族自強之道，梁啟超才進一步提出了「尚武」精神。與梁啟超相類似，康有為用中醫人體理論為喻分析政局：「夫中國大病，首在壅塞，氣鬱生疾，咽塞致死；能進補濟，宜除噎疾，使血通脈暢，體氣自強。」[7]這種國家身體化思維在晚清的政治言論中是非常突出的。在國家的身體化言說中，身體並不是具體的、個體的身體，而是抽象的「國體」。這樣一種抽象的國家身體化的表達，實際上是和對個體的國民身體的認識連為一體的，因此也強化了身體的國家化過程。

晚清的政治言論表現出對國民素質之於一國之強弱的重要性的充分認識，在此基礎上，國民的身體和精神受到了同等的重視，並沒有抑此揚彼的傾向。嚴復認為，衡量「民」的強弱有三個標準：「一曰血氣體力之強，二曰聰明智慮之強，三曰德行仁義之強。」[8]因而提出「鼓民力、開民智、新民德」的口號，顯然，在嚴復這裏，身體和精神是並重的。在梁啟超對於「尚武的精神」的論述中，他在提出「心力」、「膽力」和「體力」這三者對於培養「尚武的精神」都是必不可少的觀點的同時，還進一步辯證地分析了三者之間的內在聯繫，通過他的這種分析，我們可以看到，梁啟超非常強調身體和精神之間的相互聯繫：一方面，他充分認識到精神之於人的重要意義，他認為，如果精神被身體慾望所主宰──「心為形役」，「則將終其生趑趄瑟縮於六根

---

[6]　梁啟超〈新民說・論尚武〉，《飲冰室專集之四》，《飲冰室合集》第 6 冊，中華書局，1989 年版，第 115 頁。

[7]　康有為〈上清帝第二書〉，湯志鈞編《康有為政論集》，中華書局，1981 年版，第 134 頁。

[8]　王栻主編《嚴復集》第 1 冊，中華書局，1984 年版，第 18 頁。

六塵之下，而自由權之萌蘗俱斷矣」。[9]所以，精神的強健對於國家、民族的興衰具有重要的意義，而中國國民的劣根性其實就在於其精神的奴隸狀態。另一方面，他也強調身體之強健之於精神之強健的重要性：「體魄者，與精神有切密之關係者也。有健康強固之體魄，然後有堅韌不屈之精神。」[10]由此可見，在晚清的富國強民的民族國家話語中，身體和精神並沒有高下之分。

身體的這種國家化思維一直延續到五四，陳獨秀就從晚清的身體國家化言論中得到啟發，他以細胞之於身體的意義作比，談青年之於社會的意義：「青年之於社會，猶新鮮活潑細胞之在人身。新陳代謝，陳腐朽敗者無時不在天然淘汰之途，與新鮮活潑者以空間之位置及時間之生命。人身遵新陳代謝之道則健康，陳腐朽敗之細胞充塞人身則人身死；社會遵新陳代謝之道則隆盛，陳腐朽敗之分子充塞社會則社會亡。」[11]陳獨秀指出，身體強健但頭腦朽敗者仍然不是真正的青年，真正的青年不應該僅僅體現在其身體上的「華其髮，澤其容，直其腰，廣其膈」[12]的年輕狀態，而且還應體現為精神上的活力。如果說在對民族危機的認識上，晚清的政治話語體現出對精神和身體的並重的話，那麼到了五四時期，就明顯地表現出因改造國民性的需要而偏重精神的傾向，如魯迅在 1903 年創作的《斯巴達之魂》中，還借斯巴達人奮勇頑強抵禦異族侵略的歷史故事，來說明身體的強健之於民族存亡的重要性，而到了五四時期，他卻深有感觸地說：「凡是愚弱的國民，即

---

[9]　梁啟超〈新民說·論自由〉，《飲冰室專集之四》，《飲冰室合集》第 6 冊，中華書局，1989 年版，第 49 頁。

[10]　梁啟超〈新民說·論尚武〉，《飲冰室專集之四》，《飲冰室合集》第 6 冊，中華書局，1989 年版，第 116 頁。

[11]　陳獨秀〈敬告青年〉，《獨秀文存》，安徽人民出版社，1987 年版，第 3 頁。

[12]　陳獨秀〈敬告青年〉，《獨秀文存》，安徽人民出版社，1987 年版，第 3 頁。

使體格如何健全，如何茁壯，也只能做毫無意義的示眾的材料和看客，病死多少是不必以為不幸的。」[13]但這並不意味著魯迅對國民身體的重要性的輕視，無論是晚清身體精神的並重還是魯迅對於精神的重要性的強調，都是特定的歷史語境下的言說，從民族主義的立場來看，並無本質不同，對此的理解，我們不能斷章取義。同時，非常明顯的是，晚清和五四使用的是相同的身體表達方式，即身體生理學的表達方式，無論是個人的身體，還是社會的有機體，都是以「健康的」與「病態的」、「活力的」與「懶散的」、「強健的」與「衰弱的」等對立二項式進行分類，這體現了一種簡單化、浪漫化的身體想像，而這種身體想像的內在指向則是國民性批判。

在晚清的身體話語中，對身體強健之於民族存亡重要性的強調使得身體受到了從未有過的重視，但是，這樣一種重視仍然不具有對人的真實身體重視的性質，因為在這種言說中，身體只是為國家、民族話語提供了一種言說方式，並表現為與真實的身體感無涉的喻指符號，同時，身體的強健或是衰弱也只有在民族國家話語中才具有意義。

對具體、真實的身體的關注主要出現在晚清的社會改革實踐中，特別是婦女解放的社會運動中，這主要是指解除封建文化對女性身體的戕害和禁錮，纏足、束胸等傳統習俗因此而被廣泛剷除。儘管反纏足等解放婦女身體的行為在當時並不具有獨立的意義，它們「均作為一種附帶結果或副產品，附屬於民族／國家革命的大前提之下」[14]，但是，不可否認的是，身體的自由和精神的自由是相生相伴的，身體禁

---

[13] 魯迅〈《吶喊》自序〉，《魯迅全集》第 1 卷，人民文學出版社，1981 年版，第 417 頁。

[14] 王緋《空前之跡──1851-1930：中國婦女思想與文學發展史論》，商務印書館，2004 年版，第 145 頁。

錮的解除勢必會導致對相應的身體文化隱喻的解除。如在人生觀上，
與身體解放的要求相對應，自晚清發展出了一條與傳統儒家倫理「勞
其筋骨，餓其體膚」的「求苦」人生觀相對的「享樂」人生觀，康有
為有「求樂免苦」的提法，嚴復有「背苦趨樂」、「去苦求樂」的倡導，
李大釗則在《現代青年的方向》中說道：「我從前曾發過一種謬想，以
為人生的趣味就在苦中求樂，受苦是人生本分，我們青年應該練忍苦
的本領，後來覺得大錯。避苦求樂，是人性的自然，背棄自然去做，
不是勉強，就是虛偽。這忍苦的人生觀，是勉強的人生觀，虛偽的人
生觀。那求樂的人生觀，才是自然的人生觀，真實的人生觀。」[15]這樣
一種對傳統儒家文化極具顛覆性的全新的人生觀，可以說正是在身體
的解放中獲得人的全面解放的思想的體現。

　　於是，晚清開闢出的這條以民族主義話語為主的身體話語，也暗
含著反傳統文化的身體話語的支流，這意味著它們為五四個性解放思
潮中的身體話語已經打開了一道閘門。

二、西方身體話語與五四的「身體」處境

　　五四思想的形成是直接受到西方近、現代思想的啟發和影響的結
果，這已是個不爭的事實，但是，由於多方面的原因，五四思想與西
方近現代思想卻存在著巨大的差異，五四時期的身體話語也體現出與
西方影響中的身體話語非常不同的面貌。一個顯著的區別是：西方的
「身體自覺」是在以尼采為代表的非理性哲學中形成的，它立足於對
啟蒙理性的反叛。但對於中國來說，一方面啟蒙理性所包含的民主、

---

[15] 李大釗〈現代青年活動的方向〉,《李大釗文集》第 2 卷，人民出版社，1999 年
　　版，第 301 頁。

科學精神對五四新文化運動產生了巨大的影響，另一方面，一些非理性主義的思潮也對五四「人的解放」的命題產生了影響，但是，後者並沒有對前者構成顛覆，相反，它們是並行不悖的。所以，中國五四啟蒙運動中的「身體」並不具有與啟蒙理性相對抗的意義。

西方啟蒙理性的出現是以中世紀的基督教神學為背景的，它把人從對基督教的愚昧盲從中解放出來，理性作為啟蒙主義的核心範疇，作為衡量一切事物的價值尺度，它恢復了人對世界的自信，人成為世界的立法者，所以，康得把「啟蒙」定義為「在一切事情上都有公開運用自己理性的自由」[16]。如果說在中世紀神學中，靈魂對身體的壓制和驅逐是靠近上帝的必要之途的話，那麼文藝復興和宗教改革就把身體從這種桎梏中解放出來。但是，身體還沒有得到充分的喘息，就又遭到了科學理性的壓制。科學理性在反抗宗教神學，使人獲得自由、獨立的過程中，是以與人的身體感性性質相悖的面貌出現的，這就導致了對身體的否定。所以，西方啟蒙主義反叛宗教神學的成功是以對身體的壓制為代價的，工具理性的膨脹最終導致了人的異化。從十八世紀開始，啟蒙理性主義的危機造就了一批為人的個體性、非理性伸張的文化英雄，叔本華、尼采、克爾凱郭爾、弗洛伊德等人高揚起人的生命本能的旗幟，並建立起了非理性主義的哲學體系。與啟蒙主義的抽象的、形而上的、彼岸的「人」相反，他們確立的是具體的、形而下的、此岸的「人」。

由於西方啟蒙主義和反啟蒙的非理性主義思潮對五四的影響是共時性的，也由於中國特殊的時代語境，所以，中國啟蒙話語中的「身體」具有與西方非理性主義思潮中的「身體」完全不同的意義。我們

---

[16] 康得〈答復這個問題：「什麼是啟蒙運動？」〉，江怡主編《理性與啟蒙》，東方出版社，2004 年版，第 3 頁。

看到，一方面，理性和科學精神是五四人從西方借鑒的反封建倫理道德的最重要的思想武器；但另一方面，身體的感性性質並沒有因此而與這一時代特徵相悖，正如有研究者所指出的：「『五四』啟蒙主義思想的特點就在於：一方面，它必須為中國的社會變革提供理性主義的思想體系，另一方面，『五四』人物對引導 20 世紀西方文化思潮的現代思想體系的敏感和認同，必然使得這一啟蒙思想呈現出不同於 18 世紀西方啟蒙主義哲學的精神特點：他們必須把尼采等非理性主義者的名字同啟蒙運動的理性原則融為一體。」[17]五四新文化運動的歷史使命是人的自由和解放，因而必須首先剷除統治中國人幾千年的傳統禮教，打破倫理、道德上的重重枷鎖。在這樣一種背景下，身體受到了前所未有的重視，如婚姻自由、婦女解放都是與身體密切相關的社會問題。但是，五四時期對身體的重視主要是倫理道德意義上的，這與西方非理性主義思潮對身體的重視所設定的目標是不同的：西方是反抗啟蒙理性對人的生命的壓制，而中國則是反抗封建文化對人的生命的壓制。當然，在張揚人的原始生命力這一點上，中西方對身體的重視又不謀而合。

　　文化對人性的控制總是涉及身體，象「怒傷肝、喜傷心、思傷脾、憂傷肺、恐傷腎」一類的養身訓誡，顯然是傳統文化在身體上的投影，中國傳統哲學的中庸之道延及到了中醫的養身之學。在對傳統文化的批判中，五四那一代人讚美人的自然情慾和生命本能，肯定人的感性生命力的自由創造的價值和快樂，呼喚自然的生命力、原始的蠻性。陳獨秀、魯迅等五四新文化運動的發動者們都對封建文化導致的人的生命力的喪失的現象有過深刻的揭示和批判。陳獨秀說：「余每見吾國

---

[17] 汪暉〈中國現代歷史中的「五四」啟蒙運動〉，《汪暉自選集》，廣西師範大學出版社，1997 年版，第 326 頁。

曾受教育之青年，手無搏雞之力，心無一夫之雄；白面纖腰，嫵媚若
處子；畏寒怯熱，柔弱若病夫。」[18]在《略論中國人的臉》中，魯迅對
於日本學者長谷川對中國人與西洋人相比臉上缺少「獸性」的稱讚，
發表了相反的看法，他說：「如果（這獸性──注者加）是後來消除的，
那麼，是漸漸淨盡而只剩了人性的呢，還是不過漸漸成了馴順。野牛
成為家牛，野豬成為豬，狼成為狗，野性是消失了，但只足使牧人喜
歡，於本身並無好處。」[19]魯迅認為國民性的改造就是要使中國人恢
復「敢說、敢笑、敢哭、敢怒、敢罵、敢打」[20]的自然天性。一個明顯
的特點是，五四人不僅僅是從人道主義的角度對自然生命力的重要性
予以強調，同時也延續了晚清從民族主義的角度言說身體的方式。陳
獨秀在《今日之教育方針》中引述日本著名的啟蒙思想家福澤諭吉「教
育兒童，十歲以前，當以獸性主義」的觀點後說：「獸性之特長謂何？
曰，意志頑狠，善鬥不屈也；曰，體魄強健，力抗自然也；曰，信賴
本能，不依他為活也；曰，順性率真，不飾偽自文也。晰種之人，殖
民事業遍於大地，為此獸性故。」[21]所以，在陳獨秀這裏，倫理的覺悟
中含有對民族生存危機的思考，個人的生命力與民族的生命力具有同
一的性質。

　　西方以尼采為代表的非理性主義對原始生命力的張揚出現在理性
主義高度發展之後，它有著複雜的哲學思想背景和自身的理論體系。

---

[18] 陳獨秀〈今日之教育方針〉，《獨秀文存》，安徽人民出版社，1987 年版，第 20 頁。

[19] 魯迅〈略論中國人的臉〉，《魯迅全集》第 3 卷，人民文學出版社，1981 年版，第 414 頁。

[20] 魯迅〈忽然想到（五）〉，《魯迅全集》第 3 卷，人民文學出版社，1981 年版，第 43 頁。

[21] 魯迅〈略論中國人的臉〉，《魯迅全集》第 3 卷，人民文學出版社，1981 年版，第 414 頁。

尼采是五四時期對中國有著較大影響的西方非理性哲學家，尼采哲學反抗的是笛卡爾式的全知全能的主體哲學，這種主體論哲學建立在身體和靈魂二元對立的前提下，因為它相信知識和理性的力量，相信通過邏輯、判斷和對立等主體性手段，就可以獲得對客體的本質的認識，因此它就用主體意識來壓制身體。而尼采則用感性的身體替代了這個理性的主體：「在尼采這裏，身體和生命沒有根本的差異，二者都充斥著積極的、活躍的、自我升騰的力量。尼采正是要將這種肯定的力量啟動，這也正是他所標榜的價值所在：強健、有力、充盈、高揚、攀升，這種價值的理想存在正是那種至高卓絕的『超人』。」[22]但五四時期中國對尼采的接受主要是其哲學思想中的激烈的反傳統精神，在《評說「超人」——尼采在中國的百年解讀》一書中，編者說：「檢視近百年中國知識界對尼采的評論，我們發現，『立人』、『立國』是尼采所以被接受的最重要原因或尼采在 20 世紀中國的闡釋主線。」[23]正是由於五四時期人們在對尼采思想的接受時，尼采對身體本體的強調被忽略了，所以，同是對原始生命力的張揚，五四知識份子的闡釋與尼采的闡釋卻有著不同的含義，「中國的啟蒙者從釋放肉體生命力的角度接受了尼采們的影響，同時又將其西方現代悲觀主義範疇內的『理性』置換為具有針對性的窒息人類生命力的封建思想與封建倫理道德的價值系統。」[24]五四知識份子對尼采等人的非理性思想的接受充滿著一種現實需求。儘管五四知識份子所熱切呼喚的原始生命力的張揚也包含著肉體感官的成分，但它顯然並不是尼采式的身體哲學中剔除了精神和

---

[22]　汪民安〈尼采與身體〉，汪民安主編《身體的文化政治學》，河南大學出版社，2004 年版，第 118 頁。

[23]　金惠敏、薛曉源編《評說「超人」——尼采在中國的百年解讀》，社會科學文獻出版社，2001 年版，第 5 頁。

[24]　張光芒《啟蒙論》，上海三聯書店，2002 年版，第 115 頁。

意識的肉體感官，在他們對原始生命力的提倡中，生命本能與理性精神是並重的。

　　為了區別尼采式的純感官的身體，我認為，五四所表現出的對身體和精神的雙重重視的特徵可以用「情感性」來命名，因為「情感性」就包含著身體性和精神性的雙重因素：「我們稱之為『『情感』的東西，即是一種能強烈感受到的身體狀態，又是充滿文化屬性的概念。」[25]五四知識份子對包含著身體感性和精神理性的生命力的張揚，實際上這與李歐梵所說的「五四的時代特徵中包含著明顯的情感性特徵」是一致的，李歐梵把五四時期這種情感性特徵概括為「浪漫的個人主義」[26]，張灝同樣指出：「就思想而言，五四實在是一個矛盾的時代：表面上它是一個強調科學，推崇理性的時代，而實際上它卻是一個熱血沸騰，情緒激蕩的時代；表面上五四是以西方啟蒙主義重知主義為楷模，而骨子裏它卻帶有強烈的浪漫主義色彩。」[27]在五四時期的這種情感性特徵中，身體和精神、理性與非理性的成分兼而有之。舍勒曾把人的情感分為「精神性情感」和「身體性情感」，並認為前者是一種可以和別人分享的情感，如悲哀和快樂，這種情感離人的身體較遠，而後者則是不可能被感知的，「他者身體的機體感和與機體相隨的感性情感，是不可傳達的，同樣，我的身體感及其感性情感是不可分享的。」[28]五四

[25] 〔美〕安德魯・斯特拉桑著，王業偉、趙國新譯《身體思想》，春風文藝出版社，1999 年版，第 10 頁。

[26] 李歐梵〈現代中國文學中的浪漫個人主義〉，《現代性的追求》，生活・讀書・新知三聯書店，2000 年版，第 47 頁。

[27] 張灝〈五四運動的批判與肯定〉，《張灝自選集》，上海教育出版社，2002 年版，第 232 頁。

[28] 劉小楓〈現代性社會理論緒論〉，上海三聯書店，1998 年版，第 348 頁。

時期提倡的「生命力」就指向這樣一種身體性情感，它既有別於單純的身體本能，又有別於抽象的精神性情感。

實際上，這樣一種對「情感性」的重視恰恰是與傳統文化對「情」的控制相對抗的。傳統中國社會的基本秩序是禮治秩序，儒家文化講究「以禮節情」，在中國傳統文化的儒家倫理中，「情」與「慾」常常是同一所指，「情」、「慾」因與「禮」相對立而被貶抑，人的情感和慾望被圍困在傳統禮教的牢籠中。由於在「情」中包含著身體和精神的雙重因素，因此對「情」的約束和控制也就意味著對人的身體和精神的雙向禁錮。這一狀況一直持續到五四前後才有所改變，正如梁實秋所說：「我們中國人的生活，最重禮法。從前聖賢以禮樂治天下，幾千年來，『樂』失傳了，餘剩的只是鄭衛之音。『禮』也失掉了原來的意義，變為形式的儀節。所以中國人的生活在情感方面有偏枯的趨勢。到了最近，因著外來的影響而發生新文學運動，處處要求擴張，要求解放，要求自由。到這時候，情感就如同鐵籠裏猛虎一般，不但把禮教的桎梏重重的打破，把監視情感的理性也撲倒了。」[29]因此，五四時期情感的釋放也就相應地包含了精神和身體的雙重解放。

而五四思想家們在對原始生命力呼喚的同時，從來沒有放棄理性對人的約束，他們對理性和非理性思想在同等程度上的重視，不僅由於來自西方不同時期的這兩種思想的共時性影響，而且也由於五四知識份子在理論上傾向於從理想人性的角度來談人性的建設問題。據許壽裳回憶，魯迅早年在日本的時候，就常常和他討論與人性有關聯的三個問題：一，怎樣才是理想的人性？二，中國國民性中最缺乏的是

---

[29] 梁實秋〈現代中國文學之浪漫的趨勢〉，徐靜波編《梁實秋批評文集》，珠海出版社，1998 年版，第 40 頁。

什麼？三，它的病根何在？[30]魯迅顯然希望以「理想的人性」為標準，展開對國民性的批判。國民性改造的目的，仍然在於實現一種理想的、完美的人性。不只是魯迅，五四時期的「自然人性論」作為當時反封建倫理的重要的思想資源，就是一種典型的理想人性論，體現了對人類生活的理想狀態的追求。但是，由於「周作人忽視了人性的兩重性和人性的內在分裂，當然更忽視了人的社會性。他忽視了人並不是作為生物個體，而是作為社會的人而進化的」[31]，所以，周作人的自然人性論也是存在缺陷的，實際上這也反映了五四時期思想建設中普遍存在的問題。李澤厚就認為：「中國近現代的資產階級自然人性論，除了在五四運動後的新文學中有所表現外，並沒有充分的展開。」這其中的原因，除了他所說的「與近代反封建的啟蒙任務並沒完成有關」[32]外，我認為還有一個關鍵的原因是理想人性論本身的高邈性和空泛性所致，對此，魯迅早有洞見，他說：「你們將黃金時代的出現預約給這些人們的子孫了，但有什麼給這些人們自己呢？」[33]因此，魯迅一方面追問著理想的人性，另一方面又對這種「知感兩性，圓滿無間」的「全人」[34]持不無懷疑的態度。

五四知識份子在理論上試圖徹底推翻傳統文化的人倫價值，並在此基礎上建構一種完美的人性觀，但理論上的人性理想畢竟與現實存在著難以跨越的距離，人性的烏托邦理想並不能替代社會實踐自身的

---

[30] 參見許壽裳〈我所認識的魯迅〉，《魯迅回憶錄·專著》（上冊），北京出版社，1999 年版，第 443 頁。

[31] 韓毓海主編《20 世紀的中國：文學與社會》（文學卷），山東人民出版社，2001 年版，第 94 頁。

[32] 李澤厚《中國古代思想史論》，安徽文藝出版社，1994 年版，第 249 頁。

[33] 魯迅〈頭髮的故事〉，《魯迅全集》第 1 卷，人民文學出版社，1981 年版，第 465 頁。

[34] 魯迅〈文化偏至論〉，《魯迅全集》第 1 卷，人民文學出版社，1981 年版，第 54 頁。

發展規律，最終是社會實踐調整和補充了理想人性理論的不足。這種調整和補充主要是針對人性均衡發展的理想在實踐的天平上發生的各種「失衡」現象。儘管立於理想人性的支點，五四知識份子認識到，對於精神理性和身體感性，過度發展任何一個方面都是危險的，但是，因著具體語境的不同，他們卻又是有所偏重的。如陳獨秀說：「知識理性的衝動，我們固然不可看輕，自然情感的衝動，我們更應當看重。」[35]而俞平伯在《我的道德談》中批判了「只知有肉體之我，不認識有精神上之我」的縱慾的人性觀，認為：「人類因當發揮固有的靈性，獸性放肆，便能昏蔽神明，破壞幸福。」[36]陳獨秀的話不意味著他對理性精神的輕視，俞平伯的話也不意味著他對「肉體之我」的否定，這些言論都是有其立論的現實針對性的。

五四知識份子在吸收西方啟蒙主義思想的同時，也受到了反啟蒙主義思想的影響。但是，這種對啟蒙理性的懷疑仍然是基於五四現實語境的，而不是對啟蒙理性本身的理論質疑。如魯迅對科學理性的質疑，就緣於他看出科學主義在中國反封建文化的運動中發生著新的變異，他發現在科學的外衣下，一些舊道德、偽道德也冠冕堂皇地登上了社會生活的各種舞臺。因此，魯迅對此從各個方面進行了揭示和批判，比如，他說：「科學不但並不足以補中國文化之不足，卻更加證明瞭中國文化之高深。」[37]又比如，他說：「男人會用『最科學的』學說，使得女人雖無禮教，也能心甘情願地從一而終，而且深信性慾是『獸慾』，不應當作為戀愛的基本條件；因此發明『科學的貞操』，——那

---

[35] 陳獨秀〈基督教與中國人〉，《獨秀文存》，安徽人民出版社，1987年版，第281頁。
[36] 俞平伯〈我的道德談〉，《新潮》第1卷第5號，第894頁。
[37] 魯迅〈偶感〉，《魯迅全集》第5卷，人民文學出版社，1981年版，第479頁。

當然是文明進化的頂點了。」[38]舊道德通過科學的裝飾，很能起到蠱惑
人心的作用，而將這種偽道德從人們的價值系統中剝離出來，是一個
相對於對封建倫理道德的直接否定更艱巨的工程，因而魯迅說：「我們
現在雖然好好做『人』，難保血管裏的昏亂分子不來作怪，我們也不由
自主……這真是大可寒心的事。」[39]魯迅的懷疑並不具有西方非理性主
義哲學所具有的思想背景，而是基於中國的現實狀況提出的中國在走
向現代化過程中所面臨的問題。

　　西方的思想如何在中國的傳統和現實的框架下產生作用，這是一
個西方思想中國化的問題，西方思想不可能原封不動移植到中國。對
這一點，魯迅早就說過：「中國本不是發生新主義的地方，也沒有容
納新主義的處所，即使偶然有些外來思想，也立刻變了顏色。」[40]而
自然人性論這樣一些誕生於西方個人主義思潮之中的思想，在中國只
有通過變異才能找到生根的土壤，其生存的基本原則是，捨棄抽象的
人性闡發，立足於中國的現實狀況。魯迅提出：「一要生存，二要溫
飽，三要發展。有敢來阻礙這三事者，無論是誰，我們都反抗他，撲
滅他！」[41]從身體的視角來看，這是融合抽象的國家、民族之身與真
實的個體肉身的身體語言，它闡釋了大到一個民族、國家，小到一個
個體所必須確立的基本的生存條件和生存目標。這種立論從身體出
發，並返回到身體，絕無抽空的高蹈之論：「我之所謂生存，並不是

[38] 魯迅〈男人的進化〉,《魯迅全集》第5卷,人民文學出版社,1981年版,第284頁。
[39] 魯迅〈隨感錄三十八〉,《魯迅全集》第1卷,人民文學出版社,1981年版,第313頁。
[40] 魯迅〈隨感錄五十九‧「聖武」〉,《魯迅全集》第1卷,人民文學出版社,1981年版,第354頁。
[41] 魯迅〈北京通信〉,《魯迅全集》第3卷,人民文學出版社,1981年版,第51頁。

苟活；所謂溫飽，並不是奢侈；所謂發展，也不是放縱。」[42]可以說，抽象的人性論在魯迅這裏因這種真實的身體語言而被啟動了。

三、五四：身體的呈現和遮蔽

正是由於五四在接受西方非理性主義身體話語時存在著這樣一種中國化的闡釋，所以，從五四的歷史語境出發，「身體」在五四的政治、文化和文學等領域總體上呈現出一種本土化的面貌。

在政治和文化領域內，五四知識份子把晚清民族解放意義上的身體解放的行動自覺地融入進範圍更大也更具有摧毀力的個性解放運動之中。五四新文化運動者所倡導的「人的解放」的含義是豐富的，它包含著人的身、心兩方面的解放，而「身的解放」、「心的解放」又是糾纏在一起的，很難劃分出兩者之間的明確界限。我們很難在五四的個人話語中，把屬於身體的那一部分剝離出來，身體與自我意識、身體與情感體驗、身體與精神需求之間存在著難以斬斷的聯繫。不過，從比較明確的身體話語來說，身體在五四時期主要是在倫理道德的範圍內被談論的，在五四啟蒙思想中，身體話語是和反封建倫理道德的話語重合的，這使得五四對身體的關注並不具有西方啟蒙話語從人的存在層面對身體的本體意義進行拷問的特徵。無論是談論性解放、婚姻自由還是貞操問題，五四新文化運動都是立足於對封建文化進行批判的立場，所以，五四的身體問題也就是倫理、道德的問題。

五四時期的身體問題往往是以「性」的方式被談論的。周作人說：「一民族的文明程度之高下，即可以道德律的寬嚴簡繁測定之，而性

---

[42]　魯迅〈北京通信〉，《魯迅全集》第 3 卷，人民文學出版社，1981 年版，第 51-52 頁。

道德之解放與否猶足為標準……」[43]文化對人的禁錮首先是對身體的禁錮，而這種身體的禁錮又主要體現為對「性」的壓制。在傳統社會中，「性」總是隱藏在黑暗而骯髒的角落，是一個不能被公開談論的話題，但悖論的是，「性」又是非常重要的，性道德往往還成為判斷一個人特別是女人「淨」與「不淨」的最重要的標準。因此，在五四這樣一個文化轉型期，「性」的身體受到了特別的重視，它擔當起了一個先鋒性和反叛性的角色，且由於它和婦女解放、個性解放等思潮都具有密切的聯繫，因而它所牽涉到的話題是豐富多樣的。不過，無論這些話題所包含的思想多麼現代，只有當它們在人們的思想和實際生活中發生作用時才是有意義的。因此，為了使國民樹立新的性道德觀念，除了如周作人、胡適等思想家極力向國民灌輸新的道德觀、貞操觀以外，社會媒體也成為消除封建的性倫理觀念的一個陣地，當時有關婦女問題、性教育、愛情婚姻和優生學的刊物就不計其數。

　　可以說，無論是思想領域對「自然人性論」的闡發，還是社會媒體對性禁忌的清除，建構性話語的目的都在於使人們坦然面對自然的身體。不過，當身體總是出現在反封建倫理的戰場上時，其不可低估的負面作用也隨之而至：身體被理所當然地固定在了倫理道德的領域，它在人們的話題中也總是以「性」的面目出現。我們看到，無論是傳統道德對身體的壓制，還是五四啟蒙運動對人的自然慾望合理性的肯定，都潛含著「身體等於性」的前提，只不過在傳統文化中身體是以醜惡和不潔的方式出場的，而五四則讓身體以「人性的」、「自然的」方式出場，如周作人就說：「凡是人欲，如不事疏通而妄去阻塞，

---

[43] 周作人〈論做雞蛋糕〉，鍾叔河編《周作人文類編・上下身》（第 5 卷），湖南文藝出版社，1998 年版，第 336 頁。

終於是不行的。」[44]周作人的自然人性論強調的是人性本能的合理性，並以此來對抗封建倫理對人性的壓抑和扭曲。然而，當身體只是在反傳統的價值層面上被認可時，它就會處於一個橋梁性的可以隨時被丟棄的地位，這樣，身體顯然不可能獲得獨立的意義。約翰・奧尼爾在《身體形態》中認為，人的身體不僅僅是生物學和醫學意義上的肉體，也是作為與經濟、文化、政治發生關係的媒介的交往身體，而「交往身體被降格為性的身體是一個歷史過程」[45]。儘管在封建文化對人性的壓抑中，性的身體是文化壓制的焦點，但是我們在面對這樣一個歷史現實的同時，也應該看到，身體作為人感受世界、認識世界的起點，並不僅僅只具有倫理道德的價值和意義，它還更應該有生命意義的層次，也正是在這個層次上，人類才能真正理解作為人存在之根基的身體，並由此真正理解倫理的、道德的身體的意義。把人的價值作為衡量一切標準的五四人物們對人首先是身體的存在這一基本事實並不關心，也無興趣做更多的哲學探究，他們注重的是從文化上對國民的精神進行改造，人被看作是一個抽象的文化存在，而不是一個身體性的真實肉身的存在。五四反傳統文化的情緒性特徵使得對人性的思考沒有深入下去，在對待身體的態度上，後來的人們之所以慣於使用這種或肯定或否定的思維模式，這與五四時期形成的這種身體思維是有很大關係的。

　　在具體的身體觀念上，五四最有代表性的是周作人的「靈肉一致觀」，其經典表述是：「靈肉本是一物的兩面，並非對抗的二元。獸性

---

[44]　周作人〈讀《慾海回狂》〉，鍾叔河編《周作人文類編・上下身》（第 5 卷），湖南文藝出版社，1998 年版，第 30 頁。

[45]　〔美〕約翰・奧尼爾著，張旭春譯《身體形態——現代社會的五種身體》，春風文藝出版社，1999 年版，第 6 頁。

與神性，合起來便只是人性。」周作人也非常贊同英國十八世紀詩人勃萊克的觀點：「人並無與靈魂分離的身體。因這所謂身體者，原止是五官所能見的一部分靈魂。」[46]可以看出，周作人較多的接受了西方「身心一元」的觀念，比較廚川白村的說法：「我們有獸性和惡魔性，但一起也有著神性；有利己主義的欲求，但一起也有著愛他主義的欲求。如果稱那一種為生命力，則這一種也確乎是生命力的發現。這樣子，精神和物質，靈和肉，理想和現實之間，有著不絕的不調和，不斷的衝突和糾葛。」[47]可以看出，廚川白村持的是一種「二元論」的靈肉觀念，只不過不是傳統的靈魂壓制身體的「二元」，而是身體與靈魂並立的「二元」。相比較而言，周作人儘管肯定了西方「身心一元」的觀念，但他又覺得勃萊克的「一元論」有些「神秘」，這實際上源於「身心一元」的觀念很難用二元論式的清晰的邏輯語言加以表述。實際上，對於通過語言來思維和表達的人類來說，二元論是一種很普遍的思維，對於兩個相互依存的事物的言說往往會在有意無意之中使用這種方式，所以，即使如周作人有一種自覺的「身心一元」意識，「二元論」的影子也會在語言表述中呈現出來，並影響讀者。讀者在二元論的思維模式下，也很容易因著具體的語境的變化而發生對「靈」或者「肉」的偏重。

　　「靈肉二元論」潛藏的危機的具體表現就是禁慾和縱慾的兩種傾向，與傳統文化提倡神性、壓制獸性的禁慾主義觀念相對立，反傳統勢必會走到另一個極端，即張揚人的自然本能而放棄人的神性。對此，受

---

[46] 周作人〈人的文學〉，鍾叔河編《周作人文類編・本色》（第 3 卷），湖南文藝出版社，1998 年版，第 33 頁。

[47] 廚川白村著，魯迅譯〈苦悶的象徵〉，《魯迅全集》第 13 卷，人民文學出版社，1973 年版，第 30 頁。

靄理斯思想的影響，周作人認為：「生活之藝術只在禁慾與縱慾的調合。……禁慾亦是人性的一面，歡樂與節制二者並存，且不相反而實相成。人有禁慾的傾向，即所以防歡樂的過量，並即以增歡樂的程度。」[48]周作人這種主張禁慾與縱慾相調合的觀點實際上就是「靈肉一致」觀的變相延續，它既針對傳統禁慾主義的保守觀點，又針對五四放縱主義的激進觀點，這種觀點其實不過是中國古代中庸主義的運用（周作人經常自稱為「中庸主義」），正如周作人自己所說：「這生活的藝術在有禮節重中庸的中國本來不是什麼新奇的事物。」[49]中庸的藝術即調合、折衷的藝術，周作人所主張的神性與獸性相調合的人性觀、禁慾與縱慾相調合的生活之藝術儘管合乎人性理想的狀態，有其科學性和合理性，但這種中庸主義的抽象人性立場在現實中實際上很難有所作為。

　　還必須進一步指出的是，在自然人性遭受壓制這一問題上，五四知識份子往往從反封建倫理的目標出發，把人性的被壓制全部歸屬到傳統文化的負面作用的魔下，這是有失偏頗的，同時也失去了對人性悖論的全面體認。這是因為人類的發展是以文明對自然人性的壓制為手段的，弗洛伊德在《文明及其不滿》中，就把文明與愛欲對立起來，認為愛欲對文明會產生一種破壞性的力量，對性本能的壓制就成為人類發展必須付出的代價。正是因為五四時期的思想建設立足於文化批判的立場，而不是把對新的價值信仰和生命意識的追尋作為目的，五四知識份子「幾乎忽略了價值重建還有超出意識形態意義去重建心靈

---

[48] 周作人〈生活之藝術〉，鍾叔河編《周作人文類編・夜讀的境界》（第 9 卷），湖南文藝出版社，1998 年版，第 26 頁。
[49] 周作人〈生活之藝術〉，鍾叔河編《周作人文類編・夜讀的境界》（第 9 卷），湖南文藝出版社，1998 年版，第 27 頁。

世界的使命」[50]，當人性的悖論都作為傳統道德的負面內容一起推翻之後，就形成了價值空缺後心理失重的狀況，也使得他們對人的理解、對身體的闡釋都非常浮泛。

五四思想領域激烈地反傳統文化的思想觀念在五四文學中也得到了熱情的回應，愛情、婚姻題材小說的大量出現正是這種回應的體現。但是，由於文學與思想在言說方式上存在著很大的差異性，文學主要採取感性的方式予以形象地反映，而「形象大於思維」，文學比思想更具有複雜性、多義性，文學更能真實地反映人們在擺脫傳統過程中的種種步履艱難的印記，所以，在具體問題的表現上，五四新文學比五四思想更具有複雜、多面的特徵。通過文學作品，我們一方面能感受到在時代大潮的裹挾下人們對封建文化的強烈反叛，另一方面，這個反叛的過程又充滿著多種可能，這些可能都絕非和傳統是一刀兩斷的關係，封建文化的心理暗示、對傳統既離棄又依戀的雙重心態、夢醒後無路可走的悲哀等問題都可能出現，並成為人們接近時代理想的障礙。也正是這樣一些文學作品，非常真實地反映了時代思想與個人生活的距離。

這種距離首先就表現在對「自然人性論」所肯定的自然慾望的排斥和疏離上，而在一些女作家的作品中這一姿態表現得最為明顯。如馮沅君的小說《旅行》，寫的是一對私奔出逃的青年人，他們在火車上，因為怕引起搭客們的注意，連拉手都不敢，但是他們卻又以此為驕傲，因為他們「不客氣的以全車中最尊貴的人自命」，儘管他們「夜夜同衾共枕，擁抱睡眠」，卻能「柳下惠坐懷不亂」，最後終於完成了「愛的

---

[50] 許紀霖、陳達凱主編《中國現代化史 1800-1949》（第一卷），上海三聯書店，1995年版，第 314 頁。

使命」。魯迅對此評價說：「實在是五四運動之後，將毅然和傳統戰鬥，又怕敢毅然和傳統戰鬥，遂不得不復活其『纏綿悱惻之情』的青年們的真實寫照。」[51]時代青年大膽沖出家庭束縛，追求自由的愛情，但卻捨棄身體的快樂，僅僅以精神之戀作為反抗封建倫理的最高價值的體現，這並不是作家本人的一種幻想，相反，它意味深長地再現了處在傳統和現代的夾縫中的青年人的心理現實。而在盧隱的《海濱故人》、《麗石的日記》中，我們則能從那低垂在女性天空無以排遣的深切悲哀中體驗到女性在現實與理想之間的猶疑和徘徊。而即使在丁玲驚世駭俗的作品《莎菲女士的日記》中，我們一方面看到大膽而叛逆的莎菲時時表現出對慾望的追逐，另一方面又看到她在「靈肉一致」這道高懸的愛情理想尺規下，時時處於痛苦和矛盾的自責中，她鄙視並最終捨棄了缺乏靈魂之愛的身體享樂。李歐梵評價說：「在盧隱和丁玲的筆下，愛情的那種持久的性質主要是精神上的。為了反對傳統的那種把性看作是男人的玩物這一事實，五四時期那些易卜生主義的信奉者們一心想要使婚姻具有愛情的內容，反對中國一向實行的那種建立在肉慾而不是精神上的一夫多妻制。由於愛情被看作是一種新的道德，而且愛情的這種道德內涵又往往具有更多的精神性，所以中國的娜拉們的感情經歷常常產生一種新的反諷。儘管她們能夠很容易的以愛情的名義拒絕傳統的婚姻制度，但是她們發現很難以他們對愛情的理解為基礎建立起新的人際關係或婚姻。」[52]女作家們對精神之愛的單向肯定，顯示了她們對傳統女性作為性工具這一角色的反叛，但同時，對

---

[51] 魯迅《中國新文學大系‧小說二集‧導言》，上海文藝出版社，2003 年版，第 7 頁。
[52] 李歐梵《現代性的追求》，生活‧讀書‧新知三聯書店，2000 年版，第 210 頁。

肉慾的否定又說明她們對傳統有著更深一層的依賴，在她們決絕的追求精神之愛的姿態中，暗含著傳統和現實的雙重影像。

與女作家對身體的拋棄相對照，在男性作家如郁達夫筆下，對「肉慾」卻有大膽的展示，這種展示在社會影響層面確實起到了向傳統挑戰的作用。不過，郁達夫對純粹的肉慾沉溺仍然是持一種帶有負罪感的、否定性的態度，作品呼喚的仍然是一種精神上的愛情。五四愛情題材小說中的這些人物非常形象地說明瞭五四時期對待身體的融反傳統和傳統為一體的思維方式，這正好表達了當時人們對人的自然慾望所持有的一種遊離的心態，也反映了社會生活領域對五四主流身體觀念接受的限度。

除了郁達夫外，張資平也是五四時期大量寫性愛小說的作家之一。張資平的作品對「性」的肯定在當時個性解放的思潮下是有積極意義的，但是「性」畢竟不能成為判斷文學作品好壞的唯一標準，並且這一點積極的意義也隨著張資平後來逐漸滑入了低俗的商業化寫作而消失，並被魯迅、沈從文等人所不恥。同為創作社成員，且寫作題材都比較專注於性愛，因而經常有人會把張資平與郁達夫放在一起比較，如鄭伯奇說：「張資平的作風，和沫若、達夫迥不相同。他們兩人都偏於主觀，資平的寫作態度是相當客觀的。因此便有人稱他是寫實主義的作家。不錯，他常常是寫實的，但他所『寫』的『實』只是表面的現象，不曾接觸事實的核心。」[53]沈從文則說：「為的是怎麼郁達夫的一套能引起人同情。張資平卻因永遠是那一套失敗呢？那因為是兩種方向。一個表白自己，抓得著自己的心情上因時間空間而生的變

---

[53] 鄭伯奇《中國新文學大系・小說三集・導言》，上海文藝出版社，2003 年版，第 14 頁。

化，那麼讀者也將因時間空間的距離，讀郁達夫小說發生興味以及感興。張資平，寫的是戀愛，三角或四角，永遠維持到一個通常局面下，其中縱不缺少引起挑逗抽象的情慾感印，在那裏抓著年青人的心，但在技術的精神，思想，力，美，各個方面，是很少人承認那作品是好作品的。」沈從文還挖苦道：「郁達夫作品告給我們生理的煩悶，我們卻從張資平作品取到了解決。」[54]這些批評都說明，在藝術的世界裏，判斷性描寫的高下的標準仍然是人性和美的標準，張資平身體寫作的姿態強調的只是「性的趣味」，對「性」持的是一種玩賞的世俗態度，缺乏書寫人性的豐富性和深層性。同時，張資平作品單一化的模式和套路，也顯示了其與歷史當下缺乏溝通的缺陷，對身體情慾的強調不僅沒有凸現出身體真正的價值和意義，卻顯露出身體貧乏和單調的特徵。

總之，對於五四時期的身體話語，我們顯然不能冠之以「是對人的解放」的簡單結論，因為任何簡單的「解放」觀念都不能夠反映「人的解放」歷史過程中的真實狀況。身體在五四話語中所扮演的角色是複雜的，它是突出的，同時又是被遮蔽的，在被反傳統話語利用之後人的真實的身體的面貌並沒有得以全面和真實地呈現。儘管「身體」這樣一個對中國人來說既神秘又陌生的話題，在五四時期的被關注只是一個開始，但就是在這樣一個起點上，身體的被言說卻包含著解放和壓抑的雙重性質，同時，在此後很長的時間內，我們言說身體的基本方式或多或少都受到了五四這種思維方式的影響。

---

[54] 沈從文〈郁達夫張資平及其影響〉，《沈從文全集》第 16 卷，北嶽文藝出版社，2002 年版，第 189-190 頁。

第二節　身體的個人性及其公共認同

一、個人體驗與五四革命：吳虞現象分析

在我們的言說和描述中，歷史的發展往往顯示出一種永遠向前的巨大慣性和力量，而對於那些對歷史發展具有重要貢獻的精英人物來說，他們是如何與歷史建立關聯的？在他們和歷史發生特殊機緣的那些複雜因素中，身體或者說個體體驗的在場相對於歷史來說具有多大的意義和作用？如果說現代性給予了二十世紀的人們對歷史的一種整體性、同質性思維，那麼個體身體的偶然性又是如何在歷史的必然中存在的？顯然，這些問題的提出帶有明顯的對歷史宏大敘事反思的性質，而在這種反思中，身體或個人體驗為我們提供了入口。如果說歷史表現為思想觀念的演變，那麼在對思想史的考察中，我們不僅要關注思想觀念的發展，也要關注思想家「對時代的刺激的生命的感受，如何在思想上作自覺的反應」[55]。而對上述問題的思考可以讓我們從另一個角度理解思想的產生和歷史的形成。在對五四前後諸多精英人物的考察中，我發現吳虞是一個特別有意思的分析對象，作為一個典型地表現了個人在歷史中的兩面性的人物，他身上所發生的一些現象能為我對以上問題的思考提供一定的幫助。

1、「非孝」的五四英雄吳虞

被胡適稱為「隻手打倒孔家店的老英雄」吳虞，四川成都人，1872年出生於四川成都的一個地主家庭，早年曾受過系統的傳統教育。戊

---

[55] 張灝〈烈士精神與批判意識〉，《張灝自選集》，上海教育出版社，2002 年版，第 212 頁。

戊戌維新後，吳虞受到了西方新學的影響，後留學日本，入日本法政大學，學習了歐美各國的政治、法律、經濟等課程，這時，儘管「反孔非儒」的思想已經在他頭腦中形成，但他仍沒有明確的政治方向。回國後，吳虞發表「反孔非儒」的言論，抨擊君主專制、孔孟思想之專制。1910 年，吳虞因不滿其父的醜行而將其父告到官府，這件事在當時的成都轟動一時。儘管經過官府審理，輸理的是他的父親，但吳虞卻遭到了四川文化教育界的譴責，他的行為被認為是「非禮非法」的「忤逆」。為了辯白是非，吳虞油印了《家庭苦趣》一文散發各學堂，他在文中說：「中國偏於倫理一方，而法律亦根據一方之倫理以為規定，於是為人子者，無權利之可言，惟負無窮之義務。而家庭之沈鬱黑暗，十室而九。」[56]當時任四川教育總會會長的徐炯為此專門召開了一次教育會，聲討這個「投畀豺虎，豺虎不食；投畀有北，有北不受」的名教罪人，並表決要將吳虞逐出四川教育界。[57]吳虞還和其父親爭地產，被其父狀告到官府，後來儘管經判決吳虞在田產問題上獲勝，但由於《大清律例》將「不孝」定為「十惡」之一，吳虞在四川的處境非常艱難。1917 年在陳獨秀的支援下，他連續在《新青年》上發表了《家族制度為專制主義之根據》、《禮論》、《儒家主張階級制度之害》、《儒家大同主義本於老子論》、《讀荀子書後》和《消極革命之老莊》等文章，1919 年又發表了《吃人與禮教》，從此，吳虞從成都的反封建文化的地方舞臺走向了全國的政治舞臺。

---

[56] 吳虞〈家庭苦趣〉，趙清、鄭成編《吳虞集》，四川人民出版社，1985 年版，第 20 頁。

[57] 趙清、鄭成〈前言〉，趙清、鄭成編《吳虞集》，四川人民出版社，1985 年版，第 4 頁。

汪暉說：「『五四』文化批判經常不是從某種理論邏輯出發，而是
和個人的獨特經驗相關，對於對象的分析是在獨特的而深切的個人經
驗中形成的。」[58]對於這樣一個判斷，我們的確可以從許多五四人物
的個人生活經歷中找到充足的證據。翻閱歷史，我們看到，從晚清到
五四，大多數反封建鬥士的行為都與他們個人生活經驗有關，他們要
麼是身受封建傳統之苦，要麼是親眼目睹了封建傳統對人性的戕害。
譚嗣同在《仁學自序》中說：「吾自少至壯，遍遭綱倫之厄，涵泳其
苦，殆非生人所能任受。」[59]這正是譚嗣同走上反封建道路的一個很
重要的原因。吳虞在思想觀念上「非孝反孔」的主張，以及他對舊的
法律的批判都顯然和他自己的遭遇有關，他遭受封建倫理迫害的個人
經歷，成為他堅決地走向五四反封建文化的公共舞臺、遭受迫害和打
擊也百折不回的動力。對此，吳虞非常清楚，在日記中他這樣寫道：
「不意成都一布衣亦預海內大名家之列，慚愧之至。然不經辛亥之
事，余學說不成，經辛亥之事而余或不免，四川人亦無預大名家之列
者矣，一歎。」[60]「辛亥之事」指的就是他與父親之間的糾紛。個人
感受的深切激發了吳虞反封建的激情和鬥志，他採取的方式是用文字
作為反封建文化的工具，《家族制度為專制主義之根據論》在《新青
年》刊出後，他在日記上寫道：「余之非儒及攻家族制兩種學說，今
得播於天下，私願甚慰矣。」[61]

---

[58] 汪暉〈中國現代歷史中的「五四」啟蒙運動〉,《汪暉自選集》, 廣西師範大學出版社，1997 年版，第 317 頁。

[59] 譚嗣同〈仁學自敘〉,《譚嗣同全集》, 中華書局，1981 年版，第 289 頁。

[60] 吳虞《吳虞日記》(上冊), 中國革命博物館整理，榮夢源審校，四川人民出版社，1984 年版，第 310 頁。

[61] 吳虞《吳虞日記》(上冊), 中國革命博物館整理，榮夢源審校，四川人民出版社，1984 年版，第 295 頁。

　　吳虞的「非孝」不僅包括對家族制度的批判，而且他還把個體道德的「孝」的範圍擴大，他指出：「蓋孝之範圍，無所不包，家族制度之於專制政治，遂膠固而不可分析。」[62]吳虞認為「孝」為封建專制社會的根本，剷除它就等於把封建文化的根基抽去了：「夫孝之義不立，則忠之說無所附；家庭之專制既解，君主之壓力亦散；如造穹隆然，去其主石，則主體墜地。」[63]吳虞把自己對封建專制感性的痛恨轉化為理性的批判，「他後來不斷地在傳統中搜尋與自己的經歷有關的歷史事迹。……翻前人之案，實即所以翻自己之案，這些舉措都不是偶然的。」[64]也就是說，吳虞對於反封建話語的建構是基於個人體驗的，從他的個人體驗出發，「孝」是一個必須完全否定的人倫規範。不過，從客觀的立場來說，「孝」並不是如吳虞所認為的那樣完全是萬惡之源，「孝道」不論是在中國古代社會，還是現代社會，都有它積極的意義，「孝」對於建構和諧、正常的人倫關係，其作用是重大的。「孝」在歷史層面上的種種「罪惡」和「殘忍」主要是由於它脫離了「人道」，但如果把「孝」作為封建文化整個剷除顯然又是可笑的。對此，吳虞個人家庭關係的惡劣，是一個很好的說明。當他和父親矛盾、衝突時，「非孝」是他反抗父親專制的一個有力武器，這時，他是「非孝」的宣揚者和受益者。但她的女兒後來對他的「非孝」的行為卻又傷害到他自身，早在 1914 年 12 月 19 日的日記中，吳虞就記載了他女兒之間惡劣的關係：「恒來一稟，言楷不肯借衣服，又言此次試驗分數，皆比楷多，楷頗忌之。同胞同此，何言博愛，可

---

[62] 吳虞〈家族制度為專制主義之根據論〉，趙清、鄭成編《吳虞集》，四川人民出版社，1985 年版，第 63 頁。

[63] 吳虞〈家族制度為專制主義之根據論〉，趙清、鄭成編《吳虞集》，四川人民出版社，1985 年版，第 65 頁。

[64] 王汎森《中國近代思想與學術的系譜》，河北教育出版社，2001 年版，第 251 頁。

見性惡之人，雖耶穌亦無知之何。為之憤歎！」[65]後來到北京之後，吳虞與身邊的兩個女兒關係進一步惡化，其情狀似乎是吳虞與其父親關係的再版，對此，吳虞自己可能不會沒有反思，這時，具有積極的反封建文化意義的「非孝」對吳虞來說卻又具有了反面消極的意義，不過在歷史的描述中，後一事件顯然是與時代話語相抵觸的，因而才被忽略和取消。

　　吳虞激烈的反傳統的態度和行為明顯地包含著情緒化的成分，而缺乏一種積極的建設性的意義。相對於吳虞對傳統倫理單純的否定性和批判性的態度，魯迅在這一問題上有著更深入的具有建設性的思考，我們可以把魯迅在這一問題上的觀點和吳虞的觀點作一比較。魯迅在《我們現在怎樣做父親》中認為：「後起的生命，總比以前的更有意義，更近完全，因此也更有價值，更可寶貴；前者的生命，應該犧牲於他。」[66]這與傳統重老者、輕幼者的倫理道德觀恰恰相反。魯迅把延續和發展生命的本能叫做「天性的愛」，認為「獨有『愛』是真的」。[67]魯迅對家庭人倫關係的建構是以「愛」代替「孝」，並說：「這離絕了交換關係利害關係的愛，便是人倫的索子，便是所謂『綱』。」[68]魯迅把重形式、輕情感的舊道德轉變成了以情感性的「愛」為中心的新道德，這正是吳虞在對「孝」的批判中所缺少的。

---

[65] 吳虞《吳虞日記》(上冊)，中國革命博物館整理，榮夢源審校，四川人民出版社，1984 年版，第 161 頁。

[66] 魯迅〈墳·我們現在怎樣做父親〉，《魯迅全集》第 1 卷，人民文學出版社，1981 年版，第 132 頁。

[67] 魯迅〈墳·我們現在怎樣做父親〉，《魯迅全集》第 1 卷，人民文學出版社，1981 年版，第 137 頁。

[68] 魯迅〈墳·我們現在怎樣做父親〉，《魯迅全集》第 1 卷，人民文學出版社，1981 年版，第 133 頁。

當思想家、改革家表述某種思想、言論時，就隱含著他自身對這些思想觀念的個人認同，因為任何思想都不是抽象的、先驗的，語言不僅傳達了抽象的思想，也傳達了真實的體驗，「最終不是純粹的意識，而是身體通過說出這一重估了的語詞，發現了我思的新的、完全的、真正的意義」[69]。周作人所說的「大約人的覺醒，總須從心裏自己發生；倘若本身並無痛切的實感，便也沒有什麼話可說」[70]，也正表達了這一意思。既然個人體驗與時代、歷史之間存在著聯繫是一個無可置疑的事實，那麼吳虞的深切體驗為他介入歷史提供了條件，並最後使他的介入歷史成為很自然的事，也能夠為人們所理解。問題是那個時代與吳虞有著相似經歷和體驗的大有人在，最後是吳虞成為了這一個「隻手打倒孔家店的老英雄」，而不是別人，從這一點來說個人身體相對於歷史空間的在場又是充滿著各種各樣令人意想不到的偶然性的。但歷史畢竟不能等同於個人生活史，我們當然不能說這些精英人物是通過反傳統以泄心中的不平，事實上，身體與歷史的相遇仍然在於把這種偶然性寓於了歷史的必然性之中。

從吳虞個人思想和經歷儲備來看，他個人對於歷史的進入又有著與眾不同的必然。與多數人非自覺的精神狀態相比，吳虞的反封建具有一定的理論自覺性，對西方、日本先進思想的學習使吳虞能夠把在封建社會非常普遍的個人經驗從無意識上升到有意識的層面，以此為思想背景，吳虞的反抗除了情緒上的以外，還有對傳統文化的理性批判。而從歷史處境來說，二十世紀初期正是時代處於極端不穩定、舊的文化和制度在分崩離析而新的思潮風起雲湧的時期，深切的個人體

---

[69]〔美〕普里莫茲克著，關群德譯《梅洛-龐蒂》，中華書局，2003年版，第33頁。
[70]周作人《〈貞操論〉譯文序》，鍾叔河編《周作人文類編‧上下身》（第5卷），湖南文藝出版社，1998年版，第422頁。

驗使他較容易與歷史走向合謀，歷史潮流為他個人身體的痛感找到了情緒的爆發點，「我不是自由地為我的經歷選擇隨便什麼意義，而是在我的時代、文化和處境所允許的範圍內選擇意義」[71]。正是對歷史脈動的把握使吳虞從個人一己的痛苦走向了對整個封建文化的思考和批判，從而走到了五四新文化運動的前列。因此，除個人體驗之外，西學、東學背景以及正在逐漸形成氣候的反傳統文化的社會思潮為吳虞規劃了他在歷史中的出場以及出場的基本方式，最後，在《新青年》為他提供的從地方走向全國的政治平臺上，吳虞讓歷史記住了他。

2、寫《秋水集》的吳虞

如果說吳虞在成都時是因為「非孝」的反傳統行為而為社會所不容，那麼吳虞在成為反傳統文化的英雄之後所遭到的批評非議卻是因為狎妓、寫豔情詩等，這顯然是具有諷刺意味的。1924 年 4 月 29 日的《晨報副刊》發表一篇化名為 XY 的記者寫的一篇題為《孔家店裏的老夥計》的文章，這篇文章批評吳虞說：「至於冒牌的孔家店裏的貨物，真是光怪陸離，什麼都有。例如古文、駢文、八股、試帖、扶乩、求仙、狎優、狎娼，……三天三夜也數說不盡。自己做兒子的時候，想打老子，便來主張毀棄禮教；一旦自己已做了老子，又想剝奪兒子自由了，便又來陰戶禮教。」[72]作者認為吳虞不配稱「打孔家店的老英雄」，而是「孔家店裏的老夥計」。吳虞在 1924 年 5 月 2 日的《晨報副刊》發表《致〈晨報〉記者》一文，對文中的指責一一辯解，但說是辯解，實際上吳虞對別人指責他的大部分事實都是承認的，且「辯解」

---

[71] 〔美〕普里莫茲克著，關群德譯《梅洛-龐蒂》，中華書局，2003 年版，第 46 頁。
[72] 見吳虞〈致《晨報》記者〉一文的編者章節附註，趙清、鄭成編《吳虞集》，四川人民出版社，1985 年版，第 409 頁。

的語氣平和，並無氣勢洶洶之勢。對於寫「豔情詩」的指責，吳虞說：「至於吳吾之詩，自有吳吾負責，不必牽扯吳虞，猶之西瀅之文，自有西瀅負責，不必牽扯陳源也；若定指吳吾即吳虞，我也不推辭。」[73]這明顯有強詞奪理的成分，吳虞同時還舉出和自己一樣喜歡戲子的同道王凌波、蔡松坡，寫倚豔之詞的同道陳獨秀、黃季剛，並說：「士各有志，毋容相強。不必曰各行其是，各行其非可耳。」[74]由此看出，一方面吳虞對自己的行為持一種個人主義的立場，認為個人的志趣愛好是個人有權利作出選擇的事情，他人無權干預，另一方面，作為時代標誌性的人物，在公共空間必須把時代話語確認為唯一正確合法話語的前提下，吳虞也很難為自己作出理直氣壯的辯駁。因此，吳虞發表的這一段文字與其說是「辯解」，不如說是「說明」，說明處在轉型時期的個人的尷尬和矛盾。

吳虞《秋水集》中的觀劇及詠優伶之作是指《觀劇偶賦二十首》，都是寫給戲子的溢美之作。而對於「《秋水集》中亦有一組署名為吳吾的豔詩」[75]的這一說法，我還存在疑問，我所看到的 1913 年刻本的《秋水集》均無署名，不知這「吳吾」名出何處？想必是詩作發表時的署名。不過，《秋水集》中確實有一些豔詩、豔詞，如《閨情十首》、《無題二十首》、《菩薩蠻》等，下面摘錄四首，其中前三首詩出自《閨情十首》，最後一闋詞出自《菩薩蠻》：

---

[73] 吳虞〈致《晨報》記者〉，趙清、鄭成編《吳虞集》，四川人民出版社，1985 年版，第 408 頁。

[74] 吳虞〈致《晨報》記者〉，趙清、鄭成編《吳虞集》，四川人民出版社，1985 年版，第 408 頁。

[75] 見吳虞〈致《晨報》記者〉一文的編者章節附註，趙清、鄭成編《吳虞集》，四川人民出版社，1985 年版，第 409 頁。

骨香腰細更沈檀，添盡羅衣怯夜寒。禪鬢鳳釵慵不整，憶來唯
把舊書看。

玉蕭無復理霓裳，雲雨巫山枉斷腸。斜托香腮春筍嬾，碧桃花
謝憶劉郎。

萬般饒得為憐伊，何事相逢不展眉。豆蔻花間坐晚日，倚郎和
袖撫香肌。

金堂乍啟光明滅，羞眸斜睇嬌無力。相向劇關情，對人佯自驚。
婷婷還嫋嫋，倦倚腰肢好。可愛是天然，魂銷鸞境前。

「豔情詩」是古代文人用香豔的詞藻描寫男女之情和女性美態的
詩歌，這類詩歌往往表現了男性作者對女性的觀賞和狎玩的態度。從
吳虞以上幾首詩中，可以看出吳虞追求聲色享樂的生活的一面，這顯
然是一種典型的舊式文人的生活習氣。用古代文人慣用的手法來描寫
女性只是吳虞個人生活的一個嗜好，絲毫談不上藝術上的創新和體現
時代意識，「隻手打倒孔家店」與作「豔情詩」的兩種行為落在同一個
人身上，按照現代性的歷史標準看確實是一種相悖的行為。其實，反
映在吳虞身上同樣相悖的行為並不止於此。吳虞一方面主張男女平
等，批判儒家的男尊女卑思想和一夫多妻制度，另一方面，他自己又
妻妾成群，除了妻子曾蘭以外，他先後數次納妾。另外，他在成都還
花大量的時間和金錢捧一個叫陳碧秀的戲子，與陳碧秀的關係也一直
持續到晚年。後來到北京又以相同的方式討一個叫「嬌寓」的妓女的
歡心，寫了許多贈嬌寓的詩並發表在《順天時報》上，還進一步希望
把嬌寓納為己妾，但嬌寓被捧紅後，吳的如意算盤也落空了。

上述事實是影響吳虞歷史形象的主要問題。面對這樣一些事實，
人們對吳虞的評價要麼大打折扣，要麼只肯定五四時的吳虞，而把五

四後的吳虞說成「完全墮落成了封建文人」。但實際上，吳虞五四之後並沒有放棄此前他堅持的反封建立場，他在五四退潮後仍然堅決反孔，抵制「尊孔讀經」的復古主義思潮。而他的一些令人不堪的行為也並不都是發生在五四之後，五四前後他的那些行為是有連續性的。問題並不是出在吳虞身上，而是出在我們即研究者的思維上，正是由於我們總是希望把歷史人物整體性地納入我們所設定的觀念模式和歷史框架中，才致使對吳虞身上所體現出來的矛盾難以解釋，很多試圖「圓滿」的評價也難以自圓其說。

實際上，像吳虞這樣在思想與行為之間發生巨大的落差，以至遠離人們期待的公眾人物和事件還可以找到許多。20世紀初中國第一個譯介西方女權思想的馬君武，就是在「五四運動」發生的那一年娶妾的；而陳獨秀作為五四新文化運動的領袖人物，也有嫖娼行為，並最後因此而被逐出北大。五四領袖人物在行為上的不檢點，也給復古派人物留下口舌。對於這一現象，由於它涉及到的問題非常複雜，所以我們很難簡單判斷和作出結論。五四時期，蔡元培等人在北大組織「進德會」，對「公德」與「私德」問題展開討論，當時也並沒有一個一致的結論。但是有一點是可以明確的，那就是，起碼我們不能直接在公共人物的思想和個人行為之間畫等號，造成公眾人物「言行不一」的原因各不一樣，不能一概而論。

這裏，我們可以看一下魯迅、胡適在婚姻問題上的「言行不一」。作為婚姻自由、愛情自主的提倡者，胡適著有《貞操問題》、《再論「我的兒子」》，魯迅著有《我之節烈觀》、《我們現在怎樣做父親》等文章，然而，儘管他們個人也承受著封建婚姻之苦，但在行動上他們卻不能馬上割斷與封建文化的聯繫，而是繼續背負著舊社會留下的「苦痛的遺產」前行。魯迅說，「我一生的失計，即在向來不為自己生活打算，

一切聽人安排……再後來，思想改變了，但還是多所顧忌。」[76]魯迅的顧慮是多方面的，有對寡母的情感因素，還有社會輿論的因素，「一面反對這遺產，一面又不敢捨棄這遺產，恐怕一旦擺脫，在舊社會裏就難以存身」[77]。在思想意識中，胡適、魯迅等人並不是沒有明確傳統與現代之間的分界限，對於傳統與現代，他們的態度也是非常明確的。他們之所以沒有完全割棄傳統，主要是因為這「苦痛的遺產」也把人倫情感的因素攬括進去了，在他們的行為中，情感的或者說人道的「孝」仍然起著作用。同時，由於自己從傳統中來，本身就是這傳統的一部分，因而「存身」的需要也不得不面對。這也正表現出五四那一代人思想觀念與道德選擇的境況。因此，魯迅的「言行不一」表現了其情感上痛苦的掙扎和選擇上的無奈。這種思想自覺不能貫徹到現實中去的狀況，也正是五四作為文化轉型期的一種歷史的真實。

　　表面上吳虞的思想和行為之間的不一致與魯迅、胡適的「言行不一」非常相似，但實際上二者有本質的區別：魯迅是被動地背負他所痛恨的傳統，而吳虞身上存在著亦新亦舊的兩種成分，他是主動地選擇使他「獲益」的傳統的某些部分。無論是五四前還是五四後，狎優、嫖妓、寫豔情詩等行為對於吳虞來說都是個人生活習慣的一部分，而這種在傳統社會中形成的舊式文人的身體經驗和生活習慣並不是一下子就能改變的。況且，吳虞由這些行為所獲得的是身體快感，並無傳統的「孝」帶給他的那種關己的痛感。如果說歷史中存在著兩種行動，一種是在理性的思想支配下的行動，一種是由感覺所決定的行動，那

[76] 魯迅〈兩地書‧八三〉，《魯迅全集》第 11 卷，人民文學出版社，1981 年版，第 221 頁。

[77] 許廣平〈兩地書‧八三〉，《魯迅全集》第 11 卷，人民文學出版社，1981 年版，第 220 頁。

麼，五四公共言論平臺上的吳虞就是在理性思想作用下的行動者，在那些激烈反傳統的言論中，話語的表述主體不是「我」而是「我們」。由於對歷史、文化的批判必須顯示公正、客觀的風格，所以吳虞這些文章隱去了「我」個人的體驗和慾望，而代表著歷史的意志，這讓我們看到了他身上「新」的一面。而狎優、嫖妓、寫豔情詩的吳虞則是感覺的行動者。吳虞為世人所詬病的行動顯然是由感覺所操縱的行動，這些和感性本能結合在一起的行動往往是中國古代男性社會風尚的延續，這讓我們看到了他身上「傳統」的一面。儘管吳虞也曾應和妻子曾蘭的觀念提倡女權和男女平等，但由於自己是封建婚姻體制的受益者，在 1934 年的一篇演講詞中，他認為日本式的賢妻良母才是理想的女性，他說：「竊謂婦女當先求為良妻賢母，輔助丈夫，對於學問，有所成就，有所貢獻，而尤在志趣高尚。庶禮不逾節，義不自進，廉不避惡，恥不從枉，於家於國，有所補益，不在乎高談女權與自由平等也。」[78]這種前後大相徑庭的思想觀念，正是吳虞在婦女問題上的兩面性的體現，使人不得不對他前期女權思想的真實性產生懷疑。

　　實際上，吳虞的這種行為和思想的不一致以及表現出來的種種矛盾也正是中國舊式文人由傳統過渡到現代的必經之路，體現了一種真實的歷史狀態。擁有同一個身體的吳虞，站在主流歷史的角度來看，卻因與歷史合一和悖離的兩種行為而成就了兩種形象，當他的言行與現代性的進程不謀而和時，這時的吳虞是為歷史所認可的，也被看作是真實的；而當他的身體行為表現出與現代性內涵相左的舊文人的習氣時，這個吳虞就被歷史所拋棄、所質疑。在歷史對吳虞既肯定又否

---

[78] 吳虞〈周盽、吳植定婚演講〉，趙清、鄭成編《吳虞集》，四川人民出版社，1985年版，第 264 頁。

定的描述中，我們看到了搭上歷史火車的吳虞又被歷史的火車所拋
棄。然而，對吳虞個人來說，並沒有這樣嚴重對立的兩種局面。問題
的關鍵還是在我們的思維模式，整體劃一的現代性思維不僅把政治、
經濟、文化規劃起來，也把複雜的人規劃起來，不允許異質的成分的
存在。

　　所以，如何評價歷史人物身上的兩面性，這與我們判斷個體生命
與歷史對話的價值立場有很大的關係。張灝在研究譚嗣同時，主張思
想家的思想「不僅是指觀念層次上的意識，同時也是指情感層次上的
意識；它包括內心生活的各面，只有綜合內心生活的各面，我們才能
看到譚嗣同的精神全貌」[79]。歷史人物的思想主要是他對自己一生的各
種處境的感受和回應，這處境包括生命處境和歷史處境，而生命處境
當然應該包含身體處境。具有意識形態性質的思想和身體的關係只能
是局部和暫時的合謀，由於身體的不穩定、邊緣的性質，這樣一種外
在的聯盟並不具有永恒性和制約性。

　　吳虞現象在讓我們對歷史中英雄主義的人物形象的描述方式產生
疑問的同時，也讓我們對歷史人物進入歷史所隱藏的種種可能有了新
的思考，王汎森說：「新思潮一旦成了氣候，它便像是一頂保護傘，為
人們正當化了許許多多的行動；它也提供了一套語言，使得原先不知
如何說也不知如何解釋的生活經驗有了一套反思性的說辭；新思潮甚
至也提供了新出路，使得反傳統成為社會名利的敲門磚。」[80]也就是說，
新思想或思維方式往往會主宰和強制我們對歷史的言說，從而使歷史
變得單純，所以，宏大而莊嚴的歷史敘事往往省略了難以追溯、考證

---

[79] 張灝〈烈士精神與批判意識〉,《張灝自選集》，上海教育出版社，2002 年版，
　　第 211 頁。
[80] 王汎森《中國近代思想與學術的系譜》，河北教育出版社，2001 年版，第 253 頁。

的形而下的動機。在這一意義上，如何客觀地描述吳虞，就需要我們既要充分肯定宏大歷史敘事對歷史真實的一定程度的呈現，同時又要充分發掘被宏大歷史敘事所忽略和遮蔽的歷史，主要是個人體驗的歷史。綜合這兩方面，我們可以說，思想貯備、個體體驗、歷史機遇等多方面的因素成就了吳虞。

吳虞自己又是如何看待個體與歷史、時代的關係呢？在《〈秋水集〉自序》中，他這樣寫道：

> 不佞辟地空山，讀書論世，於教化之文野，風俗之隆污，法律之因革，政治之損益，人群之蕃變，粗有所見；而與當時偉人大儒之言行，文告報章之論議，詳為審校，又皆知其去事實之真際、人民之心理絕遠而不可信。感慨憤懣，悉寄之於詩。辛亥十月歸成都，杜門自養。壬子營居少城，薄遊嘉定。荒亂之餘，無意文學。今者，偉人多為危人（丁義華語），大儒亦成叛黨，道德文章，掃地頓盡。東方朔曰，時移勢易；顏延年曰，感今懷西。乃知學貴自得，無取於嘩世；名由己立，不關於輿論。偉人大儒虛憍之名，須臾消滅，又何足道耶？[81]

吳虞自己的陳述與人們對他的歷史印象恰恰是相反的。他不僅僅只是看重屬於時代和歷史話語的那一部分，同樣也看重遠離政治時空的個人的真實生命感受。《秋水集》就更多地表現了吳虞個人性的一面，也正是這樣一本詩集，讓吳虞為歷史留下了「遺憾」，人們往往把寫《秋水集》的吳虞看作是另一個「吳虞」——與世人認可的那個吳虞相對立的一個意外事件的製造者。從《自敘》中我們可以看出，個

---

[81] 吳虞《〈秋水集〉自敘》，《秋水集》，吳氏愛智廬刊行，民國 2 年（1913）。

人精神世界的巨大空虛感是轉型期人們無法擺脫的一種心理狀態。可以說，吳虞為人所詬病的身體行為出自一種填補精神惶恐的需求，這樣，我們得出的結論是，只有重建生命的價值信仰才能重新鑄造身體的需求形式。吳虞作為處於新舊交替中的知識份子，在舊的儒家文化根基被摧毀後，仍然無法找到新的價值信仰，因而仍然不得不倚重於傳統尋求「安身」，「然學術知識雖漸有系統，而於安身立命之地，終覺茫無所歸著」，吳虞最後選擇了佛教，「人不可無宗教心，有此足以慰靈魂而安心性矣。」[82]

從一個積極入世的反封建鬥士，到一個每天參禪念經、尋求個人心靈安寧的隱士，這之間有著太大的距離。這表明，個人對於歷史來說永遠只是階段性的。

二、「五四」公共話語空間中的《沉淪》

郁達夫的《沉淪》以其對性行為和性心理的大膽裸呈而構成了對封建倫理的巨大挑戰，成為五四時期轟動一時的作品。回到特定的歷史語境之中，我們面對《沉淪》，不僅是面對一個經典的文本，也是面對一個典型的事件。下面，圍繞《沉淪》，我主要考察三個方面的問題：第一，《沉淪》文本外的價值判斷與文本內的身體言說之間的差異以及這一差異所包含的公共認同的問題。第二，「私人敘事」在當時反封建文化的公共空間建構中所具有的價值及其存在的問題。第三，文本在個人慾望與國家話語之間嫁接的理由及其失當之處。希望通過對這三

---

[82] 吳虞《吳虞日記》（上冊），中國革命博物館整理，榮夢源審校，四川人民出版社，1984 年版，第 208 頁。

個問題的分析和考察來重新審視《沉淪》，進而研究「身體敘事」在五
四公共空間建構中的意義和局限。

1、「靈肉衝突」與主流認同

對性心理和性行為的真實展示是郁達夫小說的重要特徵，這類小
說構成了郁達夫小說的主體，這類作品的主人公往往沈醉在肉慾之中
不能自拔但又有著強烈的自責心理，夏志清所說的「一般人通常都把
郁達夫自傳式的主角看做頹廢人物。不過此人頹廢只是表面的，道德
方面的考慮照樣很多」[83]，指的就是這類作品；與此構成對立的是郁達
夫另一類追求情慾昇華的作品，如《春風沈醉的晚上》、《遲桂花》等，
這類小說可以說是前類小說的一個自然延伸，正是因為有了對沈醉放
縱於肉慾的自責和否定態度，才會有對純潔、唯美的精神之戀的追求。
由此可以看出，郁達夫表現「性」的這兩類小說實際上是居於肉慾與
精神的兩端的，前者傾向於肉慾，後者傾向於精神，這兩類小說中人
物的生活其實都是一種靈肉分離的生活。

《沉淪》是郁達夫的代表作，它集中講述了郁達夫在他前期大量
小說中反覆講述的故事──性的苦悶和變態的故事。在《〈沉淪〉自序》
中，郁達夫這樣介紹這篇小說：「是描寫著一個病的青年的心理，也可
以說是青年憂鬱病 Hypochondairde 的解剖，裏邊也帶敘著現代人的苦
悶，──便是性的要求與靈肉的衝突。」[84]對於郁達夫自道的「靈肉的
衝突」，成仿吾很懷疑，他仔細分析了小說後認為並不存在「靈肉的衝
突」：「《沉淪》於描寫肉的要求之外，絲毫沒有提及靈的要求；什麼是

---

[83] 夏志清《中國現代小說史》，復旦大學出版社，2005 年版，第 76 頁。

[84] 郁達夫〈《沉淪》自序〉，陳子善、王自立編《郁達夫研究資料》，天津人民出版
社，1982 年版，第 185 頁。

靈的要求，也絲毫沒有說及。所以如果我們把它當作描寫靈肉衝突的
作品，那不過是把我們這世界裏的所謂靈的觀念，與這作品的世界裏
面的肉的觀念混在一處的結果。」[85]成仿吾認為，正是在理想的「靈肉
一致」的愛情不能實現的背景下，主人公才轉向性的變態，因此，「靈
肉一致」實際上只能算是文本外的一個觀念前提。成仿吾介紹說，在
東京時他就與郁達夫談過這個想法，郁達夫當時也首肯，但「後來出
這本書的時候，不知道怎麼把自己在序文上又說是描寫靈肉的衝突與
性的要求了」。[86]蘇雪林更是對郁達夫的這種自我認定持完全否定態
度，認為作品「只充滿了『肉』的臭味，絲毫嗅不見『靈』的馨香」[87]。
不過，除了郁達夫本人外，後來的人們也都仍傾向於用「靈肉衝突」
的主題概括郁達夫及創造社的作品[88]，事實上，這種「靈肉衝突」的認
定是事出有因的。

　　五四時期反封建倫理的重要思想資源之一是西方的「自然人性
論」，周作人作為「自然人性論」最熱情的提倡者和最權威的闡釋者，
在《人的文學》一文中闡釋了這一觀念：人是靈與肉的統一體，一方
面，「我們相信人的一切生活本能，都是美的善的，應得完全滿足。凡
是違反人性不自然的習慣制度，都應排斥改正。」另一方面，「人是一
種從動物進化的生物。他的內面生活，比別的動物更為複雜高深，而
且逐漸向上，有能夠改造生活的力量。」因此，獸性與人性，這兩方

---

[85] 成仿吾〈《沉淪》自序〉，陳子善、王自立編《郁達夫研究資料》，花城出版社、
　　三聯書店香港分店，1985 年版，第 6-7 頁。
[86] 成仿吾〈《沉淪》自序〉，陳子善、王自立編《郁達夫研究資料》，花城出版社、
　　三聯書店香港分店，1985 年版，第 10 頁。
[87] 蘇雪林〈郁達夫論〉，陳子善、王自立編《郁達夫研究資料》，花城出版社、三
　　聯書店香港分店，1985 年版，第 73 頁。
[88] 參見錢理群等《現代文學三十年》，北京大學出版社，1998 年版，第 73 頁。

面都是自然的人性，是「人的靈肉二重的生活」。[89]周作人特別強調「肉」和「靈」一樣具有同等的價值，這種強調是以傳統文化對肉體的歧視和壓制為背景的。在周作人的理論中，「靈肉和諧」或「靈肉一致」是作為人的一種自然需求提出來的。然而，在人類文明的進程中這種「自然」的人性卻逐漸成為了一種「理想」，當「靈」或者「肉」受到壓制不能健全發展時，就會在人的心理上發生各種矛盾和衝突，正是在這一意義上，五四文學表現「靈肉衝突」的主題才應運而生。不過，由於「靈肉衝突」的具體情況充滿著複雜性，所以五四及其之後很長一段時間內，對它並沒有一個公認的說法。

在《沉淪》遭到封建衛道士們的圍攻後，周作人站出來為《沉淪》辯護，他說：「所謂靈肉的衝突原只是說情慾與壓迫的對抗，並不含有批判的意思，以為靈優而肉劣。」「我們賞鑒這部小說的藝術地寫出這個衝突，並不要指點出那一面的勝利與其寓意。他的價值在於非意識的展覽自己，藝術地寫出昇華的色情，這也就是真摯與普遍的所在。」[90]周作人並不願意對作品的「靈肉衝突」作出具體的分析，而認為作品真正的意義在於其真實性，這樣含糊其詞的讚揚顯然不太具有說服力。

《沉淪》的主人公渴求的是靈肉一致的愛情，「蒼天呀蒼天，我並不要知識，我並不要名譽，我也不要那些無用的金錢，你若能賜我一個伊甸園內的『伊扶』，使她的肉體與心靈全歸我有，我就心滿意足了。」然而這種愛情在小說中是沒有實現的，因此主人公才會耽於一種單純肉慾的發洩。成仿吾認為，如果只有「肉」沒有「靈」的話，又何來「靈」與「肉」的衝突？不過，這種判斷也失公允，如果說對靈的要求也是一

---

[89] 周作人〈人的文學〉，鍾叔河編《周作人文類編·本色》（第 3 卷），湖南文藝出版社，1998 年版，第 32-33 頁。

[90] 周作人〈沉淪〉，陳子善、王自立編《郁達夫研究資料》，第 3 頁。

種本能，那麼動物性的甚至變態的肉慾發洩當然會產生內心的衝突和對自我的否定，郁達夫在《〈沉淪〉自述》中對自己小說「靈肉衝突」的認定，也就是在這一意義上而言的，不管周作人、成仿吾所理解的「靈肉衝突」的含義是什麼，我們都不能否定郁達夫本人所理解的「靈肉衝突」的存在。當然，郁達夫對成仿吾的意見出爾反爾，說明他自己也存在疑慮，而最後他仍執意於這一「靈肉衝突」的認定，我認為更重要的原因還在於他是為了與各種「當下」流行的話題取得銜接，這包括五四關於「靈肉一致」的人性討論的主流話語、日本「私小說」和西歐浪漫主義所推崇的「靈肉衝突」的文學主題等，從這一意義上說，郁達夫的這種認定是對時代話語和世界文學潮流的自覺回應。

當然，《沉淪》在當時的成功顯然不取決於作者的這種認定，也並不取決於後來一些研究者所說的具有「反封建」的精神，而是取決於它的「真實」。對於《沉淪》來說，它在五四那樣一個「價值重估」的時代帶給人們這樣一個真實的私人空間是具有重要意義的。《沉淪》以「真率」為旗幟來反抗傳統的假道學，通過對主人公性壓抑下的心理和行為的大膽直露的描寫，表現了非常真實的個人世界，無論這個世界是高尚的還是卑下的，是精神的還是肉慾的。正如作者自己所說：「我若要辭絕虛偽的罪惡，我只好赤裸裸地把我的心境寫出來。世人若罵我以死作招牌，我肯承認的，世人若罵我意志薄弱，我也肯承認的，罵我無恥，罵我發牢騷，都不要緊，我只求世人不說我對自家的思想取虛偽的態度就對了，我只求世人能夠瞭解內心的苦悶就對了。」[91]作品所表現的主人公的「沉淪」，是非常真實的個人身體的「沉淪」，「真

---

[91] 郁達夫〈寫完了《蔦蘿集》的最後一篇〉，陳子善、王自立編《郁達夫研究資料》，天津人民出版社，1982 年版，第 188 頁。

實」正是郁達夫能夠走向公共空間並讓讀者認同他的原因。所以，若說人物本身具有多少反傳統道德的意識，或者說在主人公身上有多少時代的典型特徵，都未免失之牽強。研究者對郁達夫本人的「靈肉衝突」論的認定顯然是為了使小說更符合反封建話語的闡釋模式。

　　無論作者和研究者如何試圖使作品的闡釋獲得一種更高的主流價值，都沒有作品自身的身體言說更具說服力。如果我們不把身體看作一個被作者和研究者的理性意識指揮的機器，那麼我們就會在文本中發現身體的主動言說。

　　我們可以通過小說中主人公對身體的態度來說明這一問題。由於周作人等五四思想家對傳統文化賦予身體的「不淨觀」進行了深刻的批判，因此這裏人們很容易就把《沉淪》中主人公的「潔淨觀」和五四主流話語聯繫起來，但實際上，小說本身所表現的卻不完全如此。我認為，主人公自瀆後的負罪感除了來自傳統的養身之道外，也來自於一種普遍的道德觀念和普通的性科學常識，小說寫道：「他本來是一個非常愛高尚愛潔淨的人，然而一到了這邪念發生的時候，他的智力也無用了，他的良心也麻痺了，他從小服膺的『身體髮膚』『不敢毀傷』的聖訓，也不能顧全了」，主人公的「愛高尚愛潔淨」不能只理解為受封建「不淨觀」的影響，從普遍的人性來說，人都有一種離棄形而下的肉慾衝動和追求更高境界的愛欲衝動的品質，而主人公的這種行為恰恰與人性的本然追求相悖，因而身體的沉淪自然會遭到心靈的抵抗，也就會產生強烈的自責意識。

　　同時，這種罪惡感還來自於對這種「非自然」的行為將造成的對身體的傷害的憂慮，小說寫到：「所以他每天總要去洗澡一次因為他是非常愛惜身體的，所以他每天總要去吃幾個生雞子和牛乳；然而他去洗澡或吃牛乳雞子的時候，他總覺得慚愧得很，因為這都是他的犯罪

的證據。」主人公對犯罪感的認定不僅來自於傳統教育，還來自於現代醫學書籍，「他犯罪之後，每到圖書館裏去翻出醫書來看。」醫書代表著科學的權威性和可靠性，主人公對自己行為的否定和負罪感因此而進一步加深了。然而，不僅封建的性學觀有可能以現代醫學的面目出現，按照話語建構理論，就連現代醫學所提供的「知識」本身也只是一種代表權力的話語方式，如對手淫的否定就是建立在一系列的話語方式之上，而不是建立在科學的客觀事實的基礎上。盧梭的《愛彌兒》對手淫大加討伐，而在盧梭之後，「當衛生學家們集倫理與醫學、宗教告誡與罪惡感之大成，創立了手淫病理學時，他們延續了盧梭的觀點。手淫者的形象確立起來。這個形象與哲學家盧梭所描繪的那個流浪城市街頭的放蕩者一模一樣：身體佝僂，四肢戰抖，神情冷漠，滿面愁容，神志恍惚，步履蹣跚，面如死人，雙目驚恐，眼球發紅，眼圈深陷，眼皮泡腫，面色蠟黃，一臉憔悴，還有自殺傾向。」[92]在《沉淪》中，正是這種讓主人公感到信賴的性科學話語更加在「傷害身體」的意義上增加了他的恐懼，但自然的本能又總是促使主人公暫時丟棄一切顧慮再一次「犯罪」。

　　因此，與其說主人公得的是「時代病」，還不如說主人公病態的心理和行為體現的是人的理性與本能之間的衝突，反映的是一種普遍人性的問題。尼采曾在《論道德的譜系》中分析了自我發洩與內疚產生的心理機制，他說：「這種被迫潛匿的自由本能，這種被擠壓回去的、返回內在的、最終只有向自身發洩的自由本能，只有它才是內疚滋生

---

[92] 〔法〕米歇爾・昂弗萊著，劉漢全譯《享樂的藝術》，生活・讀書・新知三聯書店，2003 年版，第 212 頁。

地。」[93]因此，主人公無以發洩的生理和心理情緒才是內疚、自責產生的根源，一些研究者根據階級分析的方法，認為《沉淪》中的主人公所患的是「時代病」，表現了當時青年的時代苦悶，具有反封建道德的作用。他們把主人公內心的自卑感和罪惡感完全歸於傳統儒家道德對人性的壓制，[94]我認為這是把文本簡單化、模式化了。

　　無論是作者有意識的與主流話語保持一致的自我認同，還是研究者對其符合主流話語的文本闡釋，都是把文本及文本中的身體看成了一個被動的客體的結果。實質上，文本以及文本中的身體敘事在脫離了作者以後就有其獨立性和自主性，即使被賦予某種意義，它也可以通過返回現場的方式使被遮蔽的那一面浮現出來。因此，在對個人真實身體的尋找中，我們可以開啟一扇新的闡釋作品的視窗。

2、私人敘事與公共空間

　　《沉淪》在當時的「熱賣」是一個眾所周知的事實，但這是否就意味著郁達夫所表達的個人身體體驗獲得了公共空間的認同呢？如果說存在認同的話，那麼公共空間對於這樣一種私語性質的文學作品又是在何種層次上予以認同的呢？

　　實際上，在社會公共空間的平臺上，公眾對思想家和文學家認同的層次是存在差異的。思想家的言論即使關涉個人問題，但因為這些問題同時也具有重要的時代意義，且思想家談論問題的方式是「學理性」的，所以公眾會對思想家的言論持一種有距離的觀照的心態，而

---

[93] 〔德〕尼采著，謝地坤、宋祖良、劉桂環譯《論道德的譜系·善惡之彼岸》，灕江出版社，2000 年版，第 63 頁。

[94] 見丁易、田仲濟、曾華鵬和范伯群等學者的有關論述，陳子善、王自立編《郁達夫研究資料》，天津人民出版社，1982 年版，第 188 頁。

思想家們也會強調學者身份的重要性，這裏我們可以以周作人的「自然人性論」為例來說明這一問題。「自然人性論」是一個個人倫理和社會變革的雙重問題，它所關注的與人的解放相關的性解放、婦女貞操、婚姻自由等問題既是個人倫理的私人問題，又是社會啟蒙話語中的公共問題。從周作人談論這些問題的姿態來看，他是以一個思想家、學者的身份進入公共平臺的，起碼他在表述這些觀念時不帶有明顯的個人情感色彩。對學者身份的強調是周作人的一貫態度，在《人的文學》等文章中，他都反覆強調「研究」的態度，「用這人道主義為本，對於人生諸問題，加以記錄研究的文字，便謂之人的文學。」又說：「寫人的平常生活，或非人的生活，都很可以供研究之用。」他認為，中國傳統的「從儒教道教出來的文章」，大都是些非人的文學，「倘若懂得道理，識力已定的人，自然不妨去看。如能研究批評，便於世間更為有益，我們也極歡迎」，[95] 諸如此類，不一而足。在《貞操論》的譯文前言中，他也說：「女子問題，終竟是件重大事情，須得切實研究。女子自己不管，男子也不得不先來研究。一般男子不肯過問，總有極少數先覺了的男子可以研究。我譯這篇文章，便是供這極少數男子的參考。」[96] 由此可見，周作人始終是以思想家、學者的身份來談論問題的。胡適也是如此，在《論貞操問題——答藍志先》中，他說：「以上答先生的第五層，完全是學理的討論；因為先生提到共妻和自由戀愛兩種主張，故我也略說幾句。我要正式聲明，我並不是主張這兩種制度的；不過我是一個研究思想史的人，所以對於無論哪一種學說，總想尋出

---

[95] 周作人〈人的文學〉，鍾叔河編《周作人文類編‧上下身》（第 5 卷），湖南文藝出版社，1998 年版，第 34-36 頁。

[96] 周作人〈貞操論〉，鍾叔河編《周作人文類編‧上下身》（第 5 卷），湖南文藝出版社，1998 年版，第 422 頁。

他的根據理由，我決不肯『攏統』排斥他。」[97]這種科學、客觀的立場是周作人、胡適等思想家進入公共空間的基本姿態，而相應的，讀者也會以一種對待「公共話語」的心態對待他們提出的問題，也就是說，讀者在潛意識中會以一種「這是一件與我沒有直接關係的公共的事情」的心態看待他們提出的問題。對於大多數普通人來說，只有當新的思想和觀念最後形成一種社會潮流和風尚時才能觸及到個人，因此，倘若從個性解放中許多與身體相關的話題來說，雖然思想家對個人身體的言說從一開始就擁有「公共話語」的優勢，但這種「優勢」也限制了人們接受它的心態，即人們會以一種「距離化」的心態對待之，這也決定了思想家在公共平臺上影響普通人的限度。

對於思想表達與身體的唯一性之間的關係問題，趙汀陽認為：「身體性的唯一性是個體自身認同的真正根據，而思想性的自我只有在以身體性的唯一性作為根據時才能夠連帶地具有唯一性。心靈和思想當然有著個性，但心靈或思想在本質上是公共性的，它的來源和所表達的東西都是公共可理解並且可分享的。如果自我要獨自佔有某種思想的話，除非這種思想能夠成為私人的，但是嚴格意義上的私人思想是非常可疑的，因為缺乏專門用來表達私人思想的語言（維特根斯坦曾經令人信服地論證了私人語言不可能因此私人思想其實也是不可能的）。」[98]因此，從文學是對個人身體唯一性的表達來說，身體的文學敘事在反傳統道德的功能方面有著與思想觀念的宣傳相異的作用。同樣是個性解放的問題，當以文學的方式表述時，就會還原出這一問題對於作家和讀者的私人性質。李歐梵認為：「儘管五四文學具有公眾意

---

[97] 胡適〈論貞操問題——答藍志先〉，《胡適文集》第 2 卷，北京大學出版社，1998 年版，第 517 頁。

[98] 趙汀陽《沒有世界觀的世界》，中國人民大學出版社，2003 年版，第 61 頁。

識形態，但很獨特的一點是，一些作家仍然能夠將他們的自我反映在他們的作品中。」[99]特別是像郁達夫《沉淪》這樣的自傳體小說，可以說把文學的私人性質的一面發揮到極致，對私密的個人心理包括潛意識的表現，使郁達夫的小說大大超過了此前文學的私人性的一般尺度。郁達夫說：「文學作品，都是作者的自敘傳。」[100]郁達夫將他個人真實的身體推向公共空間，這無異於在中國這種總是把身體慾望隱藏在黑暗角落的文化氛圍中丟下了一顆驚雷，其對傳統文化的反叛性和顛覆性顯然是空前的。

　　這樣一種私人敘事在讀者心理上會產生怎樣的影響，它對反傳統文化的公共空間的建構又具有怎樣的意義呢？對於文學的私人性及其在建構公共空間上的功能，哈貝馬斯在《公共領域的結構轉型》中論述道：「一方面，滿腔熱情的讀者重溫文學作品中所表現出來的私人關係；他們根據實際經驗來充實虛構的私人空間，並且用虛構的私人空間來檢驗實際經驗。另一方面，最初靠文學傳達的私人空間，亦即具有文學表現能力的主體性事實上已經變成了擁有廣泛讀者的文學；同時，組成公眾的私人就所讀內容一同展開討論，把它帶進共同推動向前的啟蒙過程當中。」由此，「以文學公共領域為仲介，與公眾相關的私人性的經驗關係也進入了政治公共領域。」[101]從哈貝馬斯的表述中，我們可以得出這樣的結論：文學作品的私人空間為讀者的私人空間的建構創造了條件，而隨著讀者的私人空間的擴大，一種積極的代表著社會建構力量的公共空間就會逐漸形成。

---

[99] 李歐梵《現代性的追求》，生活・讀書・新知三聯書店，2000 年版，第 61 頁。

[100] 郁達夫《〈過去集〉代序》，陳子善、王自立編《郁達夫研究資料》，天津人民出版社，1982 年版，第 203 頁。

[101] 〔德〕哈貝馬斯著，曹衛東、王曉珏、劉北城、宋偉傑譯《公共領域的結構轉型》，學林出版社，1999 年版，第 54-55 頁。

　　郁達夫的自傳體小說所展示的私人空間在進入公共空間之後對公眾心理產生了很大的衝擊，事實上，當面對郁達夫這種由小說所營造的「私人空間」時，普通讀者大都會從個人經驗出發尋求與文本的交流，似曾相識卻未曾得到表達的心理體驗就會在這種交流中得到釋放。在這種交流中，儘管傳統道德的約束還在，但因為讀者閱讀文本時等於是兩個隱秘的個人世界在進行交流，這時，傳統道德觀上的約束就會相對減弱，人們可以自由地在內心深處從個人經驗出發體味它、想像它，並且讀者可以由小說中人物的生活反觀自己的生活，從而建構起哈貝馬斯所說的「虛構的私人空間」。由此我們可以看到，相對於意識形態話語進入公眾內心世界的困難而言，文學「私人」性質的定位卻使它言說的各種具有時代意義的話題對讀者更具親和力。因此，郁達夫的「私小說」在公共空間的建構上所具有的功能是突出的，它是「身體」從傳統的私人空間走向現代的公共空間的一次頗具成效的嘗試。但是，在成熟的現代文化空間還未建立起來以前，這種對私人空間的展示也意味著它給人們提供了一次「窺淫」的機會，也正是因此而使這一身體敘事面臨著難以逃避的尷尬。蘇雪林的話也並不是沒有道理，她說：「郁達夫的作品儘量地表現自身的醜惡，又給了頹廢淫猥的中國人一個初次在鏡子裏窺見自己容顏的驚喜。」[102]因此，如果讀者僅僅把小說對「性」的描寫看作是一種對「私人空間」的展示，那麼小說的意義當然也就只能在由作者的私人空間走向了讀者的私人空間之後就畫上句號。

---

[102] 蘇雪林〈郁達夫論〉，陳子善、王自立編《郁達夫研究資料》，花城出版社、三聯書店香港分店，1985 年版，第 67 頁。

　　對於郁達夫把個人的生活和情感經歷通過文學的形式拋露給公眾的做法，李歐梵分析說：「郁達夫寫作的目的是為了驅妖，通過向想像中的聽眾揭露的辦法來趕走他自己內心深處的惡魔。懺悔是他淨化自己感情的手法；當他把所有的弱點都暴露以後，他會感到好過的。」[103]而王富仁則說：「我們讀郁達夫的小說總能感到他在自我暴露中也能獲得一種心理上的快感，並且往往自覺不自覺地誇張了自己的醜惡。」[104]「在郁達夫的小說裏我們則聽到了一個上帝之子的啼哭，人類那不得滿足時的啼哭。最原始最單純的慾望不得滿足時的啼哭。」[105]總之，公開個人的隱私成為郁達夫為心靈尋找支撐的渠道。

　　除了他的小說，郁達夫的個人生活中的某些片段也可以用來說明這一問題。郁達夫與王映霞的糾紛是文壇的一段往事，當時，郁達夫為泄心中對王映霞的憤怒，寫了一些詩詞發表在香港的《大風》雜誌上，該雜誌同時還發表了王映霞的反駁，這期雜誌因此大受歡迎以至在當時重印了四次。對郁達夫的這一行為，郭沫若說：「自我暴露，在達夫彷彿是成為一種病態了。別人是『家醜不可外揚』，而他偏偏要外揚，說不定還要發揮他的文學的想像力，構造出一些莫須有的『家醜』。公平地說，他實在是超越了限度。暴露自己是可以的，為什麼要暴露自己的愛人？」[106]除此之外，郁達夫前前後後還通過媒體發表了啟示、聲明等。從小說行為到生活行為，都說明，郁達夫實際上是把一己的

---

[103] 李歐梵〈現代中國作家的浪漫主義的一代〉，陳子善、王自立編《郁達夫研究資料》，花城出版社、三聯書店香港分店，1985 年版，第 580 頁。

[104] 王富仁〈創造社與中國現代社會的青年文化〉，王曉明主編《二十世紀中國文學史論》（第一卷），東方出版中心，1997 年版，第 391-392 頁。

[105] 王富仁〈創造社與中國現代社會的青年文化〉，王曉明主編《二十世紀中國文學史論》（第一卷），東方出版中心，1997 年版，第 395 頁。

[106] 郭沫若〈論郁達夫〉，王自立、陳子善《郁達夫研究資料》，天津人民出版社，1982 年版，第 97 頁。

身體苦痛拋向社會，通過向公眾「撒嬌」來釋放他內心的憤激和不平。這種做法是郁達夫的一種類似於兒童的依附心理的體現，反映了郁達夫在心理上對公眾的依賴。

公共空間已經成為現代人尋求自我認同的一個場所，儘管郁達夫在《沉淪》中所表現的是個人化的身體體驗，但這仍然是一種尋求公共認同的個人身體體驗。私人空間對公共空間的進入寄寓著現代人對新的文化空間的一種烏托邦的幻想，即希望私人空間對公共空間的絕對擁有，在公共空間與私人空間的重合中，私人空間也化為公共空間。這實際也是一種古典的文化空間心理的現代變種，「中國古代關於性知識的指南和政治力量的動力的本文是一致的，天文圖同醫學藥理邏輯也是等同的。西方的兩種原則之間的矛盾──特別是公與私（政治與個人）之間的矛盾──已經在古代中國被否定了。」[107]按照現代社會公共空間理論，成熟而合理的社會空間關係是：個人的私人空間與公共空間是相互獨立而又彼此交融的，它們不應是一種一方壓倒另一方的覆蓋的關係，而應是一種相互建構的對話和交流的關係，這樣才能保持個人對社會進行批判的活力。從這一意義來說，郁達夫表面激進的姿態中，仍帶有傳統文化對於「公」與「私」的關係的理解。

3、身體慾望與國家話語

郁達夫借助文學走向公共空間的動機在《沉淪》中還有另一種呈現方式。一句「祖國呀祖國！我的死是你害我的！你快富起來，強起來吧！你還有許多兒女在那裏受苦了！」喊出了個人慾望與國家、民

---

[107] 〔美〕詹姆森〈處於跨國資本主義時代中的第三世界文學〉，張京媛主編《新歷史主義與文學批評》，北京大學出版社，1993 年版，第 237-238 頁。

族話語之間關係的所有內涵。它表明，個人是軟弱無力的，個人的自我認同只有在國家、民族解放這樣的宏大敘事的保護下，才能得以完成。同時，國家、民族也提升了個人的悲劇，從而使個人悲劇獲得了一種崇高感。表面上看，這樣一種寫作策略是為了附和被廣泛認同的國家、民族話語，但實際上，從文本的邏輯線索出發，個人與國家之間本來就存在著可以連接的心理機制，這樣一種合乎常情的國家認同在文本中只是由於作家的忽略才表現出分裂的痕迹。

從郁達夫 1934 年至 1936 年在《人間世》、《宇宙風》上發表的自傳性文字來看，國家、民族意識是貫穿於郁達夫的整個人生經歷之中的。十三歲的時候，報紙上的一個革命義士被滿清的大員及漢族的賣國奴殺掉的消息，給他留下了深刻的印象，並對他國家意識的形成產生了影響，「所謂種族，所謂革命，所謂國家等等的概念，到這時候，才隱約地在我腦裏生了一點兒根。」[108]在後來的求學生涯中，郁達夫親眼目睹了無數的時代風雲，這使他產生了為國家衝鋒陷陣的壯士般的衝動。但作為一介書生，「卻也終於沒有一點作為，只呆立在大風圈外，捏緊了空拳頭，滴了幾滴悲壯的旁觀者的啞淚而已」[109]。有趣的是，儘管國家、民族意識早已萌生在郁達夫的心中，但在《沉淪》中這種情緒卻是由性的挫折引發的。在自傳性散文《雪夜》中，他對這一問題有更為明確的說明，他說：「國際地位不平等的反應，弱國民族所受的侮辱與欺凌，感覺得最深切而亦最難忍受的地方，是在男女兩

---

[108] 郁達夫〈書塾與學堂──自傳之三〉，陳子善、王自立編《郁達夫研究資料》，天津人民出版社，1982 年版，第 29 頁。
[109] 郁達夫〈大風圈外──自傳之七〉，陳子善、王自立編《郁達夫研究資料》，天津人民出版社，1982 年版，第 51 頁。

性，正中了愛神毒劍的一剎那。」[110]也就是說，正是個人慾望的欠缺使得郁達夫真正理解了國家、民族的含義，在這裏，兩性關係成了衡量政治的一個標準，或者說，兩性關係成了觀察政治的一個視窗。這也說明，對於一些「大概念」，人們往往是通過個體體驗而使之變得真切、清晰起來的。

在《沉淪》中，作者把個人「性」的苦悶與國力的衰弱聯繫起來，這從個人與國家關係的基本常識來看是合乎情理的，因為國家的興衰榮辱是與個體的幸福緊密相聯的，覆巢之下，豈有完卵？不過，這只是文本外的一個簡單預設前提，在文本中，主人公的國家認同更有內在的心理動因。

對於《沉淪》主人公的心理特徵，小說一開始便介紹到：「他的早熟的性情，竟把他擠到與世人絕不相容的境地去，世人與他的中間介在的那一道屏障，愈築愈高了。」作者在《〈沉淪〉自序》中說：「《沉淪》是描寫一個病的青年的心理」[111]，這裏的「病」指的是主人公患有某種程度的精神疾病，或者說是心理障礙。魯迅《狂人日記》中的狂人因「狂想症」而處處疑惑有人在迫害他，與此相同，《沉淪》中的主人公則因為內心的極度自卑而產生了一連串反常的心理反應。在學校裏，「他每覺得眾人都在那裏凝視他的樣子。他避來避去想避他的同學，然而無論到了什麼地方，他的同學的眼光，總好像懷了惡意，射在他的背脊上面。」儘管他也有與人交流的願望，但卻常常陷入無人理解的「空虛」，偶爾與人交流、被人理解，他卻又「自悔失言」。而

---

[110] 郁達夫〈雪夜〉，陳子善、王自立編《郁達夫研究資料》，天津人民出版社，1982年版，第 58 頁。

[111] 郁達夫〈《沉淪》自序〉，陳子善、王自立編《郁達夫研究資料》，天津人民出版社，1982 年版，第 185 頁。

實際上他也承認，即使「有幾個解他的意的人」，也因為他的孤僻，而「不得不同他疏遠了」。憂鬱症、自閉症的人是害怕進入公共空間的，公共空間對他而言充滿著壓迫感。一方面，強烈的自卑心理使他對外界有一種恐懼，但因為不被認同才更增強了他心中渴望被認同的期待。對於《沉淪》的主人公來說，無論是「性」的壓抑還是弱國子民的悲哀，抑或是落魄文人的處境，都是尋找自我認同而不能的表現，在這種情況下，肉體的極度宣泄就成為他情緒釋放的方式。

《沉淪》中的主人公在單純肉慾的宣泄中身體墮落成了肉體，在愛情缺失的情況下，找任何一個對象發洩他的肉慾和壓抑的情緒都沒有什麼本質的區別，主人公發洩方式的「單向性」決定了主人公的性慾和情緒的發洩對象是「虛化」的、可以隨意更換的。這種「單向性」的情緒發洩在他對國家的情緒發洩上也得到了體現，因為國家是個抽象的存在物，對它的情感表達只能是單方面的，因此，「國家」也是一個「虛化」的對象。從這一意義來說，「國家認同」就成為主人公發洩情緒的一種選擇。但也正是由於這種情感和情緒發洩對象的「非實在化」，所以，主人公的自我認同總是難以真正完成。

不僅如此，主人公尋求國家認同的心理機制還可以從他與國家都有相同的怨恨心理上得到解釋。中國自近代以來在危機四伏的狀態下有著極為複雜的民族心理。在鴉片戰爭前，中國處於封閉、保守的狀況，與這種狀況相一致的是極端自負的「中國中心」思維方式和相應的心理特徵。但鴉片戰爭西方列強用強力改變這種封閉、自我中心的狀況後，中國人的心理發生了巨大的變化，從極端的自負滑向了極度的自卑，出現了巨大的心理落差。對於西方，中國人的感情是複雜的，可以說是融合著怨恨和羨慕的感情。「怨恨就是怨貧恨弱，羨慕就是羨

富慕強。這可以說是兩種基本的現代性體驗心態。」[112]中國在鴉片戰爭之後實際上一直在中與西、現代與傳統、先進與落後等價值的較量中尋找自我認同的座標。

　　就心理特徵來說，與當時這種怨恨的民族情緒相似，在《沉淪》中，貫穿整個小說的也是這樣一種無處不在的怨恨情緒：從對日本學生的怨恨到對中國同學的怨恨，從對長兄的怨恨再到對妓女的怨恨，以及在這些怨恨中生長出來的對祖國的愛恨交織的情感。這種種怨恨都可以歸納為由身體慾望的欠缺所導致的怨恨。舍勒認為，怨恨心理是現代人處世態度的情感根源，怨恨涉及到一種生存的軟弱感和無能感，它來自於在一種「價值平等」的原則下把自己與別人進行的比較，如《沉淪》中就寫道：「故鄉豈不有明媚的山河，故鄉豈不有如花的美女？我何苦要跑到這東海的島國裏來！」但是，由於比較者「又無能力採取任何積極行動去獲取被比較者的價值，被比較者的存在對他形成一種生存性壓抑」[113]，在這樣一種情況下，《沉淪》中主人公的怨恨情緒便彌漫開來。

　　個人怨恨與民族怨恨都來自於生存空間遭受擠壓後的欠缺感，它們在心理上具有同源性和同質性，因此，「國家」在這裏就不僅可以看作主人公尋求精神支撐、發洩情感的對象，也可以看作一個可以與其同病相憐的對象，也是在這一意義上，小說把國家話語和個人慾望連接起來就有充分的理由。但這只是理論上的，從小說中我們看到，由於《沉淪》中這種有意識的國家認同脫離了整個小說的語言環境，所以小說中主人公臨死前的這句「祖國呀祖國！我的死是你害我的！你

---

[112] 王一川《中國現代性體驗的發生》，北京師範大學出版社，2001 年版，第 75 頁。
[113] 劉小楓《現代性社會理論緒論》，上海三聯書店，1998 年版，第 363 頁。

快富起來，強起來吧！你還有許多兒女在那裏受苦了！」的呼喊就顯得特別生硬、不自然，而這種突兀感還可以從小說人物的心理層面作進一步的分析。

　　小說中主人公對祖國的愛是發生在「性」的挫折之後，從性愛之恨到祖國之愛的轉移隱含著一種內在的心理機制。舍勒認為：「怨恨之愛的含義是，一切如此被『愛』的東西只是作為另一種曾經被恨的東西的對立面被愛。這種怨恨之愛之所以產生的規律也僅僅涉及一種假愛的形成，而不是涉及一種真愛的形成。就連怨恨之人本來也愛他在自己的情狀中所恨的事物——只是由於不曾佔有它們或無力獲取它們，恨才發洩到這些事物上。」[114]根據舍勒的理論，我們可以推斷出，《沉淪》中「我」對祖國的愛並不是一種本源性的真愛，而是因為我沒有得到異性的愛情，這時一切使我得不到愛情的因素都是我怨恨的對象。由於我在真正愛的對象身上得不到所想要的，因而我就把愛轉嫁到另一個對象上去，而這個轉嫁的對象在當時最合適的莫過於「國家」了：「罷了罷了，我再也不愛女人了，我再也不愛女人了。我就愛我的祖國，我就把我的祖國當作了情人吧。」對國家的熱愛和肯定並非是因為其內在的價值和品質，而是為了貶低、否定那些怨恨的對象，因此作者在文本中只是把國家作為自己轉嫁情感的一個對象，這就造成了「國家之愛」某種程度上的虛偽性。因此我們可以說，郁達夫在作品中所表現出來的愛國主義，是由心理上的原因造成的，而不具有明顯的政治意義。

---

[114] 舍勒〈愛的秩序〉，劉小楓選編《舍勒選集》（下冊），上海三聯書店，1999 年版，第 767 頁。

　　不過，即使這種「愛」包含著虛偽性，也並不排除其轉換成功的可能，轉換的過程只要天衣無縫就能掩飾對象嫁接的虛偽。對於《沉淪》來說，也就是要在轉嫁以前，對「國家」也應該有足夠多的情感投入和表現。但是，小說在敘事的過程中，絲毫沒有這種「努力」，「國家」只是在個人怨恨心理產生的時候才出現。如對日本同學，他想：「他們都是日本人，他們都是我的仇敵，我總有一天來復仇，我總要復他們的仇。」見到女同學，他覺得她們的秋波是送給日本同學的，就想，「她們已經知道了，已經知道我是支那人了，否則他們何以不來看我一眼呢！復仇復仇，我總要復她們的仇。」如果說祖國的貧弱與被日本同學欺辱和漠視之間的確存在著聯繫的話，那麼小說主人公與他的中國同學的關係的不融洽則與「國家」沒有絲毫關係，這也正說明瞭「國家」在這裏是一個可以替換的能指：「對了那幾個中國同學，也同對日本學生一樣，起了復仇的心。」「他同他的幾個同胞，竟宛然成了兩家仇敵。」主人公的這種「不能用行動作出真正的反應，而只會通過幻想中的復仇獲得補償」[115]的心理特徵，正是尼采所說的「奴隸道德」的人的心理特徵。主人公往往在性的受挫後，才想起他的祖國，想起他弱國子民的身份，並馬上把這種挫敗感、自卑感歸咎於祖國的弱小。因此，「國家之愛」本來就存在的虛偽性由於作家在文本技術層面的草率而顯得更加明顯，以致使身體慾望與國家話語的連接出現了裂縫，並最終導致了文本在個人慾望與國家話語的連接上給人以生硬造作的感覺。

---

[115] 尼采著，謝地坤、宋祖良、劉桂環譯《論道德的譜系・善惡之彼岸》，灕江出版社，2000 年版，第 20 頁。

　　郁達夫的小說有意識地將國家、民族的宏大話語納入個人身體敘事之中，其效果是，個人通過民族國家話語而獲得了更大的認同空間。這也說明，有關民族、國家的體驗最終必須通過個人的真實體驗獲得認同。同時，儘管郁達夫有一種自覺的國家、民族意識，但由於小說主要是以對個人的身體和心理為主要書寫對象，因此，在小說中，國家、民族話語的指向仍是個人。在這一問題上，把魯迅和郁達夫作一個比較是非常能說明問題的。在魯迅的作品中，因為個人和國家兩種力量都非常強大，並且激烈地衝突，所以他的作品有一種分裂的痛苦和張力。而在郁達夫的作品中，個人話語的力量遠遠超過了國家話語的力量，所以他的作品是單純而透明的，即使有痛苦，也只是一種單一的個人痛苦。

　　由以上對《沉淪》的分析，我們可以看到，文學的身體敘事與公共空間的認同是一個值得深思的問題。現代社會培養了作家的公共認同意識，但文學特別是私人性較強的一類作品在私人空間與公共空間之間的運作上又會涉及到非常多的微妙而複雜的因素。身體敘事在社會轉型期作為一種反叛性力量出現的時候，由於一個成熟的話語空間尚未完全建立起來，這種身體敘事就會暫時獲得某種優先權，它可以逃離傳統道德的約束，並對新的公共空間的建構起著不可低估的作用。《沉淪》所敘述的關於個人的身體慾望被壓抑的故事重合了五四的個性解放和民族、國家的話語，它兼具個人和公共的雙重指向。但正如上面所分析的，郁達夫在文本中對後者是弱化的，這似乎暗示著他在潛意識裏更希望個人話語能夠掙脫各種限制、從依附走向自主。

第二章

革命文學中的身體及其形式功能

第一節　早期革命文學中的身體
——用身體想像革命

　　二十年代末，「身體」由五四時期反傳統倫理道德、伸張個人慾望的意義系統發生了轉向，這一轉向主要是社會發展由文化革命到階級革命的變遷所造成的。五四時期對身體的認同從屬於反封建文化運動，身體並沒有獲得獨立的意義，對人缺乏生命層面的關注使得個人在面對人性的許多問題時仍充滿著困惑，由此也形成了五四時期浪漫而感傷的文學風格。而當五四文學中那種尋求精神認同的感傷的個人被納入到革命的意識形態機制之後，身體似乎找到了一種更切實的依靠，儘管身體也是借助於革命而獲得出場的可能的，但是身體與革命的關係卻不再如五四時期身體與反封建文化話語的關係那樣是一種依附關係。在革命文學中，我們看到的是身體成為了小資產階級革命青年想像革命的憑藉，同時也可以看到個人慾望與革命意識的交織和纏繞。

一、身體：審美化的革命激情的載體

　　由五四小資產階級的個人主義文學到左翼無產階級的集體主義文學，早期革命文學起著一種過渡性的作用，這種過渡性主要體現為一種浪漫主義的個體精神和革命意識的混合和交織。對於早期革命文學所表現出來的個人主義傾向，在革命文學對身體的書寫姿態上表現得猶為清晰。

　　早期革命文學的發生首先與城市小資產階級的歷史處境有著密切的關係。小資產階級知識份子之所以能成為「革命」的主要發起人，這是因為，一方面，從外在社會和經濟環境來說，在封建主義和資本主義的雙重壓迫下，這些青年在生活上處於遭受壓制和沒有保障的極不穩定狀態，由於他們缺少基本的生存空間，所以容易轉向激進的革命。另一方面，西方和俄國革命思潮對他們也產生了強烈的衝擊，他們在眾多的帶有個人主義性質的思潮如無政府主義思潮以及西方現代主義藝術如未來主義中看到了揮灑青春熱情的方式。在還沒有明確而具體的政治路線領導之前，抽象的革命或者說是「革命精神」就成為小資產階級尋求個人價值認同的手段。《前線》（洪靈菲）中的霍之遠就說：「他要把革命去消除它的悲哀，正如他把酒和女人、文藝去消除他的悲哀一樣。」[1]由於早期革命文學並沒有規範化的紀律和理論的約束，革命作家進行創作往往是從個人體驗和感受出發，因而就表現出一種浪漫化、個人化的對革命進行藝術想像的特徵。

　　革命與浪漫主義藝術的這種結合緣於其精神上的同質性。由於革命本身就包含著對「新」的崇拜，它勢必體現為一種先鋒精神。在中國古代，所謂「革命」其基本含義就是改朝換代，即以武力推翻前朝。而在西方，「英語 revolution 一詞源自拉丁文 revolvere，指天體周而復

---

[1]　樂齊主編《洪靈菲小說精品》，中國文聯出版公司，1997 年版，第 1 頁。

始的時空運動。……自十八世紀末以來，革命的含義隨著政治和哲學潮流在不斷演變，而最重要的莫過於脫離過去『周而復始』的含義，衍生出一種『奇特的維新是求的情結』。『革命』被喻為『洪流』、『巨浪』等，表示了不可抗拒的歷史前進方向。」[2]因此，從這樣一種「以新替舊」的進化論意識出發，在革命的先鋒意識中天然地就包含著與浪漫主義藝術相通的特質，因為浪漫派藝術就是一種面向未來、預見未來的先鋒藝術，浪漫主義詩人更是世界的預言家：「自浪漫派發軔之初，詩人作為先知的神話就被接受並得到發展。」[3]早期革命文學作家就是作為革命和藝術的雙重「先鋒」而出現的，而浪漫主義精神就是他們連接革命與藝術的重要工具。

　　早期革命文學的代言人蔣光慈的言論頗能反映革命文學這種融革命與藝術為一體的價值追求：「浪漫派？我自己便是浪漫派，凡是革命家也都是浪漫派。不浪漫誰個來革命呢？……有理想，有熱情，不滿足現狀而企圖創造出些更好的什麼的，這種精神便是浪漫主義。具有這種精神的便是浪漫派。」又說：「革命就是藝術，真正的詩人不能不感覺得自己與革命具有共同點。詩人──羅曼諦克更要比其他人能領略革命些！」[4]蔣光慈非常崇拜西方的一些浪漫主義詩人如拜倫等，西方浪漫主義的精神氣質也在他身上體現出來，他是站在浪漫主義藝術的角度來理解革命的。以此為背景再來看身體在早期革命文學中的表現，我們就會發現，身體實際上是早期革命文學表現這種浪漫主義的革命精神的不可或缺的工具。

---

[2]　陳建華《「革命」的現代性──中國革命話語考論》，上海古籍出版社，2000年版，第7頁。
[3]　〔美〕馬泰‧卡林內斯庫著，顧愛彬、李瑞華譯《現代性的五幅面孔》，商務印書館，2003年版，第113頁。
[4]　蔣光慈〈十月革命與俄羅斯文學〉，《蔣光慈文集》第4卷，上海文藝出版社，1988年版，第65、68頁。

　　與浪漫主義對感官和想像的重視相一致，身體對於這樣一種先鋒姿態的表達具有重要的意義。在茅盾的早期小說《動搖》中，強連長的一段表達他對戰鬥的心理感受的話非常能夠體現身體之於革命和藝術的意義：

> 「我還是要去打仗。戰場對於我的引誘力，比什麼都強烈。戰場能把人生的經驗縮短。希望，鼓舞，憤怒，破壞，犧牲──一切經驗，你須得活半世去嘗到的，在戰場上，幾小時內就全有了。戰場的生活是最活潑最變化的，戰場的生活並且也是最藝術的；尖銳而曳長的嘯聲是步槍彈在空中飛舞；哭哭哭，象鬼叫的，是水機關；──隨你怎樣勇敢的人聽了水機關的聲音沒有不失色的，那東西實在難聽！大炮的吼聲象音樂隊的大鼓，替你按拍子。死的氣息，比美酒還醉人。呵！刺激，強烈的刺激！和戰場生活比較，後方的生活簡直是麻木的，死的！」
>
> 「據這麼說，戰場竟是俱樂部了。強連長，你是為了享樂自己才上戰場去的罷？」靜禁不住發出最嬌媚的笑聲來。
>
> 「是的。我在學校時，幾個朋友都研究文學，我喜歡藝術。那時我崇拜藝術上的未來主義；我追求強烈的刺激，讚美炸彈，大炮，革命──一切劇烈的破壞的力的表現。我因為厭倦了周圍的平凡，才做了革命黨，才進了軍隊。依未來主義而言，戰場是最合於未來主義的地方：強烈的刺激，破壞，變化，瘋狂似的殺，威力的崇拜，一應俱全！」少年突然一頓，旋即放低了聲音接著說：「密斯章，別人冠冕堂皇說是為什麼為什麼而戰，我老老實實對你說，我喜歡打仗，不為別的，單為了自己要求強烈的刺激！打勝打敗，於我倒不相干！」

在強連長對革命審美化的理解中，革命給予了身體以釋放的空間，通過身體的快感和痛感而獲得的藝術和生命體驗是強連長這種小資產階級青年所追求的革命的意義所在。同時，西方未來主義「破壞即創造」的精神，以及對強力和戰爭的崇拜，在強連長眼裏是一種生命意志的體現，因此他才把充滿著暴力和死亡的戰場審美化，通過一種浪漫主義精神作為仲介，革命和藝術就如此完美地結合了起來。顯而易見的是，強連長尋求的是一種審美化的個人生命價值，而對真正的革命並無多少興趣，革命只是他個人主義人生觀的一種表達方式。

在早期革命文學中，身體不僅是革命激情的生理載體，而且也是革命意義展開的場所，革命帶給時代青年心理上的狂熱感和滿足感也只有在身體的特殊狀態如流血、暴力、死亡中才能實現和完成。一些早期革命文學作品如《少年漂泊者》（蔣光慈）、《鴨綠江上》（蔣光慈）、《流亡》（洪靈菲）等，都熱衷於表現「流亡」主題，革命青年顛沛流離的生活不僅強化了革命文學的浪漫主義風格，而且也從另一個側面反映了身體的受難之於革命所必不可少的意義。因此，總的來說，早期革命文學顯示出抽象的革命通過實在的身體獲得表達的特徵。

通過身體想像革命具有一種個人化的特徵，而革命要求的又是一種集體主義的精神，因此，早期革命文學就兼具了個人和集體的雙重意識。對此，蔣光慈是一個很好的說明。蔣光慈一方面高談集體主義，他說：「革命文學應當是反個人主義的文學，它的主人翁應當是群眾，而不是個人；它的傾向應當是集體主義，而不是個人主義。」[5]另一

---

[5]　蔣光慈〈關於革命文學〉，《「革命文學」論爭資料選編》（上），人民文學出版社，1981 年版，第 144 頁。

方面，這些理性的思想並不能真正約束其浪漫主義詩人的本性。一般認為，蔣光慈作為早期革命文學的理論建樹者和創作實踐者，表現出了無產階級的集體意識，比如陳思和認為：「他的獨特的貢獻，即在於把『五四』時期所流行的郁達夫式的個人感傷情緒和大革命前後的政治情緒結合起來。郁達夫的小說裏彌散著抽象的對社會的不滿，而蔣光慈則讓這種抽象的不滿轉化為具體的明確的政治鬥爭，並通過他筆下人物的活動，系列地反映了追求革命的知識份子在大革命前後若干年中的思想軌迹和感情軌跡：由個人主義向集體主義的自覺轉化。」[6]但事實上，蔣光慈作品所表現的並不是單純的無產階級集體主義精神，而是一種個人主義與集體主義相交織的精神，具體表現為，在思想意識層面上確實是在逐步樹立無產階級的集體意識，而在個人經驗層面又保留著明顯的浪漫主義的個人意識，正如他自己所說：「我雖然對於群眾運動表充分的同情，但是我個人的生活總是偏於孤獨的方面。我不願做一個政治家……我想做一個偉大的文學家。」「我從事文學一半是為著社會，可是一半也是為著自己要在文學的國度裏找點安慰。」[7]蔣光慈後來與黨不和，以至最後被驅逐出黨，顯然也與他浪漫的個人主義氣質及其在言行上的表現有關。個人和集體、審美和政治之所以能夠統一在蔣光慈的文學世界裏，是因為他通過審美的方式淡化了革命文學的意識形態特徵，這也正是早期革命文學的普遍表現。

---

[6]　陳思和《中國新文學整體觀》，上海文藝出版社，2001 年版，第 302 頁。

[7]　蔣光慈〈紀念碑〉，《蔣光慈文集》第 3 卷，上海文藝出版社，1985 年版，第 185、188 頁。

二、革命身體的先鋒和頹廢

　　革命作為社會變遷最為激烈的方式，它勢必在人們心中引起強烈的情感激蕩，這種強烈的情感激蕩又會表現為極端化的行為方式，其中對「性」的肯定和張揚就是一種具有革命性質的行為，「『性』並非身體的全部，卻彷彿成為隱蔽在身體深處的某種神秘性和本源性的東西，成為『科學』探測的領域，成為『革命』所要解放或壓抑或犧牲的能量。」[8]在早期革命文學中，「性」與革命如影隨行，這是因為「性」具有不可低估的顛覆力量，它是反叛傳統和鬆動政府秩序的最直接的方式之一。在六、七十年代法國的革命風暴中，一群渴望性解放的青年在索邦大學的牆上寫道：「我越做愛越想革命；我越想革命越做愛。」[9]可以看出，「性」和革命的先鋒性是合一的，都指向對專制制度的反抗。從茅盾早期的作品可以看到，那些激進的革命女性往往也是性解放的大膽實踐者，如孫舞陽、章秋柳等。

　　按照佛洛伊德的看法，「慾望和法則是盟友。……法則本身就是充滿慾望的，慾望正是通過以原初的禁忌的方式出現的法則才來到這個世界。」[10]正是因為「性」的禁忌才導致了慾望的無限膨脹，也才導致了革命與性的聯盟，然而，當「性」成為革命中新的時尚，其所具有的顛覆性就會逐漸自行消解，並造成對革命本身的傷害，因此，「『時代女性』的苦悶本身就是『革命』的產物，她們的身體在『革命』中得到解放，也可能被『革命』所傷害，她們的放浪形骸既是對舊道德

---

[8]　黃子平《「灰闌」中的敘述》，上海文藝出版社，2001 年版，第 66 頁。

[9]　〔法〕托尼・阿納特勒拉著，劉偉、許均譯《被遺忘的性》，廣西師範大學出版社，2003 年版，第 3 頁。

[10]　〔英〕特里・伊格爾頓著，王傑、傅德根、麥永雄譯，柏敬澤校《美學意識形態》，廣西師範大學出版社，1997 年版，第 269 頁。

的一種『革命』，亦可能危害『革命』本身。」[11]《幻滅》就描述了革命中的這一現象：「單身的女子若不和人戀愛，幾乎罪同反革命——至少也是封建思想的餘孽。」「『要戀愛』成了流行病，人們瘋狂地尋覓肉的享樂，新奇的肉慾的刺激。」當性解放的姿態失去了其所反叛的對象的話語空間的支撐，失去了其攻擊目標之後，就會淪落為單純的縱慾，這也就是早期革命文學所反映的身體的頹廢現象。

　　革命青年由對革命的獻身轉而追求頹廢的享樂，這之間一方面存在著巨大的差距，另一方面也存在著邏輯性的聯繫。茅盾在 1921 年發表的《享樂主義的青年》一文中認為，有著特別盛的熱情的青年，發洩這熱情的方式就是革命，而這革命往往又是通過一些激烈的方式如暗殺、遊行等方式表現的，「像這樣的青年，對於社會不是完全失望的；而且他又有一個渺茫的然而有力的希望，就是這麼一來，是對於腐敗的社會的一個大刺激，或者可以把他們從夢裏驚醒過來。這樣的急要發洩熱情的青年，也是社會上的寶貝，但是只可在尚有一線光明的社會裏，方能有。在暮氣極重的社會裏——像現在的中國——（因為覺得就是這樣做了，也未必能刺激動人心）——卻又要換一個方向進行，去發洩他的熱情了；這就是享樂主義！」對於享樂主義青年的心理動機，茅盾進一步分析說：「青年覺得對於將來是失望了，覺得現實是絕望了，覺得努力，奮鬥，徒然是愚笨的犧牲而已；然而一方面又不甘對於現實的降服，不甘放棄了現實中所有的主人的享樂，他的熱情迫他去動作，要想借官能的刺激生點快感出來，於是他就不顧一切，拼命的想求片刻的快樂。他沒有希望了，沒有信仰了，沒有所求了，除卻目前的快樂。青年時代性慾——或竟是戀愛的——衝動最強，於是

---

[11] 黃子平《「灰闌」中的敘述》，上海文藝出版社，2001 年版，第 55 頁。

這要求目前的快樂的終點，就一定不易的指到戀愛方面去了。」[12]「享樂主義的青年」最容易在「官能的刺激」中重拾革命的感覺，早期革命小說就對這類青年投注了較多的筆墨，如蔣光慈《衝出雲圍的月亮》的王曼英、《追求》中的章秋柳等都屬這類青年。

　　實際上，這種追求肉慾享樂的頹廢主義與前述的浪漫主義同樣有著內在的關聯。卡林內斯庫在《現代性的五副面孔》中指出，浪漫主義除了向政治先鋒性轉向以外，還可能轉向頹廢，當先鋒姿態和頹廢主義融為一體時，就會表現出肉慾享樂主義的傾向，特別是在革命失敗以後，放縱身體似乎成為個性凌厲的青年人確認自我的唯一方式。《追求》中的章秋柳說：「我是時時刻刻在追求這熱烈的痛快的，到跳舞場，到影戲院，到旅館，到酒樓，甚至於想到地獄裏，到血泊中！只有這樣，我才感到一點生存的意義。」革命給予身體以自由的釋放空間，然而慾望的無限膨脹使得這種追求生命刺激的衝動成為了一個永無滿足的行為。對於《追求》中的章秋柳來說，甚至性愛的刺激也變得滯鈍，昔日戀人的一吻竟平凡得如同「交際場中的一握手」，從中難以獲得她所追求的浪漫主義的生命價值。章秋柳的「要求新奇刺激的癮是一天一天地大起來了」，慾望的極度滿足帶來的卻是極度匱乏，章秋柳最後不得不付出生命的代價：她原本希望用自己的獻身來拯救懷疑主義者史循，史循卻在臨死之前把梅毒傳給了她。不過，章秋柳並不後悔，她仍然表示：「我覺得短時期的熱烈的生活實在比長時間的平凡的生活有意義得多！我有個最強的信念就是要把我的生活在人們

---

[12] 茅盾〈享樂主義的青年〉，《茅盾全集》第 14 卷，人民文學出版社，1987 年版，第 307-308 頁。

灰色生活上劃一道痕迹。」章秋柳的命運似乎是一個先鋒派宿命的寓言，因為當再沒什麼好破壞時，先鋒派就必然會走向死亡。

按照尼采對頹廢的解釋，頹廢實際上包含了一種欺騙的策略：「在尼采看來，頹廢的策略是典型的說謊者的策略，說謊者通過模仿真理，通過使他的謊言較真理更為可信來進行欺騙。因此，在他對生活的憎恨中，頹廢偽裝成一種較高層次生活的崇拜者，而且因為它精通哄騙的藝術，它能夠使虛弱顯得像有力，衰竭顯得像充盈，怯弱顯得像勇武。頹廢是危險的，因為總是將自己偽裝成與它相反的東西。」[13]由於革命本來就是時代青年尋找生命意義的一種方式，因而革命的失敗所引起的絕望和悲觀的情緒，並不僅針對革命本身，而且也會引發他們對生命意義的絕望和懷疑。然而在感官的享樂和性的放縱中追求生命的意義，獲得的也只能是一種自欺性的燦爛。因而革命文學中的身體與革命的關係包含著一種悖論：革命解放了身體，革命也損害了個體自我對身體意義的充分領受。

由於身體在早期革命文學中是一種想像革命的憑藉，並且，在革命文學中，無論是追求破壞性的暴力還是追求「性」的解放，都包含著一種希望在身體的巔峰體驗中、在徹底的痛感和快感中獲得生命價值的目的，所以，「革命」本身在二十年代革命文學中並不具有鮮明的意識形態性質，真正的革命實踐所需要的艱苦鬥爭的精神和堅忍不拔的意志在這裏是看不到的。革命往往是投射作家主觀世界的一個對象，它是個人情緒宣泄的窗口，也是自我認同的重要渠道。對此，洪靈菲的小說《愛情》中的一句話可以作為注腳：「在最初，我們都為著

---

[13] 〔美〕馬泰·卡林內斯庫著，顧愛彬、李瑞華譯《現代性的五幅面孔》，商務印書館，2003 年版，第 180 頁。

滿足我們的好奇的慾望而革命。」[14]與其說革命需要他們澎拜的激情，還不如說他們內心青春的激情需要革命來印證。

在洪靈菲的小說中，我們常常看到同一類型的男主人公形象，他們往往身體瘦弱、面容憔悴，然而他們的內心卻蘊藏著狂熱的革命熱情，顯示出一種機能亢進的狀態。同時，從人物對於革命所表現出來的濫情的對話和獨白中，我們感受到「革命」在大多數情況下體現為一種誇張的語言修飾，現實的革命除了間或以暴動和遊行的細節出現之外，更多的還是以坐牢和流亡等革命後果的形式出現的，作家通過身體的受難來表現革命者對於革命的領受。在此，革命本身幾乎成為了一個抽象的精神符碼，正如魯迅所指出的：「革命文學家風起雲湧的所在，其實是並沒有革命的。」[15]因此，革命文學在其初期並不具有通常意識形態「革命」所具有的實體性和目標性，它寄予了一代青年的激情和幻夢，而身體則成為這一抽象的精神能指的棲身之所，只有在真切和極端的身體感之中，革命的意義才能夠被他們領受到。可以說，即使是革命青年追求享樂主義，他們也並不是對「享樂」本身感興趣，而是希望以此獲得對自我的價值認同。

儘管在早期革命文學中，革命與「性」是以其相同的先鋒性質連接起來的，然而，革命不可能永遠停留在一種藝術和審美的抽象層面，當革命的社會實踐性擺在面前時，革命與「性」的潛在矛盾就會凸現出來，身體就會從一個表現革命的角色下降為一個阻礙革命的角色。「革命不僅帶來了身體的解放；另一些時候，革命重新開始了身體的

---

[14] 洪靈菲〈愛情〉，《大海》，花城出版社，1984 年版，第 368 頁。

[15] 魯迅〈革命文學〉，《魯迅全集》第 3 卷，人民文學出版社，1981 年版，第 544 頁。

控制。」「禁慾是清理和純潔革命組織的一個有力措施。」[16]在革命走入正軌以後，革命激情與革命實踐構成了悖論，後者需要的是體制化、紀律化的規範，需要的是集體化的、理性化的言說方式，而感性化的革命激情恰恰構成了對革命的潛在威脅。所以，早期革命文學的這種浪漫主義、個人主義傾向正是後來「左翼文學」所極力反對和批判的，因而對「革命的羅曼諦克」的清算就成為早期革命文學走向無產階級革命文學的一個轉捩點。洪靈菲在後期小說《蛋殼》中，把脫離工農群眾的小資產階級比作被蛋殼封閉嚴實的雞蛋，希望克服小資產階級的意識，把蛋殼打破，走向工農，就體現出了這一發展傾向。郭沫若在《革命與文學》中宣稱，「浪漫主義的文學早已成為反革命的文學」，並進而把浪漫主義確定為非革命文學的一個重要尺度：「凡是同情於無產階級而且同時是反抗浪漫主義的便是革命文學。」[17]這樣激烈的撻伐無疑是要為早期革命文學的個人浪漫主義寫作畫上一個句號。

　　通過身體想像革命，在革命文學中只是曇花一現的現象，只在早期革命文學中比較多見，因為身體的個體感性、「想像」的虛構性顯然都有悖於現實革命的實踐要求，「『革命』精神是很難被制度化的，革命者的鬥爭熱情與革命政權本身將處於一種悖論情境。革命的號召力在其對於現實批判的有效性，並提出一種關於生存狀況的更完滿的想像；但革命政權本身卻是制度化的，與革命想像之間存在著出入，這種理想/現實、精神/體制之間的衝突，成為革命政權必然面臨的悖論。」[18]然而，革命的動力畢竟不能完全來自於政治指令，因而革命又不能沒有感性的

---

[16] 南帆〈文學、革命與性〉，《文藝爭鳴》2000 年第 5 期。

[17] 郭沫若《革命與文學》，《郭沫若全集》第 16 卷，人民文學出版社，1989 年版，第 41 頁。

[18] 賀桂梅《知識份子、女性與革命》，《當代作家評論》2004 年第 3 期。

激情作動力，個體生命的激情需要通過恰當的方式在革命巨大的約束力
量中得到體認，因而革命的激情和想像又會伴隨著革命的始終，甚至在
規範化的革命話語中也常常浮動著激情的影子，投射出作者激情充盈的
書寫狀態。丁玲在散文《戰鬥是享受》中，描寫了在狂風暴雨中，她看
到一群人在激流裏冒著生命危險撈取木材，丁玲由這一場面感受到了革
命和生命的激情：

> 他們是在享受著他們最高的快樂，最大的勝利的快樂，而這快
> 樂是站在兩岸的人不能得到的，是不參加戰鬥，不在驚濤駭浪
> 中搏鬥，不在死的邊沿上去取得生的勝利的人無從領略到的。
> 只有在不斷的戰鬥中，才會感到生活的意義，生命的存在，才
> 會感到青春在生命內燃燒，才會感到光明和愉快呵！[19]

　　不過，同樣是革命激情，與早期革命文學相比，丁玲所表現的這
種革命激情已經不再是個人主義與革命意識的混合物，在丁玲這裏，
個人主義的激情已經在體制化的革命話語中被改造為一種集體理想主
義的激情。

第二節　身體在「革命＋戀愛」
小說模式中的形式功能

　　眾所周知，在革命文學中，意識形態和個人慾望的矛盾向來是十
分突出的。對於把文學作為工具的意識形態一方而言，對個人慾望和

---

[19] 丁玲〈戰鬥是享受〉，《丁玲全集》第 7 卷，河北人民出版社，2001 年版，第 54 頁。

激情的防範和控制是不能有絲毫懈怠的，因為個人身體中所蘊藏的無序而混亂的衝動往往會迸發巨大的能量，並造成對意識形態所要求的穩定、有序的結構的干擾和傷害，同時，個人情慾的表達顯然是有損於意識形態的莊重和嚴肅性的。然而，對於堅持基本的文學立場的文學創作而言，對個人經驗世界的敞開是一個真正意義上的作家進行創作的源動力，從這一意義來看，意識形態又是嚴重地損害文學的「審美性」的罪魁禍首。

然而，「政治」與「文學」的這種二元對立在一些西方馬克思主義者看來並不存在，因為求助於審美也是一種政治需要。伊格爾頓就看到了審美的力量對於維繫資本主義制度正常運行的意義：「與專制主義的強制性機構相反的是，維繫資本主義社會秩序的最根本的力量將會是習慣、虔誠、情感和愛。這就等於說，這種制度裏的那種力量已被審美化。這種力量與肉體的自發衝動之間彼此統一，與情感和愛緊密相連，存在於不加思索的習俗中。如今，權力被鐫刻在主觀經驗的細節裏，因而抽象的責任和快樂的傾向之間的鴻溝也就相應地得以彌和。」[20]也就是說，審美蘊含在個人化的情感體驗中，蘊含在個人的身體感中，只有借助審美所具有的情感性力量，而非單純的政治口號和理論宣傳，革命的感召力和權力的控制才會曠日持久、深入人心。

可以說，二十年代末早期革命文學的「革命＋戀愛」小說模式正是依靠「身體」的力量，使政治和審美得到了連接，這一類型小說在當時的熱銷對傳播革命意識起到了難以估量的作用，相對於後來觀念化的左翼文學作品，它的成功也是毋庸置疑的。它所引出的問題是：

---

[20] 〔英〕特里・伊格爾頓著，王傑、傅德根、麥永雄譯，柏敬澤校《美學意識形態》，廣西師範大學出版社，1997 年版，第 8 頁。

革命文學如何書寫身體才能既符合政治的目的，又符合審美的要求？「身體」或者說個人慾望是如何推進了早期革命文學的敘事並獲得其自身的合法性的？早期革命文學又是如何從個人敘事中獲得源源不斷的動力和激情，並且起到革命文學非常看重的宣傳、教化功能的？下面我將通過對集成敗榮辱為一身的「革命＋戀愛」小說模式的分析，發現文學與意識形態展開對話的過程中「身體」所具有的功能和意義。

一、革命敘事中的戀愛

　　一種小說敘事模式的產生，不論是原因還是價值，都不會是單純審美意義上的，如陳平原所說：「承認小說敘事模式是一種『有意味的形式』，一種『形式化了的內容』，那麼，小說敘事模式的轉變就不單是文學傳統嬗變的明證，而且是社會變遷（包括生活形態和意識形態）在文學領域的曲折表現。不能說某一社會背景必然產生某種相應的小說敘事模式；可某種小說敘事模式在此時此地的誕生，必然有其相適應的心理背景和文化背景。」[21]而「革命＋戀愛」小說模式作為一種過渡性的文學形態，就反映了「從禮教與戀愛的衝突到革命與戀愛的衝突」[22]的社會、時代背景的變化。

　　丁玲的創作軌跡就很能說明文學潮流由五四文學的個人主義主題向革命文學轉換的內在緣由。丁玲早期小說反映的大都是一些感傷、病態的小資產階級女性的生活，而隨著這一創作高峰的結束，她不得不尋找新的寫作路向，對此，她曾說：「我寫了《在黑暗中》那幾篇後，

---

[21]　陳平原《陳平原小說史論集》（上），河北人民出版社，1997 年版，第 254-255 頁。

[22]　茅盾〈關於「差不多」〉，《茅盾全集》第 21 卷，人民文學出版社，1991 年版，第 311 頁。

再寫的東西就超不過那幾篇了，還是在這個圈子裏打轉。自己感覺到了這一點，就一定要想辦法，把這套東西放下來，另外再想一套東西。」[23] 隨著社會環境和文學風尚的改變，丁玲從當時流行的「革命＋戀愛」小說中獲得了靈感，也開始創作這一類型的作品。從表現「時代女性」頹廢苦悶的《莎菲女士的日記》到表現「革命與戀愛」的衝突的《韋護》，丁玲的這種轉向包含著一種必然，正如有研究者所說：「從丁玲的轉變中，我們可以看到這一模式的功能在於將『五四』個性解放和戀愛自由的主題轉變成為了革命和政治的主題，以革命的巨大能指替換了愛情這一能指。」[24]然而，對於丁玲來說，「革命」仍然不能沒有愛情，事實上，她所創作的「革命＋戀愛」小說，仍然是以戀愛為核心的小說，因此茅盾批評此類小說是「將『戀愛』寫成了主體，而『革命』成了陪襯，——『戀愛』穿了件革命的外套」[25]。不過，對於丁玲的整個文學創作來說，這一轉向有著非常關鍵的過渡作用。同時，它也說明，革命文學的轉向不只是意識形態的外力所致，來自文學自身創新的需求也是這種轉向的主要動力。與五四文學戀愛題材尋求個人解放不同，革命文學中的「戀愛」尋求的是個人與集體、階級意志的相融合、相交織。

　　「革命＋戀愛」這一小說模式的產生還離不開革命文學的形成地上海這一現代化的都市環境。上海作為當時的文化和商業經濟中心，具有現代化的印刷業和良好的圖書發行機制，這必然會為文學提供廣泛的傳播空間。在這樣一種商業的市場機制中，革命作家發展出一種

---

[23] 冬曉〈走訪丁玲〉，袁良駿編《丁玲研究資料》，天津人民出版社，1982 年版，第 190 頁。

[24] 曠新年《1928：革命文學》，山東教育出版社，1998 年版，第 102-103 頁。

[25] 茅盾〈「革命」與「戀愛」的公式〉，《茅盾全集》第 20 卷，人民文學出版社，1990 年版，第 338 頁。

適應讀者需求的自覺的市場意識。由於當時的上海仍處於資本主義萌發期，讀者對文學作品的接受心理仍然是以一種市民趣味為主導，在此情形下，革命文學創作常常沿用一些通俗小說模式，如洪靈菲的小說《前線》就借用俗套的多角戀愛模式來組織故事，小說中的女主人公林妙嬋體弱多病、敏感多疑，簡直就是「林黛玉」的革命版。實際上，「革命」與「戀愛」這兩大要素，與通俗小說中的兩大基本情節要素「暴力」與「言情」是相對應的，因此，革命文學實際上是利用了通俗文學已開闢的市場。在二、三十年代一些暢銷的革命文學作品中，在「革命」這一時髦題材中套用傳統的小說模式是常見之舉。當然，在襲用傳統文學模式的同時，革命題材本身強烈的時代性也為讀者打開了新的視野，因此，革命與戀愛的結合既滿足了讀者對革命「好奇」的探求慾望，同時也滿足了讀者傳統的審美需求。因此可以說，「革命＋戀愛」這一小說模式是適應市場機制的要求，把革命的先鋒性和傳統的市民趣味集於一身而獲得商業成功的。

上述因素構成了「革命＋戀愛」這一小說模式出現的外在成因和背景，但是從根本上來說，「革命＋戀愛」這一小說模式的產生更有其內在的原因，這就是：個人慾望和革命相纏繞的現實。一個非常突出的現像是：二、三十年代一些著名的革命作家如蔣光慈、茅盾、白薇、殷夫、瞿秋白、丁玲等，他們的個人生活本身就充滿著浪漫的傳奇色彩，王德威曾對茅盾、蔣光慈、白薇的個人戀愛與革命的關係作過專門的論述，他認為：「比起他們小說裏面所描寫的愛情故事，這三位作家本身的戀史才更引人非議、更具有革命性。透過文本內和文本外的愛情冒險，他們向讀者揭示了革命烏托邦的本質。」[26]這是很有道理的。

---

[26] 王德威《現代中國小說十講》，復旦大學出版社，2003 年版，第 57 頁。

嚴肅的革命氛圍中有著浪漫的情調，對此，許多人在事隔多年回憶起來仍記憶猶新。孟超在回憶洪靈菲時講到，洪靈菲在一個寒風峭厲、霜雪逼人的夜晚，高聲朗誦李白、杜甫、拜倫、雪萊的詩，對此，孟超說：「曾經度過二七年代的革命浪潮的人，誰也會知道那時革命青年中是有不少的人存在著兩種互相矛盾的感情生活，一面是嚴肅的工作，堅韌的精神；另一面就是浪漫諦克的氣質和行動。」[27]茅盾也由瞿景白追求範志超這件事而感慨道：「可以見到大革命時代的武漢，除了熱烈緊張的革命工作，也還有很濃的浪漫氣氛。」[28]實際上，這兩種對於革命通常被認為是矛盾的方面在早期革命中是相互支援、相互激發的，革命給戀愛增添了許多神秘而瑰麗的色彩，戀愛又給革命提供了充沛的激情和動力。因此，從革命作家自身的個人經歷來看，革命和戀愛的結合也出自他們自身的情感記憶，而並不僅僅只是市場機制下的一種策略性操作。

　　作家個人愛情的深刻記憶影響著他們的革命文學創作，表現為他們在革命文學創作中常常把這種個人記憶滲入到對革命的記憶中去，這樣，對於革命的文學記憶就不再呈現為單一的色調。王德威說：「革命與戀愛提供給 20 年代末期中國小說家的，不只是原始素材而已；更重要的，革命與戀愛根本是 20 年代末期中國小說敘事之所以存在的理由。」[29]當革命經過個人經驗的過濾被重新書寫下來之後，就不再是堅硬粗糙的政治話語，在融進了個人內心溫潤而纖細的情感後，革命文學對革命的書寫就具有一種兼顧著情感和意識形態雙重因素的特徵。

---

[27] 孟超〈我所知道的洪靈菲〉，《洪靈菲選集》，人民文學出版社，1982 年版，第 25 頁。

[28] 茅盾《我走過的道路》（上），人民文學出版社，1981 年版，第 325 頁。

[29] 王德威《現代中國小說十講》，復旦大學出版社，2003 年版，第 54 頁。

陳曉明認為：「革命產生了暴力和陌生化，而革命的文學藝術經常製造溫馨的歸鄉式的氣氛。只要看看那些被稱之為革命文學的作品，其中總是不能擺脫情愛故事，不能消除小資情調和鄉土記憶，從而產生感人至深的效果。這些情調都是下意識的表達，文學自身的那種延續性的方式仍然留存於革命文學的歷史敘事中，惟其如此，它才有維繫歷史斷裂的力量。」[30]因此，革命文學所展示的革命經驗往往充滿著一種複調的特徵，革命的「大敘事」往往不能缺乏無數個人的「小敘事」。

　　早期革命文學對個人慾望和革命相纏繞的書寫呈現為一種「簡單的複雜」的狀況，說其「簡單」，是因為這一時期的小說在思想上比較幼稚，對革命與個人之間的複雜糾葛缺乏深入的表現，而說其「複雜」，是因為這一時期的革命文學並不是如後來規範化的無產階級文學那樣只單一化地表現符合某種理念的革命和戀愛的關係，而是從總體上表現出對革命與戀愛相結合的多種可能性。

　　可以看到，在早期革命文學中，革命與戀愛的結合並不意味著就一定是革命的「大敘事」控制戀愛的「小敘事」，很多時候戀愛更是革命的本源性的力量，這不是文學作品的虛構，而是一種真實的歷史存在。茅盾在《我走過的道路》中的「一九二七年大革命」一節就談到，當時捲入國民革命陣營的小資產階級知識份子有些就是抱著實現愛情自由這一現實的目的投身到革命隊伍中來的，革命在為他們提供廣闊的社會交往舞臺的同時，也為他們提供了實現個人愛情自由的崇高的藉口，所以，那時就出現了革命形勢和戀愛熱潮同時高漲的盛況。[31]通過革命追求戀愛自由，可以說是五四個人解放命題的自然延續，早期

---

[30]　陳曉明主編《現定性與中國當代文學轉型》，雲南人民出版社，2003 年版，第14 頁。

[31]　茅盾《我走過的道路》（上），人民文學出版社，1981 年版，第 317–342 頁。

革命文學非常真實地反映了這樣一種革命動機，如《流亡》中的沈之菲將革命的理由陳述為：「人之必需戀愛，正如必需吃飯一樣。因為戀愛和吃飯這兩件大事，都被資本制度弄壞了，使到大家不能安心戀愛和吃飯，所以需要革命。」革命只是為了獲得基本的生存保障，而不是為了某種更崇高、更偉大的目的。沈之菲的女友黃曼曼，本來是個對革命本身並無興趣的女學生，但因為只有去革命才能離開封建家庭和婚姻，才有與「哥哥」相聚的可能，所以她才去革命。可以說，黃曼曼是因為愛「哥哥」而愛了革命，「菲哥！家於我何有？國於我何有？社會於我何有？我所愛的唯有革命事業和我的哥哥！哥哥！從速離開你的腐敗的家庭，到我的身邊來吧！唉！親愛的哥哥！讓我們永遠地手攜著手，幹著革命去吧！……」在《前線》中，霍之遠在遭遇愛情的挫折後，就轉而希望只在革命中獲得精神慰籍：「我現在對一切都不客氣了！我對舊家庭預備下拋棄的決心了！我對我的愛情也是可以拋棄的！只要對革命有利益，一切我都不管了！」但是一旦和戀人化干戈為玉帛，就變為「我們也不要犧牲愛情，亦不要犧牲革命」。由此可見，在早期革命文學中，革命是和個人慾望不可分離的。在小資產階級知識份子投身革命的動機中究竟包含著多少個人情緒化的成分，儘管是一個難以厘清的問題，但肯定這種因素的存在是具有意義的，它為後來意識形態化的文學所敘述的高尚、純潔的革命動機提供了一種反諷的參照。

不可否認的是，在革命文學的發展中，由於對革命作為意識形態話語的強大力量的價值認定仍然居於主流，因此，個人慾望常常是作為一個被馴服的對象加以表現的，最明顯的莫過於愛情有時就直接來自於革命。在蔣光慈的《野祭》中，作家陳季俠對相貌平常的革命女性章淑君無動於衷，卻喜歡樸素而文靜的鄭玉弦。然而，章淑君的勇

敢熱情和鄭玉弦的膽小怕事形成了鮮明的對比,這兩個女性對革命的不同態度使得陳季俠的感情發生了變化,特別是當章淑君為革命獻身後,陳季俠更加懷念淑君,小說最後,他買了紅玫瑰酒和鮮花,面對大海為她舉行了深情的野祭。同樣,在《衝出雲圍的月亮》中,王曼英在大革命前愛的是柳遇秋,而非李尚志,但大革命失敗後,柳遇秋背叛革命,搖身一變成了反革命的軍官,而李尚志卻有著堅定的革命信念,繼續著地下革命工作。由此,王曼英對柳遇秋的愛變成了對他的唾棄和厭惡,而對李尚志的感情卻逐漸升溫,甚至覺得自己墮落的身體配不上高尚的李尚志。顯然,導致王曼英感情急劇變化的力量來自革命的價值認同體系。這種情形在二十世紀以革命為主導的社會現實中是非常普遍的,劉小楓在談他讀《鋼鐵是怎樣煉成的》的感受時說:「我關心冬妮婭在革命中的位置,其實是因為,如果她不屬於革命隊伍中的一員,我就不能(不敢)喜歡她。」[32]在一個革命的年代,人們的日常生活也會打上政治的印跡,即使是最為個人化的戀愛也同樣會被賦予政治的眼光,在情愛的衝動和革命的衝動之間很難劃清界限。

　　在「革命＋戀愛」小說常常表現的茅盾所說的「戀愛與革命的衝突」[33]中,革命對於戀愛的勝利是以人們對革命作為一種強制性的意識形態力量的絕對服從為前提的,但是,這種革命對戀愛的壓制只是體現了「革命＋戀愛」的初級模式,是一種不太成熟的革命立場的表達。特別是在丁玲的《韋護》這類描寫革命與戀愛衝突的小說中,由於五四文學的慣性使然,作者對愛情的動人描寫遠遠勝過對革命的描寫,

---

[32] 劉小楓〈記戀冬妮婭〉,《這一代人的怕和愛》,生活・讀書・新知三聯書店,1996年版,第48頁。
[33] 茅盾〈「革命」與「戀愛」的公式〉,《茅盾全集》第20卷,人民文學出版社,1990年版,第337頁。

成功地書寫戀愛的同時卻冷落了革命，在這樣一種情況下，再以革命戰勝戀愛為結局，就會使小說在意義上呈現出一種含混的狀態，偏向戀愛的情感因素的強大使得小說中人物向革命的轉換缺少必要的依據。雖然我們不能因此就說小說是失敗的，因為它畢竟成功地書寫了戀愛，但站在文學的革命性的立場，由於它明顯沒有處理好戀愛與革命的關係，從而就沖淡了小說所表達的革命意義。這從反面說明瞭在革命文學中正確處理革命與情感關係的重要性。

因此，無論文學如何認同政治的力量，文學表現革命都必須通過情感的因素作為「轉換器」。隨著「革命＋戀愛」小說模式的深入，革命與戀愛之間不僅沒有衝突，反而相互輝映。只有通過革命，才能走出封建婚姻和家庭的桎梏，才能獲得愛情自由，這樣，革命就成為獲得自由愛情的保障，這顯示出個人慾望和歷史進程的統一。早期革命文學所表現出的這種個人對革命臣服的意識就是通過「戀愛」這一具有情感性的因素傳遞給讀者的，因此這類作品並沒有顯示出太多意識形態話語的強制性。

陳平原認為革命與戀愛的嫁接可以追溯到晚清通俗小說，那時的小說就已經表現出融政治於言情之中的特徵：「就其遭遇激情以及需要某種理想主義和獻身精神而言，政治和愛情卻有相通之處。後世諸多『革命加戀愛』的嘗試，追溯源頭，正是晚清作家嫁接政治小說與言情小說的努力。」[34]政治與愛情結合在二十世紀文學中是常見的現象，對於政治和愛情是基於什麼樣的動機和意義而結合這一問題，不同的研究者站在不同的角度有不同的闡發，我認為從身體連接審美與政治的意義來思考這一問題是非常重要的。

---

[34] 陳平原《陳平原小說史論集》（下），河北人民出版社，1997 年版，第 1649 頁。

　　伊格爾頓認為：「如果政治力量想要維護其統治的話，就必須深入到主體性中去；這個進程需要造就出其倫理－政治的責任被內化為自發的傾向的公民來。……從道德到文化的轉變也就是從頭腦的統治到心靈的統治的轉變，從抽象的決定到肉體傾向的轉變。」[35]「革命＋戀愛」這一小說模式就反映了通過審美的仲介把政治意識內化為一種情感認同的努力。時代正發生著驚天動地的變化，但革命作為時代的產物與普通人的生活存在著距離，普通民眾趨於保守的心理使他們不會馬上認同革命。顯然不能通過強制性的手段讓民眾認同革命，簡單的標語口號其作用也非常有限，通過審美的方式則被證明是一種有效的途徑。「儘管革命的起源可能是純粹理性的，但我們千萬不能忘記，除非理性轉變為情感，否則革命醞釀過程中的理性不會對大眾有什麼影響。」[36]因此，讓讀者在個人情感的體驗當中獲得對革命的認同，並讓這種認同進一步內化為自身的認知方式，這才是最佳途徑，也就是說，「理性必須得到愛和情感的驅動」[37]，而愛和情感也正是審美的核心內容。實質上，如果說「革命＋戀愛」這一小說模式在都市語境下有著適應市場機制的動機的話，那麼這「市場機制」也正反映出民眾的情感需求。

　　因此，「革命＋戀愛」這一小說模式深刻地反映了政治與審美的合謀關係，而正是裝載著個人情感和慾望的身體充當著它們之間的橋梁，因此可以說，身體在這一小說模式中有著深層的政治動機。

---

[35]〔英〕特里‧伊格爾頓著，王傑、傅德根、麥永雄譯，柏敬澤校《美學意識形態》，廣西師範大學出版社，1997 年版，第 104-105 頁。

[36]〔法〕吉斯塔夫‧勒龐著，佟得志、劉訓練譯《革命心理學》，吉林人民出版社，2004 年版，第 4 頁。

[37]〔英〕特里‧伊格爾頓著，王傑、傅德根、麥永雄譯，柏敬澤校《美學意識形態》，廣西師範大學出版社，1997 年版，第 14 頁。

二、個人的如何成為政治的

　　革命理性如何才能很好地內化為愛和情感的驅動呢？對作家而言，這是一個極具考驗性的問題，因為不是任何一種政治與審美的簡單組合都能夠輕易獲得讀者認同的。儘管影響這一目標完成的因素非常複雜，難以找到某種規律性的方案，不過，一個不可忽視的事實是，既然是個人情感、慾望充當著連接政治與審美的關鍵性角色，因而對身體的書寫是否成功，它是否來自真切的個人體驗，是否具有燭照那明晰的政治理念和晦暗的慾望本能之間地帶的功能，就都是非常重要的。從這一意義上來說，「革命＋戀愛」小說模式儘管把個人的情感、慾望納入了革命的敘事之中，具備了把革命理性內化為人們的一種情感認同的可能，但是，當這種小說模式發展成為一種與文學的創造性相悖的「公式」，「革命」與「戀愛」的組合變成了單純、透明的「１＋１」的組合之後，經驗世界的複雜性和矛盾性就被捨棄了，因此，由於缺乏對「身體」的深層內涵的書寫，使得「身體」在這一小說模式中只是徒具了獲得民眾情感認同的形式，但卻最終未能把這種形式轉化為實質性的內容。

　　在《「革命」與「戀愛」的公式》一文中，茅盾對文壇流行的這一模式進行了歸納和總結，他把這一模式分為三種類型：第一種，「革命」與「戀愛」衝突，通常是「為了革命而犧牲戀愛」。第二種，革命和戀愛相因相成，「通常表現為幾個男性追逐一個女性，而結果，女的挑中了那最『革命』的男性」，即「革命決定了戀愛」。第三種，「幹同樣的工作而且同樣地努力的一對男女怎樣自然而然成熟了戀愛」，即「革命產生了戀愛」。如果把第一種稱為「革命」＋(加)「戀愛」的公式，那麼，

第二、三類則可以稱為「革命」×(乘)「戀愛」的公式。[38]儘管每一種「公式」裏都包含了個人慾望和革命糾葛的種種複雜的可能性，但是，早期革命文學作家卻很少表現對個人內在世界進行探尋的興趣，因而這種個人慾望很多時候只是表現為一種淺薄的世俗樂趣，同時，對於個人慾望與意識形態相纏繞的複雜狀況也未能得到深入表現。茅盾批評蔣光慈的作品是「臉譜主義」，並說：「作品中人物的轉變，在蔣光慈筆下每每好像睡在床上翻一個身，又好像是憑空掉下一個『革命』來到人物的身上，於是那人物就由不革命而革命。……總之，我們看了蔣光慈的作品，總覺得其來源不是『革命生活實感』，而是想像。」[39]丁玲也曾自我批評過自己的創作是「陷入戀愛與革命的衝突的光赤式的阱裏去了」[40]。由此看來，蔣光慈的小說，包括丁玲早期的革命文學作品，對革命與戀愛衝突的描寫是流於形式的，在他們的小說中，主人公選擇革命並非出於個人真實的內在需求，而是在時代浪潮裏挾下的一種缺少真實動機的選擇，「革命似乎始終是以一種答案和結果的形式來影響和決定人物的心態和行動，而不是以人物的活動來表現個人和社會運動之間的那種豐富複雜的矛盾關係。」[41]

實際上，早期革命文學無論是在文學技巧上還是在個人體驗的表現上都是存在嚴重問題的。比如，女性身體形象的描寫對於戀愛題材小說來說，無疑是非常重要的，它對於個人情感具有很強的表現功能，

---

[38] 茅盾〈「革命」與「戀愛」的公式〉，《茅盾全集》第 20 卷，人民文學出版社，1990 年版，第 337-338 頁。

[39] 茅盾〈關於「創作」〉，《茅盾全集》第 19 卷，人民文學出版社，1991 年版，第 278 頁。

[40] 丁玲〈我的創作生活〉，《丁玲全集》第 7 卷，河北人民出版社，2001 年版，第 16 頁。

[41] 王雪瑛〈論丁玲的小說創作〉，郜元寶、孫浩編《三八節有感——關於丁玲》，北京廣播學院出版社，2000 年版，第 167 頁。

但是，如果女性身體在小說中只是呈現為男性慾望下的性徵描寫，這種描寫與小說的情節不能有效地組織到一起，或者進一步地體現女性身體作為個人體驗的投射物的複雜性，那麼，這樣一種身體描寫可以說就是失敗的。洪靈菲的作品就是如此，在他的《流亡》、《前線》中，只要是寫到女性，總免不了有一段帶著男性慾望眼光的非常仔細而投入的身體形象描寫，但由於這些女性的個性在小說中都不鮮明，這些對女性身體的刻意描摹與小說的情節發展也沒有多大的聯繫，因而顯得刻意而多餘。不過，在早期革命文學中，茅盾的成功是個例外，如《蝕》三部曲有許多對女性身體的描寫，這些描寫一方面與這些「時代女性」的現代意識緊密相連，另一方面也顯示出個人慾望與意識形態的種種難以剝離的關係。透過這樣一些身體的描寫，茅盾不只是顯現了一個男性作者對異性的傾慕和想像，同時也展現了無數莫名的、混沌的個人情緒和體驗，這種女性身體的描寫對茅盾所傾心追求的「真實」，具有不可忽視的表現功能。

　　「革命＋戀愛」這一小說模式的缺陷實際上已經被左翼理論家們所認識，錢杏邨就對中國早期革命文學中的「革命的羅曼諦克」傾向進行了批判，他認為初期中國的普羅文學，都是些小資產階級的文學，不正確的傾向有三點，第一，是個人主義的英雄主義的傾向，第二，是浪漫主義的傾向，第三，是才子佳人英雄兒女的傾向。對於「才子佳人英雄兒女的傾向」，他說：「書坊老闆會告訴你，頂好的作品，是寫戀愛加上點革命，小說裏必須有女人，有戀愛。革命戀愛小說是風行一時，不脛而走的，我們很多的作家歡喜這樣幹，蔣光慈當然又是代表。在這裏，我只要說孟超。他的一部《愛的映照》就是這一映照，外面在暴動了，我們的男英雄，正在亭子間裏，擁抱著女志士熱烈的親嘴呢。革命的青年，一面到遊戲場去玩弄茶女，一面是不斷的詛咒

資本主義社會，要求革命呢。至於那些因戀愛的失敗而投身革命，照例的把四分之三的地位專寫戀愛，最後的四分之一把革命硬插進去，和初期的前八本無聲，後二本有聲的『有聲電影』一樣的東西。」[42]這裏，「革命的羅曼諦克」指的是早期革命文學中那些簡單而透明的作品，它的特點是無視經驗世界的含混和複雜。錢杏邨的批評是尖刻的，它擊中了「革命＋戀愛」小說模式的要害。

在我們對意識形態與文學關係的討論中，文學的政治工具化問題是一個長期爭論不休的問題。對於文學是否能夠充當政治的宣傳工具這一問題，在「革命文學」的論爭中，存在兩種截然不同的看法。這裏我且引用錢杏邨批評茅盾時所發表的他對「工具論」的理解：「我對於茅盾先生『有革命熱情而忽略於文藝的本質』和『把文藝也視為狹義的宣傳工具』二語，根本上就認為不對。」「文學之於宣傳的關聯是必然的，無論哪一個階級的文學作家都是替他們自己的階級在宣傳。同時，在創作裏也有他們自己的階級的口號存在。……無產階級初期的文學，技巧修養的缺乏，只把核心的意義寫了出來，只把要求的內涵具體的寫了出來，多少免不了帶著濃重的口號標語的彩色的技巧幼稚的作品，遂被他們目為『口號標語文學』，這種術語的產生，固然是含有惡意的攻擊，可是，在事實上也是必得經過的階段，必得經過這一個『標語口號』的時代。」[43]確認文學與意識形態的聯繫，是左翼文學的貢獻，左翼的這種文學觀念是對那種認為文學可以束之高閣的「純文學」觀念的一種反撥。伊格爾頓就認為，從廣義來講文學本身就是一種意識形態。問題只

---

[42] 錢杏邨〈革命的羅曼諦克——序華漢的三部曲《地泉》〉，《阿英全集》第 1 卷，安徽教育出版社，2003 年版，第 673-674 頁。

[43] 錢杏邨〈從東京回到武漢〉，《阿英全集》第 1 卷，安徽教育出版社，2003 年版，第 354、350 頁。

是在於，對文學與政治的關係的確認不能是以犧牲文學自身的特徵為代價。錢杏邨認為早期無產階級文學的幼稚病只是寫作技巧的問題，這說明他只看到了問題的表面，而並沒有意識到這更是一個創作者能否真實而深入地表達他的經驗世界的問題，也沒有意識到這種幼稚病是作家的主觀體驗與寫作對象之間沒有很好地融合所致，這說明錢杏邨仍然對審美與政治如何結合這一問題缺乏深刻的認識。

左聯成立以後，隨著革命文學的成熟，對文學的政治化的問題有了更深入的認識。面對左翼文學界公式化、理念化的毛病，瞿秋白認為，錢杏邨等人的錯誤並不在於使文學服務於政治，而在於取消了文學本身的特點，他說：「文藝永遠是，到處是政治的『留聲機』。問題在做那一個階級的『留聲機』，並且做得巧妙不巧妙。……新興階級自己也批評一些煽動的作品沒有文藝價值，這並不是要取消文藝的煽動性，而是要煽動作品中的一部分加強自己的文藝性。」[44]對於文學和政治關係的認識，瞿秋白的這一闡發是切中肯綮的，與把文學簡單地等同於政治宣傳的觀點不同，他更強調政治和審美的結合。

「革命＋戀愛」只是轟動一時但卻未能深化的一種小說形態，由於對「身體」流於表面的表達，「身體」在許多作品中只是一種與革命相脫離的點綴和飾品，這使得「身體」最終失去了成功連接審美和政治的功能。儘管「革命＋戀愛」小說模式已經成為文學史陳迹，但它所呈現出來的政治與審美相連接的意義，以及它的失敗帶給我們的啟發卻是深刻的。我們看到，在早期革命文學中出現卻未能深刻表達的意識形態與審美、革命與個人慾望這些矛盾的糾葛，仍然以各種不同的方式繼續在二十世紀文學中浮現出來。

---

[44] 意嘉〈文藝的自由和文學家的不自由〉，《現代》第 1 卷 6 號（1932，10）。

第三節　在身體中尋找「真實」——解讀《蝕》

　　茅盾被公認是中國現代文學中的現實主義大師，其主要根據就是以《子夜》為代表的經典現實主義文本。但是，在他進入「規範化的」也就是以無產階級理論為指導的現實主義以前，他早期小說反映的卻是他對「文學如何反映現實」這一問題進行探尋的個人化姿態，這不僅體現在小說《蝕》中，也體現在他的《從牯嶺到東京》、〈讀《倪煥之》〉、〈寫在《野薔薇》的前面〉等文論中。這一時期，由於茅盾認為文學的真實性必須建立在個人真實體驗的基礎上，所以他的小說常常以他熟悉的小資產階級為對象，描寫他們在革命中的個人體驗和慾望，這使得他的早期小說充滿著與意識形態的規範化要求難以協調的「不安」因素。本節選取「身體」作為視角，從《蝕》三部曲中對個人慾望的講述和引人注目的女性身體描寫入手，重讀這部作品並進一步探究這一問題。

一、女性身體與體驗的真實

　　安敏成認為：「現實主義作品其實都運作於兩種層面：一為對社會的『客觀』反映層面；一為自覺的寓言層面。」[45]茅盾的《蝕》三部曲不僅是一部反映大革命失敗後的社會現實的作品，而且，個人慾望和革命的難捨難分也使它包含了寓言般的含糊不清的特性。正是因為這樣，才引起了研究者們不斷闡釋的興趣。《蝕》三部曲對女性身體的大量描寫以及對個人慾望所包含的主宰性力量的展示，都是我們考察作

---

[45] 〔美〕安敏成著，姜濤譯《現實主義的限制——革命時代的中國小說》，江蘇人民出版社，2001 年版，第 8 頁。

者以寓言的方式展現「真實」的切入點。在這裏，我關注的是茅盾如何通過這樣一些女性身體描寫來實現他早期創作「寫真實」的原則的，以及由身體所表現的這樣一種個人世界的真實與作者所試圖再現的革命「真實」具有怎樣的關係等問題。

對「時代女性」的成功塑造是《蝕》三部曲的一大特色，陳幼石評價說：「她們是架在茅盾的生活及作品中，客觀世界與藝術世界之間的橋梁。在某種意義上，這些女子形象又是理解作品的主題、人物形象的意義以及人物之間關係的一把不可缺少的『鑰匙』。特別是當我們研究《蝕》和其他小說時，這把『鑰匙』更是至關重要。」[46]正是通過這樣一些以個人的肉身遨遊於時代大潮中的女性形象，茅盾嘗試著以個人的真實體驗來書寫歷史。這些女性作為理解小說的一把鑰匙，其意義並不止於是為了提供時代舞臺上的一類重要的人物形象，即作者並不只是把這些女性當成展示歷史意識的工具。茅盾說：「慧女士，孫舞陽，和章秋柳，也不是革命，然而也不是淺薄的浪漫的女子。如果讀者並不覺得她們可愛可同情，那便是作者描寫的失敗。」[47]所謂「可愛可同情」，顯然是指這些女子身上人性化的一面，透過這些生動的女性形象，茅盾力圖展示的是革命與個人的關聯：革命的潮起潮落一方面賦予了這些時代女性以獨特的人生經驗，另一方面這些人生經驗所具有的個人性質又明明顯現出與時代的疏離和對革命意識的某種消解。

在《幻滅》中，儘管一連串重大的政治事件成為了人物活動的背景，然而靜女士卻執著於內心世界對愛情的幻想，小說把靜女士的個人情感經歷和心理歷程放在了比革命更觸目的位置上。靜女士從對革

---

[46]　〔美〕陳幼石〈《牯嶺之秋》與茅盾小說中政治隱喻的運用〉，《茅盾研究在國外》，湖南人民出版社，1984 年版，第 492 頁。

[47]　茅盾《從牯嶺到東京》，《茅盾全集》第 19 卷，1991 年版，第 179 頁。

命的冷漠到投身革命運動，其轉變的機緣是個人戀愛的受挫。然而，投身革命後她卻對革命陣營內的種種人事倍感「無聊」，在心理上又對這所謂的「革命」產生了無法抑制的抗拒情緒，最終是一場短暫但卻驚心動魄的戀愛拯救了靜，使靜燃燒起了生命的激情。但是，戀愛的很快結束卻使靜女士感到這只是一場「太快樂的夢」而已，靜最後得到的只是革命和愛情的雙重幻滅。實際上，靜從未真正地融入到革命的洪流中去，作為一個小資產階級女性，靜認為真正的生命依託仍是個人的愛情。這也應驗著茅盾說過的一句話：「女子解放的意義，在中國，就是發見戀愛！」[48]不過，像靜這類對革命保持疏離姿態的女性到了《動搖》中就開始發生了變化，方太太作為和靜同一類性格氣質的女性，在新的時代浪潮中已自感不合時宜，歎息著「這世界變得太快，太複雜，太古怪，太矛盾，我真真地迷失在那裏頭了！」

　　《蝕》三部曲中真正代表著時代意識的女性是慧女士、孫舞陽、章秋柳等，如果說《幻滅》中的慧女士的潑辣、現代、開放的性格還只是體現為一種個人化的姿態的話，那麼在《動搖》中茅盾則進一步把這樣一種性格、做派和最現代的革命結合起來，孫舞陽大膽、激情、叛逆、浪漫，身上混合著神性和魔性、理性和感性，正因為如此，她才能在混亂、無序的革命氛圍中確認個人身體感覺的意義，當然，革命也為她的個人主義享樂提供著精神上的動力和源泉。而在《追求》中，在到處彌漫著革命失敗後的惶恐和徘徊的氣氛之下，時代青年們有著各種不同的人生選擇，與那些投身於社會實踐的實幹家們不同，章秋柳是以個人身體的痛感和快感來抵制無路可走的人生的空虛和無奈的，這是因為個人在動蕩的時代中除了自我身體的感覺以外很難真

---

[48] 茅盾〈解放與戀愛〉，《茅盾全集》第 14 卷，1987 年版，第 324 頁。

正抓住其他什麼,所以,章秋柳選擇的是在身體無所畏懼的沉淪和毀滅中實現個人生命的意義和價值。

　　對於《蝕》三部曲中女性身體描寫的特徵,一般會從性別立場出發,認為這些具有性徵的女性身體描寫,明顯地投射著男性敘事者的慾望。不過,我認為,茅盾在描寫這些女性身體形象時所使用的「距離化」的方法更耐人尋味。陳建華認為,茅盾寫「時代女性」借用了畫家為模特兒寫生的手法,他說:「他的那些『時代女性』處於窺視的中心,尤其如慧女士與孫舞陽,在肉體上是自由的,而在情感上是冷漠的,避免與男性真正的合一。這也頗似模特兒置於被視的焦點,而自己的目光避免與視者相交。」[49]由於畫家寫生實踐的模特兒是靜止的,因此在我看來,若以動態的時裝模特兒作比可能更為貼切。在時裝表演會上,舞臺上的模特兒表現出控制觀眾視線的絕對自信,觀眾對她們的內心世界卻難以觸摸,由於模特兒精神世界的缺席,女性身體也就只是一種能指性的符號。她們在舞臺上走過,並在觀眾中掀起由羨慕、嫉妒、窺視等多重心理交織而成的巨大潮汐,她們的身體既誘人又顯示出拒人於千里之外的姿態,這樣,身體的吸引力和排斥力就構成了一個張力場。在《蝕》三部曲中,慧女士、孫舞陽、章秋柳是男性視野的焦點,她們表現出控制男性慾望的絕對自信,「現在孫舞陽看了他一眼,即使仍是很溫柔的一看,方羅蘭卻自覺得被他的眼光壓扁了;覺得她是個勇敢的大解脫的超人,而自己是畏縮,拘牽,搖動,瑣屑的庸人。」孫舞陽對慾望收發自如的能力顯然是作者的一種

---

[49]　陳建華〈「乳房」的都市與革命烏托邦幻想——茅盾早期小說視像語言與現代性〉,哈佛燕京學社、三聯書店主編《理性主義及其限制》,生活‧讀書‧新知三聯書店,2003 年版,第 316 頁。

主觀想像，方羅蘭的感性、軟弱卻是人性的常態，然而，正是通過這種對照，顯示出作者個人世界的焦慮和猶疑。

《動搖》中孫舞陽模特兒般地被刻畫的結果，是一方面給人以自信、傲視一切、能恰當地調配感性與理性的印象，另一方面又給人以無法觸摸其真實的精神世界的感受。作者距離化地描寫了胡國光眼中的孫舞陽、方羅蘭眼中的孫舞陽、張小姐和劉小姐眼中的孫舞陽⋯⋯，孫舞陽如一個 T 形舞臺上的模特兒，是視線的焦點。可以看出，孫舞陽是被有距離的觀看的，這樣一種距離一方面是孫舞陽刻意製造的，因為孫舞陽是拒絕被任何沉重的東西所纏繞的，「觀看行為以距離為前提。距離是現代社會中個體存在的樣式，要求在距離中維繫與他者的關係，⋯⋯距離心態最能表徵現代人生活的感覺狀態：害怕被觸及，害怕被捲入。」[50]孫舞陽的「距離心態」表現在她對待愛情的態度上，儘管孫舞陽覺得方羅蘭不失為一個很好的知己，但她仍能拋開感性的欲念，決絕地說：「我不能愛你！」這不僅是在告訴方羅蘭，也是在告誡自己；另一方面這距離也是作者製造的，其原因不僅是因為通過距離才能在女性身體上有效地投射男性的慾望，而且也是由於通過對這類外表性感美麗但內心卻無法琢磨的女性的描寫，茅盾可以表現自己內心的猶疑和困惑，作者不能真正把握這些激進的革命女性的精神世界，就正如他無法把握大革命失敗後中國的現實將要走向何處一樣，正是在一意義上，「距離」便是一種很機智的寫作策略。

從女性立場來分析，可以認為，茅盾筆下的這種具有突出性徵的女性身體既表現了男性主體對女性的慾望，同時也表現了女性對男性慾望的主動回應，同時，茅盾回避了對女性精神世界的書寫，而只表

---

[50]　劉小楓《現代性社會理論緒論》，上海三聯書店，1998 年版，第 334 頁。

現出對慾望意義上的女性身體的寫作興趣，這都體現了一種男性寫作的立場。不過，僅從此立場來評價茅盾的女性身體書寫仍有欠公允和深入。我認為，回到特定的歷史語境中來研究茅盾對女性身體書寫的具體動機才是最重要的。實質上，茅盾並不缺乏寫女性精神世界的能力，他早期的一些寫女性心理的作品如《一個女性》等甚至可以與女性作家的作品相媲美。他之所以有意識地拒絕直接表現「時代女性」精神和靈魂的深層內涵，主要是因為他把女性身體當作了書寫革命體驗的隱喻，由於他在當時並未形成明確的革命理念，因此對於難以清晰呈現的經驗世界的模糊狀態，只能以這種身體出場的方式進行書寫。

　　總之，《蝕》三部曲所展示的這些女性形象支撐著作者對革命的感受的書寫，同時，作為一種象徵，這樣一些女性形象正是大革命失敗後作者內心各種難以言說的複雜情緒的外化，作者對革命的個人體驗透過這樣一些女性身體形象的書寫而獲得了間接地言說。

二、茅盾的「靈肉觀」與其早期小說的歷史意識

　　茅盾這樣一種借身體寫真實的思路實際上建立在他獨特的對肉體和靈魂關係的理解基礎之上，概括地說，茅盾的「靈肉觀」就是放棄五四式的「靈肉一致」觀，而給予身體以自足的意義，這可以通過《追求》中的一個非常有意味的情節安排得到說明。

　　章秋柳、陸女士、朱女士有著酷似的身材和容貌，然而卻有著各不相同的處置身體和靈魂關係的立場。首先看張曼青的愛人朱女士：「朱女士並不是生的不美麗，然而她素來不以肉體美自驕，甚至她時常鄙夷肉體美，表示她還有更可寶貴的品性的美。」然而，在章秋柳眼裏，朱女士只不過是一個外表尚好但卻淺薄、狹窄的人。朱女士主

觀上重視品性美遠甚於重視肉體美，客觀效果卻適得其反。「精神重於肉體」其實是一種很普遍的「靈肉觀」，然而茅盾以漫畫式手法對朱女士所進行的形象和個性描述，顯然是對這一「靈肉觀」的批判。茅盾明顯是站在章秋柳的立場的一邊，認為品性和肉體不可分離，沒有離開肉體的單純的品性美。

再來看王仲昭的戀人陸女士。對於陸女士，作者是通過王仲昭的視角來描寫的。對於王仲昭來說，陸女士自然是一個合乎靈肉和諧理想的女性，然而，在小說的描寫中，這樣一個人物只存在於王仲昭的想像中，並未真正出場，作者這樣描寫似乎是暗示陸女士這一人物的虛幻性。對於「有計劃地做他的生活的工作的」的王仲昭來說，陸女士是他理性人生的一部分，然而，偶然往往改變著必然，當王仲昭正為自己即將得到「計劃」中的「運命女神」而得意時，一封告知女友因遇車禍而被毀容的電報卻摧毀了他的一切自信，於是，作者議論道：「你追求的憧憬雖然到了手，卻在到手的一剎那間改變了面目！」王仲昭作為小說中唯一一個理性、現實的人物也毫無例外地陷入絕望的深淵。安敏成認為：「在現實主義的形而上學中，身體總是最為重要的，如上述序列所顯示的那樣（饑餓、暴力、疾病、性和死亡），罪魁禍首是自然世界的形象，他們踐踏了作為『真實』象徵身體虛構性的自主。因為它們的物質性無比強大，所有這些因素在本質上被排斥在無力抗拒威脅的語言之外。」[51]陸女士作為身體和靈魂完美結合的一種理想，在她身體的美毀於意外的災難之後，王仲昭對她的靈魂的熱愛也隨即付之一炬，這說明在身體出現匱缺時，精神就顯得渺茫而虛空，因此，

---

[51] 〔美〕安敏成著，姜濤譯《現實主義的限制——革命時代的中國小說》，江蘇人民出版社，2001年版，第18頁。

通過陸女士這一女性形象及其身體遭遇，茅盾對「靈肉一致」的理想的諷刺可見一斑。

與朱女士代表著對精神的重視、陸女士代表著對「靈肉和諧」的重視不同，章秋柳代表的是對身體本身的重視。章秋柳雖然也很重視精神的追求，但她絕不放棄身體的享樂，她對自己說：「章秋柳呀，兩條路橫在你面前要你去選擇呢！一條路引你到光明，但是艱苦，有許多荊棘，許多陷坑；另一條路會引你到墮落，可是舒服，有物質的享樂，有肉感的狂歡！她委決不下。她覺得兩者都要；冒險奮鬥的趣味是他所神往的，然而目前的器官的受用，似乎也捨不下。雖然理智告訴她，事實上是二者不可得兼，可是感情上她終不肯犧牲了後面的那一椿。」也就是說，當精神和身體不可兼得時，她最終還是選擇了身體享樂，雖然這種選擇對她來說，也包含著痛苦。在章秋柳身上，儘管神性和魔性、集體主義和個人主義相交織著，但卻沒有前者理應壓倒後者的理念束縛她。章秋柳的身體觀念儘管也顯示出身體與靈魂「二元對立」的思維，但畢竟她能首先肯定和正視感官快樂的合理性，並將這樣一種價值觀貫穿到她的人生中去，最後她的行為所表現出來的，實際上是身體壓倒了精神。

有趣的是，張曼青之所以選擇朱女士、王仲昭之所以選擇陸女士，都是因為她們在外形上酷似章秋柳，這顯然不是一種巧合，而是作者有意的安排。章秋柳周圍的這些男性潛意識中的「章秋柳情結」，只不過表明了感性和本能對他們的誘惑，但在尋找終身伴侶的現實層面上，章秋柳的放蕩不羈著實嚇著了這些男人，所以他們放棄章秋柳的同時，轉而尋求一種替代性的補償。在捨棄章秋柳的感官享樂主義品質的前提下，理想的女性當然是那種既擁有章秋柳的迷人外表，又擁有貞潔自守、溫柔賢德品性的女性。然而，小說的結果卻是對這一初

衷的絕妙的諷刺，那相似的僅是一個軀殼而已，結婚後張曼青才發覺他理想中的女性原來不過是「一件似是而非的假貨」。原因在於不同的身體立場決定了這些女性不同的人生態度，也進一步決定了人物不同的精神境界：朱女士對身體的否定決定了她的品性也只能是狹窄、低俗的，同時品性的欠缺反過來又把她身體的美糟蹋得一塌糊塗，而肯定身體享樂的章秋柳在朱女士的映襯下卻顯得愈發光彩奪目。通過此番有意的設計，茅盾想說明的是，個人的身體感才是第一位的、無可替代的，而品性的欠缺則來自於身體感的欠缺。

這種突出時代女性的身體意義而把精神懸置的寫法，意味著茅盾對五四以來「靈肉和諧」的理想人性標準的疏離，他希望通過身體的出場來重塑身體自身的意義。對於這些時代女性而言，身體是所有生命感受的起點，不存在超越身體形式而存在的靈魂，這些時代女性大膽的身體語言顛覆了五四以來身體對精神的強烈依賴，而表現出一種對感官主義的追求身體自足快樂的認同。

茅盾這種身體意識直接影響了他對歷史的看法。對身體優先性的確認也就是對個人慾望重要性的確認，而個人慾望被置於如此重要的位置之上，顯然會對革命的發展產生直接或間接的影響，茅盾在反映革命的作品中設置如此性感的女性，顯然與這種考慮有關。個人慾望可以分解革命的正義性和嚴肅性，由於它們的存在，革命所具有的理性往往會被擊潰和瓦解。對於《動搖》中的方羅蘭來說，實際情形就是如此。革命事業和個人情慾如一對形影不離的雙胞胎，控制著方羅蘭的整個生活，小說象徵性地寫道：「他的一隻耳朵聽著周時達和陳中談論店員風潮，別一隻耳朵卻依舊嗡嗡然充滿了方太太的萬分委屈的嗚咽。」方羅蘭嗡嗡然的耳朵是那無法控制和理順的個人慾望的象徵，本能的強大力量使方羅蘭放棄了對宏大歷史敘事的信仰，他和太太握手言和的欣喜蓋過了

暴亂所帶來的憂慮和恐慌，「方羅蘭狂熱地吻她。這時，什麼反動派，糾察隊，商店，戰慄的房東，戟指的手，咒罵的嘴，都逃得無影無蹤了。」理性這時顯得如此軟弱無力，它無法控制感性慾望的騷擾，在這樣一種情況下，讀者也難以獲得一種具有統一性和整體感的歷史意識。在《動搖》中，孫舞陽可以一邊高唱國際歌一邊和黨部代表林子沖胡鬧；陸慕遊之所以能得到垂涎已久的孤孀素貞，也是借助於自己手中的權力。這些情節都說明「革命慾望與革命實踐的吊詭」[52]。其實除了茅盾以外，這種情形在其他作家的作品中也有表現，如郁達夫的小說《出奔》就描寫了土豪董玉林的女兒婉珍在其父要被革命懲辦的關鍵時刻與革命者錢時英發生了戀情，最後個人慾望動搖了錢時英的革命意志，董玉林不僅因此獲救，而且還一躍成為革命的積極分子。正如安敏成所說：「愛情與政治兩條線索雖然分離，卻並行展開，說明瞭三角關係的危險。但是，這兩條線索（通常還有它們所涉及的人類生活的兩個領域）也反覆交疊，時常形成諷刺的效果。」[53]

這種個人慾望對革命的離心作用，不僅表現在方羅蘭這樣的領導身上，也表現在那些還沒有革命自覺的普通人身上，而且，在普通人身上，個人慾望更可以毫無顧忌地借助革命而生長。在《動搖》第八章的開頭，茅盾用了五個自然段來描寫春天及其它在人們心中引起的騷動。在春的啟示下，到處是一派閒散、悠遊的景象，縣城裏的人們，「接受了春的溫軟的煽動，忙著那些瑣屑的愛，憎，妒的故事」；而在鄉村，作者象徵性地寫道：「去年的野草，不知在什麼時候，已經重複佔領了這大地。熱蓬蓬的土的氣息，混著新生的野花的香味，佈滿在空間，使你不自覺

---

[52]　王德威《現代中國小說十講》，復旦大學出版社，2003 年版，第 60 頁。

[53]　〔美〕安敏成著，姜濤譯《現實主義的限制——革命時代的中國小說》，江蘇人民出版社，2001 年版，第 143 頁。

的要伸一個靜極思動的懶腰。各種的樹，都已抽出嫩綠的葉兒，表示在大宇宙間，有一些新的東西正在生長，一些新的東西要出來改換這大地的色彩。」在緊張、嚴肅的政治鬥爭中，穿插進如此風格迥異的春天的人和景的描寫，顯然是作者有意為之，它實際上是在有意透露一種資訊：慾望的生長充滿著無窮的可能性，它如野草般旺盛的生命力使它在周而復始的生命輪迴中改變著世界的色彩，而在它的導演下無數充滿著諷刺意味的鬧劇得以上演，「共妻」事件就是接下來的這樣意義的一幕。當地的土豪劣紳們把「共產」一詞改成「共妻」，當地農民信以為真，因為道理很簡單：「明明有個共產黨，則產之必共，當無疑義」，而「妻也是產」，所以，他們在「耕者有其田」後補上一句「多者分其妻」，妾、寡婦、尼姑都屬於「多餘者空而不用者」，把她們「分而有之用之」就是理所當然的了。小說中，土豪黃老虎的小老婆在被「公」時充滿著驚恐和疑惑，她實在難以分辨所謂「強姦」和「公」有什麼不同。小說中的這一情節顯然是具有諷刺性的，慾望操縱著語言，語言能指的替換不只是一個語言遊戲，它帶來的是對革命意義的瓦解，個人私欲在革命實踐中只需要變換一下裝扮便可以名正言順地登場。

　　對於《蝕》三部曲的寫作動機，茅盾在《從牯嶺到東京》中有一段經常被人引用的說明：「我是真實地去生活，經驗了動亂中國的最複雜的人生的一幕，終於感得了幻滅的悲哀，人生的矛盾，在消沈的心情下，孤寂的生活中，而尚受生活執著的支配，想要以我的生命力的餘燼從別方面在這迷亂灰色的人生內發一星微光，於是我就開始創作了。我不是為的要做小說，然後去經驗人生。」[54]由此看來，茅盾的早

---

[54] 茅盾〈從牯嶺到東京〉，《茅盾全集》第 19 卷，人民文學出版社，1991 年版，第 176-177 頁。

期作品既是革命受到挫折後的產物，同時也是希望通過寫作在生命的餘燼中重新尋找人生的起點。儘管茅盾較早地接受了西方各種文學思潮以及馬克思主義理論，然而，當他進入個人的文學創作時，這些理論包括馬克思主義理論並沒有對他構成束縛，他仍然秉持著「體驗真實」的原則，即希望用一些屬於個人的對人生的真實體驗挽留住那即將被歷史淹沒的點點滴滴。

以此為前提，我們看到，在《蝕》三部曲中，革命與個人慾望始終是並行和不斷交叉的兩條線索，也正是這二者構成了茅盾早期小說的「矛盾」。對此，約翰·伯寧豪森在《茅盾早期小說的中心矛盾》一文中評論說：「茅盾在一九二七年秋至一九三一年末的作品中的兩個重要的主題（交織在一起的政治的、當代歷史的和革命的主題，以及與此相對的個性解放的、心理異化的和追求個人自我完善的主題），提供了一個中心矛盾。儘管這兩個主題中的任何一個可能隨時單獨支配敘述描寫，但一般說來它們是以一種令人信服的方式融合在一起的。」[55]這樣一種「融合」並不是傳統意義上的個人與社會、時代的相互影響和作用，而是革命與個人體驗的相互纏繞，傳統的對個人與時代進行分析的簡單框架難以解釋文本中個人慾望與政治的複雜糾葛。除了《蝕》三部曲以外，在這之後的短篇小說集《野薔薇》也繼續了這一寫作傾向，在《野薔薇》的序言中茅盾寫道：「這裏的五篇小說都穿了『戀愛』的外衣。作者是想在個人的戀愛行動中透露出個人的階級的『意識形態』。這是個難以奏效的企圖。但公允的讀者或者總能夠覺得

---

[55] 〔美〕約翰·伯寧豪森〈茅盾早期小說的中心矛盾〉，李岫編《茅盾研究在國外》，湖南人民出版社，1984 年版，第 480 頁。

戀愛描寫的背後是有一些重大的問題罷。」[56]儘管《野薔薇》中的幾篇小說中並沒有表現多少「意識形態」，倒是更多的以展示個人慾望為主，然而，從茅盾的這種表述中可以看出，茅盾主觀上始終想抓住個人慾望和革命的關聯，並希望通過這種關聯來反映這一段歷史中「真實的」革命。可以說，茅盾的「真實的」革命與革命中各種各樣的個人慾望是分不開的，正是慾望分解了革命理性的透明和單純，從而使茅盾的早期作品呈現出與他後來自覺地把自己的創作納入意識形態軌道後的文學創作十分不同的面貌。

茅盾在革命前途晦暗不明的時期完成了《蝕》三部曲的創作，通過對現實中個人慾望的力量的書寫，茅盾展示了他對宏大歷史敘事的懷疑。他的這種書寫革命的姿態，是在他既不同意左傾盲動主義的革命主張，也不願意成為指出革命出路的先知的情況下做出的選擇，他說：「如果我們能夠平心靜氣地來考量，我們便會承認，即使是無例外地只描寫了些『落伍』的小資產階級的作品，也有它反面的積極性。這一類的黑暗描寫，在感人——或是指導，這一點上，恐怕要比那些超過真實的空想的樂觀描寫，要深刻得多罷！……批評家的任務卻就在指出那些黑暗描寫的潛伏的意義。」[57]茅盾只是用文學的方式對革命留在他個人體驗中的記憶進行書寫，安敏成稱其為「探索著真實世界晦澀的本性，並將其與令人失望的抽象觀念進行對比」[58]。而在茅盾對

---

[56] 茅盾〈寫在《野薔薇》的前面〉，《茅盾全集》第 9 卷，人民文學出版社，1985 年版，第 524 頁。

[57] 茅盾〈讀《倪煥之》〉，《茅盾全集》第 19 卷，人民文學出版社，1991 年版，第 215 頁。

[58] 〔美〕安敏成著，姜濤譯《現實主義的限制——革命時代的中國小說》，江蘇人民出版社，2001 年版，第 135 頁。

真實世界的探索中，正是對個人身體優先性的肯定才造成了他所面對
的現實和歷史是紛亂而嘈雜的。

三、真實──從體驗到理念

　　由於無產階級現實主義的「真實」是「傾向性」的「真實」，也就
是說，只有那種最終導向無產階級勝利的文學藝術表現，才是真實的。
儘管《蝕》三部曲所表現出來的消極和頹廢的情緒，真實地反映了理
想與現實之間的矛盾，但它卻遠離了無產階級現實主義書寫「真實」
的要求，因此，《蝕》所表現出來的幻滅和頹廢情調遭到了左翼文人的
攻擊，並由此而引起了中國當時左、右兩派文人之間的一場關於「真
實」問題的爭論。錢杏邨是茅盾的主要發難者，他在《從東京回到武
漢》中，指出了無產階級現實主義的「真實」和茅盾理解的「真實」
之間的差距，「茅盾先生所說的『客觀的真實』是有他自己的立場的，
他的立場，是依據他的理論，是屬於不長進的──革命的小資產階級
的。是幻滅動搖的──革命的小資產階級的。因此，他所說的『客觀
的真實』，只有站在他自己的階級的立場上所看到的真實！」[59]在錢杏
邨看來，茅盾的「真實」屬於革命的小資產階級的「真實」，且這種「真
實」不代表歷史發展方向，是一種個人經驗的「真實」，而不是無產階
級綱領下的「真實」，所以應該批判。

　　茅盾則為自己的「真實」進行了辯護，他說：「我是經驗了人生才
來做小說的，而不是為了說明什麼才來做小說的。」[60]個人的經驗和情

---

[59] 錢杏邨〈從東京回到武漢〉，《阿英全集》第 1 卷，安徽教育出版社，2003 年版，
　　第 348 頁。
[60] 茅盾《我走過的道路》（中），人民文學出版社，1984 年版，第 3 頁。

感體驗對於茅盾的創作來說是動力和源泉，它們才是茅盾早期小說藝術追求的核心——「真實」的基礎，「文學有它自己的生命、特殊存在的形式和固有的發展道路：這就是那些年間茅盾的信念。他在文學裏使用與對待社會、政治問題不同的標準。不是階級分析方法，而是人文主義、全人類的、以至最後是民族性的價值觀念，才是他評估文學作品本質意義的標準。」[61]然而，對於「真實」理解的錯位，卻使茅盾在《蝕》三部曲發表之後受到了嚴厲的批評。感性的真實與理性的真實，個人的真實和歷史的真實，經驗的真實和傾向的真實，對於文學創作來說，究竟哪個更重要？應該說，這些二元關係項並不是絕對對立的，一方面它們之間存在著矛盾，另一方面又相互依存，捨棄任何一方都不是對「真實」的靠近而是對「真實」的疏離。然而，感性的個人經驗畢竟是保證文學作為一種創作性活動的前提，失去了這樣一個前提，就很難談其他的。茅盾的創作在沒有用規範化的理念「武裝」之前，是從一個作家的真實體驗出發來書寫真實的，正是因為這樣，他的「真實」才存在著彈性的空間。

　　是按照作家經驗到的人生來寫「真實」還是按照無產階級的「傾向性」來寫「真實」可以說是茅盾和錢杏邨關於「真實」分歧的焦點。對於無產階級文學中的真實性和傾向性的關係，韋勒克論述道：「從理論上說，完全忠實地表現現實就必然排除任何種類的社會目的或宣傳意圖。現實主義在理論上的困難，或者說它的矛盾性顯然正在於此。這對於我們或許是十分清楚的，然而文學史上一個簡單的事實是現實主義僅僅變成了對於當代社會的描繪，它暗含著富於人類同情心、社

---

[61] 〔斯洛伐克〕瑪麗安‧高利克《中國現代文學批評發生史》，社會科學文獻出版社，1997年版，第199頁。

會改革、社會批判甚至社會反叛的宣傳和教育。在描寫和指示之間、真實和教誨之間有一種張力，這種張力邏輯上不能解除，但它正是我們談的這種文學的特徵。在俄國的新術語『社會主義的現實主義』中，這種矛盾完全是公開的：作家應該按社會現在的狀態描寫它，但他又必須按照它應該有或將要有的狀態來描寫它。」[62]也就是說，無產階級革命文學包含著政治和審美的雙重需求，「政治」要求的是「傾向性」，而「審美」要求的是真實性和深刻性，因此，本來就存在著悖論的兩種需求被統一到一種文學創作中顯然就會發生矛盾。錢杏邨和茅盾之間的爭論預示著無產階級文學中一個無法解決的矛盾，這樣，在矛盾中前行、在張力中調整就成為後來無產階級文學的宿命。

不可否認的是，主觀體驗和客觀現實之間本來就是存在距離的，儘管茅盾主觀上也認為所謂「真實」的衡量標準首先就必須是客觀，他說：「我只注意一點，不把個人的主觀混進去，並且要使《幻滅》和《動搖》中的人物對於革命的感應合於當時的客觀情形。」[63]但事實上，正如我們所看到的，《蝕》中充滿著作者主觀感情的投射，作者那種悲觀失望的情緒滲透到了他對革命的書寫中，所以他的作品具有強烈的主觀色彩，正如樂黛雲所說：「《蝕》決不是無目的地為寫實而寫實的作品，……《蝕》不僅沒有做到『不把個人的主觀混進去』，恰恰相反，它強烈地表現著作者主觀的思想感情，如對孫舞陽、章秋柳這類『時代女性』的同情和偏愛就是一例。」[64]茅盾的理論表述和創作實踐之間

---

[62] 〔美〕R・韋勒克《文學思潮和文學運動的概念》，中國社會科學出版社，1989年版，第236頁。

[63] 茅盾〈從牯嶺到東京〉，《茅盾全集》第19卷，人民文學出版社，1991年版，第178頁。

[64] 樂黛雲〈《蝕》和《子夜》的比較分析〉，孫中田、查國華編《茅盾研究資料》（中），中國社會科學出版社，1983年版，第187頁。

的差異說明瞭他對於究竟什麼是「真實」也存在著疑慮。傳統現實主義認為文學能夠鏡子般地反映外部現實，這種狹隘的反映論並不能攬括現實主義的全部內涵，「寫實主義之所以動人，原因不在上述的教條，而在於寫實主義的啟動──而非鎖定──生活的流變；寫實主義揭露了任何改革之必然裏所潛藏的偶然；此外，寫實主義寫出的不是慾望的實踐，而是慾望的可望而不可及。」[65]儘管從理論上茅盾也認為「真實」就是對現實的客觀展示，然而，到具體的創作中，他又很難把主觀的真實和客觀的真實分離開來。

　　同時，由於茅盾的「真實」來自他對現實的觀察和體驗，而個人的視角和體驗充滿著一種不穩定性，所以它會受到各種外在因素的影響而發生改變，這種改變也會反映在創作上。茅盾不斷修改自己已發表的作品主要就是因為他的觀念發生了變化，陳幼石說：「（茅盾）深切感受到了生活的複雜性；在這種感受驅使下，他一直試圖從新的角度來反映現實世界。直到四十年代後期，茅盾創作的最後階段，他還在不斷重新結構和改寫自己的作品，以表達出他從歷史和現實社會中獲得新認識。這種修改自己過去觀點的做法，很容易被誤認為是搖擺不定。而且，今天的批評家總是習慣於簡單而現成的文學模式，一個作家的感受能力竟這樣的複雜而又不穩定，對此他們是理解不了的。」[66]撇開政治壓力的因素不談，茅盾對自己作品不斷予以修正的一個很重要的原因就是：隨著作者所處的歷史和文化語境的變化，他所認識的「真實」也發生了相應變化。按照西方對現實主義的理論認識：「現實主義作為一個時代性概念，是一個不斷調整的概念，是一種理想的典型，

---

[65]　王德威《現代中國小說十講》，復旦大學出版社，2003年版，第106頁。
[66]　〔美〕陳幼石《〈牯嶺之秋〉與茅盾小說中政治隱喻的運用》，《茅盾研究在國外》，湖南人民出版社，1984年版，第484-485頁。

它可能並不能在任何一部作品中得到徹底的實現，而在每一部具體的作品中又會同各種不同的特徵，過去時代的遺留，對未來的期望，以及各種各具的特點結合起來。」[67]所以，「真實」並無絕對的標準，它具有相對性，今天的真實也許明天看來就是虛假的，因為人的立場和視野是在不斷地變化的。

　　儘管在對「真實」的理解上存在著這樣一些問題，但它們都沒有影響茅盾早期文學創作把真實的個人體驗放在首位的原則。然而，茅盾從「真實」的立場對個人經驗和情感體驗的「堅持」畢竟抵擋不住時代的大潮，在無產階級文學理論的武裝下，他後來也逐漸摒棄了那種對感性體驗看重的寫作立場，而代之以集體的理性。在《蝕》之後的長篇小說《虹》中，他就比較自覺地以理性控制作品中的感性，以堅定代替猶疑和混亂。頹廢的、享樂的、虛無的「時代女性」形象已經淡出了作者的創作視野，而代之以具有堅定的意志和人生信念的全新的女性形象，梅行素這一人物，即是這種創作意念的體現，小說寫道：「明白的自意識的目標並沒有，然而確是有一股力——不知在什麼時候佔據了她的全心靈一股力，也許就是自我價值的認識，也許就是生活意義的追求，使她時時感到環境的拂逆，使她往前衝。」在《虹》中，作者把「易為感情所動」看成是「數千年來傳統的女性的缺點」，梅行素作為作者著力塑造的人物，她的一個重要品性就是能不為情慾所困，她說：「我就不相信有什麼抵擋不住的誘惑！」儘管孫舞陽也能在享受情慾的同時控制情慾，如她說：「我也是血肉做的人，我也有本能的衝動，有時我也不免——但是這些性慾的衝動，拘束不了我。」

---

[67]　〔美〕R・韋勒克《批評的諸種概念》，丁泓、餘徽譯，四川文藝出版社，1988年版，第 241 頁。

但她玩世不恭的愛情態度和現世享樂主義的人生觀顯示出對人生缺乏一種積極的建構。與孫舞陽不同的是，儘管梅行素有時也會有悖逆於理性的本能衝動，但她總體上對情慾採取的是一種抵禦的姿態。相對於孫舞陽，梅行素多了一份理性的自持和自尊，更多了一份對莊重的使命意識和人生意義進行探求的責任感。在梅行素身上所展現的果敢、堅定和自信的性格氣質，也意味著茅盾的「現實」發生了巨大的變化。

茅盾自己認為《虹》這篇小說是具有過渡性的，所謂「過渡」其實就是指他的文學創作走向更理念化的過程，「梅女士思想情緒的複雜性和矛盾性，不能不說就是我寫《虹》的當時的思想情緒。當時我又自知此種思想情緒之有害，而尚未能廓清之而更進於純化，所以《虹》又是一座橋。」[68]「廓清」和「純化」意味著要剔除感性經驗的因素，增加理性分析的因素。實際上，理性成分對作品的控制也是有積極意義的，它使得《虹》與《蝕》相比在藝術上更加成熟。然而，一旦這種理性變成了理念，變成了一種被給予的作家創作的前提，那麼真正理性的價值也就不存在了。在《虹》之後，以《子夜》為代表的一系列反映社會、時代的具有宏大敘事特徵的小說成為茅盾小說創作的主流。在確認其成功的前提下，人們往往失落地發現茅盾先前那種獨特的個人化的藝術感知力和判斷力已經悄悄地從作品中隱退了，王曉明對此評價說：「要想認識人生，頭一條就是要尊重自己的情感經驗，不管它看上去多麼悖理。這對作家尤其重要，因為情感經驗是他理解世界的主要通道，離開了審美感受，他作為藝術家對人生的認識就幾乎等於零。……可茅盾恰恰在這一點上沒有做到。理智的警告嚇住了他，

---

[68] 茅盾《我走過的道路》（中），人民文學出版社，1984 年版，第 37 頁。

使他越來越堅決地放棄了對自己情感記憶的深入體味。這就極大地影響了他的文學成就。」[69]以女性刻畫和身體書寫為例，儘管《子夜》中的女性也有一些他前期創作中女性描寫的遺風，但總體來說，《子夜》中女性身體的意義只是作為資本主義文明中性交易的符號出現的，不再具有《蝕》三部曲中女性身體描寫的那種探幽觸微的功能。

　　通過以上對茅盾創作從「堅持體驗」轉向「遵守理念」的理論分析，可以發現，在無產階級現實主義創作中，對於「真實」的不同理解決定著作家創作的指向，但無論怎樣，如果這種「真實」是以捨棄對個人真實的經驗世界的展示為前提的，那麼，也就意味著對一種基本的文學立場的放棄。

---

[69]　王曉明〈驚濤駭浪裏的自救之舟〉，《王曉明自選集》，廣西師範大學出版社，1997年版，第 159 頁。

第三章

都市語境中的身體話語和身體想像

第一節 海派文化中的身體話語

在現代文學史上,「身體」最重要的兩次凸現發生在五四時期和海派文學時期,然而,海派文學時期的身體意識與五四時期的身體意識相比發生了顯著的變化。在新興都市享樂主義的氛圍下,對感官的沈迷和對肉慾的陶醉成為了 20 年代末都市文學的主要特徵。這一時期被譽為「城市之子」的新海派作家邵洵美、葉靈鳳、滕固、章克標、林微音、章衣萍、曾虛白等,共同掀起了二十年代末上海都市文學肉感化的寫作風尚。

除了都市享樂主義的寫作土壤以外,西方世紀末的唯美－頹廢主義思潮也對海派寫作產生了重要的影響,可以說,從理論背景到表現手法西方唯美——頹廢主義思潮都為海派作家提供了強有力的支援。十九世紀末西方唯美－頹廢主義思潮非常重視對感官肉慾的表現,「無論是美的觀念,還是人生觀,都是在肉體上追求著精神,在精神裏應和著肉體,在惡中耽溺美,在美中探險惡,在不神聖的逸樂裏品嘗不潔與辛辣的苦甜,幻想靈魂的快樂和安寧。」[1]波德萊爾、戈蒂耶、王

---

[1] 李今《海派小說與現代都市文化》,安徽教育出版社,2000 年版,第 96 頁。

爾德等頹廢－唯美作家無不是通過對肉體的書寫來表現現代人的生命體驗的，王爾德說：「要真正成為現代，人就應該沒有靈魂。」「靈魂裏有動物性的成分，而肉體也有精神的瞬間。」「那些能夠看出靈魂和肉體的區別的人兩者都不具備。」[2]靈魂消失、肉體凸現，西方世紀末的唯美－頹廢主義就是要在感官的刺激和冒險中感受既唯美又頹廢的生命體驗。在此影響之下，一些海派作家如葉靈鳳、邵洵美等的肉感寫作也呈現著這種肉感化的唯美、頹廢的傾向。但是，同是對肉體感官的張揚，海派文學與西方唯美－頹廢主義文學卻有很大的不同，西方唯美－頹廢主義文學是通過肉慾感官探求現代人的形而上本質，而在海派文學這裏，對肉慾感官的描寫則是為了追求一種世俗化的享樂，如邵洵美的詩集《花一般的罪惡》就是一曲「頹加蕩的愛」的頌贊，他「率先將美感降低為官能快感，並藉唯美之名將本來不乏深刻人生苦悶的『頹廢』庸俗化為『頹加蕩』的低級趣味」[3]。總之，海派文學用它所理解的身體觀念置換了五四時期具有人道主義人性內涵的身體觀念，同時也用世俗肉慾的「身體」置換了西方唯美－頹廢主義「惡之花」象徵的「身體」，使其形而下化、商業化，並成為帶有色情、玩賞性質的身體寫作。

　　下面，我將以五四建立起來的個性解放、性解放話語為縱向背景，並以上述海派文學的肉慾書寫潮流為橫向背景，對海派文化中的性話語建構作兩個個案考察。希望透過這樣兩個典型個案，來研究海派文化和文學是如何以不同的方式把五四的個性解放話語朝著肉慾化的方向發展並使之極端化，從而建構起他們身體一元的性話語體系的。

---

[2]　轉引自周小儀《唯美主義與消費文化》，北京大學出版社，2002 年版，第 202 頁。
[3]　解志熙《美的偏至──中國現代唯美──頹廢主義文學思潮研究》，上海文藝出版社，1997 年版，第 230 頁。

一、肉慾迷狂中的身體轉向
——以《幻洲》為例兼與五四比較

　　婚姻、性愛問題一直是五四以來文化和文學的熱點話題，而在二十年代末的都市文化氛圍中，這一問題仍備受關注。在對性愛問題討論的熱潮中，各種刊物自始至終是人們探討性愛問題、傳播新的性道德觀念的一個主要場所。這裏我將以《幻洲》雜誌為窗口來審視二十年代末海派文化的身體觀念，並通過它與五四身體意識的比較，來研究 20 年代末海派文化和文學是如何對五四的身體觀念進行有意識的顛覆和轉換的。

1、《幻洲》「靈肉觀」及其對五四身體觀念的顛覆

　　1927 前後，正是國內政治形勢動蕩不安，各種政治、文化力量的較量緊鑼密鼓之時。在當時的上海，五四文化的風潮正逐漸退去，而商業文化、革命運動對人們的影響日漸顯赫。這裏所要考察的《幻洲》半月刊即出現在此時此地。由於《幻洲》雜誌脫身於創造社，這使它在面對五四文化的影響時，勢必會採取某種應對姿態，同時，左翼文化和海派文化對其的影響是共時性的，在這份刊物中更是有著突出的表現，因此，這份刊物所展現出來的各種文化資訊恰恰可以看作創造社後期朝著不同方向分化的體現。儘管這樣一份小小的刊物並不具有所謂時代風向標的意義，但由這份在當時標新立異、讀者反響熱烈的雜誌來透視這一特殊歷史時期一部分人的心態和政治、文化立場，並由此折射出紛繁複雜的時代光影，卻是可以的。本節將主要通過對《幻洲》所表達的性愛、靈肉觀念以及其採取的特殊的話語方式的分析來考察其所具有的精神立場、文化內涵，並由此探究其所包含的各種價值立場在這之中的分化與較量。

　　《幻洲》雜誌由葉靈鳳、潘漢年主編，從 1926 年 10 月至 1928 年 1月共出二十期，分為兩卷，第一卷出 12 期，第二卷出 8 期，它開始由創造社出版社發售，從第 9 期改托光華書局發售。說到《幻洲》，還必須從它的前身《A11》說起，《A11》是附屬於後期創造社的一個小刊物，它的主要功能是發佈創造社出版部的新書消息，屬非賣品。據《幻洲》主編之一葉靈鳳回憶，主持《A11》的是出版部的「小夥計」潘漢年，當時他負責刊物訂戶的工作，同讀者聯絡得很好。《A11》的內容，除了刊載新書資訊之外，還刊載一些短小精悍的雜文以及讀者的來信，由於那些雜文鋒芒太露《A11》後來被上海憲兵司令部查封，才繼之以《幻洲》。《幻洲》在繼承《A11》的潑辣風格的同時，也有了比《A11》更為獨立的身份，成為一個發表文學作品以及抨擊時事、進行文化批判的綜合性刊物。

　　「幻洲」這一刊名是世界語「oazo」的譯音兼譯意，有「沙漠中的綠州」的意思，雜誌分為上部「象牙之塔」和下部「十字街頭」兩個部分，明顯模仿廚川白村的文論集《出了象牙之塔》和《走向十字街頭》的體式，上部「象牙之塔」主要刊載一些具有唯美主義傾向的文學作品，編輯是葉靈鳳；下部「十字街頭」則主要刊載一些對各種社會現象、人生問題進行評說、議論的文章，編輯是潘漢年，而《幻洲》在當時之所以能名噪一時主要是因為「十字街頭」中那些驚世駭俗的文章。據當事者葉靈鳳回憶：「短小精悍的《幻洲》半月刊，上部象牙之塔裏的浪漫的文字，下部十字街頭的潑辣的罵人文章，不僅風行一時，而且引起了當時青年極大的同情。漢年和我，年輕的我們兩個編者，接著從四川雲南邊境的讀者們熱烈的來信時，年輕的血是怎樣在我們的心中騰沸著喲！」[4]這裏主要討論的即是「十字街頭」部分的《幻洲》。

---

[4]　葉靈鳳〈回憶《幻洲》及其他〉，《葉靈鳳文集（第四卷）：天才與悲劇》，花城出版社，1999 年版，第 14 頁。

　　「十字街頭」部分的作者常常使用化名，因而一些作者的真實姓名無從知道，不過由於一些主要作者都是《幻洲》的編者，因此還能夠通過推斷獲知一些作者的真實身份，如亞靈是葉靈鳳、駱駝是周全平、潑皮是潘漢年。由於他們是刊物的編者和固定作者，他們的觀點自然代表著刊物的觀點。同時，這樣上、下兩部的內容安排一方面是為了迎合市場不同讀者群體的要求，另一方面也正與編者們各自不盡相同的政治和文化身份一致：潘漢年當時已是革命黨人，後來成為重要的「左聯」成員，並一直從事無產階級革命事業，而周全平、葉靈鳳此時是海派文學的主力，他們的作品具有非常濃厚的唯美頹廢的海派風格。雖然他倆後來也參加了「左聯」，但最終卻被左聯開除。除了這幾位主力之外，給刊物寫稿的知名作者還有高長虹、滕剛、陶晶孫、孟超等人，基本上也和《幻洲》雜誌的編委人員的構成一致：左翼革命的和海派的。

　　這樣兩類人當然也正是當時上海文化的兩大主要力量，這兩種力量同時在《幻洲》上現身並不僅僅因為它們在當時的共時性出現，而是因為這兩種力量在一定條件下本來就具有達到某種溝通和合作的可能，即革命性與都市流氓性具有某些精神特質上的共通性。對此，我主要通過對《幻洲》最引人注目的關於「靈肉」問題的討論來審視其革命性和流氓性的結合。

　　前面提到，在現代文化和文學史上，「身體」有兩次最重要的出場，一次是五四時期，另一次則是海派文化時期，這裏有必要先回溯一下五四的身體觀念。在五四時期，身體主要是在倫理道德的範圍內被談論的。在具體的身體觀念上，五四最有代表性的是周作人的「靈肉一致」觀，其經典表述是：「靈肉本是一物的兩面，並非對抗的二元。獸性與神性，合起來便只是人性。」周作人同時也非常贊同英國十八世

紀詩人勃萊克的觀點：「人並無與靈魂分離的身體。因這所謂身體者，原止是五官所能見的一部分靈魂。」[5]這是具有代表性的西方「身心一元」的觀念，比較廚川白村的說法：「我們有獸性和惡魔性，但一起也有著神性；有利己主義的欲求，但一起也有著愛他主義的欲求。如果稱那一種為生命力，則這一種也確乎是生命力的發現。這樣子，精神和物質，靈和肉，理想和現實之間，有著不絕的不調和，不斷的衝突和糾葛。」[6]可以看出，廚川白村持的是一種「二元論」的靈肉觀念，只不過不是傳統的靈魂壓制身體的「二元」，而是身體與靈魂並立的「二元」。相比較而言，周作人儘管肯定了西方「身心一元」的觀念，但他又覺得勃萊克的「一元論」有些「神秘」，這實際上源於「身心一元」的觀念很難用二元論式的清晰的邏輯語言加以表述。因為對於通過語言來思維和表達的人類來說，二分法是一種很普遍的思維，對於兩個相互依存的事物的言說往往在有意和無意之中會使用這種二元論的方式，所以，即使如周作人有一種自覺的「身心一元」意識，「二元論」的影子也會在語言表述中呈現出來，並影響讀者。這種「身心二元論」也正是後來《幻洲》同人所堅決排斥和力圖校正的觀念。

　　如果對五四時期的身體話語進行全面的觀照和分析，就會發現，在五四啟蒙思想中，身體話語是和反封建倫理道德的話語重合的，這使得五四對身體的關注並不具有西方啟蒙話語從人的存在層面對身體的本體意義進行拷問的特徵。無論是談論性解放、婚姻自由還是貞操

---

[5]　周作人〈人的文學〉，鍾叔河編《周作人文類編・本色》（第 3 卷），湖南文藝出版社，1998 年版，第 33 頁。

[6]　廚川白村著，魯迅譯〈苦悶的象徵〉，《魯迅全集》第 13 卷，人民文學出版社，1973 年版，第 30 頁。

問題，五四新文化運動都是立足於對封建文化進行批判的立場，所以，
五四的身體問題也就是倫理、道德的問題。

　　以五四文化及其身體話語為背景，《幻洲》表現出對身體問題的強
烈關注，集中討論「靈肉」問題成為《幻洲》的重要辦刊思路，也成
為其最引人注目的重要原因。在它的第一卷第四期上專門開設了「靈
肉專號」，第一卷第七期又繼之以「靈肉續號」，除此之外，在其他各
期也頻繁出現了討論性愛問題的文章。「靈肉專號」的徵文啟事是這樣
介紹發起「靈肉觀念」討論的背景的：「在中國大家還是馬馬虎虎，掮
著『自由戀愛』、『靈肉一致』、『精神的』、『肉體的』幾句幌子，騙人
騙己，對於性愛問題沒有徹底瞭解，沒有勇氣實行」，所以，對「靈肉」
觀念討論的目的就在於「把每個人對於『性愛』的見解及靈肉衝突而
致愛情失敗的實際情形宣佈出來，使得老少男女朋友得著一個公開研
究的機會」[7]。

　　《幻洲》同人所表達的身體立場最主要的反叛對象是五四的身體
觀念，這也是展示他們的革命性的重要方式之一。他們非常直接地表
達了對五四身體觀念的不能苟同，也正是由於對身體的五四式出場的
不滿，《幻洲》同人才立志要重塑身體的意義。在「靈肉專號」和「靈
肉續號」上，潘漢年的《性愛漫談》、駱駝的《我的靈肉觀》、任厂的
《如是我解的靈肉問題》等文章比較系統地闡發了他們較為一致的性
愛觀和靈肉觀。

　　可以看到，《幻洲》同人極力強調「肉」的獨立意義，並抵制身心
二元論，反對「靈」對「肉」的遮蔽和覆蓋，這顯然是反五四「靈肉
一致觀」的。潘漢年在《性愛漫談》中說：「近來常聽見一般朋友談到

[7]　〈靈與肉號徵文啟事〉，《幻洲》半月刊，第 1 卷第 3 期（1926 年 11 月 1 日）。

『靈肉衝突』,『靈肉一致』的問題,我常常驚奇:什麼叫靈?什麼叫肉?從來想不出一個真確的解釋。我不知道靈與肉從何而分別?請問人無肉從何而生靈?」「真正的性愛,靈與肉是分不開的;衝突,不一致的現象,本來不是真正性愛狀況,不過是一種變態,畸形的現象吧了。」[8]可以看出,潘漢年認為身體和精神是相交相融、不分彼此的,即認為靈肉是「一元」的。與《幻洲》編者中的其他人相比,潘漢年起碼還承認「靈」的存在,而駱駝(周全平)、任厂等人根本就否認「靈」的存在及其價值。駱駝的「性本體論」認為:「戀愛只是性的表現,無所謂靈,也無所謂肉;但一定要在戀愛身上加一個或靈或肉的頭銜時,我寧肯說戀愛是肉的。……我這裏所謂肉,是指兩性間同時感著性的要求而結合。在性行為中能同時感著興趣的一種戀愛方式。」駱駝認為,所謂建立在相互瞭解基礎上的純潔的戀愛完全是謬論,是為了貞操觀念和社會的壓迫而生的變態和怯懦,真正的戀愛是以「肉」為本體的,「性行為實在是戀愛的基礎,戀愛的要素,甚至可以說是戀愛的本體。」在他看來,不是「肉」依附於「靈」而是「靈」依附於「肉」而存在的,「戀愛而脫離了肉的接觸,便不是戀愛了。……因為我們所謂靈乃是一種虛空的東西,他是因了肉的存在而存在的。」[9]任厂也對「靈」對「肉」的壓抑進行了批判,他認為,「愛情是神聖的,純潔的」這個流行語中表明有一種「賤視或醜視肉的生活觀念」,「實在來講,肉的生活並非不純潔,並不比靈的生活不高貴些,不神聖些」,「肉的生活,在人的整個生活中自有它的獨立價值,自可以單獨提高到藝

8　潘漢年〈性愛漫談〉,《幻洲》半月刊,第 1 卷第 4 期(1926 年 11 月 16 日)。
9　駱駝〈我的靈肉觀〉,《幻洲》半月刊,第 1 卷第 6 期(1926 年 12 月 16 日)。

術化的地位，它就很不必托庇在精神愛情之下求偷安。」[10]總體上，他們提倡性愛的開放、自由和多元，認為只要是建立在兩情相悅的愛欲基礎上的性就是合理的、無可指責的，因此就有了泛愛論、雜交論等激烈的反傳統一夫一妻婚姻制的論調，泛愛在他們看來並不是淫亂，而是追求性愛完全自由的表現。顯然，這些觀念大膽而激烈，具有明顯的海派文化特徵，與五四知識份子式的「靈肉觀」具有根本性的不同。

周作人在《答藍志先書》中曾就對把自由戀愛當作性放縱的誤解進行了批判，認為「一面是性的牽引，一面是人格的牽引。倘若沒卻了他人的人格，只求自己的情慾的滿足，那便不能算是戀愛，更不是自由戀愛了」[11]。 追求靈與肉的統一，是人性本然的要求，廚川白村認為靈與肉的衝突就來自這種本然要求的缺失。周作人與廚川白村都是靈肉二元論者，儘管周作人受西方現代身體觀念的影響，也強調了肉體和靈魂的不可分性，但是這種不可分按他自己的話說是「一體兩面」，實際上仍包含著二元論的因素，而「靈肉的衝突」正是「靈肉二元論」這一思維方式的產物。

而在《幻洲》作者的上述表述中，「靈」與「肉」根本就不存在這種二元對立的可能性，也就當然不存在所謂靈肉「一致」或者「衝突」的問題。在此情況下，《幻洲》同人已經把五四時期的「靈肉一體觀」置換成了「肉體本體觀」。不過，儘管他們蔑視「靈」，但是為了顯示他們的所謂「肉」與純粹動物性本能的區別，他們又不能完全否認兩性關係中精神、情感因素的存在，只不過他們所承認的「靈」的存在

---

[10] 任厂〈如是我解的靈肉問題〉，《幻洲》半月刊，第 1 卷第 6 期（1926 年 12 月 16 日）。

[11] 周作人〈答藍志先書〉，鍾叔河編《周作人文類編·上下身》（第 5 卷），湖南文藝出版社，1998 年版，第 432 頁。

仍然是由「肉」派生出來的。儘管某些作者如潘漢年強調肉體與靈魂的無法分割性，並且這種「不可分」還不是周作人所說的「一體兩面」，而是以身體為本位的「靈肉」混融交織的「不可分」，這和西方現代思想文化中的身體觀念已經非常接近，但是，由於對肉體本能的刻意強調，使得《幻洲》同人及一些作者所闡述的仍然主要是「有肉無靈」的身體觀念。翻閱《幻洲》，我們看到，很多文章都表現出對自然主義的原始情慾進行頌揚的傾向，這使得他們這種初具現代意義的身體本體論最後仍然淪為了肉體本體論。也正是在這一意義上，《幻洲》和現代身體觀念擦肩而過，失去了鑄造現代身體觀念的可能。

儘管《幻洲》是以自由、解放、獨立這樣一些具有「五四」色彩的新性道德觀念為旗幟來建構他們的身體觀念的，然而，由於封建文化傳統背景以及享樂主義的都市文化語境等原因，他們的這種具有革命性的性觀念在客觀效果上只會對人們形成種種誤導，同時也會使「性」的遊戲化和享樂化觀念借著解放之名乘虛而入，如劍波的《談性愛》[12]一文所表達的觀念，就是借性愛自由、個性解放的名義，追求性的放縱。更有甚者，針對五四的「靈肉一致觀」，任厂在《如是我解的靈肉問題》中提倡一種「靈肉分離觀」，他的理由是因為「靈」與「肉」的理想很難在同一個對象身上得到滿足，因此不如把「靈」與「肉」的需求分別施予不同的對象。顯然，這種「靈肉分離觀」實際上是把人性變成了獸性，如果說潘漢年還認為真正的戀愛包含著生理和心理的雙重因素，那麼，任厂則徹底剪斷了生理與心理即「肉」和「靈」的聯繫，把人變成了性的機器。

---

[12] 劍波〈談性愛〉，《幻洲》半月刊，第 1 卷第 7 期（1927 年 1 月 1 日）。

　　如果說五四時期「身體」是依附於反封建倫理話語存在，身體自身的存在卻因歷史使命而被遮蔽的話，那麼，海派作家就是要讓身體自身的意義凸現出來。「海派作家對『五四』情愛涵義所作的改造，除了商業動機外，未曾沒有建構自己的話語的意圖：它對『生活方式』的喻說必須排除『思想』模式的干擾，它要在純『生活』的範圍內討論兩性的問題，它要用身體的唯美，性的至上，來取代兩性關係中非生活化的其他說法。」[13]因此，只有在五四的身體觀念的參照下，海派作家肉慾化寫作的動機才會呈現出來。總的來說，與五四相比，《幻洲》對身體的強調不再是為了反抗封建文化中的身體「不淨觀」，而是為了說明「肉」對於人比「靈」具有更重要的本體意義。如果說五四靈肉觀的反抗對象是封建倫理，那麼，《幻洲》所反抗的不僅是五四的身體觀念，而且也是普遍的人類兩性文明。

　　然而，《幻洲》在拋棄五四身體觀念的人性內涵的同時，最終把對身體有意識的凸顯極端化為一種陳腐的性放縱觀念。對於人性解放中存在的這一類現象，陳獨秀早就揭示道：「你說婚姻要自由，她就專門把寫情書尋異性朋友做日常重要的功課。……你說要脫離家庭壓制，他就拋棄年老無依的母親。你說要提倡社會主義共產主義，他就悍然以為大家朋友應該養活他。你說青年要有自尊底精神，他就目空一切，妄自尊大，不受善言了。」[14]從這一意義上來說，並不是對肉體的強調就意味著解放，也並不是所有的肉體一元論都具有顛覆性和批判性的價值指向。尼采說：「性慾對於流氓無賴是文火，他們將被這文火燒成

---

[13]　姚玳玫《想像女性》，中國社會科學出版社，2004 年版，第 297-298 頁。
[14]　陳獨秀〈隨感錄・青年的誤會〉，《獨秀文存》，安徽人民出版社，1987 年版，第 615 頁。

灰燼。」[15]尼采作為身體一元論者，他的「身體」觀念中由於熔鑄了強韌的生命意志而使他遠離了肉慾本能的「身體一元論」。因此，「身體」並不必然具有反叛性的價值和意義，很多身體一元論者只是盜用了身體的這種可能的價值和意義。

實質上，《幻洲》同人並不像他們自我表述的那樣「現代」，從他們對婦女問題的討論中就可以發現他們的靈肉觀念中所存在的性別歧視的封建遺毒。由於在新興大都市的物慾橫流的環境中，女性問題是都市人性淪喪、道德滑坡的集中體現，如有資料統計指出：「在最多的20 世紀 30 年代，包括私娼在內，據說上升到大約十萬人。當時上海人口約三百六十萬，其中女性約一百五十萬，因此，娼妓占女性人口的十五分之一左右，這在當時的大城市中是最高的比率。」[16]而女性問題很大程度上與身體相關，因此，在對「靈肉」問題的討論中，《幻洲》同時也表達了他們對女性問題的立場自是題中之意。

對於都市化環境中的女性社會問題，《幻洲》同人持的是「經濟決定論」。潘漢年在《性愛漫談》中認為，傳統貞操觀對女性的壓制、婦女地位的低下、傳統婚姻制的繼續存在等問題都是由於女性經濟的不自主、不獨立帶來的，「現在夫妻的意義，還是用錢去嫖一個『從一而終』的妓女」，「女子在社會上得不著經濟獨立的地位，性的解放與經濟衝突永遠是沒有解決的！」潘漢年認為只有在經濟獨立的前提下女性才能獲得真正的性愛自由，因此，女子的解放首先必須消除商品交換意義上的兩性關係，建立一種新型的自由獨立的兩性關係。以經濟獨立為前提，潘漢年進一步認為，只要是兩情相悅的性愛就是合理的，

---

[15] 尼采著，黃明嘉譯《查拉圖斯特拉如是說》，灕江出版社，2000 年版，第 206 頁。
[16] 劉建輝著，甘慧傑譯《魔都上海──日本知識人的「近代」體驗》，上海古籍出版社，2003 年版，78 頁。

都不應受到文化、道德的約束，他說：「凡各謀獨立生活，而以自由戀愛成熟而結合者為有貞操的男女」。[17]《幻洲》同人在討論女性解放問題時，之所以強調「經濟決定論」，與他們置身的都市商業文化氛圍相關，並且也有一定的道理和意義，然而，這種觀念顯然忽視了影響性別問題的歷史、文化等多方面的因素。

在對上海女性「肉慾化」問題討論的一系列文章中，《幻洲》對都市商業氛圍中女性為了經濟的原因而淪為「肉」的現象大加鄙薄和諷刺，並把城市色情文化泛濫的原因全部歸結到女性自身，這顯然是男性立場的偏見，這種偏見與「女人是禍水」的謬論如出一轍。在駱駝的《把廣州比上海》、兵予的《我眼孔中的上海女人》等討論上海女性商品化的文章中，他們批評那些妖嬈、豔麗的都市女子如何「迷亂和誘惑男子的心靈」[18]。這實際上表現出他們對商業社會中男性文化膨脹的無知以及對女性被馴服並被男性所消費的事實的漠視，是對原因和結果的倒置。儘管女性尋求經濟獨立的生活確實是女性人格獨立的必要條件，但是在文化傳統和社會生活的各個方面都沒有為女性的獨立提供條件的情況下來批判女性「商品化」的問題，這顯然是一種男性化的立場。同時，這些文章描繪女性的措詞極具封建男權文化色彩，充滿了對女性的窺視和意淫，缺少對女性人格的基本尊重。

因此，儘管《幻洲》表現出對女子解放問題的關心，但在對待女性身體的價值立場上採取的卻是與前面所述的男性靈肉觀不一樣的標準，也就是說，在身體立場上他們採取了雙重標準，對待女性身體，他們就完全沒有了對待他們自己的那種開放、自由的姿態。周作人早

---

[17] 潘漢年〈性愛漫談〉，《幻洲》半月刊，第 1 卷第 4 期（1926 年 11 月 16 日）。

[18] 兵予〈我眼孔中的上海女人〉，《幻洲》半月刊，第 1 卷第 6 期（1926 年 12 月 16 日）。

就指出女性作為人同樣也是神性和獸性的混合，並指出：「現代的大謬誤是在一切以男子為標準，即婦女運動也逃不出這個圈子。」[19]而《幻洲》的一些作者卻根本無視這一點，這說明《幻洲》貌似激進的性觀念中仍然是包含著封建文化的成分，他們的「身體本體」的靈肉觀，本質上是以男性自我為中心的。

這樣一種「身體專制」不僅體現在《幻洲》所表達的身體觀念中，而且也體現在它的話語方式上。《幻洲》所倡導的「新流氓主義」就是表達這一身體觀念的基本話語方式。《幻洲》第一卷一至六期連載了亞靈（葉靈鳳）的《新流氓主義》一文，其中「第一章」是「新流氓主義」的「宣言」：「生在這種世界，尤其不幸生在大好江山的中國，只有實行新流氓ism（主義），方能挽狂瀾於既倒，因為中國多的是正人，君子，紳士，學者，所以弄得現在一團糟的狀態，假使有幾個不願為正人，君子，紳士，學者而甘心為新流氓ism的門徒，狂喊打倒紳士，學者，提倡新流氓主義，或者有一線機會的希望。」[20]激進的反叛姿態讓人感受到一股濃重的火藥味。他們革命的對象不是某個人或某個階級，而是一切正統的權威，一切居於話語權力中心的紳士、學者。他們認為，只有以一種流氓、潑皮的方式才能對口是心非、言行不一的正人君子及其言論進行徹底的顛覆和解構。

「新流氓主義者」具有對自己言行一致的絕對自信，因為他們不會設置自身無法企及的人性標準：「凡是反對人家的一切，自己絕對不准干犯，否則就不是新流氓主義的信徒。」[21]他們認為沒有絕對終極的真

[19] 周作人〈北溝沿通信〉，鍾叔河編《周作人文類編・上下身》（第5卷），湖南文藝出版社，1998年版，第103頁。

[20] 亞靈〈新流氓主義〉，《幻洲》半月刊，第1卷第1期（1926年10月1日）。

[21] 亞靈〈新流氓主義〉，《幻洲》半月刊，第1卷第1期（1926年10月1日）。

理，因而他們也「沒有口號，沒有信條，最重要的就是自己認為不滿意的就奮力反抗」[22]。在「新流氓主義」者這裏，任何人都可以進行批判也必須接受批判，可以嘲諷一切鄙視一切，這無疑體現了一種後現代式的解構真理和權威的思想方式。對於為什麼要採取這樣一種激進的批判方式，葉靈鳳在《新流氓主義》的「好管閒事章」（第二期）和「罵人章」（第三期）中作了說明。他們以「潑皮」、「下流人」、「無聊人」自居，口出「我入他媽的」等粗俗狂浪之語，其目的是「激發對方，使得降服或反抗，希望由衝突而爭鬥而統一」[23]。因此，《幻洲》同人呈現給讀者的是一副典型的都市文化流氓的形象。對於他們來說，在五四「靈肉一致」的身體觀念被普遍接受的現實狀況下來凸顯身體獨立的意義，就必須採取新的話語方式，即以離經叛道的姿態宣告傳統也包括五四的靈肉觀念的欺騙性，並用「身體一元」的觀念征服大眾。

魯迅、沈從文曾在30年代初對創造社「才子氣」、「流氓氣」進行批評，魯迅著有《上海文藝之一瞥》、《流氓的變遷》等文，他把「流氓」解釋為「十分安全的俠客」[24]，「無論古今，凡是沒有一定的理論，或主張的變化並無線索可尋，而隨時拿了各種各派的理論來做武器的人，都可以稱之為流氓。」[25]這些人似乎什麼事都要管，但實際上卻是亂世中的投機份子。

這樣一種激進極端的話語姿態暴露出一些明顯的問題。在靈肉觀上，對「靈」的刻意排斥和回避使他們的觀念中常常包含著難以自圓其說的矛盾。並且，他們以解放、自由的名義把一切與己觀念不符的

---

[22] 亞靈〈新流氓主義〉，《幻洲》半月刊，第1卷第1期（1926年10月1日）。

[23] 亞靈〈新流氓主義〉，《幻洲》半月刊，第1卷第3期（1926年11月1日）。

[24] 魯迅〈流氓的變遷〉，《魯迅全集》第4卷，人民文學出版社，1981年版，第156頁。

[25] 魯迅〈上海文藝之一瞥〉，《魯迅全集》第4卷，人民文學出版社，1981年版，第297頁。

都斥之為傳統性道德，把「靈」的需求、嚴肅的戀愛態度全部看成是傳統觀念作祟，這顯然是偏激而毫無深刻可言的。如對「靈肉一致」的五四戀愛觀，他們批判道：「堅持著戀愛的發生並不只是性的要求而另有她的神秘性。於是有所謂靈肉一致的戀愛論發生了。而同時什麼精神上的結合，超肉的戀愛還依然夾在這種戀愛論裏。這種議論，表面上看來固然像很完美，但赤裸裸一看，還不是傳統觀念在裏面作梗嗎。」[26]「什麼從一而終，矢志不渝等等的舊話頭常常是把好好的戀愛生活弄得一團糟，這就是所謂靈的感受。」[27]以對「靈」的排斥和對人類精神、情感需求的無視來凸顯身體，這樣一種話語方式儘管是出於爭奪話語權的需要，但卻未能對五四已形成的身體觀念進行理性的批判和正面的拓進，魯迅先生對海派的這種風格的批判是：「激烈得快的，也平和得快，甚至於也頹廢得快。」[28]

《幻洲》雜誌之所以能辦得這樣熱鬧，除了這些話題本身的吸引力和表達這些話題所採取的激進的話語方式之外，也與《幻洲》編者能迅速地對各種意見和觀點作出反應有關。可以看到，在《幻洲》上，編者與作者、作者與作者之間在雜誌上都有直接的碰撞和交流。對於有興趣的話題，編者往往是在作者的文章後面就直接附上自己的意見，或贊同或反對，毫不客套。同時，一般作者之間唇槍舌劍的爭論也較常見，對此，編者也會進一步發表個人的看法。如第一卷第十期瀛仙的《駁「如是我解的靈肉問題」》，是對任卜在第六期發表的《如是我解的靈肉問題》一文的反駁，而在該文的後面，任卜就附上直接

---

[26] 駱駝〈我的靈肉觀〉，《幻洲》半月刊，第 1 卷第 6 期（1926 年 12 月 16 日）。

[27] 駱駝〈我的靈肉觀〉，《幻洲》半月刊，第 1 卷第 6 期（1926 年 12 月 16 日）。

[28] 魯迅〈上海文藝之一瞥〉，《魯迅全集》第 4 卷，人民文學出版社，1981 年版，第 297 頁。

反駁的文章。各種不同的觀點的交匯真實地反映了那一時期人們各種各樣的身體意識。因此，傳統的、現代的、啟蒙的、商業的等各種身體觀念從四面八方湧入《幻洲》這樣一塊平臺，而《幻洲》雜誌可以說是左右開弓，既反對五四的靈肉觀，又對都市享樂主義的興起持批判態度，而在它身上，也同時融合了現代思想和封建男權文化的雙重因素。

　　有研究者指出：「1928 年雜誌和報紙與大眾的結合帶來了政治化和商業化這種文學生產的新的變化。在這裏，文學似乎不可避免地與『五四』文學斷裂，轉變成為大規模的意識形態與商品生產，並且成為一種獨立運作的力量。」[29]政治化、商業化以及與「五四」的斷裂這些特點，對於《幻洲》雜誌都存在，但這之中包含的並不都是負面的價值。在《幻洲》潑皮式的後現代批評風格裏，有其對五四以來困擾人們的兩性問題進行重新思考的嚴肅性，它力圖糾正人們思想觀念中「靈」優於「肉」的觀念。潑皮式的風格、開放的性觀念並不意味著他們的理論態度就是遊戲人生的，儘管《幻洲》中也有一些玩世不恭的作者和一些低俗不堪的性觀念，但起碼《幻洲》編者們的立場是嚴肅的，他們對那些庸俗的性觀念和個別作者（如張競生）癡迷於性經驗的刻意渲染的做法是不屑的，對單純的肉慾發洩和女性身體的商品化現象是持嚴肅批判立場的。因此，總的來說，《幻洲》的身體觀念和都市語境中盛行的享樂主義的身體觀念是有區別的。一個明顯的事實是，《幻洲》第四期「靈肉號」的出版，不但沒有給雜誌帶來盈利，相反，銷路卻減少，而與此同時張競生的那些渲染性過程和性技巧的書和刊物卻在熱銷，在此情況下，《幻洲》並沒有因此而刻意去加強性文

---

[29] 曠新年《1928：革命文學》，山東教育出版社，1998 年版，第 19 頁。

字的可讀性，這同樣也說明《幻洲》是追求思想嚴肅性的，他們感興趣的仍然是「問題」本身。

20 年代末海派文化和文學利用五四建立起來的個人解放的話語空間，在對性話題的談論和書寫中，藉新的話語方式表達他們在革命和都市雙重文化影響下的新的文化觀念和立場姿態，進而構成對五四身體話語的顛覆，由《幻洲》雜誌，我們可略見一斑。

二、張競生性話語的建構

被謔稱為「性博士」的張競生，至今仍然是一個毀大於譽的人物。張競生之所以長期遭受「毀」，主要在於其著作的色情傾向。作為前承五四、後接海派的特殊人物，他的性話語的建構和社會影響主要是在北大和上海這兩個時期形成的，這裏的主要目的是考察張競生在這兩個時期不同的性話語建構策略及其影響。

福柯認為在對性話語的考證中，重要的是尋找「支撐人們對人類性行為話語的權力──知識──快感系統」，他說：「中心的問題（至少是首要的問題）不是斷定人們贊成還是反對性，是禁止或是縱容，是確認性的重要性或否認它的作用，也不是人們要純潔他們談論性的用語；而是在於解釋性被人們談論這一事實，在於弄清誰在談論，在於他們在談論性時採取什麼立場、觀點，在於找到哪些慣例規範促使人們談論它，哪些慣例規範儲存並傳播這些議論。概括地說，問題的關鍵在於『論證事實』，在於性得以『用話語表達』的那種方式。」[30]因

---

[30] 〔法〕米歇爾・福柯著，姬旭升譯《性史》，青海人民出版社，1999 年版，第 11 頁。

此，張競生性話語建構的方式以及其存在的問題是這一部分所主要關
注的內容。同時，這一部分也力圖通過對張競生性話語方式的分析，
進一步展現五四的個性解放思想在海派文化中的發展和變異。

1、五四文化中張競生性話語的建構

1921 年至 1926 年，從法國學成歸來的張競生，受蔡元培之邀，在
北大任哲學系教授，教授西方哲學史、法國唯理論、美的人生觀、美的
社會組織法、美學和性心理學等課程。其間，張競生組建了「審美學社」，
提倡美育，接著又組建了「性育社」，這是中國最早提倡性教育的組織。
張競生在北大期間正值五四運動高潮時期，而北大又正是匯聚五四精英
之地，據章克標回憶，「當時李大釗、胡適、錢玄同、周作人等均在北
大，張競生與他們相與交往，參加了新文化運動的行列，發揮了他的長
處。在婦女問題、兩性關係以及各種社會問題上，提倡破舊立新，致力
於社會活動，為新文化運動作先鋒前驅。」[31]而《美的人生觀》、《美的
社會組織法》就是張競生在北大時的思想的集中體現。

與周作人主要通過「性」和「婦女」兩大問題來關注人性解放問
題的思路一致，張競生在他的這兩本書中，也主要是通過對這兩個問
題的探討而建構起他的性話語體系的。對此，周作人讚揚說：「張先生
的著作上所最可佩服的是他的大膽，在中國這病理的道學社會裏高揭
美的衣食住以至娛樂等的旗幟，大聲叱吒，這是何等痛快的事。」[32]如
果沒有五四個性解放思想的語境，張競生《美的人生觀》所表現出來

---

[31] 章克標〈張競生與《性史》〉，《章克標文集》，上海社會科學院出版社，2003 年
版，第 494-495 頁。
[32] 周作人〈「神交」與「情玩」〉，鍾叔河編《周作人文類編・上下身》（第 5 卷），
湖南文藝出版社，1998 年版，第 173 頁。

的對人的關懷、對人類可能生活的大膽想像，以及它在兩年內再版七次的情形都是不可想像的。在許多觀念上，張競生都與周作人所代表的五四人性解放思想保持著一致，如周作人在《防淫奇策》（1907）中曾指出，之所以淫盜二種念頭萌生，是因為食色是人的本性，而舊體制和舊文化的壓制卻使這兩種基本需求匱乏，這才有了「淫」、「盜」的屢禁不止。而張競生在《美的社會組織法》中也認為為了培養人的正常的性心理，首先就應該消除各種性禁忌對人性的壓制。實際上，正是因為張競生在北大時期的人性觀念和五四的人性解放觀念保持著一致，所以，周作人也時常對張競生的觀點給予呼應，如在《愛的創作》中，周作人指出，他所贊成的與謝也晶子的「愛原是移動的，愛人各需不斷的創作，時時刻刻共相推移」的觀點與張競生在 1923 年「愛情定則」討論中的基本觀點是一致的。[33]這些事情都可以說明，張競生北大時期的思想觀念是具有鮮明的五四文化色彩的。

　　張競生從人的生理身體出發來談美的生活和社會，這也是以五四「靈肉一致觀」為理論前提的。他說：「我對於一切美的觀念都是靈肉並重。」[34]「就美的觀念看起來，靈肉不但是一致，而且是互相而至的因果。無肉即無靈，有靈也有肉。鄙視肉而重靈的固是夢囈，重肉而輕靈的也屬滑稽。」[35]張競生承接五四的「靈肉一體」的觀念，並把這種「靈肉一致」的理想通過他的性美學表現出來，「我們視物質美和精神美不是分開的，乃是拼做一個，即是從一個美中在兩面觀察上的不

[33] 周作人〈愛的創作〉，鍾叔河編《周作人文類編‧上下身》（第 5 卷），湖南文藝出版社，1998 年版，第 22 頁。

[34] 張競生〈美的人生觀‧序〉，《張競生文集》（上），廣州出版社，1988 年版，第 25 頁。

[35] 張競生〈美的人生觀‧第一章總論〉，《張競生文集》（上），廣州出版社，1988 年版，第 34 頁。

同而已。並且我們要把世俗所說的物質觀看做精神觀，又要把世人所說的精神觀看作物質觀。換句話說：在世人所謂肉的，在我們則看作靈；在他們所謂靈的，在我們反看作肉。實則，我們眼中並無所謂肉，更無所謂靈，只有一個美而已。」[36]儘管「靈肉一致」是在五四時期就形成的一種取得廣泛共識的身體觀念，很少有爭議，但這種共識只限於抽象的理論層面，而到了具體的實踐層面，「靈肉一致」就會體現為多種不同的層次，有偏重於「肉」的，有偏重於「靈」的，因此，關鍵不在於是否聲稱自己是「靈肉一致觀」，而在於其實踐層面所體現出來的傾向性以及這種傾向性所包含的背景意義。從理論上來講，張競生的「靈肉一致觀」肯定了肉體與靈魂具有同等的價值，並指出了它們之間的相互包含性，這是應該肯定的。但在他的性話語實踐中，這種理論立場則演變成了對「肉」的偏重，而這一身體立場的重要體現就是他的「肉體烏托邦理想」。

　　值得一提的是，在張競生前期性話語的建構中，不僅有五四思想的影響，而且也有西方思想和生活方式的影響，後者主要來自他七年留法的學習和生活的記憶。張競生對法國式的生活情有獨鍾，在他對理想人生和社會的建構中，法國式生活方式始終是一個潛藏的理想範本，相比之下，他認為中國人的生活不衛生、不科學、缺乏美感。正是以西方生活作為他性話語體系建構的模本，張競生在《美的人生觀》、《美的社會組織法》中繪製了他的新國民生活的藍圖。

　　《美的人生觀》全書分為序、導言、第一章、第二章、結論五個部分，按作者的說法，第一章是對美的衣食住、體育、職業、科學、藝術、性育、娛樂七個內容用「科學的分析」的方法進行具體論述。

---

[36] 張競生〈美的人生觀・第一章總論〉，《張競生文集》（上），廣州出版社，1988年版，第34-35頁。

第二章是對美的思想、極端的情感－極端的智慧－極端的志願、美的
宇宙觀三個內容用「哲學的綜合的」方法進行論述。這兩章實際上是
有內在的聯繫的。張競生認為，衣食住、體育屬於人的身體的「儲力」，
而為了「用力少而收斂大」就得將儲力變為「擴張力」，「擴張力」有
五個方向：（一）職業、科學、藝術；（二）性育、娛樂；（三）美的思
想；（四）情、知、志；（五）宇宙觀。由此可以看出，張競生對「美
的人生」的建構從形而下的日常生活到形而上的精神生活都有涉及，
因而是非常全面的。對於物質生活和精神生活兩個方面都不偏廢，顯
示了作者在論說上的系統性和學理性。不過，其精彩部分如周作人所
說，並不在第二章抽象的精神生活部分而在第一章具體的生活實踐部
分，這顯然是因為具體的日常生活一方面更具生動性和趣味性，另一
方面對傳統道德也更具顛覆性。

　　《美的社會組織法》共六部分，分別為：導言，第一章「情愛與
美趣：情人制、外婚制、新女性中心論」，第二章「愛與美的信仰與崇
拜」，第三章「美治政策」，第四章「極端公道與極端自由的組織法」
以及結論。作者認為，社會與人一樣，進化的規則是模仿－創造－組
織，與一般社會學的組織法不同的是，張競生特別強調美的組織對於
社會的重要性。在以婦女為中心、性為紐帶的「美的組織法」中，張
競生對社會的體制和分工、國家的國民政治和外交政策、政府的建都
以及民間風俗、教育、旅遊等多方面的問題提出了新的見解，他認為，
「凡社會能從美的、藝術的與情感的方面去組織，同時就能達到富與
強。」[37]這樣一種社會構想明顯受到西方空想社會學家如傅立葉、聖西

---

[37]　張競生〈美的社會組織法·導言〉，《張競生文集》（上），廣州出版社，1998 年
　　版，第 141 頁。

門等人的影響，張競生當然自知這樣一種構想具有濃厚的烏托邦性質，但是，這種不能變成現實的空想從作者本人的角度來說卻是一種「慰情與舒懷」。其實，知識份子用單純而幼稚的審美觀念來構築理想社會模型的並不只有張競生，1947 年末，沈從文在《論語》上陸續發表《北平通信》五篇，他向市政府提出了一系列非常具體的用美育重造政治的主張，就又是一例。不過像張競生這樣以性為中心來構築系統的社會藍圖的，仍然只是個別的特例。

張競生所使用的理論方法是非常特別的。他指出：「我自知我所提倡的不是純粹的科學方法，也不是純粹的哲學方法，乃是科學方法與哲學方法組合而成的『藝術方法』。」[38]在作者看來，科學與哲學各有長短，而這兩者結合而成的「藝術」則能取兩者之長：「它的（指科學，注者加）價值，即在以有條理的心思去統馭那些複雜的現象，而求得其間一些相關係的定則；而它的粗淺處，乃在用呆板的方法為逐事的經驗和證明。殊不知世間的事物無窮多，斷不能事事去經驗，件件去證實，所以科學方法的應用有時也不得不窮。……哲學方法與科學的不同處，它不重經驗與證實，而重描想與假設。它用了乖巧的心靈，擬議世間的事物必如此如此。它的長處在炮製由科學方法所得到的材料而為有系統的作用。……但哲學方法常不免於憑空捏造，想入非非，究其實際毫無著落的諸種毛病！」所以張競生提倡並採取「使它們的長處聯合為一氣」的「藝術方法」。[39]由這樣一種理論表述，再聯繫張競生對具體問題的闡述，我們可以看到，張競生對「美的人生」的種

---

[38] 張競生〈美的人生觀・序〉，《張競生文集》（上），廣州出版社，1998 年版，第 27 頁。

[39] 張競生〈美的人生觀・美的思想〉，《張競生文集》（上），廣州出版社，1998 年版，第 90 頁。

種設計實際上包含著多種理論方法成分：科學的、哲學的、藝術的，
對此，作者自嘲為「非科非哲」[40]的方法。可以看出，張競生的這一
話語方式存在著明顯的問題：按照常識，科學、哲學、藝術分屬各不
相同的學科，在思維方法上有其各自不同的特點，因而作者所說的科
學與哲學的融合顯然是一種主觀設計，特別是科學和哲學融合後還能
產生藝術就更匪夷所思了。顯然在張競生的性話語中，科學和哲學在
被藝術化後已經不再是通常意義上的科學和哲學了。

　　通過這兩本著作可以看出，張競生建構他的性烏托邦理想，主要
採取了兩種話語方式。一是「科學」，二是「美」。儘管張競生聲明他
在研究中並不是採取純粹的科學方法，但是他自始至終都強調他的方
法中包含著科學，「科學」畢竟是張競生證明自己性話語嚴肅性的一個
武器。在這兩本著作中，一方面，與性科學相關的西方生物學、醫學、
心理學等知識常常是他非常重要的論據，另一方面，在找不到科學依
據的時候，張競生就常常借助於想像和推測，（儘管這些想像和推測）
「尚未去實驗證明，但我喜歡這樣『推測』。[41]」對於別人對他的非科
學的指責，他辯駁道：「縱有錯誤尚是科學，因為推測即是科學的起點，
凡科學的成立皆由推測而來也。」[42]其實，並不是推測和想像就不能在
論證中使用，而是當沒有科學依據的推測和想像夾雜在科學方法之中
時，往往會使論證混亂，從而深深地影響結論的可靠性。況且，推測
所包含的沒有限度的主觀性的可能，也隨時會在論證需要的時候出現。

[40] 張競生〈美的人生觀・序〉，《張競生文集》（上），廣州出版社，1998 年版，第
27 頁。
[41] 張競生〈新淫義與真科學〉，《張競生文集》（下），廣州出版社，1998 年版，第
429 頁。
[42] 張競生《答周建人先生〈關於〈性史〉的幾句話〉》，《張競生文集》（下），廣州
出版社，1998 年版，第 421 頁。

　　同時，張競生在用科學的方法建構他的性話語體系時表現出一種猶疑和矛盾。一方面，他認為，以科學作為基本的話語方式是非常必要的，但另一方面，在具體研究中，他又明顯地感到純粹的科學無法表述「性」的主觀經驗性。造成這種狀況的一個很重要的原因就在於「性」作為一門科學本身就是存在問題的。福柯認為，性科學是一門似是而非的科學，它是在人類經驗性的性知識和生物繁殖科學知識的基礎上形成的，「儘管這一性知識除了一些可疑的類比之外並未借助這些科學，它卻由於接近這些科學具有科學性的表像；可同樣由於它接近這些科學，一些生物和生理的內容卻得以成為人類性行為正常的指標。」[43]因此，「性科學」並不是純粹意義上的科學，但它又常常借「科學」的面貌出現。正是因為「性科學」中經驗和科學成分的含混不清，才出現了張競生在運用科學的過程中又以「美」為藉口不停地偏離科學軌道的現象，這正是由性科學自身存在的悖論所致。

　　因此，如若把「性」看作是一個僅僅用科學的方法就可以分析、解決的問題，這實際上是粗暴地把具有複雜的經驗性特徵的人性問題簡單化、理念化了，也就是說，在「性科學」研究中，對科學的崇拜使人們忽視了人性中未知區域的存在。面對這種情況，張競生的策略是「左右逢源」：在有科學依據時，就運用科學的方法，而在科學無力之處，就大膽展開推測和想像，甚至把中國古代房內術的解釋搬來（周作人就指出張競生所說的「神交」與《素女經》中的說法是一致的[44]）。不過，張競生這樣做的結果卻是兩邊都不討好。很多時候，張競生的

---

[43]〔法〕米歇爾・福柯著，姬旭升譯《性史》，青海人民出版社，1999 年版，第 134 頁。

[44] 周作人《「神交」與「情玩」》，鍾叔河編《周作人文類編・上下身》（第 5 卷），湖南文藝出版社，1998 年版，第 174 頁。

主觀想像就是他所謂的「科學」的重要憑據，儘管張競生自詡為這是「靈活」的科學，但實際上，他的這種主觀經驗和客觀事實不分的做法，正顯示出他對待「性科學」的態度中的矛盾。如他在這兩本著作中常常生造一些名詞，如「內食法」、「吸味與吸氣法」、「美流」、「美間」、「美力」等。對於這些生造的名詞，張競生特別指出：「都當照我特別的解釋上去討論，不能以通俗的科學觀念為標準；更不可任意就我文中斷章取義以相難，須要從我整個意思上去著眼才對。」[45]由此看出，張競生的「科學」已經遠離了真正科學的真義了。

　　張競生性話語建構的第二種方式「美」，實際上也包含著同樣的問題。在美的人生觀上，張競生提倡「動美」（與「靜美」相對）、「宏美」（與「優美」相對）以及「唯美主義」（與「真」、「善」相對）。「美」儘管是上述兩本著作的關鍵字，但對於「美」的具體內涵張競生並沒有作出本體性的解釋，而是通過對一系列美的生活方式的描述演繹和體現出來的。可以看出，張競生看重的是「美」的形式——生活的藝術化，「凡一切人類的生活……皆是一種藝術。若看人生觀是美的，則一切關於人生的事情皆是一種藝術化了。」[46]由於這種「生活的藝術」是人主動創造的，所以張競生提倡「人造的美」：「美是人造品，只要我人以美為標準去創造，則隨時，隨地，隨事，隨物，均可得到美的實現。凡真能求美之人，即在目前，即在自身，即一切家常日用的物品，以至一舉一動之微，都能得到美趣。」[47]由於美的世界是一個經驗

---

[45] 張競生《美的人生觀·序》，《張競生文集》（上），廣州出版社，1998 年版，第 27 頁。

[46] 張競生《美的人生觀·美的藝術》，《張競生文集》（上），廣州出版社，1998 年版，第 72-73 頁。

[47] 張競生《美的人生觀·導言》，《張競生文集》（上），廣州出版社，1988 年版，第 31 頁。

和想像的世界，在它的保護之下，張競生可以更加大膽地馳騁他的各種想像，包括性想像。當然，張競生另一隻手還握著「科學」，他說：「美是具有科學性的，所以有一定的大綱可為標準。」[48]張競生希望他對美的社會和人生的構想能對現實有所指導，所以，他還必須借助於科學的方法使他的構想條理化、系統化，因為只有科學才是有章可循、有理可依的。顯然，構成張競生性話語中心的「美」也是混合著科學和經驗的成分的。

由以上分析可以看出，「科學」和「美」在建構張競生性話語的過程中是連接在一起，但由於二者不同的學科性質而使得它們最後形成了一種相互消解。

除此之外，張競生在建構性話語中，對「性」與權力的關係的理解也是存在問題的。如果說五四時期對性話題的談論是基於反封建倫理的需要，批判對象的確立是談論「性」話題的不可缺少的前提條件，那麼，二十年代張競生在建構他的性話語時，就只是單純地在面對「性」本身。張競生使「性」從一種對意識形態話語的依附狀態中解放出來，獲得獨立性。張競生在以「性」為中心談美的人生時，這裏的「性」剔除了各種外在的限制和規範，因而是非常單純和透明的。在「性」這種隱秘話題和吃飯、穿衣一樣被公開談論時，人們的羞恥感也被打破了。但是，這種做法是否就真正意味著「性」獲得了自由和解放呢？按照福柯的看法，「性」的生產與增殖來自於權力，「法則既包含慾望，又包含使慾望得以產生的缺乏感。」[49]而在張競生所幻想的烏托邦世界

---

[48] 張競生《美的人生觀·導言》，《張競生文集》（上），廣州出版社，1988年版，第31頁。

[49] 〔法〕米歇爾·福柯著，姬旭升譯《性史》，青海人民出版社，1999年版，第70頁。

中，「性」完全脫去了約束和控制，如果說「性」產生於「匱乏」，那
麼一旦這種絕對的性自由的社會實現，人們所認識、理解的「性」也
就不存在了。同時，由於「性慾是一種非常真實的歷史形成，是它引
起了性的概念，以作為對它的運作必不可少的理論因素」[50]，因此，性
快感不單單是一個生理感受，它也包含著權力的運作，而對於張競生
所構築的性烏托邦社會來說，隨著權力對「性」的控制的消失，「性」
快感也應發生相應的變化，但是，張競生對這種「性自由社會」中的
性經驗的描述仍然是以他自己所處的「非性自由社會」的性經驗為依
據的，從這一意義上說，張競生的話語方式中也就包含著揮之不去的
破綻，其所具有的意義也會在這種悖論中被消解。

　　張競生的性烏托邦理想代表著長期遭受性壓抑、渴望獲得性自由
的中國人的幻想，從這一點來說，這種建構性烏托邦社會的動機是可
以理解的。但是，由於「性」並不只是單純與生理本能相關，所以張
競生筆下那種只具有美的形式而脫離了道德、文化和政治制約的性愛
烏托邦世界所具有的啟發意義是不大的。同時，在大多數人連起碼的
溫飽問題都還沒有解決的情況下，撇開民族、國家的現實狀況而大談
美的衣服、飲食、居住等資本主義中產階級以上的人才可能有的生活，
顯然是隔靴搔癢，不具有真正積極意義上文化建構的性質。

2、海派文化與張競生的性話語實踐

　　1926 年～1927 年是張競生人生的一個轉捩點。由於北京政治氣候
漸趨緊張，文化環境也不斷惡化，張競生離開處於政治高壓下的北京，

---

[50] 〔法〕米歇爾・福柯著，姬旭升譯《性史》，青海人民出版社，1999 年版，第
136 頁。

來到言論相對自由的上海。在上海，他創辦了「美的書店」，隨著《性史》在「美的書店」的出版，張競生成為了一個家喻戶曉的人物。對於《性史》的編輯和出版，張競生和某些親歷者有著不同的說法。張競生自己說，1926 年北大放寒假時，他在《京報副刊》上刊登《一個寒假的最好消遣法》的啟事，徵集各人「性史」，後來他在上海創辦「美的書店」後，就從原來收到的稿件中選出七篇，編成《性史》第一集。章克標則認為不是這麼回事，他說：「他（指張競生，引者加）是特地為美的書店而編這書的，此書於 1926 年 4 月編好，5 月出版，決非像某些人所說的，是早在北京就已編好，出版時不過略加整理這種情形。」[51]可以看出，《性史》編於什麼時候並非是一個無關緊要的問題：如果是由張競生在北大時期徵集的民間資料編輯而成，那麼《性史》的編輯就還可能出於學術的立場；如果是在「美的書店」創辦後專門為書店而編的，聯繫書的內容，那麼《性史》就顯然脫不了與贏利的關係。不過，無論動機怎樣，《性史》由「美的書店」出版發行並獲得了較好的經濟效益卻是客觀事實，也正是《性史》確立了張競生「性博士」的形象，並落得罵名無數。

對於《性史》，長期以來爭論的焦點是它是否是淫穢刊物，而確立它是否是淫穢刊物的關鍵則在於確定《性史》所使用的描述方法是科學的還是文學的。如若是科學，顯然離「淫」就遠了，如若含有文學描寫的成分，僅從客觀效果上判斷，就很難脫離與「淫」的關係。同時，我們還需要進一步研究的是，在張競生性話語的建構中，《性史》

---

[51] 章克標《張競生與〈性史〉》，《章克標文集》，上海社會科學院出版社，2003 年版，第 502 頁。

作為一種性話語實踐，對於他前期性話語理論具有怎樣的意義？又說明瞭什麼問題？

《性史》出版後，對於其採取的方法是「科學」還是「文學」，在張競生和周建人之間發生了一場爭論。周建人批評張競生收集的那些性經歷者的自述，多是文學性的「空泛的敘述」，而非科學性的「事實的敘述」。張競生反駁道：「空泛與事實，本來非局外人所能知道，至於小說與文學的區別，尤覺苟非專門文學家不能輕易得而武斷了。」[52]周建人對張競生的辯解又作了批判：「空泛是事實的形容辭，並非事實之反；『小說的』是形容描寫出來的情形是怎樣的。」[53]作為性學研究者，周建人注重從科學的立場和方法出發研究和闡釋「性」，所以對於張競生打著科學的名義把抽象的科學說理變成了形象的文學敘述，特別是把這種方法用在「性」這一特殊對象上非常反感，並認為，「一般人所需要的是由論料得來的結論，不是論料本身」[54]。對此，張競生則說：「論料的結論誠屬重要，但這些結論是一種抽象的性質，頗為枯燥無味的歸納，定然不能引起『一般人』的興趣。」[55]由此可以看出，周建人認為科學應該採取富於學理的表達方式，結論的重要性遠勝於「論料」，而張竟生看重的則是「論料本身」，原因在於這樣做才能引起人們的閱讀興趣，並且，他也承認：「就性的事實說，當然是科學的事，

---

[52] 張競生《答周建人先生〈關於〈性史〉的幾句話〉》，《張競生文集》（下），廣州出版社，1998 年版，第 420-421 頁。

[53] 周建人《答張競生先生》，《張競生文集》（下），廣州出版社，1998 年版，第 424 頁。

[54] 張競生《答周建人先生〈關於〈性史〉的幾句話〉》，《張競生文集》（下），廣州出版社，1998 年版，第 420 頁。

[55] 張競生《答周建人先生〈關於〈性史〉的幾句話〉》，《張競生文集》（下），廣州出版社，1998 年版，第 420 頁。

但對付性的方法，完全是藝術的。」[56]周建人諷刺張競生根本不懂科學卻要硬把科學拿來做樣子：「科學能夠學固然很好，但如果沒有機會學或學不會也不要緊，只要能夠做別方面的工作，不必說一句話一定要戴了科學的面目來說，因為不合於近代科學的科學是偽科學。偽科學比無科學更為有害。」[57]而張競生則認為周建人的「科學」是「死板的抄襲的傻的科學方法」[58]。

　　顯然，張競生和周作人之間的爭論包含著在公共空間應該如何言說「性」的問題，同時，也包含著如何認識「性科學」的問題。可以說，張競生在《美的人生觀》中已顯露出來的性話語的矛盾通過《性史》的出版和爭論進一步浮出了水面。如果說，《美的人生觀》的話語方式中包含著對待性科學的模棱兩可的態度，但由於《美的人生觀》主要是在理論層面展開的，因而這一問題顯得還不是特別突出的話，那麼，《性史》作為張競生前期性話語理論的一個實踐，在把抽象的理論話語具體化為生動的案例的同時，也固定和清晰化了他的前期理論話語在表述性科學上的矛盾。儘管張競生仍然希望憑主觀的意願賦予《性史》以科學性，但由於人們是把它作為紀實性文學予以購買和閱讀的，這種效果本身也最終瓦解了張競生主觀賦予《性史》科學性的意願。

　　儘管如此，一直對張競生大膽的性言論持支援態度的周作人對《性史》也仍然是肯定的：「它使人覺得性的事實也可以公然寫出，並不是

---

[56] 張競生《答周建人先生〈關於〈性史〉的幾句話〉》，《張競生文集》（下），廣州出版社，1998 年版，第 422 頁。

[57] 周建人《答張競生先生》，《張競生文集》（下），廣州出版社，1998 年版，第 426 頁。

[58] 張競生《新淫義與真科學》，《張競生文集》（下），廣州出版社，1998 年版，第 429 頁。

如前人所想的那樣污穢東西，不能收入正經書的裏邊去的，雖然《性史》的那種小說的寫法容易雜入虛構，並缺少必要的莊重，實在是個大缺點，也會有許多流弊。總之這第一時期的工作是頗有意義的。」[59]然而，隨著 1927 年張競生主辦的《新文化》雜誌的問世，周作人對張競生就徹底絕望了，至此，張競生的形象發生了根本的變化，並從此受到了廣泛而長久的詬病和唾棄。

《新文化》雜誌的封面上標著「中國最有新思想的月刊」，在《宣言》中，張競生寫道：「故今要以新文化為標準，對於我人一切事情——自拉屎、交媾，以至思想，文化；皆當由頭到底從新做起。」[60]該刊物設有「社會建設」、「性育」、「美育」、「文藝雜記」、「批評辯論」、「雜纂」等欄目，這些欄目的開設反映了張競生對婦女、性育、美育等問題的持續關注。由於五四新文化在張競生看來已經成為「舊文化」，因此，張競生「新文化」的「新」是立於對五四新文化的「新」的修正的基礎上的，五四新文化的「新」主要是在文化層面反叛傳統，而張競生的「新」則是希望對人們的日常生活進行徹底改造。

然而，正如周作人所說，《新文化》「裏邊充滿著烏煙瘴氣的思想」，「民國十六年以前，他的運動是多少有破壞性的，這就是他的價值所在。……可是到了民國十六年，從一月一日起，張競生博士自己也變了禁忌家，道教的採補家了。」[61]儘管在「新文化」中，「科學」和「美」仍然是張競生口口聲聲提到的話語武器，但他一貫置科學於不顧的性

---

[59] 周作人《時運的說明》，鍾叔河編《周作人文類編·上下身》（第 5 卷），湖南文藝出版社，1998 年版，第 176-177 頁。

[60] 張競生《新文化月刊的宣言》，轉引自章克標《張競生與〈性史〉》，《章克標文集》，上海社會科學院出版社，2003 年版，第 504 頁。

[61] 周作人《時運的說明》，鍾叔河編《周作人文類編·上下身》（第 5 卷），湖南文藝出版社，1998 年版，第 176-177 頁。

想像在這裏卻更加劇烈，同時，傳統文化的糟粕也成為了他性想像的依據。在《性部呼吸》一文中，張競生儘管使用了生理學術語和科學論文的表述方式，然而，文章的整個立論卻是以道家的「養身術」為基礎的，靜坐、丹田的方法被他運用到性話語實踐之中，這種性話語的建構顯然既無「科學」亦無「美」。對於張競生的這一做法，當時有很多激烈的批判，如同樣對性愛問題表示關注的《幻洲》雜誌就發表過一系列的批評文章對張競生進行抨擊，潘漢年就撰文諷刺並批判了張競生的非科學性，並說要「替科學叫冤」[62]。這從另一個層面說明，海派文化儘管普遍地表現出張揚肉慾的傾向，但他們之間仍然存在著很大的差別。

在《新文化》中張競生繼續著他對國民身體改造的構想。在《性美》一文中，張競生認為國民身體的醜陋在於性慾的不發達，性慾的不發達致使男子缺少男子氣，女人沒有女人味。他心目中的新男性應該具有碩大的鼻子、濃密的鬍鬚、結實的肌肉等，新女性應該具有高聳的鼻子、豔麗的桃腮、豐滿的乳房等，而這些身體特徵都是直接性慾發達的表現，因此在張競生這裏，國民身體的改造就是性慾的改造。可以看出，這是以「美」的名義對西方人種優越論的變相闡述，是自晚清「新民說」以來對理想國民的最大膽的構想，「性」成為改造國民並解決一切問題的根本，這是一種「性活力論」的體現，它顯然是缺乏起碼的社會科學常識的。

十分明顯的是，海派文化中的張競生與五四文化中的張競生相比，其關注「性」的立場已經發生了明顯的變化。海派文化語境是否

---

[62] 潘漢年《與張競生博士談談「新文化（？）」》，《幻洲》半月刊，第 1 卷第 7 期（1927 年 1 月 1 日）。

催發了張競生在北大時期性話語建構中的肉慾因素，使其在更具有海派文化品格的同時而遠離五四精神，這是個動機層面上的問題。儘管張競生自認為自己所著和編輯的那些與「性」有關的書籍和刊物並不是為了賺錢，但是，海派文化在利用那些能夠轉化成商業利潤的資源時是不考慮動機的，讀者最後的選擇就是最好的說明，魯迅就曾寫過一篇《書籍與財色》的文章對張競生的商業傾向進行了批判和諷刺。《性史》後來被那些覺得有利可圖者偽造盜印，並假冒張競生的名字，出版了《性史》的續集，也說明《性史》具有商業性質。張競生畢竟處於海派商業文化咄咄逼人的氛圍之中，「性」恰恰又是一個很容易與商業結緣的話題，因此《性史》具有商業性也是非常自然的。

　　周作人在《與友人論性道德書》中曾指出了商業文化氛圍內嚴肅思想的不可能，他由當時上海的一本通俗刊物《婦人雜誌》談到嚴肅莊嚴的思想在商業化的氣息之下很容易被消解的問題，「這種雜誌不是登載那樣思想的東西。《婦人雜誌》我知道是營業性質的，營業與思想——而且又是戀愛，差得多麼遠！我們要談思想，三五個人自費賠本地來發表是可以的，然而在營業性質的刊物上，何況又是 The Lady』s Journal ⋯⋯那是期期以為不可。我們要知道，營業與真理，職務與主張，都是斷乎不可混同。」[63]周作人的觀點不無道理，在商業文化的氛圍中，思想的嚴肅性會遭到消解和破壞，這是一個廣泛的事實。

　　然而，新思想的傳播必須以擁有讀者群為前提，在這一點上周作人是遠遠不及張競生的。周作人曾提起他在《新青年》上登了半年廣告，徵集關於「女子問題」的議論，「當初也有過幾篇回答，近幾月來，

---

[63] 周作人《與友人論性道德書》，鍾叔河編《周作人文類編・上下身》（第 5 卷），湖南文藝出版社，1998 年版，第 54 頁。

卻寂然無聲了。大約人的覺醒，總須從心裏自己發生；倘若本身並無痛切的實感，便也沒有什麼話可說。」[64]然而，與張競生作一個對照，我們可以看到，讀者對周作人的徵集反響平平，其原因並不僅僅是因為讀者「並無痛切的實感」，還與周作人對商業規則的忽略有很大關係。張競生顯得更具有吸引大眾的本領。1923年，張競生在《晨報副刊》上發起了「愛情定則」的討論，提倡戀愛的民主自由，批判舊式婚姻制度對婦女的身心壓抑，引起了社會的強烈反響，發表文章參與討論的達36人次之多，且大多是普通讀者。1927年，張競生創辦《新文化》月刊，其辦刊原則是：「一、材料新奇可喜。二、對各種問題淋漓發揮，盡情討論，而使讀者覺得栩栩有生氣，好似身在千軍萬馬的筆墨戰場一樣。」[65]這顯然是商業化的策略，《新文化》因此而擁有一批廣泛而忠實的讀者群，「張氏也極懂得運用讀者的心理，《新文化》每一期的批評辯論欄，就是和讀者交流的最佳管道。據說《新文化》出版後，『讀者函件常常如山的堆積在案頭』，而他總是不厭其煩地以公開方式或私下答復。無怪乎一出版就受到歡迎，每期的銷路都超過兩萬冊，比當時最暢銷的《生活周刊》銷路還多。」[66]《新文化》銷路好的原因是多方面的，其中最重要的恐怕還是張競生的各種話題不再是五四式批判性的宏大話題，而是通俗性的切近普通人日常生活的話題。當然，讀者對張競生的熱情也與性話題本身的敏感性以及張競生表述「性」的文學化方式有關。

---

[64] 周作人《〈貞操論〉譯文序》，鍾叔河編《周作人文類編・上下身》（第5卷），湖南文藝出版社，1998年版，第422頁。

[65] 張競生《新文化月刊的宣言》，轉引自章克標《張競生與〈性史〉》，《章克標文集》，上海社會科學院出版社，2003年版，第504頁。

[66] 彭小妍《性啟蒙與自我的解放——「性博士」張競生與五四的色欲小說》，王曉明主編《二十世紀中國文學史論》（第二卷），東方出版中心，1997年版，第26頁。

　　如果說《性史》的編輯出版是對張競生前期性話語的第一次實踐檢驗，那麼在上海期間他個人的婚變就是對他性話語的第二次實踐檢驗。張競生曾在《美的社會組織法》中宣揚徹底反傳統婚姻制的情人制主張，然而當他自己的夫人要離他而去，他卻破口大罵，並大打出手，甚至在《新文化》上發表惡言進行攻擊。對張競生的這一行為，周作人忍不住站出來說：「張先生在攻擊褚女士的告白中，四次提到『情人』字樣，倘若張先生是言行一致的，便不應這樣說。在張先生所主張的『情人制』中，這豈不是沒有什麼嗎？而張先生以為犯了彌天大罪，屢說有情書可證，這豈不是臨時又捧禮教為護符，把自己說過的話拋之九霄天外麼？……愛之欲其生，惡之欲其死：這正是舊日男子的常態。我們只見其中滿是舊禮教，不見一絲兒的『新文化』。」[67]這兩次檢驗都證明瞭張競生性話語的失敗，並構成了張競生對所建構的性話語的自我拆解，這種滑稽的自我顛覆行為只能說明他的性學構想缺少起碼的實踐性和本土性。

　　西方性生理、心理學的知識，融合中國道家文化的「房中術」，再加上他個人的法國經驗以及藝術想像，張競生完成了他海派文化時期的性話語建構。隨著《性史》出版遭禁止和「美的書店」遭查封，在內外交困的情況下，張競生終於結束了他的性烏托邦之旅。張競生性話語建構的積極意義自不待言，它是一次破除性禁忌的行動，為「性」話題的公開化、合法化提供了可能。不過，通過以上對張競生性話語建構所存在的問題的分析，我們可以看出，在性話語的展開中，純粹科學的方法和純粹文學的方法都是存在問題的，前者忽視了「性」的

---

[67] 周作人《〈《新文化》上的廣告〉按語》，鍾叔河編《周作人文類編‧上下身》（第5卷），湖南文藝出版社，1998年版，第474頁。

個體經驗性，後者又容易產生淫穢的傾向，其嚴肅性容易被商業文化利用和篡改，而科學與文學的結合又似乎意味著一種悖論，因此，我認為，張競生留給我們的思考最重要的就是人類如何言說「性」的話語方式的問題。

第二節　新感覺派小說中的身體想像

一、女性身體──想像西方下的都市符號

　　都市慾望往往借助於身體來書寫，但並不是都市作家的身體描寫都具有同樣的性質。以新感覺派小說為代表的具有現代主義性質的都市文學對身體的書寫，就明顯與五四以來海派小說世俗化的身體情慾描寫不同。新感覺派小說的女性身體形象上投射著寫作者們多重不同的目光：都市想像、男性慾望、現代人的焦慮等，因而遠遠超越了張資平等的海派小說張揚肉慾的身體書寫的意義。可以說，新感覺派小說在對都市身體的現代書寫中獲得的是對都市精神的一種把握。

1、作為都市符號的女性身體

　　新感覺派作家對都市的文學想像可以說是在異域都市文化和文學的影響下形成的，西方都市經驗給予了新感覺派作家理解都市的間接經驗，新感覺派小說從藝術觀念、審美趣味到表現手法，都深受西方文化和文學的影響。因而新感覺派作家對都市的書寫可以說包含了雙重想像：對西方的想像和對都市的想像。從身體描寫的視角看，這種

西方影響則主要是好萊塢電影文化，下面我將分析西方電影文化是如
何影響新感覺派小說對女性身體形象書寫的。

　　在新感覺派小說對都市女郎的身體描寫上，最直接的影響恐怕要
屬當時席捲全球的好萊塢電影。女影星的身體形象作為好萊塢商業文
化的核心，是其獲得商業成功的重要環節，觀眾對影星的崇拜實際上
是對她們的身體形象的崇拜。當電影及畫報中的女影星的特寫隨時隨
處撲面而來時，對於個個都是電影愛好者的新感覺派作家而言，這種
影響顯然是不可抵擋的。穆時英曾寫過兩篇專門談好萊塢女星的電影
隨筆《性感與神秘主義》、《魅力解剖學》，連載於《晨報》上，他把好
萊塢女明星的臉部特徵概括為：「5x3 型的臉。羽樣的長睫毛下像半夜
裏在清澈的池塘裏開放的睡蓮似的半閉的大眼眸子是永遠織著看朦朧
的五月的夢的！而且永遠望著遼遠的地方在等待著什麼似的。空虛
的、為了欲而消瘦的腮頰。嘴唇微微地張開著，一張鬆弛的，饑渴的
嘴。」[68]具有這樣一種典型的臉部特徵的描寫也經常出現在他的小說
中，我們看到，他小說中的有些肖像描寫簡直就是圖像的女性臉部特
寫的文字翻版。在《被當作消遣品的男子》中，女主角的臉就是由幾
位好萊塢女影星的臉部的不同部分組成：「我覺得每一個 O 字都是她的
唇印；牆上釘著的 Vilma Banky 的眼，像是她的眼，Nancy Carrol 的笑
勁兒也像是她的，頂奇怪的是她的鼻子長到 Norme Shearer 的臉上去
了。」以這樣一種非生命的排列組合方式所構成的女性的臉，是否具
有美的整體觀感已經不再重要，重要的是它必須以對好萊塢女星的崇
拜和幻想為依據，這樣才能用好萊塢的方式繪製出最合於當時的都市
想像的臉，當然，這張西化的臉的主人的身份仍是東方的。

---

[68]　穆時英《電影的散步・性感與神秘主義》，《晨報》1935 年 7 月 17 日。

　　同樣，劉吶鷗也具有穆時英這種以「模型」的方式來概括現代都市女郎的臉和身體特徵的本領。1934 年劉吶歐在《婦人畫報》上發表了一篇文章，題為《現代表情美造型》，對現代都市女性的臉部表情進行了評說，認為「這個新型可以拿電影明星嘉寶、克勞馥或談瑛做代表。她們的行動及感情的內動方式是大膽、直接、無羈束，但是在未發的當兒卻自動地把它抑制著。克勞馥的張大眼睛，緊閉著嘴唇，向男子凝視的一個表情型恰好是說明著這般心理。內心是熱情在奔流著，然而這奔流卻找不到出路，被絞殺而停滯於眼睛和嘴唇間。」[69] 劉吶鷗《都市風景線》中的小說幾乎每篇都不放棄對都市女性臉部和身體的「造型」的描寫，如《遊戲》：「這一對很容易受驚的明眸，這個理智的前額，和在它上面隨風飄動的短髮，這個瘦小而隆直的希臘式的鼻子，這一個圓形的嘴形和它上下若離若合的豐膩的嘴唇」，「那高聳起來的胸脯，那柔滑的鰻魚式的下節」；再如《風景》：「看了那男孩式的短髮和那歐化的痕迹顯明的短裾的衣衫，誰也知道她是近代都會的所產。然而她那個理智的直線的鼻子和那對敏活而不容易受驚的眼睛卻就是都會裏也是不易找到的。肢體雖是嬌小，但是胸前和腰邊處處的豐膩的曲線是會使人想起肌肉和彈力的。」歸納起來，劉吶鷗心目中的女性身體形象是：有著男孩似的短髮、理智的前額、希臘式的鼻子、半閉的嘴唇、一雙容易受驚或不容易受驚的眼睛。這種現代都市女性的身體形象，融合了健康、智慧、性感等多種現代要素，然而，作為一種想像西方的產物，卻過於抽象和遠離現實，只會出現在作家的文本中。

---

[69] 劉吶鷗《現代表情美造型》，《婦人畫報》第 18 期，1934 年 5 月 16 日。

　　以某幾類明星作為生產的「模具」，新感覺派小說對女性身體的描寫呈現為一種批量生產的狀態，他們的小說因此而形成了類型化的女性身體形象系列。劉吶鷗、穆時英小說中的女性身體形象的西化傾向，一定程度上反映了西方資本主義話語對中國作家的女性身體想像的控制，沈從文認為穆時英的作品「作品於人生隔一層」，「一眼望去，也許覺得這些東西比真的還熱鬧，還華美，但過細檢查一下，便知道原來全是假的，東西完全不結實，不牢靠」，[70]原因就在於此。

　　儘管三十年代新感覺派作家的都市想像明顯受制於西方，但我們仍然不能忽略新感覺派作家早期都市經驗的本土性因素，雖然我們很難厘清都市書寫中的這種「自我」和「他者」的界限，但確認新感覺派作家自身想像的存在卻是必不可少的，否則就會把早期都市經驗全部看成是對西方都市經驗的類比。實際上，在對女性形象的描寫中，新感覺派作家也經常使用一些帶有中國古典審美特徵的描寫方式，如穆時英小說中有「半閉的大眼睛，像半夜裏在清澈的池塘裏開放的睡蓮似的」（《五月》）、「羽樣的長睫毛下柔弱得載不住自己的歌聲裏面的輕愁似的」（《墨綠衫的小姐》）、「太息似的眼光」（《G NO.Ⅷ》）等。不過，這些古典式的女性形象描寫，其本土性主要體現在形式上，不具有根本性，尋找新感覺派小說中的女性身體描寫深層的都市本土經驗才是更為重要的。

　　一般認為，新感覺派小說中性徵突出的女性身體，明顯地投射著男性敘事者的慾望，但是，一個缺乏真實的血肉感的都會女郎的身體又如何能真正成為投射慾望的對象呢？在《被當作消遣品的男子》、《遊

---

[70]　沈從文《論穆時英》，《沈從文全集》第 16 卷，北嶽文藝出版社，2002 年版，第 233、234 頁。

戲》、《兩個時間的不感症者》等作品中，女性一下子由傳統文學中被拋棄的對象逆身成為戀愛遊戲的主人，然而，這些都市女郎的主體性是否就像其形式所表現的那樣無比強大呢？顯然，從這些女性的抽象性和虛構性特徵可以看出，她們的「強大」和「主動」是與真實的女性主體無關的。李歐梵在分析劉吶鷗小說中的女性身體形象時說：「劉吶鷗小說中的女性作為視覺觀看客體的身體其實是不完全的，所以被動的男性所追求的事實上是一個幻象，一個穿戴著所有外國服飾的異域理想人物。」[71]因此，儘管這些女性可以把男性玩弄於股掌之間，但由於這些都市女性只是新感覺派作家所理解的都市精神的化身，所以，對這些女性控制男性能力的表現也就並不意味著她們具有很強的自主意識，而只是顯示出女性形象對於作家建構都市經驗的意義。正如有論者所說：「中國早期的城市敘述，是經由將城市想像為女性，或將女性想像為城市這樣一種形象置換，通過『現代尤物』形象構型來指稱一個城市的品格面貌，進而構建一套城市敘事修飾式樣的。甚至離開這種『尤物』形象，城市形象將難以或無以描述。」[72]因此，正是通過這樣一些現代、摩登的都市女性形象，新感覺派作家完成了他們的都市經驗書寫。

　　然而，新感覺派小說通過這些抽象的女性所實現的男性敘事者對都市的體驗和想像，是遊走在實和虛、明和暗相交織的敘事中的。所謂「實」和「明」，是指從現象層面來講，女性身體作為都市慾望實現的實體代表著「性」；而所謂「虛」和「暗」，是指從隱喻層面來講，女性身體在都市書寫上還充滿著寓言性，這使作者可以把對整個都市

---

[71] 李歐梵著，毛尖譯《上海摩登——一種新都市文化在中國》，北京大學出版社，2001 年版，第 211 頁。

[72] 姚玳玫《想像女性》，中國社會科學出版社，2004 年版，第 165 頁。

生活的想像寄予在女性身體的描述上，也就是說，這時女性身體不僅是「性」，而且也是都市形而上本質的體現。因此，在這裏，對女性身體形象的描寫作一種抽象的審視是非常必要的。

　　新感覺派小說中的女性作為一種被想像的產物是被敘事者無限膨脹的想像所操控的，被想像物越強大就意味著男性敘事者的焦慮越嚴重，這種焦慮既包含著慾望的焦慮，也包含著對都市的焦慮。新感覺派小說家作為聲色光電的花花世界的捕捉者，他們一方面會從肉慾感官的物質世界中充分攫取都市現代性的因數，另一方面抽空了精神的都市的巨大引力又讓他們覺得自我失去了控制，並感受到自我的渺小和無奈。儘管都市以巨大的包容力使無數的慾望得以釋放，然而都市人卻永遠饑渴，這一對悖論在都市生活中是如影隨行的。都市巨大的魅力和無法把握的性質正如新感覺派作家筆下的那些永遠無法捉摸、無法控制的女性一樣，「第一次瞧見她，我就覺得：『可真是危險的動物哪！』她有著一個蛇的身子，貓的腦袋，溫柔和危險的混合物。穿著紅綢的長旗袍兒，站在清風上似的，飄蕩著袍角。這腳一上眼就知道是一雙跳舞的腳，踐在海棠那麼可愛的紅緞的高跟兒鞋上。把腰肢當作花瓶的瓶頸，從這上面便開著一支燦爛的牡丹花……一張會說謊的嘴，一雙會騙人的眼──貴品哪！」（穆時英《被當作消遣品的男子》）「女子是變形動物，是流質，是沒有固定的胴體和固定的靈魂的人類，每一件新的衣服，在他們身上是一個新的人格，而不同的眉的描法可以改換她們的臉型和內容。甚至她們的聲音和眸子的顏色也會變化的！」（穆時英《G NO.Ⅷ》）妖豔而神秘、可愛而邪惡、美麗而善變，這與其說是想像女性，不如說是想像都市。

　　既然新感覺派小說中的女性被抽空了精神而成為單純的都市符號，那麼，女性身體作為一種想像都市的符號是不是也應該具有鮑德

里亞總結的都市商品的符號特徵呢？鮑德里亞根據符號學原理，認為都市符號的能指與所指、交換價值和使用價值是斷裂的，符號有自身的獨立的運作體系，「當代社會和文化的總危機的實質，就是人的精神創造試圖最終打破由『符號』和『意義』二元因素所組成的『意義辯證法』。逃避和打破『意義辯證法』的實質，就是要完全取消『意義』的追求和界定，使『符號』不再受『意義』的約束，不再同『意義』相對立或相同一。」[73]同時，這樣一種符號就成為真實本身：「符號是一種比意義具有更大延展性的物質，……這是用關於真實的符號代替真實本身的問題。」[74]仿真符號的出現，就使得真實與虛構之間不再具有明顯的距離，世界由此變得混亂無序。新感覺派小說中的女性身體在諸多特徵上都與上述符號特徵相符，它們不是具有主體性的人的身體，而是隨著慾望的不斷延宕和都市中的商品一樣不斷地運作、流通著，具有商品的物質性。在這裏，慾望的真實性因為身體的非真實性和抽象性而變得無法觸及。因此，新感覺派小說符號性的女性身體不再僅僅是對現實慾望的再現，也是以一種寓言的方式反映了初期都市景觀中人的懸浮的狀態，同時，這種身體描寫取消了人的整體感、深度感，體現了三十年代都市文化中浮現出來的具有後現代特點的思維方式。

　　形式上性感奪目的女性身體，只是沒有生命的身體符號，這種女性身體成為新感覺派小說的一種寫作標記。在《CRAVEN「A」》（穆時英）中，躺在床上的「她」的身體好像是「婦女用品店櫥窗裏陳列的石膏模型」，作者不禁問道：「這是生物，還是無生物呢？」而在《白

---

[73] 馮俊等著《後現代哲學講演錄》，商務印書館，2003 年版，580 頁。
[74] 讓・鮑德里亞《仿真與擬像》，汪民安、陳永國、馬海良主編《後現代性的哲學話語——從福柯到賽義德》，浙江人民出版社，2000 年版，第 330 頁。

金的女體塑像》（穆時英）中，作者寫道：「白金的人體塑像！一個沒
有血色，沒有人性的女體，異味呢。不能知道她的感情，不能知道她
的生理構造，有著人的形態卻沒有人的氣質和氣味的一九三三年新的
性慾對象啊！」有研究者認為：「對新感覺派小說而言，形象背後彷彿
並沒有歷史的邏輯，形象也不體現歷史邏輯。」[75]由於這些女性人物在
小說中既無歷史又無個性，所以作家才能對這些生活荒淫、內心寂寞
的都市尤物給予類型化的形象描寫。儘管新感覺派小說也表現了這些
都市女郎的寂寞、疲憊：她們有著淡淡的眼光，疲倦的眼神，年輕的
外表和蒼老的心，然而，「現代城市文化的動力是提供一系列可變空洞
的形式，內容卻必然地被淡化抽空了」[76]，對都市感官的沈迷、偏於表
像化的形象描寫以及人物個性的缺失，使得一些現代情緒如孤獨、寂
寞等已成為了臉譜式的符號，它們並不指向人物內心。在穆時英的《夜》
中，整篇小說都縈繞著空虛和寂寞的情緒，「寂寞」一詞也在小說中出
現達六次之多，但這並不意味著對一種形而上的內心體驗的追問，而
只代表著對都市的一種流行情緒的把握。

　　女性身體作為符號也需要一些具有現代、時尚意味的物品來修
飾，如香煙、汽車等，這種身體修飾方法在新感覺派小說中有大量表
現。在小說《CRAVEN「A」》中，一個「Hot Baby」（熱女郎）因為酷
愛「CRAVEN『A』」牌的香煙，而直接就被人稱作「CRAVEN『A』」。
在新感覺派的許多小說中，「克來文」、「吉士」這些高檔的香煙成為交
際場所女性身份的一種標誌，同時也是她們重要的身體修飾方式：「光
潔的指尖中間夾著有殷紅的煙蒂的朱唇，從嘴裏慢慢地濾出蓮紫色的

---

[75] 韓毓海《從「紅玫瑰」到「紅旗」》，上海遠東出版社，1998 年版，第 76 頁。

[76] 唐小兵《英雄與凡人的時代：解讀 20 世紀》，上海文藝出版社，2001 年版，第 266 頁。

煙來，吹著一個個的圈，在自己眼前彌漫著，一面微笑地望著那些煙的圈……」（穆時英《駱駝‧‧尼采主義者與女人》）同樣，高級汽車也是都市女郎夢寐以求的身體修飾方式，如在《遊戲》（劉吶鷗）中，決定女主人公婚姻的就是一輛野遊車「飛撲」。在後期創作與新感覺派頗為接近的葉靈鳳筆下，女性身體甚至就直接幻化成了跑車：「她，像一輛1933型的新車，在五月橙色的空氣裏，瀝青的街道上，鰻一樣的在人叢中滑動著。」（《流行性感冒》）正是在諸如香煙、汽車之類的時尚物品的包裝下，都市女性身體作為都市生活的集中體現，盡顯其時尚、現代的特徵。

2、穆時英小說靈魂探險的擱淺

通常五四作家即使寫肉體的慾望，也時常會出現來自精神的控制和干擾，但在新感覺派作家筆下，五四時期困擾人們的靈肉二分觀被懸置起來，並呈現出對肉體感官沒有負罪感的迷戀，這種純粹的肉慾傾向主要體現在劉吶鷗《都市風景線》中的《遊戲》、《風景》、《禮儀和衛生》、《兩個時間的不感症者》等小說中。在劉吶鷗筆下，人是沒有理性和道德的，他們只受本能的驅使，肉體不需要用精神為其提供快樂的理由和合法性。

與劉吶歐小說只熱衷於表現掏空精神、耽溺於情慾遊戲的都市男女不同，穆時英的小說在表現都市慾望泛濫的同時，也表現了都市人內心的空虛和迷惘，從而使他的作品顯示出靈魂探險的傾向。他說：「當時的目的只是想表現一些從生活上跌下來的，一些沒落的 pierrot。在我們的社會裏，有被生活壓扁了的人，也有被生活擠出來的人，可是那些人並不一定，或是說，並不必然的要顯出反抗，悲憤，仇恨之類的臉來；他們可以在悲哀的臉上戴了快樂的面具的，每一個人，除非

他是毫無感覺的人，在心的深底裏都蘊藏著一種寂寞感，一種沒法排除的寂寞感。每一個人，都是部分的，或是全部的不能被人家瞭解的，而且是精神地隔絕了的。每個人都能感覺到這些。生活的苦味越是嘗得多，感覺越是靈敏的人，那種寂寞就越加深深地鑽到骨髓裏。」[77]這說明穆時英對都市人的生存狀態有著較深入的思考。在《PIERROT》中，穆時英描寫了一個名叫潘鶴齡的知識份子的各種各樣的人生「跌落」，無論是愛情、學問，還是革命，它們的神聖性都在這種「跌落」中被一一解構，這顯示了現代人孤獨和被愚弄的狀況。作為都市生活的失敗者，潘鶴齡式的人物不再會有生命的激情和動力，他們已成為現代都市中向生活投降的「PIERROT」（小丑）。

穆時英對都市愛與恨兼而有之，他也試圖表現都市人複雜的內心和人性的深層內涵，但在這樣一個符號化、表像化的都市文化氛圍中，他的這種表現很難進一步深入下去，正如有論者所指出的：「作為穆時英來說，他所走的路是從對都市的怨恨出發又重新回到原先的地方，他沒有把握甚至還沒有能力對都市的種種有更深入一些的開掘。」[78]所謂「深入的開掘」，對於穆時英來說，其實是一個如何由身體而觸及靈魂的問題，穆時英的小說無法觸及靈魂，他最多也只能表現都市人在靈魂與肉體間徘徊，並最終拋棄靈魂的這一身不由己的過程。

《駱駝·尼采主義者與女人》就描寫了一個崇拜靈魂的都市人如何捨棄沉重的靈魂而走向肉體的放縱的過程。這篇小說以「尼采」始，並以「尼采」終。小說開頭的一段引子來自尼采的《查拉圖斯特拉如是說》中的「論三種變形」，尼采論述的這三種變形是「精神變為駱駝」、

---

[77] 穆時英《〈公墓〉自序》，《穆時英小說全集》，時代文藝出版社，1998 年版，第 739-740 頁。

[78] 許道明《海派文學論》，復旦大學出版社，1999 年版，第 225 頁。

「駱駝變為獅子」、「獅子變為小孩」。「精神變為駱駝」是指人的精神總是尋求著沉重的東西來背負，猶如沙漠裏滿載重物的駱駝；「駱駝變為獅子」是指為了獲得創造新價值的權利，還必須首先獲得自由，因而駱駝還必須變為雄獅；「獅子變為小孩」是指真正的權利又必須是在擺脫一切價值標準的約束後如小孩一樣清白無辜才能真正獲得。這三種變形包含著尼采的「權利意志」、「重估一切價值」的哲學思想。穆時英在小說中只取了尼采所說的「第一種變形」，實際上是要對靈魂在物慾化都市的境遇作一個片段性的展示。

小說中的「他」是一個表面上崇拜靈魂的沉重實際上貪圖享樂的人，對此，小說象徵性地寫道：「他從右邊的袋子裏掏出一包皺縮的吉士牌來，拿手指在裏邊溜了一下，把空紙包放到嘴旁吹了一口氣，拍的打扁了，從左邊的袋子裏掏出一包臃腫的駱駝牌。」這說明，「他」更多的時候享用的是吉士牌（香煙），而不是駱駝牌（香煙）。前者作為一種經常出現在當時的都市小說中的高檔香煙品牌代表著輕鬆、享樂的時尚生活，而後者因為尼采把沉重的靈魂比作「駱駝」而受到小說主人公的虛假親睞，「駱駝」牌隨身攜帶卻很少享用說明「他」只是把對深刻與高貴的靈魂的追求作為一種妝點門面的形式，是為了滿足虛榮的心理需求。而且，作者把「他」對靈魂的崇拜變成了對一種「香煙」的崇拜，這也充滿著諷刺意味，說明即便同樣是「駱駝」，卻已經不是尼采筆下代表沉重的靈魂的「駱駝」了，而是變成輕飄的「駱駝」香煙了。所以，「他」不過是一個徒具其表的靈魂崇拜者。在小說中，「他」對感官愉悅的生活的癡迷輕鬆地拆穿了「他」看重靈魂的虛偽姿態：回力球場、舞場、賭場、郊外、酒吧、咖啡廳等娛樂場所到處都是主人公的身影，儘管在這些地方他都「嘘嘘地吹著沙色的駱駝」。

　　小說的第二節寫「他」在咖啡廳遇到了一個「繪著嘉寶型的眉，有著天鵝絨那麼溫柔的黑眼珠子，穿了白綢的襯衫，嫩黃的裙」的現代尤物「她」，「她」喝咖啡和抽煙的方式都表現出對「苦」的回避，顯然，「她」是一個典型的都市享樂主義者。當「他」被「她」的這些避苦趨樂的舉動激怒，告訴她「人生是駱駝牌，駱駝是靜默，忍耐，頑強的動物，你永遠看不見駱駝掉眼淚，駱駝永遠不會疲倦，駱駝永遠不歎一口氣，駱駝永遠邁著穩定的步趾……」後，這現代女子哪裡明白他在說些什麼，最後倒是這位女子調出的無數種美酒麻醉了他的神經，作為物慾符號的女子的性挑逗也終於成功，小說最後寫道：「他扔了沙色的駱駝，撲了過去，一面朦朦朧朧想：『也許尼采是陽萎症患者吧！』」[79]「他」在慾望面前，不得不丟盔棄甲、卸下偽裝，由此穆時英進一步揭示了這個都市靈魂崇拜者的虛偽性。韓毓海認為：「儘管新感覺派的物質主義立場並不意味著他們對於現實的無保留接受，但是他們對於現代生活的批評卻又是深深植根於對於物質世界的迷戀之上的。這種曖昧和矛盾的立場決定了他們是城市中不和諧的音符，他們有限的反叛不是使自己成為打碎和超越資本主義生活的英雄，而是盡力表現一種消極情緒，將自己裝扮成一個紈絝弟子，花花公子式的社會異端和敗類。」[80]這篇小說也正說明，在都市到處迷漫著慾望的氣息中，對靈魂的拋棄可以說是易如反掌。

　　總之，一方面，新感覺派小說對感官的描寫為人們展現了一個從未有過的繽紛世界。在這樣一個世界中，身體感官所觸及的各種表像本身就是目的，表像背後沒有本質，身體不再需要接受道德、文化、

---

[79]　這篇小說把尼采看成了一個鄙視肉體的哲學家，顯然是存在知識性的錯誤的。
[80]　韓毓海《從「紅玫瑰」到「紅旗」》，上海遠東出版社，1998 年版，第 80 頁。

革命的控制。同時，人的身體也不是獨立於都市的，而是和各種都市符號一道構成了都市風景，在這種都市符號系統內身體生成意義不需要靈魂作伴。另一方面，儘管新感覺派小說通過抓住女性身體的符號性而把握到了都市最本質的神韻，但如果作家只是表明他們的觀察和認同，卻毫無有距離的批判和審視，那麼，這樣一種都市書寫就仍然只能是缺乏力度的，當新感覺派小說只是表現出了他們對身體符號化這一現象的認同和描述時，這種身體表現就只能顯示為一種表像性的而非批判性的功能。

二、都市身體的時間和空間

從哲學的角度來看，時間和空間是形成人的感性經驗的一對基本分析範疇，它們為人組織自身的經驗提供了一種思維結構。但是，時間和空間作為體驗世界的基本方式並不是永恒不變的，而是隨著不同的文化形態而變化。下面我希望通過對新感覺派小說中的時間和空間意識的分析，來發現在他們這種時間和空間意識中的都市體驗。

1、都市身體的時間

晚清－五四以來居於主流的是以進化論為基礎形成的線性時間意識，中國的現代性觀念正是在這樣一種時間意識下形成的。卡林內斯庫指出：「只有在一種特定時間意識，即線性不可逆的、無法阻止地流逝的歷史性時間意識的框架中，現代性這個概念才能被構想出來。」[81]

---

[81] 〔美〕馬泰·卡林內斯庫著，顧愛彬、李瑞華譯《現代性的五幅面孔》，商務印書館，2003年版，第18頁。

中國現代文學也深受這種時間意識的影響，主要表現在作家往往使小說中人物的命運、情節的發展呈現為一種邏輯的、理性的指向，通過這種指向與主流歷史的合一來傳達對歷史必然性的認同，這樣一種時間意識多體現在茅盾、巴金等現實主義作家的作品中。

　　然而，這種線性的時間意識在新感覺派作家的筆下發生了巨大的改觀。二、三十年代出現的都市文化是一種迥異於傳統文化的現代文化，聲、色、光、電等現代技術的發展徹底改變了人們的生活方式，也改變了人們的生活節奏和速度，在這種情況下，人們對世界的經驗和感受也會發生相應的變化，而在這種新的經驗感受中必定包含著新的時間和空間意識。丹尼爾‧貝爾認為，在現代資本主義社會中，「時間和空間不再為現代人形成一個可以安然依賴的座標」[82]，所以，新感覺派小說在時空觀念上的改變，與現代都市的發展有著根本的關係。隨著傳統生活方式的改變及時空同一的生活狀態的消失，新感覺派小說力圖展現一種新的時空意識，他們在對一種速度化、機械化的都市生活節奏的表現中，把傳統時間的連續性打碎：時間不再由過去、現在、將來組成，作為歷史的過去消失了，未來即使有也是空間性而不是時間性的，因為「未來」是建立在對西方的想像的基礎上的。新感覺派小說中到處充斥著西方物質文明的符號，除了炫耀時尚身份的吉士牌、跑車、混合酒等進口物品以外，還有那些不斷在小說中出現的英文字母，這些都意味著：西方文明才是「新」的、刺激的，代表著都市未來的走向。過去的不在、未來的空間化，打斷了傳統的時間鏈，都市人似乎只擁有當下。然而，當下儘管充滿著一種向前衝的慣性，這種衝動卻是盲目的，是沒有歷史感和方向感的。我們不妨摘錄兩段文字：

---

[82] 〔美〕丹尼爾‧貝爾著，趙一凡、蒲隆、任曉晉譯《資本主義文化矛盾》，生活‧讀書‧新知三聯書店，1989 年版，第 168 頁。

「我們這代人是胃的奴隸，肢體的奴隸……都是叫生活壓扁了的人啊！」

「譬如我。我是在奢侈裏生活著的，脫離了爵士樂，狐步舞，混合酒，秋季的流行色，八氣缸的跑車，埃及煙……我便成了沒有靈魂的人。那麼深深地浸在疲倦裏，抓緊著生活，就在這奢侈裏，在生活裏我是疲倦了。——」

「是的，生活是機械地，用全速度向前衝刺著，我們究竟是有機體啊！……」

（穆時英《黑牡丹》）

高速度的戀愛哪！我愛著她，可是她對於我卻是個陌生人。我不明白她，她的思想，靈魂，趣味是我所不認識的東西。友誼的瞭解這基礎還沒造成，而戀愛已經憑空建築起來啦！

可是這戀愛的高度怎麼維持下去呢？用了這速度，是已經可以繞著地球三圈了。如果這高速度的戀愛失掉了它的速度，就是失掉了它的刺激性，那麼生存在刺激上面的蓉子不是要拋棄它了嗎？

（穆時英《被當作消遣品的男子》）

　　在時間可以與金錢畫等號的現代社會，快節奏、高效率是社會物質生產的基本要求，劉吶鷗說：「現代生活是時時刻刻在速度著」，現代人的精神「是饑餓著速度、行動、戰慄和衝動的」。[83]與生活的快節

---

[83] 劉吶鷗《電影節奏論》，轉引自李今《海派小說與現代都市文化》，安徽教育出版社，2000年版，170頁。

奏相適應，都市人的戀愛也追求速度和超前意識：「開著一九三二的新別克，卻一個心兒想一九八〇的戀愛方式。」（《上海的狐步舞》）「新」和「速度」構成了都市人的時間意識，但它也給都市人帶來了困惑和無奈，並形成了都市人的生存困境，對此，穆時英在他小說的一篇序中說：「人生是急行列車，而人並不是舒適地坐在車上眺望風景的假期旅客，卻是被強迫著去跟在車後，拼命地追趕列車的職業旅行者。以一個有機的人和一座無機的蒸汽機關車競走，總有一天會跑得精疲力竭而頹然倒斃在路上的吧！」[84]也就是說，資本主義的時間觀念把有機體的生命變成了無機體的機器，這也就是現代社會中人的「物化」現象。現代都市人的生命是倉惶而沒有重量的，他們唯新是從，拼命追逐著新的物質時尚，並以此來填補心靈的空虛，他們來不及駐足品味，似乎永遠都是被追趕的亡命天涯的奔逃者。

　　在都市生活中，作為效率衡量單位的鐘錶時間也成為人們日常生活得以正常運行的保障，準確到分、秒的鐘錶時間程式化了都市人的一舉一動。在穆時英的《白金的女體塑像》和劉吶鷗的《方程式》等小說中，都市職業男性每天嚴格按照鐘錶時間吃飯、睡覺、上班，而這種程式化的生活正是他們成功的基本保障。在《方程式》中，密斯脫 Y 堅持過一種單一而重複的生活，「這裏面有著什麼秘密，我們絲毫無從知道。但他的事業的進展確是在他這簡單的生活中造出來的。意志力？規則性？正確？簡潔？速度？我們猜不大出。」規則製造成功，這其實就是都市的「秘密」。更為離奇的是，連感情也可以程式化，在穆時英的《被當作消遣品的男子》中，大學生「我」的生活程式是：「洗

---

[84]　穆時英《〈白金的女體塑像〉自序》，《穆時英小說全集》，時代文藝出版社，1998年版，第 741 頁。

澡，運動，讀書，睡覺，吃飯再加上了去看她，便構成了我的生活，
——生活是不能隨便改變的。」而在劉吶鷗的《禮儀和衛生》中，啟
明認為性交易也應該是簡捷、明瞭的，那種「好像故意拿許多朦朧的
人情和儀式來塗上了她們的職業」的妓女，只會使他「空費了許多無
用的套話和感情」。

　　都市生活的機械呆板、不能隨意改變的特性，使得都市中的身體
充滿惰性和依賴。在《方程式》中，密斯脫 Y 半年前失掉了太太，其
直接後果是食桌上少了一盆青菜 Salade，「因為食桌上少了一盆青菜
Salade 的關係，他的日常的行動竟大起了混亂」。密斯脫 Y 為瞭解決「頭
昏，便秘，腹痛，寒熱，食慾減退，睡眠不足」的問題，必須找個妻
子，妻子的功能對於密斯脫 Y 來說，是通過恢復他餐桌上的青菜
Salade，從而恢復他的生活秩序。姑母為他介紹了三位小姐供他選擇：
密斯 A、密斯 W、密斯 S，然而，是誰倒無關緊要，對密斯脫 Y 來說，
只要「能夠在兩天之內跟我結婚的我就娶她」，找個愛人就如解一道數
學方程式一樣毫無感情色彩。

　　與空間作用於人的外部世界不同，時間作用於人的內部世界，也
只有這樣一種與人的主體意識發生關係的時間對於人來說才是有意義
的。都市人口口聲聲都是時間，然而，由於放棄了人的主體性，時間
不是內在於人的，而是成了毫無感情色彩的尺規，這樣，時間的意義
就只是外在於人的，並可以構成對人的控制。這種情形可以在視戀愛
為遊戲的都市女郎身上找到：「我是不會愛一個男子的。如果是第一次
碰到你，你對我說：『我愛你呢！』我就說：『還是剛認識呢，讓我過
幾天再愛你吧。』如果是一個月的交情，你對我說：『我愛你呢！』我
就說：『我是不會再愛你了的。』如果是一年的交情，你對我說：『我
愛你呢！』我就說：『我不認識你。』」（《CRAVEN「A」》）同樣，在《兩

個時間的不感症者》中，女主人公說：「我還未曾跟一個 gentleman 一塊兒過過三個鐘頭以上呢。」表面上看，時間似乎非常重要，是時間決定了這些都市女郎的戀愛態度和情感尺度，但實際上，時間自始至終是與主體情感相分離的，這恰恰是對時間的拋棄。都市人正是以這種看似對時間的重視的方式嘲諷並消解了時間對於人的終極意義。

《夜總會裏的五個人》（穆時英）是一篇非常典型的反映都市人的時間意識的小說。小說第一節「五個從生活裏跌下來的人」，展示了在同一時間（一九三二年四月六日星期六下午）五個生活在不同空間中的人的狀況：交易所裏的金子大王胡均益眼看著標金以一小時一百基羅米突的速度下跌，卻無能為力，五分鐘僥倖的等待等來的是八十萬的家產頃刻化為烏有；校園裏焦急地等待戀人的鄭萍，想著「把一個鐘頭分為六十分鐘，一分鐘分為六十秒，那種分法是不正確的。要不然，為什麼我只等了一點半鐘，就覺得胡髭又在長起來了呢？」鄭萍等來的卻是戀人的拋棄；霞飛路上的交際花黃黛茜，聽著路人對她的議論「女人是過不得五年的」，覺得有條蛇咬住了她的心；在市政府裏循規蹈矩幹了五年的繆宗旦，第一次接到市長的手書，卻是封撤職書。小說寫到繆宗旦這個人物時時間變成了「一九×年──星期六下午」，這裏作者通過把年的時間虛化、星期六這一關鍵時間不變的方式，強調的是在都市生活中「星期六」的普遍性和重要性。這四個人的人生不幸似乎都與時間相關，對他們來說，時間意味著變化，意味著稍縱即逝，他們無法控制自己的命運是因為他們首先無法控制時間，因為時間在每個人的內在世界之外，所以他們永遠都只能生活在外在時間的牢籠中。除了這四個人外，還有一個人是有著一雙「解剖刀式的眼睛」的學者季潔，作者沒有直接寫他與時間的關係，他彷彿能置身於時間的控制之外，但形而上的困惑卻更深地糾纏著他：「你是什麼？我

是什麼？什麼是你？什麼是我？」而這種存在主義的困惑如海德格爾所說，最終又是與時間相關的。

第二節「星期六晚上」，是對整個城市星期六的夜生活的描寫：瘋狂、放縱、刺激，在這樣感官享樂的氣氛中，人們全然沒有了時間意識，歷史、現實也全部消失了。

第三節「五個快樂的人」：第一節中有著不同痛苦的五個人同時來到了一家夜總會，在這樣一個時間停滯的空間裏，上演著一幕幕鬧劇。夜總會裏哭聲和笑聲相交織，瘋狂的節奏和舞蹈就像人們內心無法自製的情緒一樣。儘管夜總會熱鬧異常，但它驅逐不了人們內心的寂寞和痛苦，好像「深夜在森林裏，沒一點火，沒一個人，想找些東西來倚靠，那麼的又害怕又寂寞的心情侵襲著他們。」舞會還剩下二十分鐘的時候，小說以相同的句式「時間的足音在××的心上悉悉地響著，每一秒鐘像一隻螞蟻似的打她的心臟上面爬過去，一隻一隻的，那麼快的，卻又那麼多，沒結沒完的——」排比著每個人的心思。將要結束的舞會暗示著這一時間的停滯將馬上結束。當夜總會結束後，舞場變成了間凌亂的、寂寞的空屋子，人們像一隻只爆了的氣球，每個人更感受到熱鬧後的空虛和寂寞。他們馬上都要面對時間中將要繼續的事件：破產、失戀、衰老、失業……。最後，胡均益開槍自殺，他實際上是通過讓時間徹底停止的方式真正做了一次時間的主人。

第四節「四個送殯的人」：活著的人對胡均益的「死」充滿著向往。

這篇小說實際上表達了都市人悲觀的時間意識。盡情享受當下儘管是他們逃避時間構成的壓力的主要方式，然而，結果卻是「逃不了的！逃不了的！」

新感覺派小說這種在時間觀上的消極虛無的態度，還體現在小說的表現形式上：不追求小說的情節和人物性格發展的完整性，「斷片式

的情節」(在《上海的狐步舞》這篇小說的題目後就注明是「一個斷片」)
使時間只是呈現為一種零碎、平面的狀態,所以讀者無法獲得整體和
縱深的時間感,小說形式上的零碎性和斷裂性實際上象徵了都市文化
沒有中心的碎片式的文化特徵。

2、都市身體的空間

　　與時間觀上的消極狀態相對立,新感覺派小說在空間觀上表現出
積極的姿態。以大都市花樣繁多的公共娛樂場所如電影院、跑馬場、
舞廳、酒店、夜總會、街道等為媒介和表現手段,新感覺派小說通過
各種空間場景的更替與並置展現了一個聲色光電、華燈異彩的感官和
慾望的世界,這種空間場景的分呈和疊加也把都市人感官世界的擁擠
感、目不暇接感體現出來。這種明顯的空間化的小說結構形式,直接
來自於電影藝術的影響,對此,李今有專題的研究,她認為,由於三
十年代電影的內容特徵和技術特性,對新感覺派小說的創作產生了重要
影響,因此,用一些電影藝術的特徵來概括新感覺派小說也很恰當。[85]電
影手法的運用不僅構成了新感覺派小說的形式特徵,而且也暗合了新
感覺派小說作家的都市時空觀念,正如有研究者所說:「攝影機打碎了
時間的前後連貫性,打斷了一個故事的時間流,使人把注意力集中在
一個『同時』或靜止的時間領域內各種關係的相互作用上;於是對現
代性來說一個新的現象是:時間停滯了,攝影機造成的是『形式上的
空間化』效果。」[86]

---

[85] 李今《海派小說與現代都市文化》,安徽教育出版社,2000 年版,第 158-173 頁。
[86] 韓毓海《從「紅玫瑰」到「紅旗」》,上海遠東出版社,1998 年版,第 67 頁

穆時英的小說《上海的狐步舞》，以「天堂」和「地域」兩大比喻性的空間的對立統領整篇小說，通過對具體的「天堂」和「地域」的空間不斷輪迴、交錯地展開，表現了都市中貧富兩大階級的對立。在具體的空間表現上，作者充分運用了現代派的語言方式與電影的組接技法：

> 蔚藍的黃昏籠罩著全場，一隻 saxophone 正伸長了脖子，張著大嘴，嗚嗚地衝著他們嚷。當中那片光滑的地板上，飄動的裙子，飄動的袍角，精緻的鞋跟，鞋跟、鞋跟、鞋跟、鞋跟。蓬鬆的頭髮和男子的臉、男子的襯衫的白領和女子的笑臉。伸著的胳膊，翡翠墜子拖到肩上。整齊的圓桌子的隊伍，椅子卻是零亂的。暗角上站著白衣侍者。酒味，香水味，火腿蛋的氣味，煙味……獨身者坐在角隅裏拿黑咖啡刺激著自家兒的神經。

> （穆時英《上海的狐步舞》）

正如採取攝影的組接方式撿拾起的是無數影像的碎片一樣，這裏由文字連綴起來的則是感覺的碎片，「作者努力捕捉的是事物的各種破碎的感覺印象，嗅覺、味覺、觸覺、視覺等感官的過分發達，現實世界只是這些破碎的，瞬間的感觀反射，這些感覺無法結合為一種對於事物和世界的整體認識，我們看到的只是人物的手、臉、腿，甚至主觀和客觀、幻覺和真實的界線也消失了。」[87]也就是說，作者呈現給我們的是一個非理性的世界，我們無法由此獲得完整的意義。

在新感覺派小說中，都市人的身體儘管擁有許許多多的都市空間，但卻無法獲得一種總體的、協調的對於世界的感受。從對都市批

---

[87] 曠新年《1928：革命文學》，山東教育出版社，1998 年版，第 307 頁。

判的力度和深度來講，新感覺派小說的寫作方式本身就規定了它的限度：它注重的是活靈活現的都市展現，並力圖使這種展現方式與都市的氣質融洽無間。正如有論者所說：「資本主義城市打開了人的感覺世界，它也通過僅僅訴諸感覺的方式，看起來是成功地避免了對它可能產生的批判。因為感覺的世界是這樣的世界：時間以『平行』、『共時』的方式取消了先後秩序，空間則以直接呈現的方式訴諸感官，這樣的時空是一個沒有秩序和距離的時空，而在沒有秩序和距離感的時空裏，『思考』其實是不可能進行的。」[88]新感覺小說這種投入式的而不是帶著有距離的眼光去審視的寫作方式體現了新感覺派作家作為新興都市的見證者的特有心態。

值得一提的是，新感覺派小說的這種時間退出、空間凸顯的時空意識在女性身體的描寫上也有表現。在《CRAVEN「A」》中，小說一開始就用了大量的篇幅描寫被稱為「CRAVEN『A』」的都市女郎的身體形象，作者把她的身體看作是一幅空間展開的地圖，「人的臉是地圖；研究了地圖上的地形山脈，河流，氣候，雨量，對於那地方的民俗習慣思想特性是馬上可以瞭解的。」從她的臉部到上身再到下身，作者極盡想像，並用豐富的地理景觀語言來描述女性的身體形象和特徵，這些描述和想像儘管一些描寫具有濃厚的色情意味，但借助於象徵性意象的掩飾並不顯得低俗和過分。在劉吶鷗的《禮儀與衛生》中也同樣出現了這種身體風景化的描寫，女性身體被描寫成山崗、山腰、叢林、溪流等。女性身體描寫的空間形式化，一定程度上說明瞭作者關注的是身體的平面意義，也正是在這一層面上，身體描寫在時間向度上的精神內涵就被取消了。

---

[88] 韓毓海《從「紅玫瑰」到「紅旗」》，上海遠東出版社，1998 年版，第 72 頁。

第三節　張愛玲：都市日常性中的身體還原

一、日常性：歷史和生命虛無感下的身體實在

在晚清—五四以來的主流話語中，對身體的言說表現出兩種傾向：一是不斷地被意識形態化，二是被「性」化。一方面，在與政治、文化的千絲萬縷的聯繫中，我們往往從身體中讀出的是國家、民族、革命、解放等宏大主題，身體最終變成了一個遠離自身的喻指符號。另一方面，真實的身體往往又僅是以「性」的面目出現的，無論是在反傳統倫理的意義上，還是在階級革命的意義上，抑或是在都市慾望的語境中，「性」的身體都是人們進行言說的工具，而這種「性」的身體所具有的先鋒性和顛覆性也使它遠離了日常。因此，對身體最為基本的日常狀態的忽視造成了日常性的身體在整個歷史和文學表達中的缺席，而以張愛玲為代表的現代都市文學作家的出現彌補了這一空缺。下面我將就張愛玲日常性身體寫作的文體意義及其背後的精神動機作一些具體的分析和探討。

1、張愛玲與「身體在場」的日常性寫作

在張愛玲所表達的都市經驗中，顯示出一種與「意識形態化的身體」與「性化的身體」完全不同的身體書寫：日常性的身體。這種「日常性的身體」指的是人們在最普通、瑣碎的現世生活中的身體行為、身體感受以及物質慾望。有研究者曾指出，普通的「日常」之所以能成為作家關注的對象，是因為新的「問題背景」讓「日常」獲得了與傳統的「日常」不一樣的意義和價值：「『日常生活』同『現代城市』一樣，是現代性的標誌。這並不是說前現代的社會形態裏，便沒有日

常生活，芸芸眾生便不生老病死、飲食男女；恰恰相反，正是在現代
平民社會裏，柴米油鹽、家長裏短的『過日子』本身才正式成為一個
意義範疇和思辨對象。如果說前現代，尤其是農業手工業式的社會裏，
人們的日常生活被賦予神聖性或者濃厚的象徵意義，亦即直接的感官
生活被不斷地轉譯成某種超驗的意義和目的，那麼現代城市文化則正
是肯定日常生活的世俗性和不可減縮。日常生活，以至人生的分分秒
秒，都應該而且必須成為現代人自我定義自我認識的一部分，如果不
是全部的話。」[89]可以說，三、四十年代的許多作家就是力圖還原身體
的真實狀態，即讓「身體」回到「身體」。

　　在張愛玲的諸多表述中，貫穿著一個基本思想，就是對於文學創
作而言，生命的真實感是第一位的，而這種生命的真實感確切地說就
是身體的真實感。張愛玲對真實的寫作狀態的強調，針對的是五四以
來誇張濫情的新文藝腔，以及一些主題先行的寫作模式和套路，她說：
「好人愛聽壞人的故事，壞人可不愛聽好人的故事。因此我寫的故事
裏沒有一個主角是個『完人』。只有一個女孩子可以說是合乎理想的，
善良、慈悲、正大，但是，如果她不是長得美的話，只怕她有三分討
人厭。美雖美，也許讀者們還是要向她叱道：回到童話裏去！在《白
雪公主》與《玻璃鞋》裏，她有她的地盤。」[90]在對人物的塑造和刻畫
中，張愛玲丟掉了那些英雄主義的烏托邦的幻想，而給予不完美的普
通人生以一席之地。這樣一種不粉飾、不矯情、不作偽的寫作立場與
魯迅有驚人的相似：「仰慕往古的，回往古去罷！想出世的，快出世罷！

[89] 唐小兵《漫話「現代性」：〈我看鴛鴦蝴蝶派〉》，《英雄與凡人的時代：解讀 20
世紀》，上海文藝出版社，2001 年版，第 267 頁。
[90] 張愛玲《到底是上海人》，《張愛玲典藏全集》第 3 卷，哈爾濱出版社，2003 年
版，第 36 頁。

想上天的，快上天罷！靈魂要離開肉體的，趕快離開罷！現在的地上，應該是執著現在，執著地上的人們居住的。」[91]張愛玲、魯迅都強調一種身體在場的寫作，正是這樣一種現實主義的寫作立場決定了他們對身體感的看重。如果說魯迅的身體言說主要表現為一種倚重於身體的思想表達方式，[92]那麼，張愛玲則把身體鋪展成為日常的物質細節，對小市民的點滴生活情趣的津津樂道、對私人化的生活空間的描摹成為她對展現日常身體的基本方式，這些特徵都意味著張愛玲使身體從各種觀念和想像的世界回到了地面。

　　肯定人的現世生活，使日常身體獲得自足的意義，就不會形成精神壓制身體或精神超越於身體的狀況，而五四知識份子對「靈肉和諧」的強調實際上包含著一個潛臺詞——靈與肉是相互衝突的。張愛玲沒有這種靈肉對立的劃分，她不贊成善惡對立、新舊對立、靈肉對立，她說：「對於我，精神上與物質上的善，向來是打成一片的，不是像一般青年所想的那樣靈肉對立，時時要起衝突，需要痛苦的犧牲。」[93] 以這樣一種身心一體的觀念來看文化中的種種身體現象，張愛玲的見解就非同凡響：「以美好身體取悅於人，是世界上最古老的職業，也是極普遍的婦女職業，為了謀生而結婚的女人全可以歸在這一項下。這也無庸諱言——有美的身體，以身體悅人；有美的思想，以思想悅人，其實也沒有多大分別。」[94]張愛玲從性別的角度，大膽否認了精神對身

---

[91] 魯迅《華蓋集・雜感》，《魯迅全集》第 3 卷，人民文學出版社，1981 年版，第 49 頁。

[92] 見郜元寶《從捨身到身受——略談魯迅著作的身體語言》，《魯迅研究月刊》2004 年第 4 期。

[93] 張愛玲《私語》，《張愛玲典藏全集》第 3 卷，哈爾濱出版社，2003 年版，第 108 頁。

[94] 張愛玲《談女人》，《張愛玲典藏全集》第 3 卷，哈爾濱出版社，2003 年版，第 67 頁。

體的優勢，她筆下的女性如曹七巧、白流蘇、葛薇龍等都是「以身體悅人」的女性，相對於五四女作家筆下那些追求「以思想悅人」的女性，她們並沒有超越自身局限的精神動力，往往是生存的緊迫性擠毀了理想的虛幻性。因此，張愛玲從不在物質與精神之間分出高下，也從不流露出五四式的對聖潔的精神之戀的渴求，相反，張愛玲解構著那些精神烏托邦的神話，在小說《五四遺事》中，自由婚姻的追求最終仍然戲劇性地落入了三妻四妾的封建婚姻形式之中，這顯然是對五四自由戀愛神話的解構。而在《色‧戒》中，張愛玲通過對一個女革命間諜在關鍵時刻因為個人情感的原因而對一次革命行動產生了猶疑並最終放棄的書寫，表達了對革命嚴正性的嘲弄。這樣一些作品都說明瞭張愛玲的身體立場：與精神的相對穩定相對，身體帶有更多的偶然性，而往往身體感才是人們行動的依據和出發點。

　　因此，正是以對身體感的確認為前提，張愛玲展開了她對都市市民生活的書寫。與新感覺派都市小說對充滿著異域色彩的都市景觀的獵取及其在都市文化批判上的力不從心迥異的是，「張愛玲放逐了都市景觀的描繪和敘述上的平面化，通過她的人物力圖追求『觀念』和情感經驗上的深度，從而獲得了批判性的價值」[95]。張愛玲的這種都市書寫深度是通過對處於新舊交替時代的市民生活的深切關懷而獲得的，也正是因為容納了日常性的市民生活的因素，所以才顯示出了她與五四以來的各種不同的文學創作的差異。在《創世紀》、《連環套》、《桂花蒸——阿小悲秋》、《小艾》等小說中，張愛玲都是由日常生活的衣食住行來詮釋人物。不過，由於這種寫作方式也出現在同時代的予且、蘇青等作家的筆下，再者，「鴛蝴派」小說顯然也是以市民生活為主要

---

[95] 許道明《海派文學論》，復旦大學出版社，1999 年版，第 120-121 頁。

寫作對象的，因而探討張愛玲對身體的日常性還原的特殊性，並挖掘她這種日常性書寫背後的精神動機對於理解張愛玲的日常身體寫作以及這種寫作在特定歷史語境下的意義就非常重要。

2、虛無主義人生觀與日常性身體寫作

「日常性身體」顯然是與人生最基本的生存需要和生存感受相關聯的。張愛玲表示，她要「從柴米油鹽、肥皂、水與太陽之中去找尋實際的人生」[96]，這「實際的人生」在張愛玲的散文中主要表現為日常感官的愉悅。她喜歡聲音，如「市聲」：「我喜歡聽市聲。比我較有詩意的人在枕上聽松濤，聽海嘯，我是非得聽見電車響才睡得著覺的。」[97]她喜歡塵世的各種顏色：「顏色這樣東西，只有沒顏落色的時候是淒慘的；但凡讓人注意到，總是可喜的，使這世界顯得更真實。」[98]她也喜歡塵世的各種氣味：「別人不喜歡的有許多氣味我都喜歡，霧的輕微的黴氣，雨打濕的灰塵，蔥蒜，廉價的香水。……牛奶燒糊了，火柴燒黑了，那焦香我聞見了就覺得餓。」[99]這些訴諸於人的聽覺、視覺、嗅覺的豐富的日常生活感受，是營造張愛玲作品豐富的感官氣息的重要資源。而在她的小說中，張愛玲對日常生活的飲食穿衣、生活場景和器物家具等瑣碎的生活點滴也有著不厭其煩地鋪敘，「她把構成故事

---

[96] 張愛玲《比也正名乎》，《張愛玲典藏全集》第 4 卷，哈爾濱出版社，2003 年版，第 13 頁。

[97] 張愛玲《公寓生活記趣》，《張愛玲典藏全集》第 4 卷，哈爾濱出版社，2003 年版，第 2 頁。

[98] 張愛玲《談音樂》，《張愛玲典藏全集》第 3 卷，哈爾濱出版社，2003 年版，第 140 頁。

[99] 張愛玲《談音樂》，《張愛玲典藏全集》第 3 卷，哈爾濱出版社，2003 年版，第 141 頁

高潮的事件敲散為千百個點與線似的日常生活細節」[100]。張愛玲敏銳
而細膩的感受力，透過這樣一些富於感官色彩的生活細節鋪展開來，
實際上，這樣一種文體特徵也正是她創作成功的一個重要原因。

　　張愛玲對日常生活細節的極力鋪展和描摹是一種自覺的文體意識
的體現，但文體意識的自覺並不是單純寫作技術層面的問題，也是涉
及到作家的人生觀念層面的問題，這也就是「文體哲學」。張愛玲對日
常細節的熱愛深受中國古典白話小說「文體哲學」的影響，她說：「就
因為對一切都懷疑，中國文學裏彌漫著大的悲哀。只有在物質的細節
上，它得到歡娛——因此《金瓶梅》、《紅樓夢》仔仔細細開出整桌的
功能表，毫無倦意，不為什麼，就因為喜歡——細節往往是和美暢快，
引人入勝的，而主題永遠悲觀。一切對於人生的籠統的觀察都指向虛
無。」[101]正是中國古典白話小說的寫作方式所蘊含的人生哲學啟發了
張愛玲，張愛玲徹底的虛無主義的人生立場，以及她尋求解救自己的
方式就體現在這一文體意識上。在她看來，這種由日常生活細節描寫
所體現出來的悲喜交織的情緒是人生的總體情緒，因而，「小處喜悅、
大處悲哀」就成為張愛玲文學創作的基本精神取向。王安憶說：「張愛
玲在領略虛無的人生的同時，她又是富於感官，享樂主義的，這便解
救了她。」[102]張愛玲追求的感官享樂當然不同於海派小說中那種物質
慾望極度膨脹的都市享樂主義，她所追求的感官享樂是通過對實在而
普通的市民生活的物質細節的書寫獲得的。

[100] 蔡美麗《以庸俗反當代——讀張愛玲雜想》，子通、亦清主編《張愛玲評說六十
　　年》，中國華僑出版社，2001 年版，第 321 頁。
[101] 張愛玲《中國人的宗教》，《張愛玲典藏全集》第 4 卷，哈爾濱出版社，2003 年
　　版，第 65 頁。
[102] 王安憶《世俗的張愛玲》，子通、亦清主編《張愛玲評說六十年》，中國華僑出
　　版社，2001 年版，第 388 頁。

　　周蕾、孟悅等學者對張愛玲小說的細節描寫所具有的意義都曾有過論述。孟悅認為：「新文學寫作面臨的一個迫切問題，那就是，如何把當時中國那種新舊雜成，『不新不舊』的生活形態和語言形態轉化為一種新的文學想像力。」但是，「五四『現代觀』和『表現觀』促生了一個新文學，同時也限制了新文學的視野。」「它只是簡單地宣佈『現代』在中國人的生活、文化和表述方式中的『缺席』。」[103]張愛玲小說恰恰填補了了這樣一個空白的空間。通過小說實踐，張愛玲創造了一套「張體」敘事學，包括「參差對照」法、「凡人」中心模式、「犯沖」筆調、「反高潮」書寫、悲憫蒼涼的美學風格等，而以突出的身體感為特徵的生活細節描寫正是構建她這樣一套寫作方式的基本血肉。

　　對張愛玲來說，由於生命的虛無感早在她的意識之中，所以她對瑣碎的世俗人生的描寫並不是為了獲得一種否定和批判的立場，也不是為了使這些平庸的人生獲得一種意義的提升。她之所以在作品中專注於瑣碎的日常生活，實際上是求助於世俗人生，把那些虛無幻滅的人生徹悟推到遠遠的後臺和佈景上去，即通過世俗人生來排遣生命的虛無。正是因為如此，所以，張愛玲始終以一雙看透世事的眼睛來描寫日常生活，她癡迷於生活細節的描述，但呈現出來的卻不是家長裏短的閒言碎語。由此，張愛玲的作品似乎統一著悖論的兩個方面，一方面是對市民瑣碎的日常生活的傾情的投入，另一方面，是對那種種「不徹底的人生」所包含的蒼涼與悲哀、荒誕與無奈的揭示。這就決定了她和她筆下市民人生的距離。正是因為她自己是不能接受這樣麻

[103] 孟悅《中國文學「現代性」與張愛玲》，王曉明主編《批評空間的開創》，東方出版中心，1998年版，第337頁。

木和由著性子往下墜的世俗人生的，所以她才會說：「在沒有人與人交接的場合，我充滿了生命的歡悅。」[104]

　　正是因為「投入」和「距離」這兩種姿態的相互支撐，張愛玲對小市民的小奸小壞、道德的不完整才會充滿寬容和同情，她說：「極端病態與極端覺悟的人究竟不多。時代這麼沉重，不那麼容易就大徹大悟。這些年來，人類到底也這麼生活了下來，可見瘋狂是瘋狂，還是有分寸的。所以我的小說裏，除了《金鎖記》裏的曹七巧，全是些不徹底的人物。他們不是英雄，他們可是這時代的廣大的負荷者。因為他們雖然不徹底，但究竟是認真的。他們沒有悲壯，只有悲涼。悲涼是一種完成，而蒼涼則是一種啟示。」[105]張愛玲追求對人生的真實觀照，她表現的不是斬釘截鐵的英雄主義人物，而是為時代主流所不屑的凡夫俗子們，並且，這些人不高貴甚至是苟且的生活才是張愛玲感興趣的地方。夏志清說：「張愛玲並不標榜什麼主義，可是這並不是說她的道德觀念較那些教條派作家為弱。她深深知道人總是人，一切虛張聲勢的姿態總歸無用。」[106]因此，把那個經過各種話語修飾過的「人」還原成一個具體的日常生活中的「人」，是張愛玲文學創作所努力的方向。

　　張愛玲對日常生活的投入和有距離的審視是相互依託的，從這一角度來研究張愛玲的作品，我們就會發現她不同於其他作家的特殊性來。比如，張愛玲的那些描寫生活趣味的文字，初讀起來非常近似於周作人的那些「生活藝術化」的美文，如她寫道：「看不到田園裏的茄子，到菜場上去看看也好──那麼複雜的，油潤的紫色；新綠的豌豆，

---

[104] 張愛玲《天才夢》，《張愛玲典藏全集》第 4 卷，哈爾濱出版社，2003 年版，第 64 頁。

[105] 張愛玲《自己的文章》，《張愛玲典藏全集》第 3 卷，哈爾濱出版社，2003 年版，第 15 頁。

[106] 夏志清《中國現代小說史》，復旦大學出版社，2005 年版，第 272 頁。

熟豔的辣椒，金黃的麵筋，像太陽裏的肥皂泡。把菠菜洗過了，倒在油鍋裏，每每有一兩片碎葉子粘在篾簍底下，抖也抖不下來；迎著亮，翠生生的枝葉在竹片編成的方格子上招展著，使人聯想到籬上的扁豆花。」[107]但是，如果把這種描寫放在張愛玲的整個創作中，並進一步把這種生活趣味與周作人的生活趣味進行比較，我們就會發現，張愛玲的生活趣味不同於文人墨客式的「審美的觀照」，也不同於純粹知識份子式的閒情雅致，「張愛玲的『生活的藝術』是更世俗化也更自然的，沒有林語堂遊戲人生的名士氣，也沒有周作人不食人間煙火的『沖淡』。中國文人士大夫生活藝術的背後總是襯著『不為無益之事，何以遣有涯之生』的潛臺詞，張愛玲不矯情，不撇清，她對生活情趣的捕捉更有一種清新的氣息。」[108]可以說，張愛玲對生活趣味的描寫是建立在對世俗人生認同的基礎上的，而周作人對生活趣味的描寫則是希望通過審美的方式對世俗人生予以提升。進一步說，張愛玲的精神屬於民間，出自於日常生活內部，她說：「每一次看到『小市民』的字樣我就局促地想到自己，彷彿胸前配著這樣的紅綢字條。」[109]而周作人的精神則是屬於傳統文人的，是從外部俯視日常生活。因此，他們對日常生活的描寫，雖然有著相同的表像，但其心態和出發點卻是完全不同的。同時，從性別的角度來看，在張愛玲對日常生活的津津樂道中，女性對日常生活的自然親近感以及充滿感性的思維方式和情感表達方式，都使張愛玲的日常性與男性知識份子的「生活趣味」有很大的不同。

---

[107] 張愛玲《公寓生活記趣》，《張愛玲典藏全集》第 4 卷，哈爾濱出版社，2003 年版，第 5 頁。

[108] 余斌《論〈流言〉》，王曉明主編《二十世紀中國文學史論》（三卷），東方出版中心，1997 年版，第二卷，第 465 頁。

[109] 張愛玲《童言無忌》，《張愛玲典藏全集》第 3 卷，哈爾濱出版社，2003 年版，第 3 頁。

　　承認日常身體的優先性，並不是要把人性簡單還原成動物性。一方面，張愛玲認定飲食男女才是「人生的素樸的底子」[110]，具有永恒的意味，另一方面，她也說過，「我們已經文明到這一步，再想退保獸的健康是不可能的了。」[111]「人類的文明努力要想跳出單純的獸性生活的圈子，幾千年來的努力竟是枉費精神麼？……原始人天真雖天真，究竟不是一個充分的『人』。」[112]在理解人性的素樸的生存本能的前提下，人性不同於動物性的「高一等的理解力」也被張愛玲所重視，這「高一等的理解力」並不就是能斷然地對人生有或肯定或否定的判斷，也並不就是有了這一層對人生的理解就一定能夠擺脫本能的誘惑、跳出人生的種種圈套和無奈。在張愛玲的小說中，表現出的實際情況往往是：飲食男女是人類永遠不可擺脫的生存基礎，普通人為了求得自身的生存，有時不得不放棄作為人的高貴，然而正是這種融悲於喜、融放棄於執著、融混沌於清晰之中的人生才是真真切切的人生。

　　如果說張愛玲筆下所描寫的都是些不徹底的人生，那麼同樣，張愛玲悲觀、虛無的人生哲學也是不徹底的，因為她一方面堅信人生沒有圓滿，並不斷提醒自己所謂「終極」的荒謬性，但另一方面，她在潛意識裏又不能抗拒對永恒和意義的渴望。這一悖論在她的作品中會不經意地流露出來，《傾城之戀》中花花公子范柳原在斷牆殘壁下對流蘇說的那段地老天荒的話，儘管並不符合人物的性格特徵，但卻是張愛玲借人物之口對虛無的一種不經意的反抗。

---

[110] 張愛玲《自己的文章》，《張愛玲典藏全集》第 3 卷，哈爾濱出版社，2003 年版，第 16 頁。

[111] 張愛玲《我看蘇青》，《張愛玲典藏全集》第 4 卷，哈爾濱出版社，2003 年版，第 124 頁。

[112] 張愛玲《燼餘錄》，《張愛玲典藏全集》第 3 卷，哈爾濱出版社，2003 年版，第 32-33 頁。

3、個人主義歷史觀與日常性身體寫作

如果說虛無主義的人生觀是張愛玲看重日常性書寫的思想底色，那麼與這種人生觀緊密相連的就是她的個人主義的歷史意識，這種歷史意識是和她的人生哲學互為表裏的。張愛玲說：「個人即使等得及，時代是倉促的，已經在破壞中，還有更大的破壞要來。有一天，我們的文明，不論是昇華還是浮華，都要成為過去。如果我最常用的字是『荒涼』，那是因為思想背景裏有這惘惘的威脅。」[113]時代的動蕩帶給個人的常常是虛無和幻滅，對生活在那樣一個浮華亂世中的張愛玲來說，無疑對此會有更深的體驗，而日常生活是她應對歷史虛無感的最重要的憑藉，她希望通過一種小市民趣味的享樂主義來化解時代所帶來的人生無常的危機意識。

一般認為，瑣碎的日常生活是無關歷史的，這其實是對歷史的一種狹隘的理解。張愛玲的歷史感當然不是關係史績偉業和道德大統的，她說：「我沒有寫歷史的志願，也沒有資格評論史家應持何種態度，可是私下裏總希望他們多說點不相干的話。現實這樣東西是沒有系統的，像七八個話匣子同時開唱，各唱各的，打成一片混沌。在那不可解的喧囂中偶然也有清澄的，使人心酸眼亮的一剎那，聽得出音樂的調子，但立刻又被重重黑暗上擁來，淹沒了那點瞭解。」[114]所謂「不相干的話」顯然是指主流話語之外的個人化表達。現實生活的種種可能遠不是在某一種「同質化」的歷史敘述框架中能得以展現的，所以，歷史其實具有多種書寫的可能，對歷史真實的表現也有多種途徑，張

---

[113] 張愛玲《〈續集〉再版自序》，《張愛玲典藏全集》第 6 卷，哈爾濱出版社，2003 年版，第 142 頁。

[114] 張愛玲《燼餘錄》，《張愛玲典藏全集》第 3 卷，哈爾濱出版社，2003 年版，第 21 頁。

愛玲就是用主流歷史話語之外的個人化方式來表達她對歷史的理解的，但她所表達的這種感性的、莫名的、混沌的現實同樣代表著歷史的真實，因此夏志清稱張愛玲是「記錄近代中國都市生活的一個忠實而又寬厚的歷史家」[115]。

　　張愛玲的這種個人主義的歷史觀是以晚清以來國家民族的整體的歷史觀念，以及人們對歷史進步的強大自信為背景的。晚清－五四以來，在對「現代性」的追求衝動中，對於「革命」、「解放」等宏大話語的大力提倡無形之中遮蔽了日常生活的價值，並在事實上造成了對日常生活的蔑視、壓制和抹煞，這種以「社會進步」的名義抹煞日常生活價值的合理性的做法，從身體的角度來看，實際上是一種「身心二元」觀念的反映。在西方，「由於啟蒙運動，知識和哲學的思考被突出地強調出來，人類活動根據古典的區分，被化分為高級和低級兩個部分。理性代表了人類的高級機能或能力，它屬於一個純粹的思的領域。而瑣碎平庸的日常生活是不值得關注的，它與人的感性低級機能有關。笛卡爾的心身二元論就是這種觀念的產物。」[116]儘管五四啟蒙運動本身並沒有西方式的截然對立的理性與感性的二分，在很多時候感性生活和理性生活的價值是同時被重視的，但是，由於民族生存問題的緊迫性，民族、國家意識就成為整個社會生活中占主流的思想意識，而以個人身體為主體的感性的日常生活的意義和價值則被忽略，這在事實上構成了對日常生活的否定。這種追求國家、民族的宏大敘事而貶低和歧視日常生活及身體感性的做法，實際上從根本上悖離了國家富強的真正意義所在──個人的安樂和幸福。

---

[115] 夏志清《中國現代小說史》，復旦大學出版社，2005 年版，第 272 頁。
[116] 周憲《審美現代性批判》，商務印書館，2005 年版，第 390 頁。

魯迅的《傷逝》就反映了這種貶低日常生活價值的觀念。婚前追求個人婚姻自由的子君在婚後卻沈迷於日常的家庭瑣事，做飯、養雞、養狗是子君每天生活的主要內容，「子君的功業，彷彿就完全建立在這吃飯中。」在絹生看來，正是因為子君放棄了他們在追求自由婚姻的過程中對崇高的形而上的人生理想（這種人生理想又是與當時社會、時代的理想合一的）的追求，所以才造成了他們之間的距離。當然，子君日常生活的命脈之所以被掐斷，不僅因為有來自絹生的價值否定，而且也因為有來自經濟方面的壓力。由此也可以看出，日常生活價值的確立以及享有這種生活的權利必須有經濟和文化語境的支援，確立日常生活的價值並享受日常生活，只是在 40 年代都市文化的語境中才成為可能。

一段談音樂的文字頗有深意地表達了張愛玲對五四的感受：「大規模的交響樂自然有不同，那是浩浩蕩蕩五四運動一般地沖了來，把每個人的聲音都變成了它的聲音，前後左右呼嘯喊嚓的都是自己的聲音，人一開口就震驚於自己的聲音的深宏遠大；又像在初睡醒的時候聽見人向你說話，不大知道是自己說的還是人家說的，感到模糊的恐怖。」[117]五四的宏大話語對普通人來說就正如交響樂一樣給人一種不屬己的非真實感。人是生活在歷史中的，同時歷史又是被人創造的，但普通人無意於宏大的歷史，對他們來說，無論時代如何風雲變幻，日常生活總是第一位的，張愛玲說：「只有在中國，歷史仍於日常生活中維持活躍的演出。」[118]在《道路以目》中，張愛玲描寫了這樣一幕

---

[117] 張愛玲《談音樂》，《張愛玲典藏全集》第 3 卷，哈爾濱出版社，2003 年版，第 142 頁。

[118] 張愛玲《洋人看京戲及其他》，《張愛玲典藏全集》第 3 卷，哈爾濱出版社，2003 年版，第 73 頁。

富有意味的場景:「遇到封鎖,一個女傭被羈在離家幾丈遠的地方,她一面掙扎著,一面叫道:『不早了啊,放我回去燒飯吧。』」[119]這當然是頗為喜劇性的一幕,對於一個女傭來說,燒飯的緊迫性並不比戰爭的緊迫性差到哪裡,這就是張愛玲心中的歷史和她描述歷史的方式。缺少了日常生活,張愛玲就無從言說歷史。

　　儘管普通人不知道自己對歷史有什麼意義,但是他們卻明白在時代危機、歷史喧囂中個人所能把持住的屬於自己的東西是什麼,「將來的平安,來到的時候已經不是我們的了,我們只能各人就近求得自己的平安。」[120]如果站在積極入世的立場上,我們會斥之為苟且偷安、鼠目寸光,然而,正如有論者所說:「民族國家的現代性論者所嚮往的富國強兵理想,竟然是以喪失通商口岸的繁榮和私人資本主義,以及中國人民最基本的世俗慾望為代價,這種為了『理想』而犧牲『現實』的悲劇之殘酷,當然是張愛玲所譴責的『道德和意義的恐怖』主題。」[121]從此意義出發,我認為,張愛玲平民化的歷史觀充滿著一種人道主義立場,她為人的世俗慾望提供了合理性,從對「人」的關懷這一意義上說,張愛玲又是繼承了五四文學的「人的文學」的傳統的。

　　立足於日常的身體感,張愛玲把那些處於時代話語邊緣的普通人的生活推向了歷史舞臺,她在樸素的日常生活中發現了現代人的價值和意義,這種價值和意義不附屬於任何一個預設和先驗的話語系統,而是在切實的身體感中獲得的。在《中國的日夜》中,張愛玲寫道:「我真快樂我是走在中國的太陽底下。我也喜歡覺得手與腳都是年輕有氣力的。

[119] 張愛玲《道路以目》,《張愛玲典藏全集》第 3 卷,哈爾濱出版社,2003 年版,第 42 頁。

[120] 張愛玲《我看蘇青》,《張愛玲典藏全集》第 4 卷,哈爾濱出版社,2003 年版,第 129 頁。

[121] 韓毓海《從「紅玫瑰」到「紅旗」》,上海遠東出版社,1998 年版,第 99 頁。

而這一切都是連在一起的，不知為什麼。」[122]抽象的「國家」概念因為真實身體的依託而變得可觸可感、親切自然，只有這樣對國家的「愛」才會堅實可信。張愛玲這種以個體的身體感為本位，拒絕被賦予意義的姿態，體現的並不是一種普通的市民哲學，而是一種個人主義的人生信念，對此，胡蘭成評價說：「這樣的個人主義是一種冷淡的怠工，但也有更叛逆的。它可以走向新生，或者毀滅，卻是不會走向腐敗。」[123]

　　對於個人來說，歷史感應該是建立在歷史與個體生命互動的基礎上的。我們看到，儘管個體生存的危機感往往使普通人為了顧全「小我」而捨棄「大我」，然而，在主流價值標準的參照下，他們做出這樣一種選擇時心中仍會有遲疑和不安，這種情緒在普通人的意識中呈現為一種道德感：「時代的車轟轟地往前開。我們坐在車上，經過的也許不過是幾條熟悉的街衢，可是在漫天的火光中也自驚心動魄。就可惜我們只顧忙著在一瞥即逝的店鋪的櫥窗裏找尋我們自己的影子——我們只看見自己的臉，蒼白，渺小；我們的自私與空虛，我們恬不知恥的愚蠢——誰都像我們一樣，然而我們每人都是孤獨的。」[124]能把人性放在宏大廣闊的歷史空間之中進行審視而不懼怕這種審視會逼示出人性的萎縮與醜惡，這顯示出了張愛玲的勇氣，而這勇氣又是以對個人的價值的信仰為前提的。

　　張愛玲所感動的「文官執筆安天下，武將上馬定乾坤」的「天真純潔的、光整的社會秩序」中的「日常」已經是一種古典的夢想了，

---

[122] 張愛玲《中國的日夜》，《張愛玲典藏全集》第 4 卷，哈爾濱出版社，2003 年版，第 149 頁。

[123] 胡蘭成《論張愛玲》，胡蘭成《中國文學史話》，上海社會科學院出版社，2004年版，第 179 頁。

[124] 張愛玲《燼餘錄》，《張愛玲典藏全集》第 3 卷，哈爾濱出版社，2003 年版，第34 頁。

現代的「日常」充滿著各種不協調的因素，「人們只是感覺日常的一切都有點不對，不對到恐怖的程度」[125]。在時代的大變動中，即使表面平靜的日常生活，人們的精神世界也會潛伏著各種危機。儘管「為了現實而放棄理想」是張愛玲抱以同情和原諒的人生方式，但不能回避的是，這一人生方式又預示著更大的虛無感和失敗感的降臨，他們要麼「唱歌唱走了板，跟不上生命的胡琴」，（《傾城之戀》）要麼「是繡在屏風上的鳥，……年深月久了，羽毛暗了，黴了，給蟲蛀了，死也還死在屏風上。」（《茉莉香片》）理想的缺失使他們的生命失去了光彩。因此，一方面不得不放棄理想，另一方面又不得不面對放棄理想後的生命虛無感，這似乎成了現代人的宿命。

在一定時期內，張愛玲對日常性身體的書寫確實起到了抵禦同質化、結構化的現代性的作用，然而，由於舊市民日常生活的消極退讓、凝固保守本身就包含著一種歷史惰性，所以，一旦其褪盡了反抗國家、民族解放宏大敘事意義上的現代性的積極功能，這樣一種日常書寫是否會同樣預示著一種深深的危機？這也是由張愛玲的日常身體寫作所引出的值得我們進一步思考的問題。

二、從「張看」到「看張」──解讀張愛玲的一個流程

既然普通人的日常生活也就是身體的現世感成為了現代人尋求自我認同的一種不可替代的方式，那麼，張愛玲自己又是如何在日常的身體感中認識世界和塑造自我的呢？我認為，在日常的身體感中，「看」

---

[125] 張愛玲《自己的文章》，《張愛玲典藏全集》第 3 卷，哈爾濱出版社，2003 年版，第 15 頁。

對於張愛玲的意義是不可忽視的。可以說，張愛玲是通過對「看」的視角和距離的調整來觀察和認識這個世界的。同時，作為公眾人物，世界也在「看」著張愛玲，因此她必須扮演。除了文字以外，通過服飾作為道具並訴諸於圖片，張愛玲完成了她在一個動蕩而浮華的時代的出演，從某種意義上說，她的這些出演是對世人「看張」方式的塑造。

1、「張看」世界

人類認識世界的方式首先表現為「觀看」，而「如何看」又反映了主體對對象把握的方式和立場，通過「看」的行為，主體賦予客體以意義。對於張愛玲來說，「看」始終是一個非常有寓意的姿態。1976年臺灣皇冠出版社出版了張愛玲的散文小說集《張看》，所謂「張看」，從字面上可以有兩種理解，一是主謂結構，即「張愛玲看」；二是僅作為動詞，「張看」即「張望」的意思。無論哪一種解釋，「看」的動作都是核心，張愛玲以「看」作為書名，顯然表示著她對於「看」這一身體姿態及其隱喻的重視。這種重視還可以舉出另一個細節為證，早在 1947 年《傳奇》再版時，張愛玲請好友炎櫻重新設計了封面，張愛玲對這幅封面的描述是：「借用了晚清的一張時裝仕女圖，畫著個女人幽幽地在那裏玩骨牌，旁邊坐著奶奶，抱著孩子，彷彿是晚飯後家常的一幕。可是欄杆外，很突兀地，有個比例不對的人形，像鬼魂出現似的，那是現代人，非常好奇地孜孜往裏窺視。」[126]「看」的動作居於畫面的意義中心，並且連接了兩個彼此衝撞的世界。孟悅認為，張愛玲的對畫面的這一解釋「創造了兩個視線的對視，兩種經驗領域的

---

[126] 張愛玲《有幾句話同讀者說》，《張愛玲文集》（第四卷），安徽文藝出版社，1992年版，第 259 頁。

交鋒」[127]。「看」的行為連接著傳統與現代、日常與傳奇,是張愛玲對
處在新舊交替時代中的人們進行把握的基本方式。

　　「如何看」不僅關係到主體如何認識、觀察對象的方法和立場,
也關係到對象以何種形象呈現。對此,張愛玲有著一種自覺的意識,
這種自覺從她在英文雜誌《二十世紀》上發表的一組向西方人介紹中
國文化的文章中可以看出。這組文章包括《Chinese Life and Fashion》
(中文發表題為《更衣記》),《Still Alive》(中文發表題為《洋人看京
戲及其他》),《Demons and Fairies》(中文發表題為《中國人的宗教》)。
在《洋人看京戲及其他》這篇文章中,張愛玲寫道:「用洋人看京戲的
眼光來看看中國的一切,也不失為一樁有意味的事。頭上搭了竹竿,
晾著小孩的開襠褲;櫃檯上的玻璃缸中盛著『參鬚露酒』;這一家的擴
音機裏唱著梅蘭芳;那一家的無線電裏賣著癩疥瘡藥;走到『太白遺
風』的招牌底下打點料酒……這都是中國,紛紜,刺眼,神秘,滑稽。
多數的年輕人愛中國而不知道他們所愛的究竟是一些什麼東西。無條
件的愛是可欽佩的──唯一的危險就是:遲早理想要撞著了現實,每
每使他們倒抽一口涼氣,把心漸漸冷了。我們不幸生活於中國人之間,
比不得華僑,可以一輩子安全地隔著適當的距離崇拜著神聖的祖國。
那麼,索性看個仔細罷!用洋人看京戲的眼光來觀光一番罷。」[128]對
於張愛玲這種有距離的觀賞的態度,編者按說:「她不同於她的中國同
胞,她從不對中國的事物安之若素:她對她的同胞懷有的深邃好奇心

---

[127] 孟悦《中國文學現代性與張愛玲》,王曉明主編《批評空間的開創》,東方出版
　　中心,1998 年版,第 348 頁。
[128] 張愛玲《洋人看京戲及其他》,《張愛玲典藏全集》第 3 卷,哈爾濱出版社,2003
　　年版,第 71 頁。

使她有能力向外國人闡釋中國人。」[129]張愛玲的這種「看」不同於殖民者對東方文化的獵奇，她畢竟是地地道道的中國人，且對中國傳統文化有著深深的理解和強烈的愛。在這種情況下，她怎樣才能真正持有一種置身事外的如「洋人看京戲」一般的眼光來看中國的一切呢？好奇的、旁觀的姿態能否說明張愛玲就具備了這種眼光呢？對於這一問題我們可以暫不下判斷，但是，我們至少可以說，如果說「看」的方式決定了對象的呈現，那麼「看」也是一種意識形態，在張愛玲所選擇的這樣一種「有距離的看」的方式中包含著她對中西文化的雙向理解，並使張愛玲擁有了一雙世界性、現代性的眼光。

　　「有了驚訝與眩異，才有明瞭，才有靠得住的愛。」[130]也就是說，有了距離才有了愛。不僅文化的觀照需要距離，對於人生也是如此。張愛玲說：「對於人生，誰都是個一知半解的外行吧？」[131]張愛玲得意於自己「外行」的身份，然而，二十歲就徹悟了人生的張愛玲，無論怎樣都不能說是個「人生」的「外行」，這「外行」其實是「入乎其內，出乎其外」的「外」，「外行」只意味著保持距離的姿態和心態，因為這距離，對人生她才有了持久的興味。這種距離並不意味著張愛玲只是隔岸觀火地描寫各種各樣的人生，相反，張愛玲總能把筆觸深入到人物現實的生活中去：這些小人物過著半新半舊的生活，他們精打細算、小心謹慎，常常為了現實而放棄理想。張愛玲對這種人生儘管並不認同，但也沒有持純粹否定式的批判立場，而是由「距離」生出了

---

[129] 轉引自黃子平《更衣對照亦惘然》，劉紹銘、梁秉鈞、許子東編《再讀張愛玲》，山東畫報出版社，2004 年版，第 149 頁。

[130] 張愛玲《洋人看京戲及其他》，《張愛玲典藏全集》第 3 卷，哈爾濱出版社，2003年版，第 71 頁。

[131] 張愛玲《洋人看京戲及其他》，《張愛玲典藏全集》第 3 卷，哈爾濱出版社，2003年版，第 71 頁。

許多寬容和同情，她自始至終用一種悲憫的眼光俯視著這些人生。這樣一種內、外結合的視角是張愛玲對待她小說中人物的基本視角，所以胡蘭成說：「初初一看，似乎她之為人和她的作品是不相似的。因為，倘以為她為驕傲，則驕傲是排斥外界的，倘以為她為謙遜，則謙遜也是排斥外界的，而她的作品卻又那麼的深入人生。」[132]

　　「距離」常常讓張愛玲對人生和時代產生一種恍如隔世的蒼涼感，在《我看蘇青》中她寫道：「我一個人在黃昏的陽臺上，驟然看到遠處的一個高樓，邊緣上附著一大塊胭脂紅，還當是玻璃窗上落日的反光，再一看，卻是元宵的月亮，紅紅地升起來了。我想道：『這是亂世。』晚煙裏，上海的邊疆微微起伏，雖沒有山也像是層巒疊嶂。我想到許多人的命運，連我在內的；有一種郁郁蒼蒼的身世之感。」[133]未知的個人命運豈能像陽臺前日落的天空景象一樣一覽無餘、盡收眼底？然而，雖然人生渺遠不可想像，但這樣遠遠的眺望和俯視卻會讓張愛玲對人生懷有更深的眷念和不捨。

　　張愛玲「看」世界和人生的方式並不只限於文字，也訴諸於視覺藝術。張愛玲喜歡繪畫，並且她的繪畫才能曾受到廣泛的稱讚。《傳奇》中的一些小說在當時發表時都是張愛玲自己親自精心繪製插圖，《流言》出版時，張愛玲配上了自己畫的二十餘幅人物素描，《更衣記》的英文版發表時張愛玲也繪有十二幅插圖。當時的許多學者對她的繪畫才能都有較高的評價。這些繪畫在文字以外，構成了張愛玲觀看世界的另一種方式。夏志清如此評價張愛玲的人物素描：「她的描繪能夠把

[132] 胡蘭成《論張愛玲》，胡蘭成《中國文學史話》，上海社會科學院出版社，2004年版，第172頁。
[133] 張愛玲《我看蘇青》，《張愛玲典藏全集》第4卷，哈爾濱出版社，2003年版，第129頁。

握重點，而且筆觸清靈，不浮不亂。」[134]所謂「重點」，指的是人物的神韻氣質。她所畫的那些女性人物素描一般只有頭部和上半身，儘管都是些小作品，但張愛玲所簡單勾勒出的人物面貌和外形，卻直逼人物的精神世界。因此，與文字相比，張愛玲用繪畫這種更簡潔和直觀的方式表達了她對人性的洞察和理解。

張愛玲以自己獨特的眼光審視這個世界，對觀看的距離的把握，構成了她獨特的「看」的眼光和視野。同時，張愛玲的「看」也是複雜多變的，有平視和俯瞰，內窺和旁觀等，這樣一些交織的視線透視出中國與西方、傳統與現代、現實與理想等問題的複雜糾葛。

2、「看張」扮演之一──服飾

張愛玲重視「看」的意義，她知道如何變換著各種視角看人生和這個世界，因而她的作品呈現出豐富的視線的交織。

世界對於她如此，她對於世界又何嘗不是如此？她知道世人也會以各種各樣的眼光「看」她，而「看張」的眼光首先又取決於張如何扮演。喜愛電影並經常讓自己的作品和電影結緣的張愛玲似乎也具有演員般的造詣，深知扮演的種種技巧。這樣說並不帶有絲毫諷刺的意思，每個人其實都在「生活的戲劇」中扮演。成名很早的張愛玲從年少時起就在世人的注視之下成長，很多人都懷著好奇想揭開這個「天才少女」臉上的面紗，這使張愛玲從小就有一種置身舞臺的感覺。張愛玲曾在一篇介紹自己的文章前說：「至少這篇文章可以滿足一部分訪問者和在顯微鏡下『看張』者的好奇心。這種自白式的文章只是驚鴻一瞥，雖然是頗長的一瞥。我是名演員嘉寶的信徒，幾十年來，她利

---

[134] 夏志清《中國現代小說史》，復旦大學出版社，2005 年版，第 257 頁。

用化裝和演技在紐約隱居，很少為人識破，因為一生信奉『我要單獨生活』的原則。」[135]避開世人的眼光獨立地生活，也是張愛玲晚年的選擇。然而，極盛時期的她以怎樣的方式面對世人的觀看，倒是非常值得追尋的。

張愛玲以自己觀看世界的方式為參照和借鑒，希望讀者對她的觀看也能在這種豐富的視角和有距離的觀看原則下進行，但這對於張愛玲來說並不是一種完全被動的行為，她可以對自己「被看」的角色進行轉換，即變被動的觀看對象為主動的扮演者，從而塑造並控制了讀者對她的觀看和想像。在張愛玲對自我形象的塑造中，服飾和照片成為她文字以外重要的方式。如果說張愛玲的文字讓人們看到的是她的才具和情性，那麼，服飾和照片呈現給讀者的則是她對自我身體的「書寫」。

讀過張愛玲小說的人都會記得《沈香屑——第一爐香》中的一個細節：不諳世故的葛薇龍來到梁太太家寄住，梁太太為她準備了整整一衣櫥的衣服，短外套、長外套、海灘上用的披風、睡衣、浴衣、夜禮服、喝雞尾酒的下午服、在家見客穿的半正式的晚餐服等，色色俱全，葛薇龍偷偷試穿，竟都合身，心裏頓時明白了梁太太的用意：想讓薇龍為自己招攬男人。晚上樓下開著舞會，吵得薇龍一夜沒合眼，才合眼便恍恍惚惚地覺得自己在試那些衣服，衣服的感覺和音樂的感覺竟然融為一體：「毛織品，毛茸茸的像富於挑撥性的爵士舞；厚沈沈的絲絨，像憂鬱的古典化的歌劇主題曲；柔滑的軟緞，像『藍色的多瑙河』，涼陰陰地匝著人，流遍了全身。」物質的豐富對於一個女人來說最直接的表徵就是擁有滿滿一衣櫥的華服，葛薇龍的夢中都充滿了

這些服飾帶給她的無法抗拒的誘惑,她似乎別無選擇,唯有在享有這些華服中墮落。

在張愛玲的作品中,通過服飾細節來寫女性是常見的,對於女性的這種「服飾情結」,張愛玲說:「再沒有心肝的女人,說其她『去年那件織錦緞夾袍』的時候,也是一往情深的。」[136]與男性的生活和價值空間較大不同,女性的生活視野相對狹小,所以通過服裝這一生活化的方式來表達自我就成為女性的一種普遍選擇,這也是一般女子鍾愛服飾的一個很重要的原因。

對服飾的癡迷貫穿於張愛玲的一生。不過,張愛玲的「服飾情結」不僅只是普通女性愛美意義上的,而且也是她尋求心理補償的一種方式。在張愛玲對於服飾的記憶中,「後母贈衣」是一個重要事件:一次繼母要把自己兩箱子舊衣服送給她穿,儘管這些衣服的「料子很好」(繼母語),但這些領口都磨破了的舊衣帶給張愛玲的卻是屈辱。對此,張愛玲說:「後母贈衣造成一種特殊的心理,以至於後來一度clothes-crazy(衣服狂)。」[137]張愛玲給自己做的這種精神分析說明:用服飾填補缺失已經成為張愛玲的自覺意識。除了這一直接的服飾事件之外,張愛玲對服飾的癡迷還來自成長過程中心理上的匱缺感,顯赫的貴族大家庭不在所帶來的失落感、童年缺乏母愛和家庭溫暖所帶來的身心傷害、成人後在日常生活經驗方面的無能所產生的自卑心理等都是張愛玲產生這種「匱缺感」的原因。楊澤認為:「長期被禁錮,以及過度早熟,少女張愛玲無從掩藏、填補,在家庭歷史與身體形象

---

[136] 張愛玲《更衣記》,《張愛玲典藏全集》第 3 卷,哈爾濱出版社,2003 年版,第 53 頁。

[137] 張愛玲《對照記》,《張愛玲典藏全集》第 5 卷,哈爾濱出版社,2003 年版,第 41 頁。

幾方面，屢次遭受重大挫折所造成的自卑與不安，在這樣的情形下，寫作言情故事和追求時尚的『奇裝異服』，自然而然地，成為張補償慾望的匱缺，以及重塑自我的主要裝備。」[138]這種「補償」和「重塑」，對於張愛玲來說，常常是以服飾上的「怪」體現出來的。據她的弟弟張子靜回憶說：

> 她的脾氣就是喜歡特別：隨便什麼事情總愛跟別人兩樣。就拿衣裳來說罷，她頂喜歡穿古怪樣子的，記得三年前她從香港回來，我去看她，她穿著一件矮領子的布旗袍，大紅顏色的底子，上面印著一朵一朵藍的白的大花，兩邊都沒有紐扣，是跟外國衣裳一樣鑽進去穿的，領子真矮，可以說沒有，在領子下面打了一個結子，袖子短到肩膀，長度只到膝蓋。我從沒有看見過這樣的旗袍，少不得要問問她這是不是最新式的樣子，她淡漠的笑道：「你真是少見多怪，在香港這種衣裳太普通了，我正嫌這樣不夠特別呢！」嚇得我也不敢再往下問了。我還聽人說有一次，她的一個朋友的哥哥結婚，她穿了一套前清老樣子繡花的襖褲去道喜，滿座的賓客為之驚奇不止，上海人真不行，全跟我一樣少見多怪。她曾經跟我說：「一個人假使沒有什麼特長，最好是做得特別；可以引人注意。我認為與其做一個平庸的人過一輩子清閒生活，終其身，默默無聞，不如做一個特別的人，做點特別的事，大家都曉得有這麼一個人，不管他人是好是壞，但名氣總歸有了。」[139]

---

[138] 楊澤《序：事故的少女——張愛玲傳奇》，楊澤《閱讀張愛玲》，廣西師範大學出版社，2003 年版，第 8 頁。

[139] 張子靜《我的姊姊張愛玲》，子通、亦清主編《張愛玲評說六十年》，中國華僑出版社，2001 年版，第 3、5 頁。

　　張愛玲喜歡在著裝上製造一種驚奇的效果，從服裝的款式到顏色，她都不落窠臼，她立意要在一種驚世駭俗的服裝效果上，突出自我，並顯示自己與常人的區別。按照她「張看」世界的「距離」原則，讀者「看張」，也必須遵循她的這一「距離」原則，而這距離卻需要由張愛玲自己製造。

　　張愛玲服裝款式的「返古」和「摩登」的兩種傾向是體現她的「怪異」的兩極。張愛玲追求前衛摩登的服裝風格由上面張子靜的回憶可略見一斑。同時，張愛玲也愛「返古」的「晚清」服裝：長袍馬褂、寬大的襖、長長的裙。這種服裝，不要說多，偶爾穿一件出現在世人面前，就會引來無數詫異的目光。張愛玲服裝上的「返古」除了引人注目的目的以外，也有對其顯赫家族歷史的緬懷，在張愛玲的老照片集《對照記》中，各種各樣的傳統服裝形象可以說保存了張愛玲對失落歷史的記憶。同時，對於生活在今天的人來說，通過服裝等形式所喚醒的歷史記憶也給人們對現實的理解提供了一個背景和參照。對此，張愛玲說：「人是生活於一個時代裏的，可是這時代卻在影子似的沈沒下去，人覺得自己是被拋棄了。為要證實自己的存在，抓住一點真實的、最基本的東西，不能不求助於古老的記憶，人類在一切時代生活過的記憶，這比瞭望將來要更明晰、親切。於是他對於周圍的現實發生了一種奇異的感覺，疑心這是個荒唐的、古代的世界，陰暗而明亮的。回憶和現實之間時時發現尷尬的不和諧，因而產生了鄭重而輕微的騷動，認真而未有名目的鬥爭。」[140]因此，張愛玲偶爾「返古」

---

[140] 張愛玲《自己的文章》，《張愛玲典藏全集》第 3 卷，哈爾濱出版社，2003 年版，第 15-16 頁。

的服飾，不僅是為了獲得一種觸目的效果，而且也可以看作是讓歷史和當下進行碰撞的一種努力。

　　張愛玲喜歡大膽醒目的顏色，她說：「色澤的調合，中國人新從西洋學到了『對照』與『和諧』兩條規矩——用粗淺的看法，對照便是紅與綠，和諧便是綠與綠。殊不知兩種不同的綠，其衝突傾軋是非常顯著的；兩種綠越是只推扳一點點，看了越使人不安。紅綠對照，有一種可喜的刺激。可是太直率的對照，大紅大綠，就像聖誕樹似的，缺少回味。……古人的對照不是絕對的，而是參差的對照，譬如說：寶藍配蘋果綠，松花色配大紅，蔥綠配桃紅。」[141]如若把這種顏色搭配的原則應用到日常生活中去，就會與日常審美習慣產生隔膜甚至衝突，並形成一種戲劇化的效果。如果比照魯迅先生在女性服裝的顏色搭配上的原則：「紅上衣要配紅裙子，不然就是黑裙子，咖啡色的就不行了；這兩種顏色放在一起很混濁……你沒看到外國人在街上走的嗎？絕沒有下邊穿一件綠裙子，上邊穿一件紫上衣，也沒有穿一件紅裙子而後穿一件白上衣的……」[142]我們就可以看到，魯迅先生在服裝顏色搭配上遵循的是被人們普遍接受的原則，「和諧」是這一原則的基本追求。與魯迅先生追求「和諧」不同，張愛玲追求的是「參差的對照」。由於張愛玲在日常服飾中融入了她個性化的審美原則，所以張愛玲的日常服飾實際上是戲劇化、藝術化的，她的服裝用普通人的眼光來看就是「奇裝異服」了。

---

[141] 張愛玲《童言無忌》，《張愛玲典藏全集》第 3 卷，哈爾濱出版社，2003 年版，第 6 頁。

[142] 蕭紅《回憶魯迅先生》，《魯迅回憶錄・散篇》（中冊），北京出版社，1999 年版，第 707 頁。

　　怪異製造距離，在這樣一種距離的製造中，張愛玲一方面掩飾著自我，另一方面也尋找著自我。羅蘭・巴特說：「時裝其實在玩耍著一個嚴肅的主題：我是誰？」[143]我們可以把服飾看成一種自我傾訴、自我想像和自我塑造。在張愛玲這裏，服飾就有著與寫作相同的自我實現的功能。張愛玲曾說：「象我們這樣生長在都市文化中的人，總是先看見海的圖畫，後看見海；先讀到愛情小說，後知道愛；對於生活的體驗往往是第二輪的，借助於人為的戲劇，因此在生活與生活的戲劇化之間很難劃界。」[144]也就是說，都市生活中的人們被置於層層戲劇化氛圍的包裹之中，他們無法撥開這些戲劇化的迷霧看到自身，因而他們也只能將錯就錯，通過出演種種「生活的戲劇」，並通過對自我的種種扮演來探究自身、認識自我，而服飾對於都市人特別是對於女性來說就是這樣一種的非常重要的扮演道具。張愛玲說：「對於不會說話的人，衣服是一種語言，隨身帶著的一種袖珍戲劇。」[145]在象徵的意義上，張愛玲借用服飾的扮演已經遠遠超出了通常意義上的「打扮」，而呈現出一種尋求和建構自我的意義。

　　這樣一種自覺的服飾意識對張愛玲的「服飾扮演」來說是非常重要的，可以拿蘇青的服飾追求作一個對照。在《我看蘇青》中，張愛玲說：「對於蘇青的穿著打扮，從前我常常有許多意見，現在我能夠懂得她的觀點了。對於她，一件考究衣服就是一件考究衣服；於她自己，是得用；於眾人，是表示她的地位身份；對於她立意要吸引的人，是

---

[143] 轉引自文潔華《美學與性別衝突》，北京大學出版社，2005 年版，第 201 頁。
[144] 張愛玲《童言無忌》，《張愛玲典藏全集》第 3 卷，哈爾濱出版社，2003 年版，第 8 頁。
[145] 張愛玲《童言無忌》，《張愛玲典藏全集》第 3 卷，哈爾濱出版社，2003 年版，第 8 頁。

吸引。蘇青的作風裏極少『玩味人間』的成分。」[146]有一次蘇青去做一件大衣，要張愛玲和炎櫻當參謀，炎櫻建議把衣服上所有多餘的裝飾都去掉，包括紐扣，蘇青不以為然，用商量的口吻說道：「我想……紐扣總要的罷？人家都有的！沒有，好像有點滑稽。」[147]蘇青對服裝的審美追求是世俗化的，因為只有世俗化才能被大家認可也才能獲得安全感。也就是說，蘇青讓服飾的實用性達到了最佳值，而能夠利用服飾「玩味人間」的正是張愛玲自己。所謂「玩味」，就是通過服飾的扮演想像自我、實現自我甚至拆解自我。

蘇青對人生有幻想，張愛玲則完全沒有這種幻想，她保護自己、獲得安全感的方式是通過另類的服飾與公眾保持距離：「保持距離，是保護自己的感情，免得受痛苦。……結果生活得輕描淡寫的，與生命之間也有了距離。」[148]這也是張愛玲的悖論，個性化的服裝是她對自我的一種張揚，而這種曲高和寡的方式又必須承擔放逐生命熱情的痛苦。怪異的服裝成為了張愛玲與普通人之間的一道屏障，這也使她在人們心目中的形象更加撲溯迷離。吊詭的是，她的怪異和前衛竟成為人們競相模仿的新的時尚。當時的海派文人李君維在《張愛玲的風氣》一文中說：「其實張愛玲沒有真正創造過什麼時裝，可是我們把稍為突出一點的服式，都管它叫『張愛玲式』。有一次我問張愛玲：『短棉襖是您第一個翻出來穿的吧？』她謙遜地說：『不，女學生騎腳踏車，早穿了。』這是我們目之為『怪』的一點，就是張愛玲喜歡穿『怪』

---

[146] 張愛玲《我看蘇青》，《張愛玲典藏全集》第 4 卷，哈爾濱出版社，2003 年版，第 122 頁。

[147] 張愛玲《我看蘇青》，《張愛玲典藏全集》第 4 卷，哈爾濱出版社，2003 年版，第 122 頁。

[148] 張愛玲《我看蘇青》，《張愛玲典藏全集》第 4 卷，哈爾濱出版社，2003 年版，第 123 頁。

衣裳，其實她之穿『怪』衣裳，也多少含了點玩世不恭的態度。……
正如章太炎喜歡偶然用古字一樣，無非是文字的化妝而已。無論如何，
張愛玲雖不欲創造一種風氣，而風氣卻由她創造出來了。」[149]李君維
所說的「玩世不恭」其實就是張愛玲自道的「玩味人間」。

　　張愛玲把服飾當作她的身體語言，然而，她也知道，服飾並不一
定就能成為人表達自我的語言，服飾也會對身體予以遮蔽和篡改。張
愛玲曾批評清朝女裝款式太寬大繁瑣，「削肩，細腰，平胸，薄而小的
標準美女在這一層層衣衫的重壓下失蹤了。她的本身是不存在的，不
過是一個衣架子罷了。」[150]服飾吞噬了人的主體性，這種服飾反映的
正是人的奴化狀態。在《金鎖記》中，張愛玲如此描寫人性完全被金
錢腐蝕的七巧：「臉看不清楚，穿一件青灰團龍宮織緞袍……一級一級
上去，通入沒有光的所在。」通過使人物身體形象模糊，並消失、淹
沒在服飾中的這一手法，張愛玲想說明的是：這是一個已經完全被慾
望所控制而失去了主體性的人。而小說對長安的一段服飾描寫也具有
深意：「長安悄悄地走下樓來，玄色花繡鞋與白絲襪停留在日色黃昏的
樓梯上。」長安在一生的幸福被母親扼殺之後，她的心徹底死了，張
愛玲同樣通過身體消失的方式來隱喻人的精神世界的荒蕪。同時，由
於人物的服飾只呈現為局部的鞋和襪，這就更進一步說明人物內在世
界的分裂。對這一細節，臺灣學者彭秀貞評價道：「細節描寫中，身體
所代表的自主性，不但被物化，也被割裂成不連續的部分。……這種
以部分影射身體割裂、以服飾掩藏身體或物化主體性的細節描寫，呈

---

[149] 李君維《張愛玲的風氣》，陳子善編《張愛玲的風氣——1949 年前張愛玲評說》，
　　山東畫報出版社，2004 年版，第 54 頁。

[150] 張愛玲《更衣記》，《張愛玲典藏全集》第 3 卷，哈爾濱出版社，2003 年版，第
　　46 頁。

現現代經驗中的主體意識的危機。」[151]由此看出，張愛玲認為服飾的意義是以人的主體性為前提的，喪失了主體性的服裝就只是一塊遮羞布而已。

服飾與人必須相互闡釋，這是張愛玲一貫的服飾思想，這一思想在《傾城之戀》中有非常形象的表達。范柳原說他想陪流蘇到馬來森林，但轉念一想，又道：「只有一件，我不能想像你穿著旗袍在森林裏跑。……不過我也不能想像你不穿著旗袍。……我這是正經話。我第一次看見你，就覺得你不應當光著膀子穿這種時髦的長背心，不過你也不應當穿西裝。滿洲的旗裝，也許倒合適一點，可是線條又太硬。……我的意思是：你看上去不像這世界上的人。你有許多小動作，有一種羅曼蒂克的氣氛，很像唱京戲。」在柳原看來，流蘇是一個有著濃厚的古典氣質的中國女人，這使流蘇穿現今哪一種款式的衣服都顯得很不協調。柳原希望流蘇和她的服飾能融為一體並相互闡釋，可是到哪裡去找這樣一件衣服呢？因為世上並不存在這樣一件衣服，所以柳原只好認為最適合流蘇的衣服恐怕只有戲裝了。

流蘇在服飾上的這種尷尬同樣也表現在張愛玲身上，胡蘭成曾這樣評張愛玲的穿衣：「她原極講究衣裳，但她是個新來到世上的人，世人各種身份有各種值錢的衣料，而對於她則世上的東西都還未有品級。她又像十七歲正在成長中，身體與衣裳彼此叛逆。」[152]與流蘇一樣，這世上也不存在一件極適合張愛玲的衣服。儘管張愛玲常常通過服飾扮演自己，她的身體可以和服飾形成某種暫時的聯盟，並滿足了

[151] 彭秀貞《殖民都會與現代敘述──張愛玲的細節描寫藝術》，楊澤《閱讀張愛玲》，廣西師範大學出版社，2003 年版，第 207 頁。
[152] 胡蘭成《民國女子》，子通、亦清主編《張愛玲評說六十年》，中國華僑出版社，2001 年版，第 24 頁。

她對自我進行塑造和探求的慾望，然而，身體主體性的無比強大又常
常使身體不斷地從這種聯盟中突圍，並篡改服飾對自我已有的詮釋。
也就是說，身體一方面會與服飾結成聯盟，另一方面又會不斷與服飾
形成敵對關係，這種敵對關係會使身體在超越中尋求新的聯盟，這就
是張愛玲的服飾哲學。以這種服飾哲學為前提，張愛玲塑造了她在世
人面前的形象。

3、「看張」扮演之二──照片

張愛玲通過服飾的種種扮演，不僅面向的是她個人的日常生活空
間，而且通過照片的刊印還面向更廣大的讀者空間。今天的讀者仍然
能看到張愛玲身著各種服裝、表情姿態各異的照片，這實際上意味著，
通過照片，張愛玲穿越了漫長的時間和空間。我們今天看到的張愛玲
最經典、漂亮的照片大都攝於照像館，從這些照片我們可以看到：張
愛玲的臉部經過了非常仔細的化妝，頭髮也經過了認真的整理，更重
要的是，張愛玲在照片中的姿態都具有很濃厚的展示意味，這些都使
照片中的張愛玲具有一種明星式的風格。還值得注意的是，張愛玲的
照片，或顧影自憐、或傲視睥睨、或悵望揣想，但眼睛大都不注視鏡
頭，即不注視觀看者，張愛玲這種避免與讀者視線相交的姿態，表明
了她對距離的看重。因此，展示與拒絕的結合賦予了照片中人物以無
限的魅力。

時至今日，張愛玲的文集在出版時仍能配以她個人大量的照片，
這在現代文學的作家中即便是女性作家中也是不多見的。張愛玲是那
個時代最為時尚的人物，她對圖像藝術如電影、漫畫、時裝雜誌等表
現出濃厚的興趣，這顯示了她融入現代都市生活的一面。張愛玲瞭解
現代都市文明的商業規則，在坐享現代印刷業、稿酬制度、出版發行

機制帶來的種種好處的同時，她並沒有忘記在這樣一個注重圖像的時代中她自己還需要做些什麼，文字的張愛玲終究是不完全的。在《「卷首玉照」及其他》這篇文章中，張愛玲談到了她在文集裏附照片的緣由：「紙面上和我很熟悉的一些讀者大約願意看看我是什麼樣子，即使單行本裏的文章都在雜誌裏讀到了，也許還是要買一本回去，那麼我的書可以多銷兩本。」[153]張愛玲知道讀者不僅關注她的文字，也同樣關注她的身體形象。同樣在這篇文章中，張愛玲談到了她對照片在印刷過程中出現的各種問題近乎苛刻和不避繁瑣的認真態度，這也足以說明張愛玲對她在讀者心目中的形象的重視。

　　張愛玲通過照片完成的是一種自我塑造，這不僅體現在拍攝、印刷的過程中，還體現在對照片的重新修飾上，其突出表現就是對照片的塗色，這一行為最初來自張愛玲的母親。由於那個時代的照片只能是黑白照，因而使照片有顏色的方式就只能通過人工塗色。我們現在看到的張愛玲和她弟弟兒時的照片以及部分張愛玲母親的照片，很多都是經過張愛玲的母親塗色的。張愛玲曾親眼看見母親給她兒時的照片著色，母親把張愛玲的衣服塗成了她自己最喜愛的藍綠色（這一顏色後來成為張愛玲一生最喜愛的顏色），把張愛玲的嘴唇畫成了薄薄的紅唇……。這裏，我們不應該把這種對照片的塗色行為僅僅看作是為了追求一種視覺上的美感，在心理分析的層面上我們也可把它看作是張愛玲母親的一種潛意識的流露。首先，在母愛的給予上，張愛玲的母親對姐弟倆應該是有欠疚感的，塗色這一行為顯示了她的一種補償母愛的衝動。另外，對照片進行塗色是對照片的再加工和改造，這就

---

[153] 張愛玲《「卷首玉照」及其他》，《張愛玲典藏全集》第 4 卷，哈爾濱出版社，2003 年版，第 87 頁。

使這一行為充滿著一種主觀想像和創造的特徵。可以看出，母親並不僅僅是把照片看作是對真實的再現，而且也是把照片當作一種投射主體情感的對象。因此，母親的塗色行為體現了一種心理上的暗示和需求。

　　母親的這一行為也直接影響了張愛玲，儘管我們現在所看到的張愛玲的照片被塗色的並不多，但是從塗色的象徵意義即把照片中的自我和他人作為一種情感投射對象的角度來講，張愛玲迷戀照片的一個重要因素也是希望通過照片對自我進行探求和想像，這種看待照片的姿態在張愛玲和她最親密的朋友那裏都有反映。在《「卷首玉照」及其他》中，張愛玲談到炎櫻如何對她的照片進行塗色，又如何把她的照片放進相框並對其不厭其煩地裝飾，一直到滿意為止。實際上，這些舉止都充滿了一種再創造的意味。我們看到，在對張愛玲的照片評價時，朋友們往往關注的不是照片的真實性，而是照片的非真實性，他們往往會說：「這張照片的你像什麼像什麼」，如胡蘭成說她的一張照片像「逃走的女奴」[154]，炎櫻說她的一張照片「像個修道院的女孩子」[155]，也就是說，他們都並沒有把照片看作是反映現實的「鏡子」，他們關注的是照片中人物的各種情態所具有的意蘊，或者說是照片中的人物在某一瞬間遠離人物本身的氣質。張愛玲也以這種方式看自己的照片：「我立在陽臺上，在藍藍的月光裏看那張照片，照片裏的笑，似乎有藐視的意味——因為太感到興趣的緣故，彷彿只有興趣沒有感情了，

---

[154] 胡蘭成《論張愛玲》，胡蘭成《中國文學史話》，上海社會科學院出版社，2004年版，第180頁。

[155] 張愛玲《「卷首玉照」及其他》，《張愛玲典藏全集》第4卷，哈爾濱出版社，2003年版，第91頁。

然而那注視裏還是有對這世界的難言的戀慕。」[156]從這種自戀的表達中我們可以感受到，張愛玲是通過照片觀察、分析並想像自我。

借助於服裝、姿態和神情的修飾，張愛玲的照片充滿著一種自我扮演的性質，而通過對照片中的自我的審視，扮演主體可以從中獲得一種自我超越和提升。正是由於照片經過了被攝者的主動修飾，這種修飾手段不僅包括對具體的身體形象的修飾，而且也包括對抽象的神態氣質的修飾，所以讀者又豈能僅從現存的照片中還原出一個真實的張愛玲來？

富有意味的是，張愛玲的最後一本著作就是一本配有文字說明的照片集《對照記——看老照相薄》。可以想像，整理、出版這些老照片時的張愛玲是一種什麼樣的狀況：衰老、多病、身邊沒有親人和朋友、也極少有作品問世。也可以想像，正是在這些老照片的陪伴下，張愛玲度過了她最後的歲月。《對照記》中有張愛玲從童年到中年各個時期的照片，不過仍以她青年時期的照片居多。其中年齡最大的照片攝於48 歲，可以說在照片所構成的這樣一個空間裏，時間就在 48 歲停滯了。因此，正是這些老照片完成了對一個年輕、美麗、充滿著希望的張愛玲的製作和定型，而選擇這樣一種方式作為其謝世之舉，似乎暗示著張愛玲想再次把人們對她的想像納入她製造的某種秩序中。張小虹認為，《對照記》「其實是透過照片去戀物。依羅蘭‧巴特的話來說，照片是以讓影像死亡的方式使影像得到永生。」[157]張愛玲知道自己要走了，然而，她也清楚自己留給世人的是說不盡的話題，起碼照片中

---

[156] 張愛玲《「卷首玉照」及其他》，《張愛玲典藏全集》第 4 卷，哈爾濱出版社，2003 年版，第 90 頁。

[157] 張小虹《失落的隱喻》，子通、亦清主編《張愛玲評說六十年》，中國華僑出版社，2001 年版，第 238 頁。

的「她」就為人們設置了種種真與假、虛與實的迷障，人們在被善意地矇騙的同時，張愛玲自己又豈能說得清楚？水晶曾說張愛玲是個很會算計的人，她的這次算計或許是：這些照片能夠滿足人們「看張」的部分好奇心，甚至還會加劇這種好奇心。

第四章

身體的出場及其審美的言說

　　讓我們先來看一下三位現代作家所表達的言說焦慮：「當我沉默著的時候，我覺得充實；我將開口，同時感到空虛。」[1]「那窒息著我們的／是甜蜜的未生即死的言語，／它底幽靈籠罩，使我們遊離，／遊進混亂的愛底自由和美麗。」[2]「表現一抽象美麗印象，文字不如繪畫，繪畫不如數學，數學似乎不如音樂。因為大部分所謂『印象動人』，多近於從具體事實感官經驗而得到。這印象用文字保存，雖困難尚不十分困難。但由幻想而來的形式流動不居的美，就只有音樂，或宏壯，或柔靜，同樣在抽象形式中流動，方可望將它好好保存並加以重現。」[3]言說的焦慮是文學表達的困境，造成這一狀況的原因是非常複雜的，牽涉到言說過程中的主體、對象以及媒介等各個環節的問題。可無論原因怎樣複雜，這三位作家最後都不約而同地選擇用身體的出場來化解言說的焦慮。

　　在傳統中，對身體的理解往往局限於其所表現的形式，如身體描寫若呈現為「性」的形式，那麼一般也就只會在「性」的層面上理解

---

[1]　魯迅《〈野草〉題辭》，《魯迅全集》第 2 卷，人民文學出版社，1981 年版，第 159 頁。

[2]　穆旦《詩八首》，李方編《穆旦詩全集》，中國文學出版社，1996 年版，第 147 頁。

[3]　沈從文《燭虛》，《沈從文全集》第 12 卷，北嶽文藝出版社，2002 年版，第 25 頁。

這種身體描寫的意義。實際上，人們忽視了作家筆下的「身體」有時也是一種審美的言說方式。特別是從言說焦慮的角度出發，身體的出場是在語言的無力之處，產生出的一種新的言說通道。身體的這一功能是融審美的形式與意義為一體的，特別是在表達具有哲學意味的詩性體驗時，身體的這種融合具體的審美形式和抽象的生命意義的功能就顯現出來。

在以上三位作家中，穆旦詩歌富於肉感的詩歌表達方式已經得到廣泛的研究，王佐良說：「他總給人那麼一點肉體的感覺，這感覺，所以存在是因為他不僅用頭腦思想，他還『用身體思想』。」[4]而唐湜說穆旦是「一個搏求者，一個以『帶電的肉體』去搏求的詩人」[5]。具有肉感的詩思呈現方式建立在穆旦對肉體言說的強烈認同上，穆旦對生命體驗的書寫從來就是與肉體的感受連接在一起的，可以說他的詩歌中所包含的思想是從冒著血和汗的熱氣的肉體中鞭打出來的，帶著生命的呼吸和節奏、痛感和快感，特別是在他的愛情詩如《詩八首》、《春》、《發現》等詩中這種肉體和靈魂的搏鬥達到了極致，因此，正是通過這樣一種方式穆旦應對著言說的焦慮。由於研究界對穆旦相對談得較多，所以這裏不再具體展開。

本章將主要通過對魯迅和沈從文的兩部作品的分析來說明身體在言說焦慮中出場的意義，並希望通過這種分析來提出身體在文學中具有審美表達的功能這一問題。

---

[4]　王佐良《一個中國詩人（代序）》，曹元勇編《蛇的誘惑》，珠海出版社，1997年版，第6頁。

[5]　唐湜《新意度集》，生活‧讀書‧新知三聯書店，1990年版，第106頁。

第一節　《野草》中的身體言說

一、沉默中身體的出場

　　《野草》作為魯迅最為個人化的作品，作為魯迅個人精神世界的投影，顯示了他對存在意義的拷問，這當然也離不開對人存在之本的身體的拷問。如果說《野草》表現了魯迅的個體哲學，那麼，在這一個體哲學的表達過程中，「身體」就是一個核心的意象，對人的存在的追問就是對身體以及身體與精神的關係的追問，而對於難以言說的形而上的生命體驗來說，還應該包含對身體在語言中表達意義的可能性的追問。在魯迅的小說、雜文中，身體主要是透視歷史、政治、文化、民族心理和個人心理的一個外在基點，表現為一種文化政治學意義上的身體視角，而在《野草》中，「身體」的意義由一種外在的日常生活現象或文化現象轉化成為一種內在的生命現象和審美追求，「身體」不再是述說思想、透視現象的工具和起點，而是自始至終與人的精神世界複雜地纏繞在一起的存在本身。也就是說，魯迅在《野草》的身體書寫中表現出本體性的追求，這一「本體」是生命和審美的雙重意義上的。

　　《題辭》寫道：「當我沉默著的時候，我覺得充實；我將開口，同時感到空虛。」這是引領整個《野草》的一句開場白，也是貫穿整個《野草》的一個重要思想。對於魯迅這裏所表達的言說的困難及其對沉默的選擇，很多研究者都已經注意到了，但對「沉默」的原因，存在著不同的看法。錢理群在《心靈的探尋》中，談到魯迅的沉默時說：「沉默可以說是一種最強烈，最有力，最能表現情感之極致的感情世界的應對方式。悲極，苦極，到了麻木的境地，出現了心靈的空白的

時候，就無言。」[6]錢理群這裏主要是從情感本身的複雜性出發來解釋魯迅的沉默的，在他看來，由於魯迅的情感世界過於豐富和複雜，無法用言語來表達，因而只能以沉默的方式應對。張閎在《〈野草〉：沉默的聲音》一文中從「聲音」詩學的角度對魯迅的「沉默與言說的窘迫」進行了分析，並認為：「這裏的言說的窘迫，並非維特根斯坦式的關於言說之邏輯上的可能性及其意義的邏輯選擇項方面的困難，更不是一般修辭學意義上的所謂『辭不達意』的困難。而是來自個人無意識深處的『沉默』本質的顯露。」[7]但作者對這一結論並沒有展開充分的論述。另外，薛毅則從個人與「他者的話語」的衝突上分析魯迅「沉默」的原因。[8]總的來說，對於魯迅的「沉默」一般都是從與語言相關的哲學的、歷史的、文化的角度來闡釋的。我認為，這些解釋並沒有顯示出魯迅「沉默」的特殊性來。實際上，魯迅自己也曾在文章中「解釋」過自己的「沉默」，在《怎麼寫》中，他記述了「沉默」的心理體驗，那是在廈門大學圖書館的樓上：

> 夜九時後，一切星散，一所很大的洋樓裏，除我以外，沒有別人。我沈靜下去了。寂靜濃到如酒，令人微醺。望後窗外骨立的亂山中許多白點，是叢塚；一粒深黃色火，是南普陀寺的琉璃燈。前面則海天微茫，黑絮一般的夜色簡直似乎要撲到心坎裏。我靠了石欄遠眺，聽得自己的聲音，四遠還彷彿有無量悲哀，苦惱，零落，死滅，都離入這寂靜中使它變成藥酒，加色，加味，加香。這時，我曾經想要寫，但是不能寫，無從寫。這

---

[6]　錢理群《心靈的探尋》，北京大學出版社，1999 年版，第 227-228 頁。
[7]　張閎《聲音的詩學》，中國人民大學出版社，2003 年版，第 39-40 頁。
[8]　薛毅的《無詞的言語》，《文藝理論批評》1995 年第 1 期。

也就是我所謂「當我沉默著的時候，我覺得充實，我將開口，同時感到空虛」。[9]

說是「解釋」，然而魯迅並沒有真正道出那難以言說的原委，因為「我想接近它，但我愈想，它卻愈渺茫了。」[10]既然是無法言說之物，那麼其無法言說的原因顯然也只能是難以言傳的，任何一種解釋可能是，但又不完全是，因為無論是言說主體內心的複雜性和豐富性的因素，還是世界本身的流動性、模糊性和悖論性的因素，抑或是作為表達媒介的語言的雙面性（融表達意義和背叛意義為一體）的因素，都可以構成這種言說的焦慮。在《野草》中，魯迅愛用「大歡喜」、「大悲憫」之類的佛家用語，這也正說明他想表達的是一種極致狀態的生命體驗，具有難以言說的特徵。對於與語言相關的可說與不可說、言說的焦慮、言意之辯等問題，古今中外的哲學、文學、語言學等都從不同的方向予以了揭示，從語言哲學的角度考察魯迅的「沉默」，雖然是必不可少的，但也不盡然能把握住魯迅「沉默」的根由。

我認為，尋找魯迅「沉默」的原因固然是重要的，但在沉默的時候，魯迅以怎樣的方式言說他的沉默同樣重要，而這往往是被人們所忽視的。所以，在沉默的時候，有什麼發生和出場了？這可能是理解魯迅言說的焦慮的另一條途徑。維特根斯坦說：「凡是能夠說的事情，都能夠說清楚，而凡是不能說的事情，就應該沉默。」[11]但即使是「不能說的事情」，徹底的沉默對文學來說也是不可能的，對沉默的言說就

---

[9]　魯迅《三閑集·怎麼寫──夜記之一》，《魯迅全集》第 4 卷，人民文學出版社，1981 年版，第 18-19 頁。

[10]　魯迅《三閑集·怎麼寫──夜記之一》，《魯迅全集》第 4 卷，人民文學出版社，1981 年版，第 19 頁。

[11]　維特根斯坦著，郭英譯《邏輯哲學論》，商務印書館，1962 年版，第 20 頁。

成為一個既悖論又充滿著誘惑的主題，文學恰恰是在對無法言說的體驗和感受的言說中，完成了其對生存本身的有限性的超越。同時，正是在對沉默的言說中我們才能真正領受沉默的含義。海德格爾說：「什麼是沉默？它絕非是無聲。……作為沉默的沉默化，安寧，嚴格地說來，總是比所有活動更在活動中，並比任何活動更激動不安。」[12]沉默意味著更為強烈的表達慾望，如果我們把語言看作是一種廣義上的交流符號，那麼在言語沉默的時候，身體就作為這樣一種交流符號出場了，身體語言彌補了人類言說的尷尬。

「言語道斷，身體出場；或者說，言語徹底轉化為身體姿態，由身體來說出精神本身無法說出的言語——身體訴說是被某種語言的失敗逼出來的，它是語言的替代，也是語言的轉化和昇華。」[13]身體之所以能夠替代語言出場，是因為：首先，與笛卡爾身體和靈魂相分離的二元論相對立，現代身體哲學如梅洛-龐蒂的知覺現象學認為：「心靈和身體之間並不存在清楚的區分。身體的生命承載有心靈的存在，心靈存在於身體之中。」[14]既然身體和精神如此緊密地相互依存，那麼語言在表達精神的幽秘之處的時候，那種無法言說的苦惱就可以通過身體的言說得到緩解。其次，身體作為人感知世界的處所，在確定意義時，它扮演了一個原初的角色，身體語言的感性性質中就包含著意義的模糊性和不確定性，而這恰恰是日常語言所缺少的。在《野草》中，身體正是在這樣的意義中出場的。因而對於《野草》「沉默」中的身體的出場，我們就可以把它看作是在語言的無奈之處，延伸出的一種新的言說方式。

---

[12] 海德格爾著，彭富春譯《詩·語言·思》，文化藝術出版社，1991年版，第180頁。

[13] 郜元寶《從捨身到身受——略談魯迅著作的身體語言》，《魯迅研究月刊》2004年第4期。

[14] 〔美〕普里莫茲克著，關群德譯《梅洛-龐蒂》，中華書局，2003年版，第8頁。

這裏更重要的是看身體如何出場。首先看《復仇》中的「身體」：

> 人的皮膚之厚，大概不到半分，鮮紅的熱血，就循在那後面，在比密密層層地爬在牆壁上的槐蠶更其密的血管裏奔流，散出溫熱。於是各以這溫熱互相蠱惑，煽動，牽引，拼命地希求偎依，接吻，擁抱，以得生命的沈酣的大歡喜。
>
> 但倘若用一柄尖銳的利刃，只一擊，穿透著桃紅色的，菲薄的皮膚，將見那鮮紅的熱血激箭似的以所有溫熱直接灌溉殺戮者；其次，則給以冰冷的呼吸，示以淡白的嘴唇，使之人性茫然，得到生命的飛揚的極致的大歡喜；而其自身，則永遠沈浸於生命飛揚的極致的大歡喜中。[15]

　　兩個赤裸著身體的人拿著利刃，對立於廣漠的曠野之上，這是把身體置於暴力和死亡的邊界所展示出來的生命場景。這裏有最豐富的身體圖畫：桃紅色的皮膚、比槐蠶更密的血管、鮮紅的熱血、淡白的嘴唇，而身體之間的蠱惑、煽動和牽引，以及對偎依、接吻和擁抱的渴望又使這幅圖畫充滿著動感。儘管身體處於靜態，但身體對峙所產生的時空緊張卻使這樣一個場景充滿著一種蓄勢待發的張力，同時張力中又蘊含著對生命力酣暢淋漓的釋放的期待，無論是對於愛者還是對於被愛者，對於殺戮者還是被殺者，在這樣的「擁抱」和「殺戮」中都能獲得「生命的飛揚的極致的大歡喜」，這是對尼采似的生命意志和滿溢著生命激情的身體的讚揚和期盼，因而這幅圖畫又是一種生命理想的象徵。

---

[15] 魯迅《野草·復仇》,《魯迅全集》第 2 卷，人民文學出版社，1981 年版，第 172 頁。

　　但是，這樣一種個人生命力的張揚，在庸庸大眾的眼裏，卻只是一場給平庸、無聊的生活增加一點刺激的身體表演，看完也就作罷，不會給他們麻木的精神一絲一毫的觸動，尼采式的特立獨行也只會招來看客的圍觀，而不會驚醒他們的靈魂。因此，在中國文化的語境中，魯迅對他所讚揚的尼采保留了他自己的一種選擇，魯迅說：「群眾，──尤其是中國的，──永遠是戲劇的看客。」「對於這樣的群眾沒有法，只好使他們無戲可看倒是療救，正無須乎震駭一時的犧牲，不如深沈的韌性的戰鬥。」[16]如果說尼采的選擇是「震駭一時的犧牲」，魯迅的選擇則是「深沈的韌性的戰鬥」。在《怎麼寫》中魯迅就提到：「尼采愛看血寫的書。但我想，血寫的文章，怕未必有罷。文章總是墨寫的，血寫的倒不過是血跡。它比文章自然更驚心動魄，更直接分明，然而容易變色，容易消磨。」[17]這種「深沈的韌性的戰鬥」在《復仇》中，是以身體的「不行動」作為一種行動的方式：兩個人一直對立著，以至圓活的身體，即將乾枯，然而毫不見有擁抱和殺戮之意。這讓做慣了旁觀者的人們感到無聊，甚而覺得乾枯到失了生趣。這是「不行動」的身體對圍觀者麻木、冷漠的感情狀態的復仇，即魯迅所說的「無血的大戮」。

　　《復仇》中的身體言說的意義還不止於此，對於兩個持刀的裸者來說，儘管他們沒有「擁抱」或「殺戮」的行動，但雙方仍能感受到行動後的那種「生命的飛揚的極致的大歡喜」。對峙的身體在這裏的意義不僅在於對旁觀者的復仇，在我看來，身體的這種行為方式也傳達出對身體本身的肯定。身體的行動一般都會指向某種後果，身體停止

[16]　魯迅《娜拉走後怎樣》，《魯迅全集》第 1 卷，人民文學出版社，1981 年版，第 163、164 頁。
[17]　魯迅《三閑集·怎麼寫──夜記之一》，《魯迅全集》第 4 卷，人民文學出版社，1981 年版，第 19 頁。

了動作也就意味著對動作所帶來的後果的關注的減少，而使注意力集中於身體本身，相對靜態的身體是對身體自身的凸現，《頹敗線的顫動》中老婦人石像式的身體也具有這種特徵。除此之外，動作的重複也能獲得身體凝定的意義和效果。《這樣的戰士》中，「但他舉起了投槍」在文中重複了五次；《過客》中一直向前走的過客：「從我還能記得的時候起，我就在這麼走，要走到一個地方去，這地方就在前面。」「有聲音常在前面催促我，叫喚我，使我息不下。」動作機械式的重複同樣起到了與靜止相類似的凸現身體的功能。

　　魯迅之所以採用類似繪畫或雕刻式的手法，強化一種視覺上的身體狀態，這不僅是由作品所要表現的內容決定的，也是出於魯迅自覺的身體意識。這種自覺的身體意識當然不會只是體現為對身體形象的簡單呈現，而是應體現為身體與精神的完全交融，因為身體的出場只有在精神的光芒的燭照下才會變得眩目異常。《頹敗線的顫動》就充分展示了精神與身體的這種關係。這篇散文詩由兩個連續性的夢構成，第一個夢夢見一個年輕的女人為了養育年幼的女兒，出賣自己的肉體，魯迅這樣描寫年輕女人的身體：「在光明中，在破榻上，在初不相識的披毛的強悍的肉塊底下，有瘦弱渺小的身軀，為饑餓，苦痛，驚異，羞辱，歡欣而顫動。馳緩，然而尚且豐腴的皮膚也光潤了；青白的兩頰泛出輕紅，如鉛上塗了胭脂水。」年輕身體的顫動混合著複雜的情緒，既有捨棄靈魂的屈辱和苦痛，也有敞開身體的驚異和歡欣。然而，無論這是一種怎樣難以言說的體驗，自然身體的光芒都無可阻擋地奔湧而出。第二個夢夢見多年以後，當把女兒養育成人後，垂老的女人卻遭到了女兒、女婿、孫子們的責罵和遺棄。當這個不再有利用價值的老婦人，置身於荒郊野外，那衰老的身體卻因種種對立感情的撕扯而呈現出奇異的光芒：「赤身露體地，石像似的站在荒野的中

央，與一剎那間照見過往的一切：饑餓，苦痛，驚異，羞辱，歡欣，
於是發抖；害苦，委屈，帶累，於是痙攣；殺，於是平靜。……又於
一剎那間將一切併合：眷戀與決絕，愛撫與復仇，養育與殲除，祝福與
詛咒……。她於是舉兩手儘量向天，口唇間漏出人與獸的，非人間所有，
所以無詞的言語。」魯迅這裏運用的是具象的身體描寫和抽象的精神描
寫相交織的語言，並且二者互為闡釋，老婦人的情感儘管無法言說，但
一組表達情感的反義詞不但描述了情感的複雜狀態，同時也為身體姿態
的解讀提供了指向，老婦人的身體姿態正是這種無以言說的情感的表
徵。身體的精神性和精神的身體性融為一體，進入「生命」層次的身體
言說應該抵達這樣一種合一的境界，從而展示一種本體性的身體意識。
儘管老婦人被拋棄、被放逐的情感體驗可以說是魯迅現實體驗的投影：
「我先前何嘗不出於自願，在生活的路上，將血一滴一滴地滴過去，以
飼別人，雖自覺漸漸瘦弱，也以為快活。而現在呢，人們笑我瘦弱了，
連飲過我的血的人，也來嘲笑我的瘦弱了。」[18]但這種現實體驗在這篇
散文詩中已經抽象為一種具有普遍概括性的生命體驗。

　　越是進入生命體驗的高的層次，語言（確切地說，是日常語言）
越難和精神世界達到合一，這是語言難以擺脫的宿命，因而沉默不失
為一種必然的選擇。不過，儘管按照許多語言哲學家的看法，沉默顯
示出一種對語言的抗拒和超越，但在我看來，這裏面也不無被動和無
奈，因為表達是人們理解世界的一種基本方式，只有在表達的過程中
人們才能逐漸接近那無法言說之物，而身體的出場正可以把這種被動
的選擇轉化為主動。身體的出場之所以能彌補語言的上述尷尬，一個

---

[18] 魯迅《兩地書》（1926 年 12 月 16 日），《魯迅全集》第 11 卷，人民文學出版社，
　　1981 年版，第 249 頁。

很重要的原因就是因為身體所包含的情感體驗是個人化的，具有不確定性和模糊性，這恰恰和難以言說的生命體驗具有一致性。舍勒把人的情感分為「精神性情感」和「身體性情感」，並認為前者是一種可以和別人分享的情感，如悲哀和快樂，這種情感離人的身體較遠，而後者則是為個人所有不可能被別人感知的，「他者身體的機體感和與機體相隨的感性情感，是不可傳達的，同樣，我的身體感及其感性情感是不可分享的。」[19]這裏我所說的也正是這種「身體性情感」。

當然，身體對沉默的言說在文學中仍然必須借助語言的描述來呈現。梅洛-龐蒂在《知覺現象學》中認為，原初的經驗在和語言相遇之前是「沉默的我思」，「沉默的我思」要成為「說出的」、「真正的」我思，就必須超越語言中已形成的意義，「如果我們不追溯這個起源，如果我們在言語的聲音下不能重新發現最初的沉默，如果我們不描述打破該沉默的動作，我們對人的看法將依然是表面的。」[20]因而身體體驗能夠喚醒沈睡的語言、賦予語言以鮮活的意義，它是對語詞意義的重構。「最終不是純粹的意識，而是身體通過說出這一重估了的語詞，發現了我思的新的、完全的、真正的意義。」[21]身體的意義通過語言而獲得，因此，在身體出場的時候，語言並沒有消失，它被轉化和昇華為了詩性的語言。

《頹敗線的顫動》就體現了這種身體、語言和意義合一的境界。在這篇散文詩的結尾即高潮部分，作者寫道：「當她說出無詞的言語時，她那偉大如石像，然而已經荒蕪的，頹敗的身軀的全面都顫動了。

---

[19] 劉小楓《現代性社會理論緒論》，上海三聯書店，1998 年版，第 348 頁。

[20] 〔法〕梅洛-龐蒂著，姜志輝譯《知覺現象學》，商務印書館，2001 年版，第 240 頁。

[21] 〔美〕普里莫茲克著，關群德譯《梅洛-龐蒂》，中華書局，2003 年版，第 33 頁。

這顫動點點如魚鱗，每一鱗都起伏如沸水在烈火上；空中也即刻一同
震顫，彷彿暴風雨中的荒海的波濤。」所謂「無詞的言語」仍然表現
為欲說而無法說的語言的困擾，但這時身體言說的力量已遠遠超出了
這樣一種語言言說的衝動，因而最後連「無詞的言語也沉默盡絕」，就
只剩下了身體的顫動，「輻射若太陽光，使空中的波濤立刻迴旋，如遭
颶風，洶湧奔騰於無邊的荒野。」這樣一種描寫很具有「生命力」的
特徵，如柏格森在《創造進化論》中描述生命力：「在我們看來，生命
在整體上似乎是從中心開始擴散的巨大波濤，這波濤在它的圓周的所
有點上停留，並轉化為振動，並以不可阻擋的氣勢摧毀障礙，使動力
自由傳遞。」[22]垂老的女人身上所迸發出來的生命力不同於這篇散文詩
中所寫到的年輕時自然原欲性質的生命力，它來自於精神的博大與厚
重，是一種融合著大愛與大恨的情感，作者通過語言說出了身體的這
一撼天動地的精神性力量。

二、身體的詩性之思

在《野草》中，魯迅不僅通過身體的出場而敞開了意義，使難以
言說的內心體驗在身體的呈現中獲得了表達，而且在身體的出場中魯
迅也探尋著身體的本體意義。以審美的形式為仲介，這種對身體的本
體性的追問呈現為一種身體的詩性之思。

《野草》的世界是一個充滿著肉體和靈魂的雙重痛感的世界，靈
魂的鑄造和昇華是在身體的受難包括死亡中獲得的，只有在這樣一種

---

[22] 〔法〕柏格森著，王珍麗、余習廣譯《創造進化論》，湖南人民出版社，1989
年版，第 210 頁。

生命燃燒和毀滅的極限情境中人才能認識自我，正如梅洛-龐蒂所說：「沉默的我思，自己對自己的呈現，是存在本身，先於任何哲學，但是，它只能在受到威脅的極限情境中認識自己。」[23]在《野草》中，魯迅表達了他通過死亡接近存在本身的人生哲學。《題辭》說：「過去的生命已經死亡。我對於這死亡有大歡喜，因為我借此知道它曾經存活。死亡的生命已經朽腐。我對於這朽腐有大歡喜，因為我借此知道它還非空虛。」在《一覺》中魯迅也寫道：「我愛這些流血和隱痛的魂靈，因為他使我覺得是在人間，是在人間活著。」汪暉認為：「魯迅正是在人生的掙扎、奮鬥、困擾、死亡的威脅、悲劇性狀態中體會到了生命的存在和意義，深沈地把握了『此在』。」[24]對人來說，惟有死亡是可以確認的，而生則充滿著模糊和流動的性質，因而通過死來確認生，或者說「將生的體驗在死的絕境中實現」[25]，也就成了存在哲學的一道命題。

在《復仇（其二）》中魯迅借用《聖經》中耶穌被釘十字架的故事，展現了身體的痛苦和精神的昇華的同一。耶穌在被釘上十字架時，沒有對死的命運作任何抵抗，也不喝用鎮痛的沒藥調合的酒，而是主動領受身體的大痛楚，魯迅對耶穌受難時身體的痛苦作了非常細緻的描述：「丁丁地響，釘尖從掌心穿透」，「丁丁地響，釘尖從腳背穿透，釘碎了一塊骨，痛楚也透到心髓中」，最後「碎骨的大痛楚透到心髓了，他即沈酣於大歡喜和大悲憫中。」耶穌通過身體的受難而接近上帝，在身體感受痛苦、成就死的過程中，他獲得了精神的涅槃。拋開這個故事的宗教色彩，從普遍的意義上來看，這個故事也說明，對生命本

---

[23] 〔法〕梅洛-龐蒂著，姜志輝譯《知覺現象學》，商務印書館，2001 年版，第506 頁。

[24] 汪暉《反抗絕望》，河北教育出版社，2000 年版，第 104 頁。

[25] 殘雪《藝術復仇》，廣西師範大學出版社，2003 年版，第 235 頁。

體的追問是基於身體的，精神是駐紮在肉體之中的，而不存在某種超驗的精神領受。同樣，《過客》也繼續了這一主題，受到來自靈魂深處的召喚而一直向前走的「過客」，也是在承受身體的磨礪和苦痛的過程中接近靈魂的召喚的。

在《影的告別》中，魯迅就對與身體相分離的「精神之影」進行了既肯定又否定的雙向詰問：

> 有我所不樂意的在天堂，我不願去；有我所不樂意的在地獄裏，
> 我不願去；有我所不樂意的在你們將來的黃金世界裏，我不願去。
> 然而你就是我所不樂意的。
> 朋友，我不想跟隨你了，我不願住。[26]

無論是天堂、地獄還是黃金世界，都必須是身體攜精神同往的，天堂的快樂、地獄的磨難、黃金世界的美好和光明，都必須以身體的方式去感知和呈現，但是，影的非實在性與精神相似，影的告別是向身體的告別，它是試圖與身體分離的精神之影。精神離開了身體實在，失去了肉身的依託就只能「彷徨於無地」，也正因為如此，黑暗與空虛才是影的宿命。影的沉重是精神的沉重，魯迅曾說：「我常常覺得惟『黑暗與虛無』乃是『實有』。」[27]也就是說，魯迅心中的「實有」即生命的本質與影的宿命是相同的，即都屬於黑暗和虛無的世界。人是通過身體的感知而獲得對自我的確認的，但對於失去身體實在的影來說，這種確認只能近於虛空，存在的時間性和空間性對於影來說都失去了

26　魯迅《野草・影的告別》，《魯迅全集》第 2 卷，人民文學出版社，1981 年版，
　　第 165 頁。
27　魯迅《兩地書》（1925 年 3 月 18 日），《魯迅全集》第 11 卷，人民文學出版社，
　　1981 年版，第 20 頁。

意義，影既不知道黃昏和黎明，也無法真正屬於光明和黑暗的任何一方，所謂「屬於黑暗」只是在被吞沒後將自己化為烏有，它的存在只能是「不知道時候」地遊蕩於明暗之間，因而沒有身體的影只能是一個虛空的存在。影的獨自遠行是一次孤獨的旅行，它不但不要你——身體的陪伴，也不要別的影的跟隨。純粹的光明令人懷疑，而影又不願徘徊於明暗之間，影的選擇是向黑暗沈沒，並將所有的黑暗歸屬一己。它不是為了逃離「精神之重」，相反恰恰是願意獨自承受一切的黑暗與虛空，把那些「精神之重」全部扛過來。這是一場悲壯的精神殉道，但精神的鍛造和昇華應是在肉體中完成的，沒有身體參與的殉道能算作是一場真正的殉道嗎？魯迅的表述儘管是站在影的一方的，對精神的肯定是他作為一個視改造國民性為己任的「五四」人一直堅持的立場，但由此，我們仍然能體驗到影的孤獨和虛無的心態，魯迅對捨棄身體的行為的懷疑由行文的縫隙漸漸顯露出來。

《墓碣文》被看作是《野草》中最奇異怪誕的一篇，我認為，它探究的是身體之於人的本體意義。「我」在夢中見到一墓碑，墓碑上的刻辭告訴了墓中人的經歷，「有一遊魂，化為長蛇，口有毒牙。不以齧人，自齧其身，終以殞顛。」以痛苦和死亡的方式對存在本身進行探究，這是在《野草》常常寫到的主題。但是，在這篇作品中魯迅卻對這一壯烈的行為產生了質疑：

> ……抉心自食，欲知本味。創痛酷烈，本味何能知？……
> ……痛定之後，徐徐食之。然其心已陳舊，本味又何由知？……[28]

---

[28]　魯迅《野草‧墓碣文》，《魯迅全集》第 2 卷，人民文學出版社，1981 年版，第 202 頁。

在「自齧其身」——即追問「我」的本質的過程中，無論是在自食的痛苦中，還是在痛定後的沈靜中，本味都難以企及。這不僅顯示了魯迅對獲得人的形而上本質的答案的否定，而且從魯迅的這一表述中，我們看到其中包含著一個經典性的身體哲學的悖論：「我是身體」和「我有身體」的悖論。通常當人們以一種對待客體的方式對待身體，也就是把身體看作是一個客觀對象，以一種對待「物」的方式觀察它探究它時，就包含著「我有一個身體」的判斷，「我」是和身體分離的，並且凌駕於身體之上，能夠對身體發號施令的主體。但是人永遠不會象觀察對象那樣觀察身體，因為我就是那個身體本身，所以人的生命的基本形式首先表現為「我是一個身體」。在《墓碣文》中，「抉心自食，欲知本味」的，就是這樣一個高高在上的主體，但是，「我」同時又是身體本身，當我「自齧其身」時，隨著身體的消失，「我」也消失了。因而在這一過程中，無論是痛苦還是麻木，都難以獲得「我」的「本味」。「自食」的行為意味著主體和身體的分離，在梅洛-龐蒂看來，「只有當主體實際上是身體，並通過這個身體進入世界，才能實現其自我性。之所以我反省主體性的本質，發現主體性的本質聯繫於身體的本質及世界的本質，是因為作為主體性的我的存在就是作為身體的我的存在和世界的存在，是因為被具體看待的作為我之所是的主體最終與這個身體和這個世界不可分離。」[29]然而主體和身體分離的思維對於人來說又是難以避免的，人們往往會認為憑藉我的意志就能主宰我的身體和外在世界。因而魯迅在這裏對身體悖論的展示，實際上是對

---

[29]〔法〕梅洛-龐蒂著，姜志輝譯《知覺現象學》，商務印書館，2001 年版，第511-512 頁。

人的生命本身的悖論的揭示，人對存在本質接近的虛無性也由這樣一個身體悖論的敘述得到了形象的揭示。

除此之外，墳中「死屍」表情的變化似乎也預示著死亡的蛻變，開始時：「胸腹俱破，中無心肝。而臉上卻絕不顯哀樂之狀，但濛濛如煙然。」當「我」就要離開，見死屍已在墳中坐起，口唇不動，然而說：「待我成塵時，你將見我的微笑！」由肉體化為塵土，由無哀樂到微笑，這也許是生命的又一次蛻變。據木山英雄的解釋：「所謂『成塵』者，我們可以理解為作者欲將與現世的生之苦惱深深糾纏在一起以至無法再解開的死，在此轉換成連形迹也不存在的徹底的死——姑且稱之為死之死——這樣一種期待。」[30]也許只有這樣，一個全新的身體與靈魂合一的新人，才有誕生的可能。

魯迅還想像了死後的身體。死是對生的否定，人生所有的意義都會因為死而劃上句號，這就決定了人的虛無本質。然而，活著的人總可以在意識上規避死亡，在其有限的範圍內對自身作出籌劃，並由身體展開符合自己意願的行動，這也就是身體的意向性，「意向性並不是源於一個獨立於機械式的身體的精神實體，而是源於我們的身體本身。因此，我們對他人的發現也不是通過意識的意向性活動，而是通過我們的身體來完成的。」[31]因而現象學中的意向性並不是精神性的，而是身體性的。人一旦失去了身體的意向性，失去了身體與世界的相互作用，也就意味著死亡或雖生猶死的狀態的到來。魯迅設想了一種特殊的死亡狀態：「假使一個人的死亡，只是運動神經的廢滅，而知覺還在，那就比全死了更可怕。」《死後》用夢的形式實現了這種「死」，

---

[30]　〔日〕木山英雄著，趙京華編譯《文學復古與文學革命》，北京大學出版社，2004年版，第46頁。
[31]　蘇宏斌《作為存在哲學的現象學》，《浙江社會科學》2001年第5期。

這是比虛無的生更可怕的身體的死亡，因為人的身體儘管死了，不能動彈，但知覺還在、還有思維。人對一切心知肚明，卻無能為力，無論是對朋友，還是對敵人，抑或是對小小的螞蟻和青蠅。在《死後》中魯迅還寫道：「幾個朋友祝我安樂，幾個仇敵祝我滅亡。我卻總是既不安樂，也不滅亡地不上不下地生活下來，都不能副任何一面的期望。現在又影一般死掉了，連仇敵也不使知道，不肯贈給他們一點惠而不費的歡欣。」在同時期寫的《華蓋集‧雜感》中魯迅也表達了類似的思想：「殺了無淚的人，一定連血也不見。愛人不覺他被殺之慘，仇人也終於得不到殺他之樂：這是他的報恩和復仇。」[32]對於死者來說，這種既無淚又無血的死的意義是從他人那裏獲得的，因而木山英雄把這種行為評價為「以『友』的祝願與『敵』的念頭作基準來衡量自己」[33]。自我行為的意義是在同朋友、親人，特別是同敵人的關係中確立的，反過來這也意味著身體一旦產生意向性，必定是向著所愛和所恨的人投射的。

　　我們看到，儘管默默的死能報恩和復仇，但隨著身體最後一次行動的能力的結束，身體也就失去了對世界的意向性，連想打噴嚏、流眼淚都不可能，就毋庸說對所愛和所恨的人做些什麼了，不僅如此，就連死本身也還要被人所利用。魯迅曾憤慨地說：「文人的遭殃，不在生前的被攻擊和被冷落，一暝之後，言行兩亡，於是無聊之徒，謬托知己，是非蜂起，既以自衒，又以賣錢，連死屍也成了他們的沽名獲

---

[32] 魯迅《華蓋集‧雜感》，《魯迅全集》第 3 卷，人民文學出版社，1981 年版，第 48 頁。

[33] 〔日〕木山英雄著，趙京華編譯《文學復古與文學革命》，北京大學出版社，2004 年版，第 62 頁。

利之具，這倒是值得悲哀的。」[34]《死後》通過夢的形式展開的對死後身體的想像，其實也可以看作是對沒有身體意向的人的存在的一種批判，那是沒有愛和恨的行屍走肉一樣的人。心靈遲鈍和麻木了，身體就會失去行動的動力和指向，如果說《死後》中「我」的靈魂仍在，仍會憤怒，只是無奈於身體的意向期待不能轉換為行動，那麼中國卻到處都是這般有行動的能力卻失卻了行動的勇氣和慾望的人，他們有的只是軀殼一樣的身體，除了象動物般的生存以外，他們的身體和這個世界之間沒有任何關係，而永遠只是社會和歷史的旁觀者。「絕望之為虛妄，正與希望相同」，有身體意向性存在的生即是一種希望，能夠成就其在虛無中反抗絕望的行為。

綜上所述，在《野草》中，無論是對身體的精神性的描寫，還是哲學化地對身體和精神關係的本質拷問，抑或是對身體死亡的理解和想像，都顯示出魯迅的身體立場已經具有明顯的本體意味。然而，它顯然又不是邏輯理念的哲學思考，而是在藝術的創造更確切地說是語言的創造中完成的，只有審美的語言才能說出作家在生活世界中的原初感受，並把這種感受傳達給讀者。因此，魯迅對身體的形而上呈現是與其用詩性的語言所構建的奇特的藝術想像世界不可分的。在《野草》中，魯迅運用浪漫主義的藝術想像力、富有節奏感、色彩感的語言以及瑰麗奇崛的意境來構築他的審美世界，特別是魯迅還常常通過夢境的形式，將這種創造置於超越現實的象徵境界之中，從而獲得對生命的體認。在這樣一種藝術創造中，身體、語言、意義是三位一體的，是身體中的語言、語言中的意義、意義中的身體，「離開了身體的

---

[34] 魯迅《且界亭雜文・憶韋素園》，《魯迅全集》第 6 卷，人民文學出版社，1981年版，第 68 頁。

獨特經驗，語言的創造性是無從談起的；照樣，離開了語言的創造性，身體的經驗也就不會獲得有價值的出場空間。二者在寫作中應該是同構在一起的。」[35]

因此，從審美本體的角度來看，身體和語言只有創作性地相遇，才能產生真正的藝術作品，才能使世界的意義得以敞開，從魯迅《野草》中的身體言說，我們可以感受到身體的出場對於作家表達形而上的生命體驗的意義。

第二節　沈從文《看虹錄》：
作為審美形式的身體

沈從文寫於四十年代的小說《看虹錄》在近些年重新引起了研究界的關注。目前研究主要是從語言、結構、意象等方面對它進行解讀和分析。我認為，這些單純文本性質的研究尚不能深刻揭示這篇小說所具有的真正意義所在，必須把它放置在沈從文人生和藝術思想的邏輯軸線上才能完整地理解它。同時，這篇小說中的長期以來被人所詬病的身體描寫在當下研究中並沒有脫去「性」、「色情」的色彩，而在我看來，小說中的「身體」具有重要的審美意義，「身體」可以說是開啟這篇小說隱秘的一把鑰匙，也是透視沈從文四十年代文學思想的一扇窗口。

《看虹錄》分為三節：第一節寫「我」於空闊寂靜的深夜受梅花清香的吸引，走進一間素樸的小屋，並看到一本奇書，書的題詞是：「神

---

[35] 于堅、謝有順《于堅謝有順對話錄》，蘇州大學出版社，2003 年版，第 173 頁。

在我們生命裏」；第二節是奇書的內容，寫女主人和客人度過的一個兩情相悅的夜晚，並通過客人給女主人講故事的方式複合進一個獵人和鹿的故事，這是小說的主體；第三節是讀完書後「我」的所思所感。這篇小說包含從大到小的三層結構：「我」與書的故事、女主人和客人的故事、獵人和鹿的故事，並且客人與女主人、獵人與鹿的故事互文同構，「看書」，「講故事」、「捕鹿」是連接整篇小說的關鍵性動作。而且，非常突出的是，在這篇小說中，對女人和鹿的身體的描繪佔據了小說的主要視野：

> 衣角向上翻轉時，纖弱的雙腿，被鼠灰色薄薄絲襪子裹著，如一顆美麗的小白楊樹，如一對光光的球杖，——不，恰如一雙理想的腿。這是一條路，由此導入想像走近天堂。天堂中景象素樸而離奇，一片青草，芊綿綠蕪，寂靜無聲。
>
> 什麼話也不說，於是用眼光輕輕撫著那個微凸的踝骨，斂小的足脛，半圓的膝蓋，……一切都生長得恰到好處，看來異常舒服，而又稍稍紛亂。
>
> 主人髮柔而黑，頸白如削玉刻脂，眉眼嫵媚迎人，頰邊帶有一小小圓渦，胸部微凸，衣也許稍微厚了一點。
>
> 目光吻著髮間，髮光如鬈，柔如絲綢。吻著白額，秀眼微閉。吻著頰，一種不知名的芳香中人欲醉。吻著頸部，似乎吸取了一個小小紅印。吻著胸脯，左邊右邊，衣的確稍厚了一點。
>
> ……自然是我用嘴去輕輕的接觸那個美麗生物的四肢，且順著背脊一直吻到它那微瘦而圓的尾邊。我在那個地方發現一些微妙之漩渦，彷彿詩人說的藏吻的窩巢。它的頰上，臉頰上，都被覆上纖細的毫毛。它的頸那麼有式樣，它的腰那麼小，都是

我從前夢想不到的。尤其夢想不到，是它哺小鹿的那一對奶子，
那麼柔軟，那麼美。……
那雕刻品腿瘦而長，小腹微凸，隨即下斂，一把極合理想之線，
從兩股接榫處展開，直到腳踝。式樣完整處，如一古代希臘精
美藝術的仿製品。

　　沈從文四十年代文學觀念的核心是「抽象的抒情」，它是沈從文的
文學人生在進入了一個沈寂期後試圖作新的突破的藝術冒險，《看虹
錄》即是他探索和實現他的文學理想的一個典型文本和載體。本節以
身體為視角，試圖探討的主要問題是：《看虹錄》這篇小說裏的身體與
他早期反映湘西生活的對自然人性讚頌的性愛小說中的身體在內涵上
是否有所不同？身體與他四十年代所提出的「抽象的抒情」有著怎樣
的關係？如果說西方語境下的審美現代性是舍勒所說的「人身上一切
晦暗的、衝動性的本能的全面造反」[36]，顯示了自然生命對理性、倫理
等的反抗，那麼，在中國現代語境下，沈從文審美追求中的身體感性
與西方審美現代性中的身體感性又存在著怎樣的聯繫和不同呢？再
者，如果說在西方，審美現代性是對啟蒙現代性反動的話，那麼，沈
從文文學觀念中的審美與啟蒙又是怎樣的關係呢？

　　我認為，沈從文「抽象的抒情」的文學觀念是在他對個體生命感
性與藝術的關係認識的基礎上確立的，在他對生命感性的呈現中，對
日常語言的超越是關鍵性的問題，他試圖用類似音樂的富於流動感和
抽象性的語言形式來貼近原初的審美體驗，「身體」即是這種表達方式
之一。所以，這一部分試圖把對《看虹錄》中「身體」的解讀以及對
以上問題的思考放置在「感性——語言——身體」這樣一個邏輯線索

---

[36] 劉小楓《現代性社會理論緒論》，上海三聯書店，1998 年版，第 348 頁。

上，同時，沈從文比較含混的後期文學觀念——「抽象的抒情」也可以由之獲得闡發。進而，我們還能夠由此觀照沈從文作品中的身體感性在審美現代性的理論框架中所顯現出來的獨特之處。

一、歷史理性與生命感性

1、歷史理性與個體關懷

在進入沈從文感性的文學世界之前，有必要對沈從文對待理性的思想立場作一個分析說明。因為沈從文是一個非常注重文學審美獨立性的作家，而一般會認為，這種「審美中心主義」的作家往往會對理性持否定和批判的態度，如在西方，審美現代性就是以感性對啟蒙現代性的理性的反叛為主要特徵的。這種類推對於沈從文顯然是不合適的。

無論是西方的啟蒙運動還是中國的五四運動，對理性精神的高揚都是其重要的特徵，只不過西方是以理性反宗教，中國則是以理性反傳統。沈從文作為一個受到五四精神洗禮的作家，深知理性於一個國家、一個社會、一個人的重要性：「我們必承認五四實在是中國大轉變一個樞紐，有學術自由，知識份子中的理性方能擡頭，理性擡了頭，方有對社會一切不良現象懷疑與否認精神，以及改進或修正願望。」[37]可以看到，沈從文所認可的理性精神首先是一種批判精神，這也是五四的精神傳統，它不僅僅指向過去——對傳統的批判，同時也指向現在和未來——它賦予了像沈從文這樣的知識份子獨立判斷事物的勇氣和能力。可以說，沈從文從理性精神中所汲取的並不是西方理性精神

---

[37] 沈從文《文運的重建》，《沈從文全集》第 12 卷，北岳文藝出版社，2002 年版，第 80 頁。

過度膨脹所帶來的絕對自信，而是一種不輕信、不盲從的懷疑和批判精神。所以，沈從文由理性所獲得的不是西方啟蒙理性的負面因素，而是作為一個「有尊嚴」的人所應具備的正面品質。

沈從文對於理性的肯定還表現在他對待數學的態度上。沈從文所說的「數學」不單是學科意義上的，也是文化精神意義上的。「數學」代表著科學理性的文化，正是數學的精確性和嚴密性決定了我們對宇宙的一種理性的把握和控制，使人類遠離野蠻和愚昧，並由此形成了我們觀念中秩序井然的世界圖式。「韋伯認為，資本主義的基本精神之一就是『計算』和講求效率；霍克海姆和阿多諾說，啟蒙的基本精神之一就是思維和數學的統一；鮑曼斷言：幾何學是現代精神的原型。」[38]正是因為如此，數學作為一門代表著現代理性精神的典型學科，從兒時起就受到沈從文特別的尊敬：「從一個親長口中，知道一切問題都和數學碰頭，宇宙間至大和最小都可由數學測知，而一個新的進步的文化或文明，數學恰佔有主要位置。真正公平的社會分配制度，更離不了數學的處理。所以我尊敬數學甚於一切。」[39]沈從文的思想是深受啟蒙精神影響的，數學如同一扇窗口打開了沈從文心中對於公平、公正的理性社會的渴望。

合理的知識理性作為社會走向文明、擺脫愚昧的必要前提受到了沈從文的讚揚，但是沈從文又非常清楚地看到，社會的發展、歷史的運動常常脫離理性的控制，最明顯不過的表現就是人類的戰爭和殺戮。雖然在戰爭論者看來，戰爭是推動人類發展的一種必不可少的方式，但是，沈從文卻在這種所謂歷史和文明的進步方式中看到了人類

---

[38] 周憲《現代性的張力》，首都師範大學出版社，2001 年版，第 13 頁。

[39] 沈從文《關於西南漆器及其它》，《沈從文全集》第 27 卷，北岳文藝出版社，2002 年版，第 20 頁。

的非理性和荒謬，他說：「歷史上一切民族的進步，皆得取大流血方式排演嗎？」「人類光明從另外一個方式上就得不到嗎？人類光明不是從理性更容易得到嗎？」[40]沈從文對「理性」的認識仍然基於一種單純的啟蒙信仰，他把戰爭直接看成是喪失理性的表現，他卻未曾想到，人類自現代以來的戰爭與殺戮不是源於理性缺失之因，而是源於理性膨脹之果。因此，在歷史的層面，沈從文並未充分意識到理性的限度。

　　沈從文對於理性的理解是基於知識份子立場的，儘管他崇拜理性，但這種崇拜並不是對一切理性話語的盲從，而是對現實的批判和反思，這就使得沈從文對於主流話語始終持一種審視的態度。如主流進化論的歷史觀認為，歷史總是直線向前發展的，而且總是由黑暗走向光明、由愚昧走向現代，歷史的車輪必定攜帶上一切相關的事物，並且拋棄不相關的事物，這是一種整體論的歷史觀。沈從文則是從人性和個體生命的角度對歷史予以觀照，在他看來，無論歷史怎樣變化，人性的「常態」是不會變的：

> 看到日夜不斷千古長流的河水裏的石頭和砂子，以及水面腐爛的草木，破碎的船板，使我觸著了一個使人感覺惆悵的名詞。我想起「歷史」。一套用文字寫成的歷史，除了告訴我們一些另一時代另一群人在這地面上相斫相殺的故事以外，我們決不會再多知道一些要知道的事情。但這條河流，卻告給了我若干年來若干人類的哀樂！小小灰色的漁船，船舷船頂站滿了黑色沉默的鷺鷥，向下游緩緩劃去了。石灘上走著脊梁略彎的拉船人。這些東西於歷史似乎毫無關係，百年前或百年後皆彷彿同目前

40　沈從文《廢郵存底·給某作家》，《沈從文全集》第 17 卷，北岳文藝出版社，2002 年版，第 222 頁。

一樣。他們那麼忠實莊嚴的生活，擔負了自己那份命運，為自己，為兒女，繼續在這世界中活下去。不問所過的是如何貧賤艱難的日子，卻從不逃避為了求生而應有的一切努力。在他們生活愛憎得失裏，也依然攤派了哭，笑，吃，喝。對於寒暑的來臨，他們便更比其他世界上人感到四時交替的嚴肅。歷史對於他們儼然毫無意義，然而提到他們這點千年不變無可記載的歷史，卻使人引起無言的哀戚。[41]

在這一段長長的歲月中，世界上多少民族皆墮落了，衰老了，滅亡了，……然而這地方的一切，雖在歷史中也照樣發生不斷的殺戮，爭奪，以及一到改朝換代時，派人民擔負種種不幸命運，死的因此死去，活的被逼迫留髮，剪髮，在生活上受新朝代種種限制與支配。然而細細一想，這些人根本上又似乎與歷史毫無關係。從他們應付生存的方法與排泄感情的娛樂上看來，竟好像古今相同，不分彼此。這時節我所眼見的光景，或許就與兩千年前屈原所見的完全一樣。[42]

　　主流歷史是勝利者的宣傳，沈從文認同的顯然不是主流的歷史，而是非主流的或者說民間的歷史，而在後者中包含著更多的個體生命的意義。可以看出，沈從文是拒絕進入顯在的主流歷史的，他更願意以個體的姿態融入隱在的歷史。沈從文的這樣一種歷史觀充滿了對個體生命的悲憫及對顯在歷史的不信任，這實際上正是沈從文所理解的理性精神的體現。因此，沈從文的歷史理性是以對個體生命的關懷為前提的。這樣

---

[41] 沈從文《湘行散記‧一九三四年一月十八》，《沈從文全集》第 11 卷，北岳文藝出版社，2002 年版，第 252-253 頁。

[42] 沈從文《湘行散記‧箱子岩》，《沈從文全集》第 11 卷，北岳文藝出版社，2002 年版，第 278 頁。

一種理性精神對於沈從文的文學觀念也有非常重要的影響，在沈從文看來，文學創作也同樣需要理性，只有在理性精神的引導下，文學才能「把生命引導向一個更崇高的理想上去發展」[43]。可以說，在沈從文的人生和文學旅程中，他始終堅守著現代性的合理成分，即對理性、科學、自由、民主等現代精神的信仰，這也是五四最重要的精神傳統。

沈從文不僅肯定理性對於個體生命的價值，也同樣肯定感性對於個體生命的價值。前面提到沈從文對數學的肯定源於他對數學所包含的理性精神的肯定，而在《關於西南漆器及其它》這篇文章中，沈從文則把他這種對數學的仰慕和對音樂、繪畫的熱愛並立起來的：「我有一點習慣，從小時養成，即對音樂和美術的愛好，以及對於數學的崇拜。」「對音樂和美術愛好，來得實源遠流長。從四五歲起始，這兩種東西和生命發展，即完全密切吻合。」[44]在沈從文看來，數學外在於生命，音樂和美術則內在於生命，二者的齊頭並進代表著理性和感性對於個體生命具有同等重要的意義，而這二者對於構建一個理想社會也是必不可少的。然而，這只是一種美好的幻想，社會和歷史的發展往往是通過犧牲一方來成就另一方的，如在西方，「對於『理性』概念，傳統理性主義強調理性的重要性是以忽視乃至貶斥人的非理性、情感和意志為代價的。」[45]合理的理性使人類擺脫了野蠻、愚昧，並走向自由，但極度膨脹的理性卻構成了對感性的壓制，並最終偏離了理性的軌道而滑向荒謬。對於沈從文來說，他沒有這麼多的思慮，理性與感性的有機融合是他為社會發展、人類進步所設想的美好而單純的出發點。

---

[43] 沈從文《小說作者和讀者》，《沈從文全集》第 12 卷，北岳文藝出版社，2002 年版，第 66 頁。

[44] 沈從文《關於西南漆器及其它》，《沈從文全集》第 27 卷，北岳文藝出版社，2002 年版，第 20、21 頁。

[45] 陳嘉明等著《現代性與後現代性》，人民出版社，2001 年版，第 13 頁。

2、審美世界中的生命感性

　　由以上分析可以看出，沈從文在社會、歷史層面並沒有對理性持否定的態度，相反，他認為理性對於一個民族和社會的發展是非常重要的。作為一個文學家，沈從文對於理性的困惑是在他個人的審美世界中展現出來的。當沈從文轉向個體生命的層面，並向縱深探尋時，對理性的堅定信仰便逐漸展露出縫隙和裂痕。理性與感性的矛盾是與生命共存的，這主要表現為生命的自然性與社會倫理規範性之間存在著根深蒂固的矛盾，在藝術中，這種矛盾表現得尤為突出，主要表現為道德對藝術的干預。由於作家的審美體驗往往在逸出道德規範控制的前提下才能獲得表達，所以對理性的反叛就成為藝術家的本能。對生命和美的信仰使沈從文無視世俗道德規範：「提起道德和罪惡，使我感到一點迷惑。我不注意我這隻手是否能夠拒絕罪惡，倒是對於罪惡或道德兩個名詞想仔細把它弄清楚些。……我們想認識它；如製造糕餅人認識糕餅，到具體認識它的無固定性時，這兩個名詞在我們個人生活上，實已等於消滅無多意義了。」[46]在沈從文看來，道德的標準在人類文明的歷史中是具體的、也是變化的，並無某種固定的模式，如果以某種人為的道德模式為標準對生活和藝術予以控制，那無異於畫地為牢。對於道德和藝術這一對似乎永遠衝突和敵對的範疇，沈從文明顯是立於藝術對道德的超越性這一端的。如果說道德試圖以群體的標準對個體進行壓制，那麼藝術則恰恰相反，它無視道德對個體的框定，只求個體的審美價值的張揚：「一切道德標準在我面前皆失去了拘束，一切尊敬皆完全無用，一切愛憎皆

---

[46] 沈從文〈沉默〉，《沈從文全集》第 14 卷，北岳文藝出版社，2002 年版，第 105-106 頁。

與人相反。」[47]在沈從文看來，自然生命本來就是屬於非道德範疇的，其自身就構成了生命的自足與完滿，因此，對於真正的藝術精神而言，世俗的倫理道德是沒有任何意義的。

因此，當沈從文得到了世俗層面的成功：「名譽或認可，友誼和愛情，全部到了我身邊。我從社會和別人證實了存在的意義」，他仍然感到失落和不滿，理性的限制使他不能獲得生命和藝術的完滿，他還需要世俗道德以外的衝動和幻想，他「準備創造一點純粹的詩，與生活不相粘附的詩」，來處置「情感上積壓下來的一點東西」。沈從文希望通過藝術來彌補日常倫理規範的限制和制約所造成的生命缺失，即在脫離世俗道德軌道的情況下，獲得對生命的理解和藝術上的超越，他說：「要用一種溫柔的筆調來寫各式各樣愛情，寫那種和我目前生活完全相反，然而與我過去情感又十分相近的牧歌，方可望使生命得到平衡。」[48]這種對藝術和道德的對立性的強調也正是西方審美現代性的特徵：「從倫理學角度說，審美現代性對日常生活及其意識形態的否定，反映出對道德—實踐理性的不信任和疏離，強調藝術與道德的分野，對日常生活意識形態壓抑性質的反叛和抵抗，向往一種理想的更高境界的生活。」[49]

然而，對於生活在現實世界中的作家而言，要做到這種超越談何容易。在散文《水雲》中，沈從文就展示了他自我意識中的理性和感性的一場較量，文章中作者自我意識中的理性是一個「對生命有計劃對理性有信心的我」，而作者自我意識中的感性則是一個「宿命論不可知的

---

[47] 沈從文〈《生命的沫》題記〉，《沈從文全集》第 16 卷，北岳文藝出版社，2002 年版，第 305 頁。

[48] 沈從文〈水雲〉，《沈從文全集》第 12 卷，北岳文藝出版社，2002 年版，第 110 頁。

[49] 周憲〈審美現代性與日常生活批判〉，《哲學研究》2000 年第 11 期。

我」,「理性的我」自驕地說:「我要做的事就可以做。世界上不可能用
任何人力材料建築的宮殿和城堡,原可以用文字做成功的。有人用文字
寫人類行為的歷史,我要寫我自己的心和夢的歷史。」「感性的我」則
冷冷地說:「文字雖能建築想像宮殿和城堡,可是那個圖樣卻是另外一
時的偶然和情感決定的。這其中雖有你,可不完全是你的創造。一個人
從無相同的兩天生命,因此也就從無兩回相同的事情。」「理性的我」
反問:「情感難道不屬於我?不由我控制?」「感性的我」則回答:「它
屬於你,可並不如由知識經驗堆積而來的理性,能供你使喚。只能說你
屬於它。它又屬於生理上無固定性的『性』,性又屬於天時陰晴所生的
變化,與人事機緣上的那個偶然」,「它能使你的生命如有光輝」,「你能
不能知道陽光在地面上產生了多少生命,具有多少不同的形式?你能不
能知道有多少生命,長得脆弱而美麗,慧敏而善懷,名字應當叫做女人,
在什麼情形下就使你生命發光,情感發炎?你能不能估計有什麼在陽光
下生長中的這種脆弱美麗生命,到某一時恰恰會來支配你,成就你,或
者毀滅你?這一切你全不知道!」[50]這段對話是沈從文內心衝突的戲劇
化表現,沈從文所感受到的感性與理性的矛盾包含了道德與審美、生活
和生存、現實與幻想的矛盾。最後「宿命論不可知的我」的逼問占了上
風,這顯示出感性、偶然在沈從文意識中的勝利。在沈從文看來,無論
我們怎樣依賴理性的力量,非理性的情感對我們生命的支配都是難以割
捨也難以預料的。只有當「理性的我」失敗後,作者才能獲得新生,並
在個人審美感性的世界裏自由翱翔。沈從文四十年代的作品就比較多地
探究了這種著感性、偶然性對於個體生命的意義。

---

[50] 沈從文〈水雲〉,《沈從文全集》第 12 卷,北岳文藝出版社,2002 年版,第
102-103 頁。

　　但是，在沈從文這裏，感性的勝利只意味著對理性的暫時懸置，而不是意味著對理性的拋棄，因為只有經過這樣一個過程，他所理解的以人性關懷為前提的理性才能獲得，對此，沈從文的表述是：「如何在衝突中鬆弛其束縛，逐漸失去平衡，必在完全失去平衡之後，方可望重新獲得平衡。」[51]正是因為如此，所以他在經歷了感性的冒險後才會說：「那個失去了十年的理性，完全回到我身邊來了。」[52]

　　沈從文說：「我是個對一切無信仰的人，卻只信仰『生命』」，「在『神』之解體的時代，重新給神作一種光明讚頌。在充滿古典莊雅的詩歌失去價值和意義時，來謹謹慎慎寫最後一首抒情詩。」[53]在傳統價值分崩離析的時代，沈從文試圖重塑新的時代信仰，而其方式是審美，然而，這首抒情詩的創作卻充滿了各種因素的纏繞與桎梏，除了政治的、時代的、道德的因素以外，來自審美層面的因素如語言、形式等對沈從文的審美追求同樣有著深刻的影響，而「抽象的抒情」就是沈從文試圖挑戰這些精神和審美焦慮的一種努力。

二、語言滯重中的「抽象的抒情」

1、「抽象的抒情」與現實

　　沈從文的審美理想是創造一個自足的藝術世界，這個世界不受現實世界的約束，是一個「生命」和「美」的世界，它超越時空，是對生命的一種永恒狀態的尋找。沈從文作為一個作家的使命就是給生命

---

[51] 沈從文〈《看虹摘星錄》後記〉，《沈從文全集》第 16 卷，北岳文藝出版社，2002 年版，第 343-344 頁。
[52] 沈從文〈水雲〉，《沈從文全集》第 12 卷，北岳文藝出版社，2002 年版，第 127 頁。
[53] 沈從文〈水雲〉，《沈從文全集》第 12 卷，北岳文藝出版社，2002 年版，第 128 頁。

以審美的表現。他由那些偶然浸入他生命中的人事或自然，體悟到生命的神性：「一種由生物的美與愛有所啟示，在沈靜中生長的宗教情緒，無可歸納，因之一部分生命，就完全消失在對於一些自然的皈依中。這種由複雜轉簡單的情感，很可能是一切生物在生命和諧時所同具的，且必然是比較高級文化所不能少的，人若保有這種情感時，即可產生偉大的宗教，或一切形式精美而情感深致的藝術品。」[54]沈從文用一種宗教般的語言談論生命，體現了他對生命的敬畏之情。他也同樣使用「神性」一詞談論美：「因美與『神』近，即與『人』遠。生命具神性，生活在人間，兩相對峙，糾紛隨來。」「美固無所不在，凡屬造型，如用泛神情感去接近，即無不可以見出其精巧處和完整處。生命之最大意義，能用於對自然或人工巧妙完美而傾心，人之所同。」[55]泛神論思想使沈從文把生命本身看作「神」，沈從文的很多作品都體現了這種追求「神性之美」亦即「生命之美」的傾向。可以看出，美、生命、神性在沈從文的世界中是三位一體的。

對抽象的生命形式的尋找使沈從文擁有了一個現實以外的世界，他的文學世界也因此而充滿著冥想式的格調：「我需要清靜，到一個絕對孤獨環境裏去消化消化生命中具象與抽象。」「我必須同外物完全隔絕，方能同『自己』重新接近。」[56]這說明，在沈從文這裏，審美是絕對的，審美快樂是人生所能達到的最高境界。因此對於沈從文來說，只有藝術才能拯救人的靈魂，只有進入審美的境界，生命才能獲得永恒。沈從文的這種審美追求在四十年代主要是通過「抽象的抒情」實現的。

54　沈從文〈水雲〉，《沈從文全集》第 12 卷，北岳文藝出版社，2002 年版，第 120 頁。
55　沈從文〈潛淵〉，《沈從文全集》第 12 卷，北岳文藝出版社，2002 年版，第 32 頁。
56　沈從文〈燭虛〉，《沈從文全集》第 12 卷，北岳文藝出版社，2002 年版，第 22 頁。

「抽象」是理解沈從文四十年代文學觀念的一個「關鍵字」。沈從文在這一時期的作品和文論中反覆使用這個詞，但都沒有作具體的說明界定，所以，我們只能根據具體的語境並通過互文的方式來理解它。比如《看虹錄》中沈從文這樣描述「抽象」：

> 我面對著這個記載，熱愛那個「抽象」，向虛空凝眸來耗費這個時間。一種極端困惑的固執，以及這種固執的延長，算是我體會到「生存」唯一事情，此外一切「知識」與「事實」，都無助於當前，我完全活在一種觀念中，並非活在實際世界中。我似乎在用抽象虐待自己肉體和靈魂，雖痛苦同時也是享受。時間便從生命中流過去了，什麼都不留下而過去了。[57]

僅從沈從文的這段表述如「我完全活在一種觀念中」來看，就很容易得出「抽象」即是「觀念」的結論，但事實並非如此。在《看虹錄》中，「我」在讀完小房子裏的一本奇書之後，感覺這本書如同一片藍色火焰，只能保存在生命中，假若把它保留到另外的地方，就只能是一撮灰或一朵枯乾的梅花，只能是「在想像的時間下失去了色和香的生命殘餘」。正是在這種語境下，出現了上面這段議論。在沈從文這裏，具體的生命體驗是難以轉述的，任何試圖保存這種原生態的生命感覺的努力從本質上來說都是徒勞的，經過語言轉述的生命體驗與生命體驗本身之間的區別就如乾花和鮮花的區別一樣。因此，藝術家所能做的就是儘量用一種與流動的生命感相吻合的藝術形式來表現這種生命體驗，這就意味著作家必須拋棄一切現成的概念和名詞，因此，

---

[57] 沈從文〈看虹錄〉，《沈從文全集》第 10 卷，北岳文藝出版社，2002 年版，第341 頁。

沈從文寫道:「試來追究『生命』意義時,我重新看到一堆名詞,情慾與愛,怨與恨,取與予,上帝和魔鬼,人和人,湊巧和相左。過半點鍾後,一切名詞又都失去了它的位置和意義。」[58]也就是說,生命本身是豐富而具體、鮮活而流動的,真正屬於生命本身的體驗是無法用約定俗成的概念和意義來表達的,「我從不用自己對於生命所理解的方式,凝結成為語言與形象,創造一個生命和靈魂新的模板,我腦子在旋轉,為保留在影像中的造型,物質和精神兩方面的完整造型,重新瘋狂起來。到末了,『我』便消失在『故事』裏了。」[59]具體的生命體驗會隨著時間而消逝,藝術家的使命就是使用各種手段盡可能地保留下各種鮮活的生命感受。如何保存鮮活的感性體驗?沈從文採取的方式就是「抽象的抒情」,實際是指通過「抽象的」審美形式來表現超驗的生命體驗,這種「抽象的」審美形式是訴諸感官的具有流動性的藝術形式,如繪畫、音樂等。

在這樣一種前提下,再來考察出現在這段引文中的「抽象」,我認為,沈從文所說的「抽象」並不具有我們平常所使用的與「具體」相對的「抽象」的含義,他所說的「抽象」是藝術的「抽象」、審美形式的「抽象」,而不是觀念的「抽象」。正是因為如此,所以我們對他所說的「我完全活在一種觀念中」,就不能作字面上的理解。沈從文所說的「抽象」雖包含著對生命的超驗思考,是一種人生智慧的體現,但它卻形諸於具體的人生體驗之中,對這種「抽象」的表現也不是通過哲學的邏輯方式,而是通過感性的審美方式。儘管這種「抽象」所表

---

[58] 沈從文〈看虹錄〉,《沈從文全集》第 10 卷,北岳文藝出版社,2002 年版,第341 頁。

[59] 沈從文〈看虹錄〉,《沈從文全集》第 10 卷,北岳文藝出版社,2002 年版,第341 頁。

現的生命體驗是在對個體經驗進行超越和昇華的基礎上形成的，即它包含著一種形而上的玄思，但是，它又並未失去鮮活的生命色澤。所以，這裏的「抽象」不僅不與感性經驗相悖，相反，「抽象的抒情」是通過審美的方式對感性的生命現場的重返。

沈從文的「抽象的抒情」表現出明顯的超功利和非現實色彩，這是否就意味著他的文學世界與現實的關係就斬斷了呢？答案是否定的，實際上，從沈從文的創作實踐來看，他並不希望徹底地逃離現實的纏繞而在一個絕對的冥想世界中獲得生命的完滿。在他創作的第一個十年，沈從文對那個神秘、美好的湘西世界的構建就不是為了滿足一種烏托邦的空想，而是希望以湘西社會原始的、充滿血性和質地的特異人生形式來述說他對生命的理解，並表達他對現代都市文明的不滿，趙園認為：「正是這種現實感使他的創作通向了人類共同經驗、世界文學中的某種共同性主題。這種道德批判的『自覺』對於他的審美創造也不曾造成過損害，事實無寧說相反：統一了審美意識與道德意識的現實熱情，把他引向了對於湘西世界的藝術發現。」[60]只不過由於沈從文的這種表達方式是逆主流話語如啟蒙話語、革命話語等而行的，因此常常被人誤解為與現實無涉。四十年代，沈從文的創作發生了很大的變化，以《燭虛》、《水雲》為代表的一些散文以及《看虹錄》這樣一種詩化小說，更是把現實的紛擾推到了遠遠的、模糊的背景中，作者力圖把個人經驗「上升到一個超越利害，是非，愛怨境界中，惟與某種造形所賦『意象』同在並存」[61]。不過，這也並不意味著「抽象

---

[60] 趙園〈沈從文構築的「湘西世界」〉，《趙園自選集》，廣西師範大學出版社，1999年版，第 60 頁。

[61] 沈從文〈潛淵〉，《沈從文全集》第 12 卷，北岳文藝出版社，2002 年版，第 88 頁。

的抒情」就是完全與現實無涉的，如果能夠理解沈從文的「現實」的獨特之處，就會發現，這仍然是沈從文追求的「現實」的題中之義。

有研究者認為：「這個『抽象』的世界，表面看起來只是觀念的世界，與實際生活相分相隔，其實卻因現實經驗而生，是思想應對現實危機和個人困惑的場所。沈從文在這個場所裏思考和探索一些關於個人、民族、社會、文化等等方面的基本問題，粗看之下不免有空洞之感，實際上所有的問題都與現實經驗的具體性密切相關。」[62]對這一基本結論我是認可的，但從作者表述立場來看，我認為它仍然是站在通常的「現實」意義上來理解沈從文的「抽象的抒情」與現實關係的。我認為，在這一問題上，不能忽略沈從文個人對「現實」的獨特理解以及他對審美如何建立與「現實」的聯繫的看法。站在藝術家的立場，沈從文更多的是從審美的角度來理解現實與創作的關係的，他說：「我雖明白人應在人群中生存，吸收一切人的氣息，必貼近人生，方能擴大他的心靈同人格。我很明白！至於臨到執筆寫作那一刻，可不同了。我除了用文字捕捉感覺與事象以外，儼然與外界絕緣，不相粘附。我以為應當如此，必須如此。一切作品都需要個性，都必須浸透作者人格和感情，想達到這個目的，寫作時要獨斷，要徹底地獨斷！」[63]從這裏我們看到，沈從文一方面懂得現實對於作家創作的重要性，另一方面，他認為作家仍然必須從審美的立場來關注現實，這樣，在進入審美的世界之後，現實就成為潛在的背景，而作家個人的審美創造力就走向前臺。

沈從文認為每個人所達到的生命深度是不同的，這種差距緣於個人能否把相似的現實經驗上升、抽象成為一種對生命的理解。在《從

---

[62] 張新穎《20 世紀上半期中國文學的現代意識》，三聯書店，2001 年版，第 231 頁。
[63] 沈從文〈習作選集代序〉，《沈從文全集》第 9 卷，北岳文藝出版社，2002 年版，第 1 頁。

現實學習》中，沈從文對別人批評他「不懂現實，追求抽象」進行了
申辯，他認為他所理解的「現實」不同於一般人所理解的「現實」，他
的「現實」有著「更深一層的意義和原因」，他追求的是一種抽象化的、
通過提煉的「現實」，他認為：「凝固現實，分解現實，否定現實，並
可以重造現實的，唯一希望將依然是那個無量無形的觀念！由頭腦出
發，用人生的光和熱所蓄聚綜合所作成的種種優美原則，用各種材料
加以表現處理，彼此相黏合，相融匯，相傳染，慢慢形成一種新的勢
能、新的秩序的憧憬來代替。」[64]可以看出，沈從文理解的「現實」已
經融入了作家的個人經驗和審美創造。因此，從這一意義上來說，「抽
象的抒情」仍然是一種對「現實」的呈現。

　　沈從文這種對待審美與現實關係的態度說明，藝術一方面有其獨
立於現實的自律性的一面，但藝術另一方面又總是現實存在的一部
分，當作家對現實的潛在反抗和批判以審美的形式完成時，現實就被
轉化為了一種審美形式。這也正體現了西方審美現代性的立場：一方
面以貴族的姿態保持著與日常生活及意識形態的分離，另一方面卻又
通過審美的方式，在一種特異的藝術形式的表達中間接地實現著對社
會的批判、反思功能。

2、「抽象的抒情」中的語言焦慮

　　沈從文在探尋「抽象的抒情」方式的過程中，面對的最大困擾來
自語言。沈從文意識到，文字並不是純粹的符號，在人類歷史的長河
中它攜帶了太多的意義，運用這種語言來表達那些具有強烈感性特徵

---

[64] 沈從文〈從現實學習〉，《沈從文全集》第 13 卷，北岳文藝出版社，2002 年版，
　　第 392 頁。

的審美經驗，就會使這一表達變得異常困難。對於語言在言說審美體驗上存在的問題，沈從文有著清醒的認識，他說：「目前我手中所有，不過一隻破筆，一堆附有各種歷史上的黴斑與俗氣意義文字而已。用這種文字寫出來時，自然好像不免十分陳腐，相當頹廢，有些不可解。」[65]生命的感性體驗所具有的不可轉述的性質和語言作為媒介的理性化特徵構成了一對悖論，並成為沈從文實現其文學理想的阻力。

如何面對這種阻力？沈從文觸類旁通，他從一些其他藝術形式中獲得了靈感。在沈從文看來，音樂、繪畫所使用的表達媒介相對於文學更具抽象性特徵，這使它們能擺脫歷史、文化意義的「先見」的約束，並還原出生命本身的情狀，所以沈從文說：「一切由都市文明文化形成的強制觀念，不是永遠在螯我燙我，就是迷亂我，壓迫我。只有一件事給我生命以力量和信心回復，即僅具啟發性的音樂。為的是一切偉大樂章的組成，不是傳統觀念的壓迫，卻反映作曲者對於生命和情緒所作的自由解釋。」[66]音樂、繪畫具有與感性生命形態相通的抽象形式，而這一點卻是文字難以企及的。正是音樂、繪畫的表達特點啟發了沈從文的文學創作，他往往從音樂（確切地說，是音樂精神）中尋求創作的靈感，在《燭虛》中，沈從文說：「我不懂音樂，倒常常想用音樂表現這種境界。正因為這種境界，似乎用文字顏色以及一切堅硬的物質材器通通不易保存（本身極不具體，當然不能用具體之物保存）。」[67]可以說，沈從文這種對音樂的偏好實際上來自他對「抽象」的審美形式的尋找。叔本華認為：「在所有的藝術當中，音樂是意志最

[65] 沈從文〈燭虛〉，《沈從文全集》第 12 卷，北岳文藝出版社，2002 年版，第 26 頁。

[66] 沈從文〈關於西南漆器及其它〉，《沈從文全集》第 27 卷，北岳文藝出版社，2002 年版，第 22 頁。

[67] 沈從文〈燭虛〉，《沈從文全集》第 12 卷，北岳文藝出版社，2002 年版，第 24 頁。

直接的表現。的確，它是聽得見的意志，精致而空靈地描繪了慾望的內心生活，以非概念性的話語揭示出純粹的世界本質。」[68]所以，遠離工具理性意義上的文字概念，而賦予文字一種新的活力，並由此表現音樂般的流動不居的感性之美，就成為沈從文「抽象的抒情」的核心內容。

在這樣一種前提下，沈從文對於文字之於創作的要求顯然不同尋常。在沈從文這裏，文字不僅是傳達生命體驗的工具，而且也是生命體驗本身，就如同音符之於音樂、線條之於繪畫。當沈從文為了儘量多地保存感性生命形態的原汁原味，而在語言中尋求與感性體驗接近的表達時，沈從文的創作就會遠離通常的文學規範，如果拿通行的文學標準來解讀沈從文的文學作品，就會產生各種各樣的誤解。《邊城》問世後，「一個說『這是過去的世界，不是我們的世界，我們不要』，一個卻說『這作品沒有思想，我們不要』」，沈從文自己則說：「我本來就只求效果，不問名義；效果得到，我的事就完了。」[69]沈從文自己認為，《邊城》既不是如韓侍桁說的要表現所謂社會意識，也不是如蘇雪林說的要體現所謂人生哲學，而是如劉西渭（李健吾）所說：「從生命複合物中仿照文學提煉出的一種不成形東西」，「看出詩的抒情與年青生活心受傷後的痛楚，交織在文字與形式裏，如何見出畫面並音樂效果。」[70]同樣，在《〈看虹摘星錄〉後記》中，沈從文也寫道：「我這本小書最好的讀者，應當是批評家劉西渭先生和音樂家馬思聰先生，他

---

[68] 〔英〕特里·伊格爾頓著，馬海良譯《歷史中的政治、哲學、愛欲》，中國社會科學出版社，1999 年版，第 281 頁。

[69] 沈從文〈習作選集代序〉，《沈從文全集》第 9 卷，北岳文藝出版社，2002 年版，第 5 頁。

[70] 沈從文〈關於西南漆器及其它〉，《沈從文全集》第 27 卷，北岳文藝出版社，2002年版，第 25 頁。

們或者能超越世俗所要求的倫理道德價值，從篇章中看到一種『用人心人事作曲』的大膽嘗試。」[71]由於沈從文根本就沒有按照小說的規範去寫作，所以，到他的小說中去尋找某些文體規範內的東西如主題等就自然是徒勞的。

　　通過「抽象的抒情」，沈從文希望表達的是抽象的生命體驗，而不是具體的現實經驗，因此，他把「事實」與「抽象」對立起來：「我看到生命一種最完整的形式，這一切都在抽象中好好存在，在事實前反而消滅。」[72]沈從文還說：「我不懼怕事實，卻需要逃避抽象，因為事實只是一團糾紛，而抽象卻為排列得極有秩序的無可奈何苦悶。」[73]這句話其實是正話反說，其真正所表達的意思是：「事實」儘管是雜亂無章的，但我們卻可以人為地把它變得非常有秩序；「抽象」看起來似乎極有秩序，但卻有「人力難為」的苦悶，這種「苦悶」顯然來自如何賦予表現的對象以審美的形式，「形式就是否定，它就是對無序、狂亂、苦難的把握，即使形式表現著無序、狂亂、苦難，它也是對這些東西的一種把握。藝術的這個勝利，是由於它把內容交付於審美秩序。」[74]藝術形式的無序與有序的辯證法在沈從文「抽象的抒情」中得到了深入的體現。

　　實際上，沈從文對審美形式的敏感還體現在他的很多言談中。前面所提到的沈從文對於數學的認同和肯定，並不僅僅是出於他對於其所包含的科學理性精神的信賴，從藝術的角度來看，沈從文認為數學所具有

---

[71]　沈從文〈《看虹摘星錄》後記〉，《沈從文全集》第 16 卷，北岳文藝出版社，2002年版，第 343 頁。

[72]　沈從文〈生命〉，《沈從文全集》第 12 卷，北岳文藝出版社，2002 年版，第 43 頁。

[73]　沈從文〈水雲〉，《沈從文全集》第 12 卷，北岳文藝出版社，2002 年版，第 121 頁。

[74]　〔美〕馬爾庫塞著，李小兵譯《審美之維——馬爾庫塞美學論著集》，生活·讀書·新知三聯書店，1989 年版，第 123 頁。

的抽象功能是與藝術相通的：「表現一抽象美麗印象，文字不如繪畫，繪畫不如數學，數學似乎又不如音樂。」[75] 把數學置於文字、繪畫與音樂之間，並認為數學具有「表現一抽象美麗印象」的功能，說明沈從文在這裏對數學的肯定並不是因為數學是一門科學，而是因為數學具有與繪畫、音樂一樣的「抽象的形式」的審美特徵。馬爾庫塞就認為：「在另一個極端上，一個數學的公理僅以其高度抽象、構形的意義，也可以說是『美』的。美的不同涵義，似乎皆歸諸於『形式』這個概念。」[76]因此，對於數學，沈從文看重的是它具有從具體的事物中抽象出普遍性的「形式」的功能，這也正是沈從文在文字中所努力尋找的。

對於沈從文的表達困境，有研究者認為：「當他採取二元對立的方式，將他所體驗的生命神性參照與世俗社會生存狀態時，它能夠非常清晰而強烈地感覺到他印象中的「想像」世界之美。但是，當它直接面對這種「美」時，他感到自已喪失了一切表達的語言。」[77]也就是說，離開了現實世界的參照，沈從文的審美世界也就失去了依託。在這一意義上，沈從文的審美世界並不是自足的。然而，在我看來，沈從文在表達審美世界時對現實世界的依賴，正說明作家對現實的反抗必須置於現實與理想的張力場中進行。同時，表達的困境並不僅僅是思維方式的問題，還有來自審美自身的問題。事實上，沈從文希望將「抽象的生命形式」呈現於感性的審美表達之中，他非但沒有如他自己所說的「逃避抽象」，反而試圖用一種類似於音樂、繪畫的文字來接近「抽象」，《看虹錄》等實驗性的作品就是這一「接近」的產物。

---

[75] 沈從文〈燭虛〉，《沈從文全集》第 12 卷，北岳文藝出版社，2002 年版，第 25 頁。

[76] 〔美〕馬爾庫塞著，李小兵譯《審美之維——馬爾庫塞美學論著集》，生活・讀書・新知三聯書店，1989 年版，第 123 頁。

[77] 賀桂梅《轉折的時代——40-50 年代作家研究》，山東教育出版社，2003 年版，第 126 頁。

三、《看虹錄》中的身體與審美現代性

對「抽象的抒情」的執著使沈從文向一種創作的極限挑戰，他說：
「我似乎用抽象虐待自己肉體和靈魂，雖痛苦同時也是享受。」[78]他要
用文字來承載那流動不居的抽象的美，短篇小說《看虹錄》可以看作
這種挑戰的巔峰之作。在這篇小說中，對身體感官的重視使沈從文追
求的流動的音樂美得到了淋漓盡致的表現，小說中多處出現的女性和
鹿的身體描寫也可看作是「抽象的抒情」的「審美形式」的具體呈現。

1、《看虹錄》：作為審美形式的身體

《看虹錄》擁有一個動人的感官世界。小屋外飄降輕雪，小屋內
溫暖如春，且有著與世隔絕的顏色和空氣：熾熱的爐火、橘紅色的燈
光、朱紅漆的條桌、銀紅緞子的坐墊、白鼻白爪的小黑貓，淺棕色的
窗簾上繪有粉彩花馬，空氣中黃色檸檬的辛香、梅花的芳馥。女主人
白臉長眉，手指長而柔，髮鬢邊蓬蓬鬆鬆，幾朵小藍花聚成一小簇，
貼在有式樣的白耳後，身著質地厚重的綠羅夾衫，微笑中帶來了些春
天的噓息，眼中有春天的風和夏天的雲。整篇小說就籠罩在這樣一片
感官的光影、色調與香芬之中。小屋內四處流淌的燈光、清香四溢的
空氣、爐火散發出的熱力，甚至還包括男女主人公之間眼波的流轉，
它們所構成的是一個如此氣韻生動的世界，恰與音樂流動的境界相
通。而在這樣一種流動的氛圍之中，人的纖細微妙的感官世界全部被
打開了，包括慾望也在視覺、聽覺和味覺的調配中逐漸展開。沈從文
始終強調「生命最完整的形式」是在感性的生命體驗中獲得的，他認

---

[78] 沈從文〈看虹錄〉，《沈從文全集》第 10 卷，北岳文藝出版社，2002 年版，第
341 頁。

為，在寫作時，「得習慣於應用一切官覺，就因為寫文章原不單靠一隻手」。[79]為了保留生命最本真、最純粹的體驗，沈從文強調感覺的重要性，《看虹錄》中如此豐富的感官世界的呈現正是沈從文追求的「抽象的抒情」的體現。在沈從文這裏，具象的生命體驗和抽象的生命形式是統一的，他是「從具體的形式看抽象的含義，以抽象化的意象來表現抽象的印象」[80]，因此，「抽象的抒情」是具象的抽象、抽象的具象。

由於感官體驗是轉瞬即逝的，所以沈從文特別希望抓住那些讓他感動的每一個瞬間，「流星閃電剎那即逝，即從此顯示一種美麗的聖境，人亦相同。一微笑，一皺眉，無不同樣可以顯出那種聖境。一個人的手足眉髮在此一閃即逝更縹緲的印象中，既無不可以見出造物者手藝之無比精巧。凡知道用各種感覺捕捉住這種美麗神奇光影的，此光影在生命中即終生不滅。」[81]藝術必須抓住那美的短暫一刻才能永恆，沈從文的這種對生命和美的瞬間的細緻呈現在《看虹錄》和散文集《燭虛》等作品中可以說隨處可見。

小說用了大量的篇幅來描寫女人的身體形態，並且，對鹿的身體以及雕塑、百合花的形態的描寫實際上也是對女主人身體描寫的一種補充和映襯。身體在《看虹錄》中既是慾望的對象，同時也是審美的對象。沈從文在小說中對情慾的描寫是通過較為含蓄的方式完成的，除了男女主人公富有潛臺詞的對話以外，屋內燃燒的爐火和窗簾上馳騁的小花馬圖案等也是具有象徵意味的：爐火由「始熾」、「漸熾」到「完全燃燒」，暗示著情慾之火的燃燒和釋放；小花馬由開始的跳躍馳

---

[79] 沈從文〈情緒的體操〉，《沈從文全集》第 17 卷，北岳文藝出版社，2002 年版，第 218 頁。

[80] 范智紅《世變緣常——四十年代小說論》，人民文學出版社，2002 年版，第 184 頁。

[81] 沈從文〈燭虛〉，《沈從文全集》第 12 卷，北岳文藝出版社，2002 年版，第 24 頁。

騁到最後的完全安靜，象徵著情慾由衝動到平息的過程。沈從文借助意象的象徵作用，不僅使性愛經驗獲得了一種審美的表達，而且小說由此也超越了世俗的性愛經驗，獲得了詩性的昇華。小說中身體的描繪因作者詩性的語言而脫離了世俗慾望，具有一種唯美的色彩。沈從文真正想表達的是身體在與生命的合一中呈現出來的與音樂、繪畫相通的美，這形式雖然抽象，但因有光色香芬融匯其間並因生命慾望的貫注而生動異常。作者通過身體所表達的不是情慾的俗豔和瘋狂，而是「一片白，單純而素淨，象徵道德的極致」[82]，身體最後超越了情慾，而上升為抽象的生命形式和審美形式，「最奇異的是這裏並沒有情慾。竟可說毫無情慾，只有藝術。我所處的地位，完全是一個藝術鑒賞家的地位。我理會的只是一種生命的形式，以及一種自然道德的形式，沒有衝突，超越得失，我從一個人的肉體上認識了神。」[83]在《看虹錄》中，身體已經成為了「意象」，具有融具象與抽象為一體的功能，經過抽象了的身體，既保留著感性生命的溫度和色澤，又呈現出形而上的生命意義。

　　「意象」是沈從文表達「抽象的抒情」的一個非常重要的方式，除了「身體」意象以外，《看虹錄》和他四十年代的一些散文中還有其他一些具有互文性的意象，如「百合花」的意象就是其中之一：

　　　　百合花頸弱而秀，你的頸肩和它十分相似。長頸托著那個美麗
　　　　頭顱微向後仰。燈光照到那個白白的額部時，正如一朵百合花
　　　　欲開未開。我手指發抖，不敢攀折，為的是我從這個花中見到
　　　　了神。微笑時你是開放的百合花，有生命在活躍流動。你沉默，

---

[82]　沈從文〈看虹錄〉，《沈從文全集》第 10 卷，北岳文藝出版社，2002 年版，第 335 頁。

[83]　沈從文〈水雲〉，《沈從文全集》第 12 卷，北岳文藝出版社，2002 年版，第 117 頁。

　　在沉默中更見出高貴。你長眉微蹙，無所自主時，在輕顰薄媚
　　中所增加的鮮豔，恰恰如淺碧色百合花帶上一個小小黃蕊，一
　　片小墨斑。……這一切又只像是一個抽象。[84]

　　夜夢極可怪。見一淡綠百合花，頸弱而花柔，花身略有斑點青
　　滯，倚立門邊微微動搖……

　　於是伸手觸之。花微抖，如有所怯。亦復微笑，如有所恃。因
　　輕輕搖觸那個花柄，花蒂，花瓣。近花處幾片葉子全落了。

　　如聞歎息，低而分明。

　　百合花極靜，在意象中尤靜。

　　我想寫一《綠百合》，用形式表現意象。[85]

　　與以上所說的「身體」意象一樣，「百合花」意象也是具象和抽
象的複合體，在感性形態上，它具有女性的形態和情態之美，同時，
生命的神性之美又在這種具象的呈現中體現出來。沈從文之所以喜歡
選擇一些具體的意象來表達生命體驗，是因為「象」能夠擺脫理性語
言的限制，真正貼近作者的「意」，同時，在意象的表現中，藝術形式
和審美體驗達到了一種融合。

　　與這種對抽象的生命形式的呈現相一致，《看虹錄》在小說形式上
也非同尋常。象徵的使用、意境的營造使得這篇小說充滿朦朧迷離之
美，這裏有現實與故事的交織、理性和夢囈的交織。更為突出的是，
由於這篇小說只保留了一些最簡單的敘事元素，缺乏完整的小說情節
安排及對人物的個性及歷史的描述，因此，雖說是「小說」，但實際上

---

[84] 沈從文〈看虹錄〉，《沈從文全集》第 10 卷，北岳文藝出版社，2002 年版，第 339 頁。

[85] 沈從文〈生命〉，《沈從文全集》第 12 卷，北岳文藝出版社，2002 年版，第 43-44、44、44-45 頁。

它所包含的敘事性已經降到了最小，小說中的人物、事件和背景偏離了一般小說的具體化特徵，而只具有一種抽象的詩性之美，而相比較而言，對女人和鹿的身體的細緻描繪，對富於感官氣息的氛圍的營造佔據著小說的主要空間。同時，由於作者努力把音樂的流動感、繪畫的色彩感和雕塑的質感整合到小說的「敘述」之中，這篇小說更具一種「詩」的品質。沈從文這種文體探險的動機來自於前面所提到的語言的焦慮。作家感性的審美世界是作家用語言的方式表達個體與世界相碰撞、交流、對話的結果，而只有遠離日常語言的審美語言才有可能展示真實的感性生命體驗，從而靠近「抽象」，因此，沈從文刻意創造這種小說形式和表現方式，實際上是他擺脫語言焦慮的一種嘗試。閱讀沈從文的這些文字，我們會感到作者的執著甚至於重複和囉嗦，但由於這些文字都是對抽象的生命本體的接近，因而讀者從這類作品中獲得的閱讀感受往往是一種難以言說的模糊「印象」，這或許正是沈從文的初衷。

《看虹錄》這篇小說引起爭議除了其藝術形式的奇特之外，具有明顯「性」意味的身體描寫也是一個重要原因，郭沫若指責沈從文是「作文字上的裸體畫，甚至寫文字上的春宮」的「桃紅色作家」[86]，《看虹錄》就是其證據之一。由以上從審美本體的角度所分析的身體的意義可以看出，但實際上這種指責是缺乏藝術分析眼光的，它顯然只看到了作品中作為表現形式的「性」的身體，而沒有看到身體中的審美追求和生命追求。在這篇小說中，對身體感官的重視使沈從文追求的流動的音樂美得到了淋漓盡致的表現，小說中多處出現的女性和鹿的身體描寫即是「抽象的抒情」的「審美形式」的具體呈現。「身體」在

---

[86]　郭沫若〈斥反動文藝〉，《郭沫若全集》第 16 卷，人民文學出版社，1989 年版，第 288 頁。

沈從文四十年代小說中的出現是有雙重意味的，它既是沈從文對生命
意義的一種審美化的呈現，同時也是沈從文所力圖展現的「抽象的形
式」本身。

2、身體與審美現代性

　　無論是對藝術自律性的強調，還是對審美形式的重視，抑或是對
身體感性的張揚，沈從文都與西方審美現代性有著很多相似之處。但
是，沈從文在中國語境下所追求的「審美現代性」並不是西方審美現
代性的翻版。

　　在《看虹錄》中，沈從文最終強調的是對肉慾的身體的超越，他
說：「展露在我面前的，不是一個單純的肉體，竟是一片光輝，一把花，
一朵雲。一切文字在此都失去了他的性能，因為詩歌本來只能作為次
一等生命青春的裝飾。」[87]可以看出，沈從文對身體的態度是雙向的：
一方面是對身體的自然慾望的讚揚，這是作者一貫的人性立場，早在
湘西小說中他就對此有充分的表現。另一方面是對身體感性的生命意
義的追求，在沈從文的小說中，身體本身並不是歸宿和目的，作者最
終是要在形而下的感性身體中抽象和昇華出生命的意義，這也是與沈
從文自始至終追求的文學理想相一致的。

　　在《小說的作者與讀者》這篇文章中，沈從文說他的文學理想就
是獲得「永生」：「生命個體雖不免死亡，保留下來的東西卻可望百年
長青（這永生願望，本不是文學作家所獨具，一切偉大藝術品就無不

---

[87] 沈從文〈看虹錄〉，《沈從文全集》第 10 卷，北岳文藝出版社，2002 年版，第
338 頁。

由同一動力而產生）。」[88]沈從文的這種「永生」的文學理想是通過對普遍的生命體驗和永恒的人性主題的表現來實現的，而對這樣一些抽象的生命和人性主題的表現，又正是和沈從文所長期堅持的通過審美對國民性的弱點予以糾正的文學立場相一致的。沈從文深受五四文學改造國民性精神的影響，非常重視文學對人的精神情感的滋養和改造。在沈從文看來，大多數人對生活都沒有崇高的理想，這是一種「動物人生觀」，沈從文認為，「人雖是個動物，希望活得幸福，但是人究竟和別的動物不同，還需要活得尊貴！」[89]對於普通人來說，只有完成了現實人生向審美人生的轉換，才可能離棄此岸世俗的人生，走向彼岸崇高的人生，因此他的文學理想是「使一個人消極的從肉體愛憎取予，理解人的神性和魔性，如何相互為緣」，「或積極的提示人，一個人不僅僅能平安生存即已足。」[90]可以看出，沈從文改造國民性的文學理想具有啟蒙理性的特點，以此為前提，沈從文對待身體的立場就具有超越肉慾的生命形而上指向。

因此，儘管都是高揚生命感性，沈從文的這種身體觀與西方以尼采為代表的身體觀卻有著本質的區別。以尼采為代表的西方思想傳統對身體感性的重視源於他們對理性的反抗，他們對身體感性的唯一性地位的確立就是要放棄形而上的終極意義，即「這種此岸衝動的旨趣就是要脫離與彼岸的對抗性結構，取消彼岸對此岸的生存規定」[91]。在這樣的思想背景下，尼采認為，身體即是本體，它不需要形而上的彼

---

[88] 沈從文〈小說的作者與讀者〉，《沈從文全集》第 12 卷，北岳文藝出版社，2002 年版，第 71 頁。

[89] 沈從文〈黑魘〉，《沈從文全集》第 12 卷，北岳文藝出版社，2002 年版，第 170 頁。

[90] 沈從文〈短篇小說〉，《沈從文全集》第 16 卷，北岳文藝出版社，2002 年版，第 493、494 頁。

[91] 劉小楓《現代性社會理論緒論》，上海三聯書店，1998 年版，第 301 頁。

岸的世界來提升,「生命在尼采那是抽去了靈魂和意識這類東西而成為活生生的感官身體」[92]。但在沈從文的文學世界中,對自然慾望和身體感性的重視儘管也非常強烈,卻是以生命的神性為旨歸的,所以沈從文文學中的身體並不具有西方式的身體感性的一元論特徵。

正是因為追求形而上的生命意義,所以沈從文就表現出重精神輕肉體的傾向,他說:「情感可輕翥高飛,翱翔天外,肉體實呆滯沉重,不離泥土。」[93]「一個人生命之火雖有時必熄滅,然而情感所注在有生命處卻可以永不熄滅。」[94]不過,沈從文作為一個文學家的審美意識又解救了他,他又清醒地意識到身體感性對於生命和寫作的意義。所以,一方面,沈從文認為肉體性的生命本能必須經過昇華才能獲得永恆:「其實生命何嘗無用處,一切純詩即由此產生,反映生命光影神奇與美麗。任何肉體生來雖不可免受自然限制,有新陳代謝,到某一時必完全失去意義,詩中生命卻將百年長青!」[95]但另一方面,他又不得不承認,身體感性對於生命來說具有首要的意義:「生命雖能產生詩,如果肉體已到毫無意義,不能引起瘋狂時,詩歌縱百年長青,對於生命又有何等意義?」[96]肉體是短暫的,但卻充溢著生命的激情;詩歌是永恒的,但如果抽空了生命的感覺,那只是對生命無意義的玄思,這也正是審美現代性的悖論:「審美的自我既是審美現代性的必要條件之

---

[92] 汪民安〈尼采與身體〉,汪民安主編《身體的文化政治學》,河南大學出版社,2004 年版,第 124 頁。

[93] 沈從文〈潛淵〉,《沈從文全集》第 12 卷,北岳文藝出版社,2002 年版,第 34 頁。

[94] 沈從文《《看虹摘星錄》後記》,《沈從文全集》第 16 卷,北岳文藝出版社,2002年版,第 347 頁。

[95] 沈從文〈摘星錄〉,《沈從文全集》第 10 卷,北岳文藝出版社,2002 年版,第359 頁。

[96] 沈從文〈摘星錄〉,《沈從文全集》第 10 卷,北岳文藝出版社,2002 年版,第359 頁。

一，同時又是審美現代性可能失去必要依託的重要原因所在。它以高蹈的精神否定物質世界的有限性和觀念世界的限制性，又悖論性地回到肉體和感性層面，將一切的一切建立在感性當下，使世界和個體的意義永遠飄浮不定。」[97]只不過，沈從文並沒有將視線停留在意義飄浮不定的此岸，他實際上是在肉體和精神的悖論之中開闢出了一條通向超驗的審美之路。

把沈從文審美追求中的身體感性與西方審美現代性中的身體感性相比較，就可以發現：西方審美現代性是對啟蒙理性的反叛，它確立了身體感性的唯一性。而沈從文卻不同，他所追求的永恒仍然是啟蒙理性賦予的，這種永恒儘管也是從身體感性出發，身體給了他生命實感和原初的審美經驗，但他最終尋求的仍然是終極的生命意義。

更重要的是，與西方審美現代性通過對身體感性的確立而取消了傳統的理性與感性的二元對立不同，沈從文並沒有取消感性與理性、精神與身體的二元結構，對他來說，理性與感性的矛盾是與生命本身同在的，儘管在文學創作的世界裏他可以暫時拋開理性的約束，但這種「拋開」最終還是如他自己所說，是為了在生命的失衡後重新找到生命的平衡，即感性與理性的平衡。對此，馬爾庫塞所說的「新感性」能給我們一些啟發，他說：「藝術作品從其內在的邏輯結論中，產生出另一種理性、另一種感性，這些理性和感性公開對抗那些滋生在統治的社會制度中的理性和感性。」[98]沈從文就是希望通過個人的審美世界來找到一種新的理性與感性。

---

[97] 張輝《審美現代性批判》，北京大學出版社，1999 年版，第 190 頁。
[98] 〔美〕馬爾庫塞著，李小兵譯《審美之維——馬爾庫塞美學論著集》，生活・讀書・新知三聯書店，1989 年版，第 210 頁。

　　當然，在沈從文的文學世界中，理性和感性、精神和肉體也存在著矛盾和分裂的痕迹，不過，這種分裂的特徵似乎更能說明沈從文作為中國 20 世紀審美主義代表作家身上所體現出來的特殊性。

第五章

歷史・文學・女性身體經驗

第一節　歷史話語下女性身體經驗的書寫

一、女性身體的他者書寫和自我書寫

考察現代文學中女性身體是如何被書寫的必須以晚清—五四以來歷史語境中的女性身體話語為參照，在這樣一種互動的對讀中，文學中女性身體的自我書寫才能呈現出其應有的意義和價值。

在晚清以來的歷史進程中，整個社會和文化對女性身體都投以了關注的目光，在從晚清的民族國家的時代話語到五四時期「人的解放」的時代話語中，女性身體都是一個不可忽視的環節。

晚清的婦女解放運動是和抵禦外辱、民族自強的民族主義運動同步的，在民族主義者的論述中，婦女地位是衡量一個民族的文明程度的杠杆，通過拯救婦女來拯救民族是特定歷史語境下的基本思路。而晚清婦女解放運動首先又是從解除身體的禁錮開始的，因為女性身體與國家存亡休戚相關，放足、不束胸、女校的強健體魄運動等，都是希望從女性身體著手以消除民族的積弱。然而，這一過程中的女性自身的經驗和感受卻被宏大話語的歷史主體棄置一邊。例如，通過對晚

清婦女解放運動的考察，許多研究者認識到，曾被我們視作近代婦女解放最光輝的一頁的放足運動，實際上包含著強勢話語對女性身體的塑造：「儘管晚清的不纏足運動發端於外國傳教士與中國的維新人士，但由男性主導的輿論轉化為女性的實踐，其間的甘苦，只有身歷其境的女子體會最真切。因為，放足過程中的血液流通所帶來的腫脹之痛（所以須講究循序漸進），天足女子所遭遇的婚姻麻煩（傳統社會中，不纏足女子難以匹配上等人家），最終都要由女性來承當；而放腳後的身體自由，以及由此產生的精神愉悅，也並非崇高的救國呼號所能涵蓋。只是，在一個國家危亡的時代，女性身體解放的私人性一面往往被忽略，而其與國家利益相關的公共性一面則被凸現出來和可以強調。」[1]這已經成為今天在婦女放足問題上得到普遍認可的一種觀點。可以肯定的是，像放足過程中這樣過去被無視的女性經驗是廣泛存在著的，在這樣一種情況下，呈現那些被宏大的歷史話語所遮蔽的女性經驗就成為今天的女性研究所努力的方向。李小江等女性研究者由對經歷過「放足」等歷史過程的婦女的訪問而整理出的「婦女口述史」，就是為了彌補歷史敘述的缺憾。儘管因為時過境遷，這種對真實的還原不會不摻雜一些水份，然而，由此類姿態所表現出的對已有的歷史敘述的懷疑和反思，以及其對歷史真實接近的努力都是值得肯定和借鑒的。

可以看出，女性經驗在歷史理性的敘述框架中是被漠視的存在，即使女性對個人經驗有所表露，也是極其有限的，特別是在公共輿論場所，大多數情況下，她們都會自覺地保持與時代話語的一致。不過，正是那些脫離了主流話語模式的異質的成分的存在，構成了當下對歷史敘述進行反思的可能。

---

[1]　夏曉虹《晚清女性與近代中國》，北京大學出版社，2004年版，第95頁。

　　在五四新文化運動中，婦女解放作為反封建文化的一個重要戰場，也得到了思想家、改革家們的重視。五四思想家們認為，女性作為深受封建倫理壓迫的弱勢群體要獲得人格的獨立和解放，就必須剷除傳統道德倫理對女性身體的層層禁錮，實行婚姻自由、愛情自主。周作人是五四時期最積極的婦女解放的提倡者和婦女問題的研究者，他的女性關懷從屬於他的人道主義的人性立場。由於傳統男權文化中的女性是被符號化的：「男子之永遠的女性便只是聖母與淫女」[2]，所以，周作人力圖從人性的角度還原女性的真實，從「神性＋獸性＝人性」出發，周作人認為女性和男性一樣是「神性」和「獸性」的混合，這是從人性的角度對女性自然慾望的合理性的肯定，它包含著對具有性別歧視的女性身體「不淨觀」的批判。可以說，作為一個男性思想家，周作人表現出了非同情、非施捨的真正的女性立場。

　　與晚清纏足運動相比，五四時期的女性身體解放是更大範圍、更深層次的解放，涉及到非常複雜的文化、倫理、心理等多方面的因素，因而顯得步履更為艱難，其明顯表現就是女性對男性啟蒙者的解放話語並沒有作出太多積極的應答。對此，周作人不無感歎地說：「我覺得中國婦女運動之不發達，實由於女子之缺少自覺。」[3]在為《貞操論》所作的前言中，周作人談起，五四時他曾在《新青年》上發起「女子問題」的討論，然而回應者卻寥寥。正是因為女性缺少思想的自覺，所以男性有責任、有義務幫助她們，所以同樣在這篇文章中周作人說：「女子問題，終究是件重大事情，須得切實研究。女子自己不管，男子也不得不

---

[2] 周作人〈北溝沿通信〉，鍾叔河編《周作人文類編‧上下身》（第5卷），湖南文藝出版社，1998年版，第106頁。

[3] 周作人〈婦女問題與東方文明等〉，鍾叔河編《周作人文類編‧上下身》（第5卷），湖南文藝出版社，1998年版，第344頁。

先來研究。一般男子不肯過問，總有極少數先覺了的男子可以研究。我
譯這篇文章，便是供這極少數男子的參考。」[4]自近代以來，男性在自
覺和不自覺之中一直擔當著婦女的啟蒙者和拯救者的角色，他們個人主
義和人道主義的解放話語為婦女解放提供了思想資源和理論依據。

　　以這樣一些時代、歷史話語為背景，我們才能對文學中女性身體的
自我書寫有一種更真實的把握。按照後現代歷史主義對歷史的敘事性和
虛構性的看法，歷史敘事與非歷史敘述之間並沒有嚴格的界限，歷史和
文學一樣同屬於虛構的敘事，這樣，歷史和文學的關係就是互文和同構
的，「就事實而言，歷史，作為在時間中出現的現實世界，對於歷史學
家、詩人及小說家來說，理解它的方式都是相同的，即賦予最初看起來
難以理解的和神秘的事物以可辨認的形式，因為是大家熟悉的，所以才
是可辨認的形式。到底世界是真實的或只是想像的，這無關緊要；理解
它的方式是相同的。」[5]因此，文學作為展露個人經驗的場所，保存著
對歷史經驗鮮活而感性的記憶，它與歷史敘事一樣可以使我們獲得重返
歷史現場的可能。同時，歷史也不是一個抽象性的背景，只為文學研究
提供一個先入為主的總體性框架，並賦予女性文學研究一些給定的經驗
模式，從虛構的意義上來說，歷史和文學是並立的，所以，女性文學研
究應該是在與歷史的互動而不是在歷史的制約中進行。

　　因此，在上述歷史發展過程中女性的「身體政治」為背景，再來
考察現代文學中的女性身體書寫，就意味著對時代話語遮蔽的女性個
體經驗的尋找。實際上，對晚清──五四的歷史進程中的「身體政治」，

---

[4]　周作人〈貞操論〉，鍾叔河編《周作人文類編‧上下身》（第5卷），湖南文藝出
　　版社，1998年版，第422頁。
[5]　〔美〕海登‧懷特著，陳永國、張萬娟譯《後現代歷史敘事學》，中國社會科學
　　出版社，2003年版，第190頁。

在男性作家筆下是有複雜的呈現的，如魯迅等作家就對「剪辮子」這一歷史細節有著深刻的記憶，作為一個經典「情節」，它成為魯迅等作家觀照歷史、反思現實的一個切入點。然而，由於親歷著歷史運動的普通民眾絕大多數沒有話語表達權，他們也就不可能留下對歷史的敘事，因而今天的人們只能從主流的歷史敘述中觸摸歷史，這樣就很難獲得真實而多面的歷史。而同樣是歷史中重要的身體政治，「剪辮子」作為男性的經驗的呈現和「放足」作為女性經驗的遮蔽這兩種完全不同的身體處境，也正是女性沒有話語表達權的說明。

實際上，當時代話語真正進入女性的真實生活時，女性所面對的就不僅僅有來自傳統的重負，還有來自現代思想的困擾。五四時期，面對時代話語，女性寫作的出發點首先是「返回自身」，這也就意味著從個人的身體出發，「我是我自己的傾向、身體和視角。我的處境和他的處境雖然具有形似之處，但卻是絕對不同的。因此，我的我思是新的，儘管是由他的我思所喚起的。」[6]正是因為如此，所以，五四女性創作對個性解放下的性愛自由和「靈肉一致」等觀念並沒有表現出簡單的認同和接受。在盧隱的筆下，表現為女性對現實的失望和對兩性之愛的恐懼。在馮沅君筆下，表現為女性對一種斷絕肉慾的純潔的精神之愛的自詡。而丁玲則更多面地表現了女性的人生和現實困惑：有追求「靈肉一致」的性愛但卻徘徊在肉體和精神之間的莎菲，有感受到女性身體處處投射著男性慾望的目光並被商業所利用的夢珂，還有內心潛藏著慾望的誘惑和挑戰的薇底……這樣一些女性對待個人身體立場的豐富性和複雜性遠不是時代話語所能容納的。與堅決的時代身體話語相比，在這些女性作家的文本中，女性身體或被回避、或被拋

---

[6]　〔美〕普里莫茲克著，關群德譯《梅洛-龐蒂》，中華書局，2003 年版，第 32 頁。

棄、或被認同但卻又不免被現實所捉弄。從這裏我們可以看到，女性創作中的身體儘管與自我主體的融合還有相當的距離，但畢竟女性創作已經開始用身體說話，因此，儘管現代女性文學是在五四精神的深刻影響下發生的，但卻又不是五四總體性的話語模式所能簡單概括的。

　　而在戰爭的陰影中，女性創作因更傾向於表現女性普遍的生存感受，從而保持了與主流政治話語的距離。如處在都市文化中的張愛玲和蘇青，她們都強調一種「來不及了」的危機感，「這裏已變成瘋狂的世界，人心焦灼，煩躁。終日戚戚，或莫名其妙的興奮著，像在火山上跳舞，又像在冰層上築瓊樓玉宇，明明知道這可是轉瞬間便要倒塌的，然而還得爭取這一剎那———一剎那的安慰與排遣哪！」[7]也就是說，在動蕩的、一切都不穩定、一切都可能成為虛幻的時代，拼命抓住現世的生活就成為人們的生存選擇。這種危機意識既是時代的，也是超越時代的，即是普遍的生命意識，張愛玲說：「強調人生飛揚的一面，多少有點超人的氣質。超人是生在一個時代裏的。而人生安穩的一面則有著永恒的意味，雖然這種安穩常是不安全的，而且每隔多少時候就要破壞一次，但仍然是永恒的。它存在於一切時代。它是人的神性，也可以說是婦人性。」[8]時代和生命的危機感通過瑣碎的日常生活予以化解，而「日常性」正是女性的基本生存方式，是任何時代的女性都難以拋棄的安身立命之所，在這一意義上，張愛玲對這一生存方式的看重是建立在普遍的性別經驗之上的。同樣，對於蘇青來說，生存本身才是第一位的：「我很羨慕一般的能夠為民族國家，革命，文

---

[7]　蘇青〈《飲食男女》後記〉，于青、曉藍、一心編《蘇青文集》，上海書店出版社，1994 年版，第 458 頁。

[8]　張愛玲〈自己的文章〉，《張愛玲典藏全集》第 4 卷，哈爾濱出版社，2003 年版，第 129 頁。

化或藝術而寫作的人，近年來，我是常常為著生活而寫作的。」[9]對此，人們儘管可以覷之為庸俗的市民化寫作，然而，由於這樣一種日常意識來自於女性真實的身體感，並且也包含著在現代性進程中被犧牲掉的普通人的生命樂趣，因而放在歷史的整體框架中，蘇青這種看重日常、與時代話語保持距離的寫作的意義就呈現出來。

　　而即使是屬於「左翼」的蕭紅，對戰爭的書寫也沒有完全遵循主流話語的民族主義模式。在《生死場》中，女性身體就是女性生命體驗的全部，那是掙扎在生死之間，為饑餓、疾病、虐待所折磨而扭曲、變形的女性身體。農村婦女殘酷的生存現實源自於文化、經濟等方面的因素，她們似乎永遠難以改變被不可知的苦難命運控制的現實，她們的身體就和動物的身體一般，是失去了人的尊嚴和主體性的存在。這是蕭紅站在人道主義的立場，在民族、國家話語之外所看到的女性生存現實，身體視角使蕭紅獲得了表現女性生命的深度，「對於蕭紅來說，生命並非要進入國家、民族和人類的大意義圈才獲得價值。在女人的世界裏，身體也許就是生命之意義的起點和歸宿。」[10]正是從身體出發，苦難的中國農村婦女的生存經驗才得以敞開。

　　然而，女性對個人體驗的大膽直言在意識形態一體化的環境下只能是一種不被認同、不被理解的命運。《「三八」節有感》[11]是丁玲於1942年在延安寫的一篇雜感，但這樣一篇坦言延安女性的生存現實的文章卻使丁玲長期遭受政治上的厄運。丁玲在這篇文章中指出，革命

---

[9]　蘇青〈自己的文章——《浣錦集》代序〉，於青、曉藍、一心編《蘇青文集》，上海書店出版社，1994 年版，第 431 頁。

[10]　劉禾《語際書寫——現代思想史寫作批判綱要》，上海三聯書店，1999 年版，第 205 頁。

[11]　丁玲〈「三八」節有感〉，《丁玲全集》第 7 卷，河北人民出版社，2001 年版，第 60 頁。

政權下的延安女性仍然遭受著性別不平等的待遇,「不管在什麼場合都最能作為有興趣的問題被談起。而且各種各樣的女同志都可以得到她應得的非議。這些責難似乎都是嚴重而確當的。」性別歧視仍然出現在女性生活的方方面面,這些性別歧視是以不同於傳統的新的形式出現的,其主要表現之一就是把女性的存在理想化,並以想像的「理想化的女性」為標準,對現實生活中的女性提出各種各樣苛刻的批評和責難。面對這樣一種狀況,站在女性的立場,丁玲指出真實的女性「不會是超時代的,不會是理想的,她們不是鐵打的」。丁玲認為對於現實女性的期望,應該是從女性的實際生活出發,不說「『首先取得我們的政權』的大話」,只說她們「每天所必須注意的事項」。丁玲的這一姿態意味著真正面對女性現實的生存困境才是首要的,「從女性真實的體驗出發」也正是丁玲從五四時期開始就一直堅持的女性立場。

　　可以看出,在身體的自我書寫上女性作家表現出來與時代話語不一樣的立場,正是從自我的身體感出發,女性獲得了言說歷史語境中真實的女性自我的可能。

二、「身體」在女性經驗書寫中的價值和意義

　　由於現代文學史是一部以男性作家為主導的文學史,而男性作家筆下的身體往往又是女性身體,因而毫無疑問,男性作家對女性身體的書寫要遠遠多於女性作家對自身身體的書寫,只不過,女性作家筆下的女性身體更多的表現為一種經驗,而男性作家筆下的女性身體則更多的表現為一種符號。在男性作家筆下,女性身體無論是作為男性慾望的投射對象,還是作為男性焦慮的顯現物,抑或是作為男性文化想像的負載物,都是一個被象徵化了的、符號化了的存在。郁達夫、

茅盾、新感覺派等作家筆下的女性身體作為男性慾望的投射對象一方面是充分性徵化的，另一方面，又是表達階級、革命、都市、審美等意識的載體。從茅盾筆下的「新女性」到新感覺派小說筆下的「熱女郎」，女性身體滿載著男性慾望的眼光，擔負著男性對革命、都市的想像以及他們對自我逃離或超越的重任。從性別的角度看，這樣一種對女性身體的想像，當然是不能夠全面而真實地反映女性身體的存在的，女性真實的體驗顯然不是符號性的，而是經驗性的。

可以說，在中國現代文學史上，表現女性個人體驗的文本是極其有限的，如若再把這些文本簡單地納入一體化的敘述模式之中，那些本來就稀少的女性經驗就會幾近於消失，這也正是當下一些學者反思的問題。高彥頤對五四以來所形成的婦女受傷害、受奴役的形象模式提出質疑，她認為，在這種形象模式中，遭受封建文化迫害的女性成為舊中國的象徵，這種被廣泛認同的女性形象模式體現了一種「現代性」觀念對歷史描述的控制，在這種「現代性」觀念支配下的性別壓迫理論實際上是一種意識形態的預設，「受害的『封建』女性形象之所以根深蒂固，在某種程度上是出自一種分析上的混淆，即錯誤地將標準的規定視為經歷過的現實，這種混淆的出現，是因缺乏某種歷史性的考察，即從女性自身的視角來考察其所處的世界。我不贊同『五四』公式並不全因其不『真實』，而是『五四』對傳統的批判本身就是一種政治和意識形態建構，與其說是『傳統社會』的本質，它更多告訴我們的是關於 20 世紀中國現代化的想像藍圖。儘管此真理不無纖毫道理，但受害女性勢不可擋的流行，不但模糊了男、女關係間的動力，也模糊了作為整體的中國社會的運轉動力。」[12]女性的歷史存在有其自

---

[12] 〔美〕高彥頤著，李志生譯《閨塾師：明末清初江南的才女文化》，江蘇人民出版社，2005 年版，第 4 頁。

主性的一面，女性身體在被改造的過程中也並不是完全被動的，否認了這一點，就看不到女性在歷史中生存經驗的多元性和多層次性。正是因為如此，所以對於文學中女性個體經驗或者說身體經驗的表達的尋找就成為抵抗文學史的反經驗化寫作的有效方式，「在過去，女人的身體很少被寫進歷史，女人的感官經驗和歷史是斷裂的。強調身體史的意義，能使我們關注到女人身體的自主權，這對於審視文化、改變文化是有意義的。」[13] 文學作為女性展露個體經驗和探詢生命意義的最佳途徑之一，可以使被覆蓋的女性經驗得以表達，這是對國家、民族話語對女性身體的侵入和控制的一種反抗，由此也透視出各種宏大話語代女性立言的專制和虛妄。

但是，我們又不能把女性個體的身體經驗與歷史的關係看作是簡單的二元對立的關係。由於「身體代表著外在世界和我思得以發生接觸的內在世界場所」[14]，女性的身體經驗是特定歷史、文化語境中的存在物，即使這種身體書寫進入形而上的生命層面，女性的身體言說會留下歷史的遺痕，因此，對身體經驗的書寫就不是對純粹的個人世界的展露。在現代文學史上，蕭紅對女性生命形而上的思索正是從文化、經濟、戰爭等因素制約下的女性生存境遇出發而獲得的，張愛玲、蘇青對飲食男女的津津樂道也與都市文化和戰爭背景的雙重因素相關。因此，儘管我們尋找的是表現女性真實的生存狀態的自由寫作，但這種尋找仍然必須在特定的歷史語境中進行，「對社會轉型的把握和不由自主的領受，可以說就是女性的獨特的現代性經驗，或在社會轉型時

---

[13] 沈奕斐《被建構的女性——當代社會性別理論》，上海人民出版社，2005 年版，第 152 頁。

[14] 〔美〕理查德·沃林著，張國清譯《文化批評的觀念》，商務印書館，2000 年版，第 171 頁。

浮出地表，或在社會轉型中遇到什麼樣的困境，在社會轉型中，她的言說能力，表達自己經驗的自足性等等，這就是她的具體的現代性，但她的經驗與男性的經驗又是互為糾纏的。」[15]女性經驗與時代、歷史話語之間的糾纏，一方面體現了身體的主體性力量，另一方面也說明歷史並不是一個凌駕於女性創作之上的「他者」，它和女性個人經驗之間的關係是一種平等對話的關係。

　　女性身體處於權力結構之中，如果說在傳統的封建社會中，男性文化控制女性的手段是通過控制女性的身體而使之成為一種缺失主體意識的物的存在，那麼現代男性文化控制女性身體的方式，則是通過女性的自我認同而使女性馴化成為一個被動的主體。更進一步，既然女性身體經驗中也包含著被文化、政治所規訓和塑造的成分，並被女性自身內化為一種身體認同，那麼並不是所有的身體經驗都一定能溢出政治、文化的控制，並具有梅洛-龐蒂所說的「前反思階段」沒有觀念預設的特徵，可以說，在政治、文化的「污染」下，現象學所倡導的身體體驗對於思想的優先性顯然要大打折扣。然而，身體畢竟是人感受自我、認識世界的起點和基礎，如果以此來否定身體經驗在認識世界上的原初性，那麼，我們也就失去了擁有自我的最後防線。同時，由於「身體中包含著反抗權力的力量」[16]，身體一方面處於各種權力結構之間，另一方面身體又具有主體性，所以它會不斷尋求超越，即使在權力的控制下，身體也會以一種潛流的方式湧動在地表深處，成為女性尋找自身、認識自我的不可或缺的方式。

---

[15]　荒林、王光明《兩性對話──20世紀中國女性與文學》，中國文聯出版社，2001年版，第 19-20 頁。

[16]　〔英〕特里‧伊格爾頓著，王傑、傅德根、麥永雄譯，柏敬澤校《美學意識形態》，廣西師範大學出版社，1997 年版，第 17 頁。

　　梅洛-龐蒂說：「之所以主體在情境中，之所以主體只不過是處境的一種可能性，是因為只有當主體實際上是身體，並通過這個身體進入世界，才能實現其自我性。之所以我反省主體性的本質，發現主體性的本質聯繫於身體的本質和世界的本質，是因為作為主體性的我的存在就是作為身體的我的存在和世界的存在，是因為被具體看待的作為我之所是的主體最終與這個身體和這個世界不可分離。」[17]也就是說，女性的主體性不是抽象的，女性通過身體感知並進入這個世界，主體性也在這個過程中產生，因此身體在女性主體意識的產生和成長過程中具有關鍵的作用。我所強調的是，一方面，女性身體經驗的書寫是在具體的歷史處境中產生的，所以它不可能完全獨立於歷史和時代，而另一方面，由於身體的主體性，這種書寫又是超越歷史設計的，「要給女性的寫作實踐下定義是不可能的，而且永遠不可能。因為這種實踐永遠不可能被理論化、被封閉起來、被規範化——而這並不意味著它不存在。」[18]所以，女性對於自身體驗的書寫不是依附於主流話語的，僅僅借助於既定的分類和話語模式女性經驗是無法表達的，這也使得很多時候女性只能在歷史和文本的縫隙和邊緣進行言說，而正是從具體處境中的身體感出發，女性體察自我、認識自我，並逐漸成為擺脫奴役和依附地位的主體性自我。如果說那些來自女性身體的特殊經驗如性愛、懷孕、生育、疾病等以及在此之上形成的生命體驗具有明顯的性別特徵，無法納入既有的歷史理性的言說秩序之中，那麼，正是這樣一種身體經驗形成了對已有歷史敘述的挑戰和質疑，使得女

---

[17]　〔法〕莫里斯·梅洛-龐蒂著，姜志輝譯《知覺現象學》，商務印書館，2001 年版，第 511-512 頁。

[18]　〔法〕埃萊娜·西蘇〈美杜莎的笑聲〉，張京媛主編《當代女性主義文學批評》，北京大學出版社，1992 年版，第 197 頁。

性創作對於既有宏大歷史敘事的意義不是補充，而是顛覆。但是，「解構不能被理解為破壞和否定，那樣就沒有什麼新意了。某種東西被解構，並不是被破壞掉了，它可以仍然好好的存在，只是失去了一統天下的能力。」[19]因此，這種顛覆的動機是為了還原女性真實的生存經驗，展現歷史中女性多元、多層次的生存狀態，這是對女性生存狀態的歷史重構，而不是製造新的男性與女性、個人與社會的二元對立。

　　儘管由於種種因素的制約，造成了現代女性創作與歷史的主動對話的缺乏，女性作家們所表達的更多的是一種無奈和無聲的反抗，而源自於身體的感性經驗的表達，只有一些少之又少的文本，難以形成一種真正具有自覺性和連續性的女性經驗寫作的氣候，但是，正是這樣一些零碎、片斷、感性的身體記憶從無數地方浮現出來，提醒我們有這樣一些曾經被嚴重忽視的存在，「存在就是合理的」（黑格爾語），這正是我們挖掘這樣一些文本的意義所在，它不僅使我們重新審視文學史對女性創作的敘述，也讓我們有機會審視歷史對女性的敘述。如果我們把對歷史行為和文學文本的解釋都看作一種閱讀，那麼，「婦女作為女人來閱讀，並不是去重複某一種給定的同一性或某一種經驗，而是去扮演一種她參照她婦女的身份而建構起來的角色，這角色同樣也是一種結構。因此這個序列可以延續下去：女人作為女人來讀女人作為女人。這一不一致性，揭示了婦女內部的一種間隙，一種分歧，或者說，任何一種閱讀主體，及此一主體的經驗內部的一種間隙，一種分歧。」[20]所以，對這樣一種異質的女性身體經驗的尋找和闡釋，就

[19]　趙汀陽《沒有世界觀的世界》，中國人民大學出版社，2003年版，第226頁。
[20]　〔美〕喬納森・卡勒著，陸揚譯《論解構》，中國社會科學出版社，1998年版，第52-53頁。

成為女性文學研究擺脫單純的歷史主體的思想理念的限制、突破女權主義實踐中的二元對立模式、並打開新的女性研究空間的重要方式。

第二節　娼妓形象的身體敘事

　　娼妓問題作為一種悠久而廣泛的社會問題，既與社會的道德、倫理和政治等根本問題緊密相連，又與個體的生理、心理等人性的問題不可分割，因而具有非常複雜的特性。從晚清到五四，「廢娼」都是社會改革和婦女解放的一個重要內容。與此相對應，歷史和文學對於娼妓的敘事，在這樣一種時代語境下也都展開了各自的想像和建構。本節即以晚清至五四時期歷史層面的主流娼妓話語的建構為背景，探討中國現代文學中出現的兩種完全不同的妓女形象的建構及意義，分析它們如何在認同和疏離主流歷史話語關於娼妓的敘事中建構自身的文學想像的，並由此進一步探尋性別敘事之於女性經驗和歷史真實的關係。

一、晚清至「五四」主流歷史對娼妓問題的敘事

　　按照新歷史主義的觀點，不僅文學是一種敘事，歷史也是一種敘事。「歷史敘事」不同於「歷史」，「歷史敘事」永遠都只能是「歷史」的影像和摹本，儘管這樣，我們又只能通過「歷史敘事」來瞭解「歷史」，正如詹姆遜所說：「歷史本身在任何意義上不是一個本文，也不是主導本文或主導敘事，但我們只能瞭解以本文形式或敘事模式體現出來的歷史，換句話說，我們只能通過預先的本文或敘事建構才能接

觸歷史。」[21]歷史敘事在這裏並不只是為文學敘事的解讀提供社會背景的參照，它同樣具有文學敘事的建構和想像的功能，從某種程度上說，文學敘事和歷史敘事是同構和互文的。在這一意義上，晚清至五四的主流歷史話語關於娼妓問題的敘事對於我們研究中國現代文學對於妓女問題的敘事是非常重要的參照。

婦女解放始於身體的解放，廢纏足、不束胸、禁娼都顯示了一種身體解放的思路，但是，身體解放的意義卻不僅僅限於婦女解放，它延及到深層的文化和政治，通過拯救婦女的身體從而拯救國家和民族，這是普遍的邏輯理路。這樣，女性身體就成為一個豐富的可資利用的權利話語場，正如有研究者所說：「在革命的圖像裏，社會、民族、階級的痛苦是因女人身體的傷痕和屈辱來表達的。而革命的成功也是在女人的身體上得到表彰。同時革命偷窺到女人的身體上的一種被可鼓動、可訓導的力量。」[22]女人的身體不再是單純生理性的身體，而成為了政治、文化的隱喻和意識形態話語表達的窗口。

娼妓問題在自晚清到五四的社會變革中並沒有像纏足問題那樣受到廣泛的社會關注。纏足作為一種封建文化加在女性身體上的風俗習慣，可以通過物理性的強制手段來廢除，因而也能在婦女解放的社會運動中收到立竿見影的效果。纏足作為物理禁錮，其危害性相對直觀，採取強制性的「廢纏足」措施也相對比較單純，但娼妓問題顯然是一個更為複雜的社會問題，牽涉到道德、經濟、性別、婚姻制度等多方面的問題，因而「廢娼」並不能通過簡單的方式予以解決，也非馬上

---

[21]　〔美〕詹姆遜〈馬克思主義與歷史主義〉，張京媛主編《新歷史主義與文學批評》，北京大學出版社，1993 年版，第 19 頁。

[22]　朱曉東〈通過婚姻的治理〉，汪民安主編《身體的文化政治學》，河南大學出版社，2004 年版，第 63 頁。

能在實踐中奏效。五四時期，思想家們對禁娼問題具有比較一致的看法，即一方面認為娼妓問題是一個涉及到婦女解放的人道問題，另一方面又是一個有關「私德」的問題。在一些社會改革家看來，娼妓業的繁盛往往是世風敗壞的標誌，因而就有了「進德會」這種民間自發組織、並在其道德戒律中將「不嫖」列為首要一條的現象。更重要的是，中國在走向現代化的過程中，「現代化」既是一種尺度和標準，也是一種思維方式，很多問題都被納入了現代化的進程以及現代性的言說之中。娼妓問題也變成現代化的問題之一，捲入了關於國家富強、民族獨立的現代化的論說之中。回顧晚清以來有關婦女地位的討論，我們可以清晰地看到，包括娼妓問題在內的許多問題都是與國家富強的緊迫要求聯繫在一起的。和纏足問題被賦予「強國保種」的政治含義一樣，賣淫嫖娼問題也被政治性地刻畫為中國孱弱的症候，和民族的落後和危機問題聯繫在一起，從而消除娼妓業被認為是國家從落後走向先進的保證之一。正如太平天國為了保存軍隊實力而廢娼禁淫間接地解放了婦女一樣，從晚清到五四時期的禁娼其實也是「強國保種」的民族主義話語的一種延伸。這樣，婦女解放與政治動機之間的纏繞就似乎成了 20 世紀中國婦女尋求自由、獨立之路的難以擺脫的宿命。

李大釗在《廢娼問題》中提出廢娼的五大理由是：「為尊重人道不可不廢娼；為尊重戀愛生活不可不廢娼；為尊重公共衛生不可不廢娼；為保障法律上的人生自由不可不廢娼；為保持社會上婦女的地位不可不廢娼。」[23]這五大理由其實都可歸入到五四啟蒙和科學理性的思想範疇，從而也反映了五四精英階層對娼妓問題的認識角度。周作人是五四時期婦女解放的積極提倡者，他關於廢娼及資本主義與賣淫關係問

---

[23] 李大釗〈廢娼問題〉，《李大釗文集》，人民出版社，1999 年版，第 315 頁。

題的文章有數篇，如《資本主義的禁娼》、《宿娼之害》、《娼女禮贊》等，闡述了娼妓與資本主義文明的關係等問題，他明確地把妓女看成是為經濟所迫而賣身的被侮辱、被損害的對象。而在其他的多篇關於貞操問題的文章中，周作人還把中國封建社會無愛的婚姻等同於長期的賣淫，這從一個側面反映了他對賣淫的否定性言說，也是五四時期主流的關於娼妓問題的表述方式。當時上海著名的《婦女雜誌》就是討論娼妓問題的一個論壇，據賀蕭的考察，「許多文章都沿用了這樣一種文體程式。它們首先來一番對娼妓制度的譴責，稱『娼妓制度，完全是女子被征服的紀念碑』；是對『婦女人格的最重的打擊，是婦女被侮辱的表示』，是『世界人類的恥辱』，這是一種對倫理、社會和民族都很壞的習俗。娼妓制度本身是社會弊病之產物，反過來，它又進一步孳生出種種社會罪惡——性病使民族衰弱，使國家染疾；國民性和國民道德滑坡；男女關係混亂；婦女人格受辱；以及納妾等。為了社會的進化和人類的尊嚴，這種制度必須取締。這些文章的作者在明確了娼妓制度的危害之後，又進一步列數其『根源』……。」這樣一種文體程式實際上也反映了當時人們普遍所持有的一種話語方式。

　　如果說這些宏大的批判話語體現了社會精英群體對妓女形象的一種繪製的話，那麼，在現代娼妓話語的構建和歷史真實之間，存在著多少合一？又存在多少分野？我們是否還能透過一些文學文本的縫隙或者發掘一些邊緣性的文學文本，使這樣一個特殊的女性群體的生活原貌得到更多的呈現呢？儘管對於娼妓生活史的話語重構主要是歷史學家和社會學家的任務，但文學對娼妓話語同樣具有建構性，文學與歷史在虛構、想像、建構上具有某種程度的一致性，正如海登・懷特所揭示的那樣，歷史敘事也是一種文學性虛構，而不象傳統歷史學所

認為的那樣，是對真實的歷史事件的展示。[24]因此可以說，在文學敘事所展現的對歷史和現實的再現和想像中，同樣也浮現出歷史的印記，並構成了對歷史敘事的回應和修正。

考察近代以來文學文本關於娼妓的敘事，我們看到，歷史敘事的主流模式一方面對文學中的妓女形象敘事產生了直接的影響，另一方面文學敘事又常常溢出了主流話語模式，具有自己的特點，從而形成了獨特的文學想像和文學敘事。

從晚清的狹邪小說到民初的娼妓小說和社會言情小說，妓女形象都佔據著通俗小說中的重要位置。但晚清到民初小說關於妓女的敘事，與當時的歷史敘事有很大的差距，它遵循著市民化的敘事邏輯。晚清的狹邪小說，名為「狹邪」，其實並無黃色和下流的內容，高等和中等妓女往往是近代通俗小說的女主角，她們往往色藝兼備、才貌雙全，在戀愛、婚姻沒有自由的封建社會成為男性的「紅顏知己」，這些小說對精神性因素的強調一般遠遠大於對肉體性因素的關注，即「情」大於「慾」。而到清末民初，隨著現代都市傳媒業的發展，妓女形象則在社會生活中擔當著重要的角色，「明清的青樓女子面向的是士大夫群體，而清末民初上海的妓女，完全傳媒化了，是全體民眾的性對象，公共化程度大大增強。」[25]相應地，通俗文學中的妓女題材小說基於市民試圖尋求一種「豔情」、「秘史」的閱讀期待，這類小說往往具有滿足社會上一般民眾的窺視欲的功能，同時在婚姻缺乏自主的情況下，

---

[24] 海登・懷特關於「歷史敘事」的觀點，參見其《元史學：十九世紀歐洲的歷史想像》（譯林出版社，2004 年版）、《形式的內容：敘事話語與歷史再現》（北京出版社，2005 年版）、《後現代歷史敘事學》（中國社會科學出版社，2003 年版）等著作。

[25] 劉慧英編著《遭遇解放：1890-1930 年代的中國女性》，中央編譯出版社，2005 年版，第 76 頁。

這類小說也承載著一般民眾尋找情感宣泄的渠道的功能。因而，妓女在當時的商業社會中既為男性提供精神和肉體的服務，同時她的文學形象又被大眾所消費。

正是由於通俗小說市場化、市民化的原因，晚清至民初的小說對於妓女的敘事，與當時的新思潮的主流意識之間保持著一定的距離。五四之後，隨著文學社會工具性的增強，文學被納入總體的社會改革思潮之中，文學敘事在整體上表現出明顯的與歷史敘事合流的趨勢。對於妓女形象的建構，五四以後的精英作家們往往更注重在人道主義層面從「被迫害者」的角度展示妓女的生活境遇，並由此把主題引向社會批判的層面，由此被凌辱被迫害的下層妓女往往是五四作家的描寫對象。

但是，文學敘事作為一種個人化的創造活動，它具有其自身感受、想像和虛構的規律，對於妓女形象的敘事，它一方面會受到主流話語模式的制約，另一方面也會表現出藝術的自主，因而對於妓女形象建構的另類寫作也是文學的一種必然。這也是由生活自身的邏輯決定的，生活本身的複雜多元決定了文學對妓女生活的呈現也應該是豐富多層面的。在娼妓形象的建構上，中國現代文學一方面受到了晚清至民初的文學敘事傳統的影響，另一方面新的想像和建構又豐富和發展了文學史中的這一形象。儘管主流歷史話語的敘事模式規劃了這一題材的寫作，認同於這一主流話語模式的寫作佔據著娼妓文學的主要空間，但是不可忽視的是，溢出主流話語模式以外的寫作同樣是一種對歷史真實的展示，它不僅能讓我們感受到單一的主流敘事模式與豐富多元的生活之間的裂痕，而且這樣一種文本的存在本身就是對主流話語模式的解構。

下面我將選取老舍的《月牙兒》和丁玲的《慶雲里中的一間小房裏》作為呈現上述文學史現象的對象，前者是一篇典型的社會批判型

的暗娼題材的小說，我把它概括為「妓女形象的苦難敘事」；後者則是一篇反映個人化的妓女生活體驗的小說，我把它概括為「妓女形象的愉悅敘事」。它們在現代文學不多的以妓女生活為題材的作品中恰恰構成了兩套妓女形象敘事話語的對立，這不能不說是具有特殊的意味的。這一分類並無以這樣兩篇小說來概括所有的妓女形象類別之意，主要是通過這兩篇小說的對讀來分析文學敘事對妓女生活的不同想像，並在它們與主流話語認同和疏離中尋找性別敘事之於女性經驗和歷史真實的關係。

二、妓女形象的苦難敘事

《月牙兒》發表於 1935 年，它以日記體的形式描寫了下層青年女子如何走向墮落的生活以及心靈歷程。整篇小說散發著對黑暗社會的憤恨之情，同時也因女主人公的詩性獨白而使小說充滿著一種淒婉的抒情格調，現實的齷齪與心靈的詩性在小說中恰成一種強烈的反差。小說的女主人公原本是一名純潔、對生活和愛情充滿著美好幻想的女學生，但生活的變故、經濟的困頓，使她慢慢不得不放棄那些所謂關於女性獨立、自強、自尊的婦女啟蒙神話而向社會投降，並認同了她曾經鄙視的做暗娼的母親的生活選擇。「我不再為誰負著什麼道德責任；我餓。浪漫足以治餓，正如同吃飽了才浪漫，這是個圓圈，從哪兒走都可以。」「肚子餓是最大的真理。」這顯然是對五四以來現代青年所追求的愛情自由、婚姻自主的個性解放話語的質疑和解構。但老舍在質疑和解構啟蒙話語的價值目標的同時，卻又認同了啟蒙話語的話語策略，即揭示下層婦女的苦難，並通過這種苦難的揭示對社會進行救亡性的言說。

在老舍的這篇小說中，下層妓女的生活充滿了被迫、犧牲、苦難的意味，這也是自晚清以來在社會改革與娼妓問題的關係中逐漸形成的一個「事實」，儘管「事實只是在思想上的概念化構建和（或）在想像中的比喻化構建，並且只存在於思想、語言或話語之中」[26]，但一旦這一「事實」被建構起來，人們就會逐漸趨向於把它當作一種歷史真實。「受侮辱、受損害」正是中國自晚清以來在提高婦女地位的聲勢浩大的社會運動中建構起來的對妓女這一特殊群體的「形象」，相應地，「犧牲」、「苦難」、「受壓迫」、「受侮辱」、「受損害」便成了對妓女言說的普遍方式。而文學想像也往往容易受制於這樣一種大眾認可的話語規範。老舍在這篇小說中顯然也無例外地遵從了這樣一種關於城市下層妓女生活的話語言說方式，無論是從淪為妓女的原因──生活所迫來說，還是從她們的生活環境──骯髒、陰暗來說，或是她們的內心世界──矛盾、痛苦來說，抑或是從職業後果──性病來說，甚至從小說中所涉及到的她們的管理者和懲治者──警察和監獄來說，這篇小說都是一篇認同下層妓女生活的主流話語模式的典型文本。同時，這些特徵也都表明這篇小說具有明顯的階級分析的性質。由此，主流話語對個人體驗的干預和控制使得我們對妓女真實體驗的多層次性的接近變得遙不可及，而文學作為一種虛構，也不得不附和這種分類清晰、定義準確的語詞系統。至於婦女是否擁有自主意識，是否擁有自己的話語表述權利則變成了一個被遺忘的問題。

並且，作為一個男性寫作者，老舍在描寫女主人公的暗娼生活過程中，也融入了作為一個男性書寫者對妓女這一特殊職業的性別想像

---

[26] 〔美〕海登・懷特著，陳恒譯〈舊事重提：歷史編撰是藝術還是科學？〉，《書寫歷史》第一輯，上海三聯書店，2003 年版，第 24 頁。

和恐懼。在老舍的表述中，女性身體的沉淪會導致道德的全面沉淪，精神防線完全鬆懈之後，行為的放縱和不端就在所難免，她們不僅會榨取男性的錢財，而且還會把「性病」傳染給別人，這些都使這一職業充滿了危險、邪惡的意味，「門外有敲門了，找我的，好吧，我伺候他，我把病盡力地傳給他。我不覺得這對不起人，這根本不是我的過錯。」有過錯的當然是黑暗的社會，它才是「逼良為娼」的罪魁禍首。儘管作者站在妓女作為「受害人」的角色的立場上給予女主人公的報復行為以合理的心理動機，但不可否認的是，這一行為本身卻充滿著「惡」的色彩。正因為這樣，一種危險的性想像和性恐懼便藏於其中，它間接地與晚清以來具有「嫖界指南」性質的「狹邪小說」所起的作用不謀而合，即對一般民眾起到告誡的作用，大眾對妓女生活既好奇又恐懼的性想像在這裏也得到了某種印證。

　　實際上，這種對女性的性恐懼在老舍的作品中並不少見，並且不只是表現在妓女這一特殊對象上。著名的《駱駝祥子》所塑造的「惡女」虎妞的形象，就是一個男性性恐懼的化身。祥子對虎妞心理上的不認同，是因為虎妞的「老」、「醜」、「蠻橫兇悍」甚至「性的主動」等特徵都不符合傳統對女性的審美規範，祥子自陷入虎妞所設的「性陷阱」後，覺得自己從鄉間帶來的「那點清涼勁兒」便被毀盡了，他把虎妞看成「紅襖虎牙，吸人精血」的妖精，「他沒了自己，只在她的牙中掙扎著，象被貓叼住的一個小鼠。」這樣一類性恐懼的描寫從身體的角度來看，和中國傳統文化中的房中術對女性身體的性恐懼有著很大的相似性。中國古代房中術對女性的身體具有嚴格的審美要求，並認為只有符合這種審美規範的女性才能於男性的身體有益，達到陰陽互補。由此可以看到，儘管老舍的這種性想像具有某種程度的經驗性，但它顯然包含著傳統男權文化的道德訓誡。

　　老舍的這種男性文化認同還體現在他對女性身體體驗的否定上。在傳統性觀念中，女性身體的慾望是不被認可的，它必須在依從於其他的目的的前提下如傳宗接代等才能夠被接受，單純的女性身體的愉悅總是同淫蕩、不潔等相聯繫的。在《月牙兒》中，女主人公的賣肉生涯被描寫成毫無樂趣而只有痛苦和悲憤，這反映了作者的一種道德傾向，主人公的人格之所以在老舍的筆下沒有因出賣肉體而變得低下，是因為女主人公是完全迫於生存的壓力才從事這個職業的，而不存在著從中獲取肉體享樂的傾向，主人公儘管出賣了肉體，但卻沒有出賣精神，那一輪淒美的月亮足以證明女主人公心中不息的人性之光。在作者的表述中，肉體儘管做著同樣的事情，但起關鍵作用的、決定著道德評判的是與否的仍然是女主人公是否把自己投入這樣一種享樂之中。在這裏，老舍仍然是用超越性的精神標準來衡量女主人公的身體行為，身體只是一個受人指使的被動的機器，精神是可以凌架於其上並決定其被施予的道德判斷的，因而對其身體的善惡判定全在於女主人公的主體意識本身。

　　不可否認的是，「妓女形象的苦難敘事」作為妓女生活的一種話語類型，也反映了妓女生活、特別是下層妓女生活的一種真實存在，並顯露出社會批判的鋒芒，但由於娼妓問題中糾葛著非常複雜的因素，並且在不同的時代和國家表現出不同的特徵，特別是站在妓女個人的角度，其生活經歷和個體體驗充滿著各種含混不一、難以以「一」概之的特徵，主流話語所言說的妓女其實只是諸種妓女生活中的一種或者說妓女豐富複雜的個人體驗的一個方面，妓女形象最後被歸納為某些類別往往有其意識形態的原因和目的，正如賀蕭所說：「所謂受害人形象的妓女及其反面——危險的妓女，是一種非常強大、然而說到底卻又非常貧乏無力的文字表述形式。法律話語和改革派話語就在力求管理和援救她們的時候，構造出了這樣兩種形象。但實際情況是，妓

女總是越出某一種或多種試圖再現他的話語或話語群。」[27]老舍對下層
妓女形象的感人書寫正是再現和回應了社會主流群體對妓女生活的一
種歸納和認定，而文學敘事自身的特質卻沒有體現出來，所謂「文學
敘事自身的特質」在我看來首先就是個體經驗的真實性和豐富性。文
學對於歷史的記憶不應只是呼應和重複主流話語，而更應是「遊走虛
實之間，將我們原該忘記的，不應和不願想起的，幽幽召喚回來」[28]。
這也就是文學敘事之於歷史真實、以至之於人性還原的魅力之一。但
我們看到的卻是，男性作為妓女形象的書寫者和製造者，同時也作為
她們的拯救者，總是把娼妓問題納入社會現代化進程之中予以考察，
而很少關注女性自身體驗的豐富性和差異性。老舍在《月牙兒》中的
妓女敘事也同樣重複了這種思維模式，在眾多的反映下層妓女生活的
作品中，它雖然以其心理刻畫的細膩和豐富、意境的淒美感人等因素
而成為這類小說寫作的經典，然而，在對妓女形象的建構上，由於它
受到了主流話語模式的限制，因而它提供給讀者的仍然是俗套的妓女
話語模式，並未發出多少個人化的獨特聲音。

三、妓女形象的愉悅敘事

　　不同的妓女生活想像反映了不同的敘事立場，並以此構築不同的
話語類型。與老舍的這篇小說相對照，丁玲的《慶雲里中的一間小房
裏》這篇小說則構築了一個完全相反的妓女生活的敘事話語類型。

---

[27]　〔美〕賀蕭著，韓敏中、盛寧譯《危險的愉悅：20 世紀上海的娼妓問題與現代
　　性》，江蘇人民出版社，2003 年版，第 237 頁。
[28]　王德威《序：歷史迷魅與文學記憶》，《現代中國小說十講》，復旦大學出版社，
　　2003 年版，第 1 頁。

　　《慶雲里中的一間小房裏》發表於 1928 年，這一年，丁玲還發表了短篇小說《莎菲女士的日記》、《暑假中》、《阿毛姑娘》、《一個男人與一個女人》、《自殺日記》等，加上前一年發表的《夢珂》，並形成了丁玲早期小說創作的高潮。丁玲的這一類「女性主體體驗型小說」無論是在丁玲個人的創作生涯，還是在整個現代文學史的女性文學創作中都具有較高的地位和價值。相對於丁玲的其他備受矚目的小說而言，《慶雲里中的一間小房裏》這篇小說一直被研究家們遺棄在她整個創作的邊緣。在袁良駿 1982 年編的《丁玲研究資料》以及丁瑞珍、王中忱 1985 年編的《丁玲研究在國外》這兩本厚厚的集子中，認真談到這篇小說的地方很少，丁玲寫了很多的創作談，但也未提及這篇小說。美國的女權主義批評家白露在〈《三八節有感》和丁玲的女權主義在她文學作品中的表現〉這篇文章中認可了這篇小說的價值，[29]但並沒有從娼妓這一特殊的女性群體的個體體驗的角度進行細緻的分析和解讀。

　　小說展現了一個名叫阿英的下層妓女的內心世界，與老舍的「苦難模式」相反，丁玲在這篇小說中構築了一個妓女生活的「愉悅模式」。這裏沒有被迫，也沒有屈辱，甚至也沒有性病，阿英只是主動、自覺地選擇了「妓女生活」作為諸多可能生活中的一種比較適合於她自己的生活方式，「說缺少一個丈夫，然而她夜夜並不虛過呀！而且這只有更能覺得有趣的……她什麼事都可以不做，除了去陪男人睡，但這事並不難，她很慣於這個了。她不會害羞，當她陪著笑臉去拉每位不認識的人時。她現在是顛倒怕過她從前曾有過，又曾渴望過的一個安分的婦人的生活。」甚至阿姆也並不是人們印象中的那種兇狠殘酷的「老鴇」形象，阿姆不打她，也不罵她，還像母親一樣「耐心耐煩地」給她

---

[29] 丁瑞珍、王中忱編《丁玲研究在國外》，湖南人民出版社，1985 年版，第 275 頁。

她梳頭，沒有客的時候，就讓她歇一晚。倒是她自己一晚也不願歇，這「不願歇」裏面有「精靈的阿姆還未能瞭解的另外一節」，即她不願虛度每一個夜晚。身體的愉悅對阿英來說仍然是最重要的接客動機，而不只是出於經濟的考慮。即使能夠獲得自由身，但「想想看，那是什麼生活，一個種田的人，能養得起一個老婆嗎？縱是，他願意拼了夜晚當白天，而那寂寞的耿耿的長天和白夜，她一人如何過？」傳統的道德標準在阿英這裏消失了，她是把賣淫和嫁人放在一個無關道德的視角進行比較的。阿英的想法雖然從文化的角度來看，非常具有顛覆性，但對於阿英自己來說，她顯然不是為了反叛什麼，她只是從個體身體的需要包括物質的和肉體的需要出發，做出了這樣一種自然的選擇，阿英的內心是坦然而平靜的，沒有人們想像中的掙扎、矛盾和痛苦。對於阿英來說，正是在這樣一種慾望的體驗和感受中她認識了自我。

　　阿英的這樣一種心態，無論是以傳統道德的眼光來看，還是從現代性的角度來看，都是墮落的。「在許多觀察者的眼中，衡量墮落的最終標準是看女人對賣身變得麻木不仁了，還是看上去甚至當作樂事。然此種種說法所揭示的，其實是推進現代化的改革人士及懷舊文人的心聲，而遠非妓女的真實生活。」[30]的確，同一個對象，當描述者使用意思相近但道德傾向不同的詞語進行描述時，會得到完全不同的評價效果，阿英的心態用傳統的道德標準進行評價，就是「麻木不仁」或者「當作樂事」，但這篇小說敘事的重心顯然只是阿英非常個人化的內心體驗，而無涉道德評價標準。這樣一種寫作立場，更多的是一種個人化、民間化的立場，而不是現代性或階級性的立場。丁玲的這篇小

---

[30]　〔美〕賀蕭著，韓敏中、盛寧譯《危險的愉悅：20世紀上海的娼妓問題與現代性》，江蘇人民出版社，2003年版，第37頁。

說既不同於晚清到民初的妓女題材的通俗小說，因為它缺少「言情」的情節主線，也不同於主流文學中的妓女題材的小說，因為 1928 年的丁玲還只是一個「自由」寫作者，革命意識形態對她創作的影響還沒有形成。儘管丁玲也深受五四思想的影響，但這篇小說卻逃離了五四啟蒙話語的言說方式，從而表現出自主的寫作狀態。

小說中，丁玲採取了白描的手法來展示阿英的內心世界，而沒有像她的另外一些小說如《阿毛姑娘》、《我在霞村的時候》那樣通過大段的議論而介入小說的敘事。但作者以這樣一種冷靜、客觀的表述方式，來描寫一個與通常的認定相衝撞的事情，其實是以不評價為評價，其傾向性是不言自明的。這篇小說提供的對妓女內心體驗的想像方式，是與主流話語相反的，顯然只能是一種邊緣性的文學話語。作為邊緣性話語，它並不是要用一種話語敘事類型來攬括所有妓女的真實生活，它所提供的這樣一種與主流話語相衝突的想像方式，實際上可以看作是對主流的妓女話語模式的拆解，同時作者似乎想借此表明，在這樣一種關於妓女生活的想像之外仍然存在著多種敘事的可能，因而，《慶雲里中的一間小房裏》這一文本不僅構成了對他者的拆解，同時也構成了一種自我拆解。當然，這樣一種「拆解」的意義必須放在特定的歷史和文學史的語境當中進行一種互文的解讀才能成立。

丁玲所提供的這樣一個文本與她作為女性寫作者的性別身份對我們的判斷有著至關重要的影響，我們不禁要問：一個男性寫作者能寫出了這樣的文本嗎？如果一個男性寫作者寫出這樣的文本，從女性主義的角度來解讀又會有怎樣的闡釋效果和結論呢？其解讀方向和結論肯定會有很大的不同。文本與文本的寫作者、文本的詮釋者之間是一種複雜的關係，文本的意義並不完全是由文本本身決定的，文本寫作者的身份和文本解釋者的身份對文本的意義也深有影響。作為一個具

有自覺的女性意識的寫作者，丁玲對妓女生活的闡釋並沒有賦予它意識形態的悲壯色彩，也沒有為自己的同類伸冤抱屈，而是試圖還原妓女生活的一種本色，當然也只是一種而已。「在歷史上，女性除去作為男性創造、男性命名、男性願望與恐懼外化出來的空洞能指外，女性自身一直是歷史與男性的無意識，也是自身的無意識。在謬稱與異化中醒覺過來的女性還待重新確立、重新闡釋的那部分真實，乃是一片無名的無意識之海。」[31]《慶雲里中的一間小房裏》就是讓妓女的「無意識之海」得以浮現的一種努力，不過，與以往不同的是，丁玲這一次對個人慾望的肯定不是通過莎菲這樣的知識女性來實現的，而是試圖通過一個妓女——這一身份本身就被否定的對象——來獲得的，這不能不說是一個大膽之舉。丁玲似乎在表明，慾望本身是沒有貴賤之分的，通過妓女的愉悅體驗來肯定個人慾望似乎更能體現出一種對慾望自身的認可。

在《沉重的肉身》中，劉小楓通過對法國大革命時期對賣淫制度的兩種不同態度的比較，闡釋了個體道德與人民道德之間的衝撞：「人民們認為，賣淫是貴族老爺們有錢有勢逼出來的，只有消滅貴族的肉體，消滅不平等的財產分配制度，才能重建國家的道德秩序。」而在妓女瑪麗昂和她的母親看來，賣淫與不平等的財富分配制度之間並沒有關係，純粹是一種生理行為，一種自然的生存方式。瑪麗昂說：「人們愛從哪尋求快樂就從哪尋找，這又有什麼高低雅俗的分別呢？肉體也好，聖像也好，玩具也好，感覺都是一樣的。」[32]老舍和丁玲的這兩

---

[31] 孟悅、戴錦華《浮出歷史地表——現代婦女文學研究》，中國人民大學出版社，2004 年版，第 111 頁。

[32] 劉小楓《沉重的肉身——現代性倫理的敘事緯語》，上海人民出版社，1999 年版，第 12、13 頁。

篇小說在對待妓女身體慾望的態度上與上述兩種態度可以說有驚人的相似，也反映出兩種完全不同的價值標準。儘管老舍的敘事也表現出對主流話語的質疑，但其批判的基點仍是居於主流的啟蒙話語之中的，而丁玲則完全掙脫了主流話語的制約，反映了一種自主的個人意識，也反映了作者對妓女個人體驗的想像過程。

　　老舍和丁玲的這兩篇小說都採取了心理小說的形式，老舍用的是日記體，丁玲的小說則是第三人稱的敘事方式，但採用了大量的獨白來表現人物的內心世界，這兩種方式都表現了作家探究妓女真實內心體驗的企圖。這種「探究」當然不具有一般民眾的「偷窺」心理，在這種「探究」裏，妓女是有主體人格的人，妓女作為人的主體性是通過她們的真實的內心世界和個人體驗來展現的，同時，這樣一種探究和展現正如上文所說，只能以一種想像的方式完成。在《月牙兒》中，小說的女主人公沒有任何身體的愉悅，仇恨和絕望淹沒了一切，女主人公的精神和肉體是完全分離的，肉體付出得越多，精神的虧欠也就越多。小說由此形成了對下層妓女慾望存在的否定，因此，立足於社會批判的立場，老舍完成了對一種類型的下層妓女生活的文學敘事，甚至也可以說是完成了大多數下層妓女生活的文學敘事。就文學文本本身來說，它是成功的，無論是從思想的深刻性來說，如對五四個性解放的啟蒙話語的質疑，還是從形式的藝術性來說，如小說中「月亮」這一意象貫穿全篇，「月亮」作為女主人公的情感載體，使整個小說具有了一種詩化的格調。但是，如若把文本放置到對於妓女生活史的話語構築之中來看，它並沒有在一種文學想像中對妓女的個體體驗作出新的審美判斷，包括新的敘事建構。

　　與《月牙兒》相比，丁玲的《慶雲里中的一間小房裏》在藝術上要相對遜色，但是這篇作品的獨特性也是顯而易見的。正是一種自覺地把文學創作作為尋找女性真實體驗的方式這樣一種創作動機，使她

的創作相對於主流話語總是表現出一種桀驁不馴的特徵來。丁玲在 1942 年於延安寫的《「三八」節有感》中說：「我自己是女人，我會比別人更懂得女人的缺點，但我卻更懂得女人的痛苦。她們不會是超時代的，不會是理想的，她們不是鐵打的。她們抵抗不了社會一切的誘惑，和無聲的壓迫，她們每人都有一部血淚史，都有過崇高的感情（不管是升起的或沈落的，不管有幸與不幸，不管仍在孤苦奮鬥或捲入庸俗）。」[33]丁玲關注的是女性生存經驗的豐富性和差異性，在這樣一個基本前提下，丁玲既承認妓女的身體有其個人性的一面，也同樣承認其被政治、倫理利用和傷害的一面，與《慶雲里中的一間小房裏》這種描寫妓女個人化體驗構成補充的是《我在霞村的時候》這篇小說，它就展示了女性身體與政治、倫理的糾葛。

　　《我在霞村的時候》描寫的是一個叫貞貞的鄉村女孩充當日本軍妓的故事。從身體的角度來看，貞貞的身體的故事不同於一般妓女的身體的故事，貞貞充當軍妓不是為了貪圖享樂，也不是為生活所逼。最開始她是被日本人抓去的，但逃回來後自己又主動去了，這一次她返回日本人的軍營是出於一種高尚的動機——利用自己的身體為黨獲取情報。她的身體被敵我雙方同時利用，身體與民族、國家利益的合謀使貞貞的身體在那一個特殊的時段已遠遠超出了倫理道德的範疇，而成為一個抽象的符號和工具。然而隨著這一政治行動的結束，貞貞的身體又恢復為倫理道德掌控下的具體的身體，而她的身體所做出的一切行動也因為政治使命的完成而僅剩下與倫理相關的那一部分。貞貞身體的屈辱在這裏並不因為人格的高尚而被洗滌乾淨，身體的不貞本身就意味著永遠滌蕩不

---

[33] 丁玲〈「三八」節有感〉，《丁玲全集》第 7 卷，河北人民出版社，2001 年版，第 62 頁。

盡的罪惡。因而,《我在霞村的時候》這篇小說可以說從另一角度書寫了女性在戰爭中的特殊身份,從中可以看到打在女性身體上的種種權力的印跡。丁玲所提供的這樣的溢出主流話語的文本,總是凝聚在女性的個人體驗上,而身體與慾望往往是個人體驗的核心部分,它們是纏繞女性生命的一個「結」,政治的、文化的、倫理的、商業的等各種外在因素都會在這個「結」上對女性的生命施以各種各樣的影響。丁玲的獨特之處在於,一方面她揭示了女性是沒有自由的存在這一事實,另一方面,她筆下的女性人物如夢珂、莎菲、阿毛姑娘、貞貞等,都不是完全屈服的和被壓抑的客體,她們無論對自己的慾望,還是對自己的生命,在自身的限度內都表現出強烈的自主精神。

女性的真實體驗是複雜的,甚至是難以言說的,它不可能在某種既定的框架中獲得完全的表達,妓女這一受到社會歧視、道德否定的女性群體其真實體驗尤其如此,她們沒有發言的機會,即使發言也是帶有一種被引導和被啟發的性質。儘管文學敘事最多也只是對她們真實生活的一種想像,但是,正是由於想像的存在,才構成了歷史記憶的難以整體劃一的特質,因而與其說文學敘事是對宏觀歷史記憶的一種補充,毋寧說文學敘事是對宏觀歷史記憶的一種拆解和重構。透過這兩篇小說對於妓女形象的建構,我們也許能獲得一點對於文學敘事和歷史真實的新的理解。

第三節　性別視角下的疾病隱喻

蘇珊‧桑塔格在《疾病的隱喻》一書中,對疾病作為一種修飾手法或隱喻加以使用的情形進行了考察,她希望籍此來消除人們對於各

種疾病先入為主的陳見，從而恢復疾病的自然屬性。這種對疾病「卻魅」的努力，從現實的角度看是具有意義的。不過，從文學等學科受其影響的研究狀況來看，桑塔格對於疾病隱喻的考察和梳理，不是讓我們「消除和抵制隱喻性思考」[34]了，而是讓我們更加意識到疾病隱喻的無處不在，並用這種隱喻思維來研究、考察文學中疾病書寫的歷史。

柄谷行人在研究日本現代文學的起源時就認為，疾病在日本現代文學產生之初就是與意識形態緊密相連的，「病以某種分類表、符號論式的體系存在著，這是一種脫離了每個病人的意識而存在著的社會制度。」[35]在中國近現代的文化和文學中，對疾病的書寫也存在相似的狀況。在從近代以來尋求社會和文化變革的精英知識份子那裏，「健康／病態」是他們描述民族和國民的一種最常見的方式，體現了一種政治和文化批判的修飾策略。在他們的表述中，封建文化的腐朽、沒落正顯示出其病入膏肓的症候，他們以自然人性為健康人性的標準，認為背負著幾千年的傳統文化重負的國民在精神上充滿著病態。那些改革者和啟蒙者正是在作為救治社會和國民靈魂的「醫生」的意義上顯示了其肩負的歷史使命的神聖性和重大性，眾所周知的魯迅的「棄醫從文」事件就是一例。

如果說疾病的文化、政治隱喻體現了人們在現代性的理想建構中所形成的一種思維模式，那麼，作為對歷史中這種處於主流的現代性思維的回應，在當下對文學疾病的研究中，疾病的文化政治學的研究也相應比較受重視。這裏我將換一種思路即從性別的角度來考察現代

---

[34] 〔美〕蘇珊・桑塔格著，程巍譯《疾病的隱喻》，上海譯文出版社，2003 年版，第 5 頁。

[35] 柄谷行人著，趙京華譯《日本現代文學的起源》，生活・讀書・新知三聯書店，2003 年版，第 103 頁。

文學中的疾病描寫，我希望在以晚清－五四以來男性對女性疾病的政
治、文化隱喻的描述的背景下，通過對在女性疾病的自我書寫中所呈
現出來的個人的、性別的意味的分析來揭示其中所包含的性別立場和
意義。

一、他者鏡像中的女性身體疾病

　　在晚清─五四以來的男性精英對女性疾病的描述和書寫中，女性
疾病都是在象徵符號和批判功能的意義上出現的，它體現了一種男性
文化的思維。在晚清的民族主義話語中，封建文化對女性身體的禁錮
導致了女性身體的病態，而女性身體的病態會直接影響國民的身體素
質從而導致民族的衰落，因此，出於強國保種的政治目的，女性身體
的解放就成為拯救民族的重要環節。而在之後五四啟蒙作家筆下，女
性的疾病則是最有力的批判封建文化的話語策略，女性作為封建社會
和傳統禮教的犧牲品，她們個人的病痛和死亡充滿著歷史的必然。正
是在對封建文化控訴的意義上，「女性疾病」乾脆直接以死亡的形式出
現：「在『五四』時代，老舊中國婦女不僅是一個經過刪削的形象，而
且也是約定俗成的符號，她必須首先承擔『死者』的功能，以便使作
者可以指控、審判那一父親的歷史。」[36]魯迅筆下的祥林嫂，巴金筆下
的梅、瑞珏、鳴鳳等女性的死就擔當著這樣的功能。由於這些女性的
死亡不是個人存在意義上的身體的死亡，而是社會、文化意義上的身
體的死亡，因而其死亡前的疾病過程並不重要，甚至是可以省略的。
由此，來自女性自身對於男性文化的審視和疾病過程中女性個人的生

---

[36]　孟悅、戴錦華《浮出歷史地表》，中國人民大學出版社，2004 年版，第 9 頁。

命體驗卻被省略了。在《傷逝》中，對於子君的死我們只能看到這樣兩句簡短的對話：「不知道是怎麼死的？」「誰知道呢。總之是死了就是了。」死亡的安排使子君只能緘默無語，我們聽不到子君自己的訴說，只能聽到絹生的懺悔；我們只和絹生一樣知道子君不願活在「無愛的人間」，而子君由病到死的整個生命體驗都被覆蓋在絹生無盡的回憶和懺悔之中。可以說，女性的死亡是五四時期男性作家在為女性代言時的最好策略。

而在 20 年代茅盾、蔣光慈等早期革命作家筆下，由於女性身體成為男性想像革命的載體，又由於「性」在早期革命文學中的不可或缺性，因此，梅毒也就成為那些觀念前衛的革命女性可能會遭遇的疾病。儘管梅毒在當時是一種威脅生命的疾病，且患者往往要承受道德不檢點的質疑，然而，這些對於那些崇尚享樂和刺激、果敢向前的「新女性」來說實在算不了什麼，個人生命的慾望和意志對她們才是最重要的，所以，這些「新女性」不為傳統性道德所禁錮，以身體和性作為賭注，義無反顧地投入個人慾望和生命意志的激流之中。在這些小說中，梅毒對她們身體的侵入，一方面使小說增添了浪漫主義的頹廢氣息，另一方面，梅毒將帶來的死亡又似乎要取消這些「新女性」強悍的生命意志。

在蔣光慈的《衝出雲圍的月亮》中，王曼英在經歷了革命和愛情的挫折後，用自己的身體作武器玩弄那些有錢勢的男人，在她以為自己染上了梅毒之後，更加自暴自棄地和不同的男人發生性關係，希望通過性病的傳播來摧毀這個社會，「如果從前曼英不過利用著自己的肉體以辱弄人，那末她現在便可以利用著自己的病向著社會進攻了。讓所有的男子們都受到她的傳染罷，橫豎把這世界弄毀壞了才算完事！」孤注一擲的王曼英丟開了一切羞恥感和不潔感。然而，在她愛上了革命者李尚

志以後，她又恢復了對自身的道德要求：她嫌惡自己的身體，身體的墮落讓她失去了愛的勇氣和信心。不過，在王曼英因為絕望準備自殺時，她的內心突然萌發了生的勇氣和希望，特別是通過檢查發現自己並沒有染上梅毒後，她更快地恢復了對愛情和生活的信心。由此看來，只是當王曼英希望獲得傳統意義上的幸福時，梅毒才變得具有道德意味、才是可怕的，因而梅毒對於這些無所顧忌的革命女性來說，仍然包含著傳統和現代的雙重價值取向，而只是在後一種價值取向中才包含了作家書寫梅毒的真正動機：以此來想像革命和女性。

同樣，在茅盾的《追求》中，追求生命的熱烈和痛快的章秋柳為了激發身患肺病的懷疑主義者史循的生命熱情，不惜以身相許，事後史循肺病發作嘔血而死。史循死後，章秋柳發現自己被史循傳染上了梅毒，然而，章秋柳對自己的行為卻毫無悔意，她說：「我覺得短時期的熱烈生活實在比長時間的平凡的生活有意義得多！」章秋柳在身患梅毒住進醫院以後仍保持著她的勇猛無畏、尋求快意人生的性格。儘管殘酷的疾病對於個人意志的侵襲會在不久的將來發生，但對於茅盾來說，通過對都市與革命二重奏下的女性身體和「梅毒」的表現來想像革命的使命畢竟在小說中已經完成。

與魯迅等作家對女性疾病的想像直指政治、文化不同的是，早期革命文學作家所展開的想像是較為個人化的，借助於女性身體的「性」的泛濫，他們表達了一種對於革命遊離的、無從把握的感受。由於作家重視的是疾病所具有的隱喻意義，因而對疾病本身所帶來的身心的巨大痛苦也就沒有投入多少筆墨。

因為篇幅關係，以上只是簡單對男性作家筆下的女性疾病作了一些論述。與男性作家對女性疾病的書寫相比，女性作家對疾病的自我書寫呈現出不同的特徵。

二、女性疾病的自我書寫及其隱喻

在現代文學中，女性創作表現出對疾病題材的特殊興趣，她們對疾病題材的熱衷，不僅是因為受到男性創作中的疾病書寫風尚的影響，更是由於女性在面對歷史、文學中男性對女性疾病的書寫時看不到真實、自主的女性主體。在文化政治領域，晚清對纏足、束胸的解除，僅僅意味著男性拯救者對女性作為客體的身體痛苦的解除，而來自女性個人經驗深處的痛苦卻仍然一如既往地折磨著她們，她們對男性賦予女性經驗的反抗方式仍然只能是回到女性身體的病痛之中，在身心一體的疾病狀態中表述女性世界的隱痛。

儘管蘇珊・桑塔格反對把疾病當作隱喻，但不可否認的是，在中國現代文學中，疾病仍然更多的是在隱喻的意義上存在的，大則是國家、民族的隱喻，小則是個人精神狀態的隱喻。對於女性創作而言，也明顯存在著這種疾病隱喻的書寫模式，只不過這種隱喻與男性筆下的女性疾病隱喻有著很大的不同。在女性創作中，疾病作為女性表達和排泄個人內心情緒的一種方式，成為她們精神世界病痛的象徵。由於疾病是一種身體異常的狀態，因而通過進入疾病狀態這種方式，就可以獲得並傳達一種不尋常的經驗，「疾病在文學中的功用往往作為比喻（象徵），用以說明一個人和他周圍世界的關係變得特殊了，生活的進程對他來說不再是老樣子了，不再是正常的和理所當然的了。」[37]在對疾病的書寫中，女性作家往往是在抓住疾病的超出日常界限的特徵的前提下，通過對疾病狀態女性的「異常化」書寫來表現在日常生活狀態中女性所難以表達的內心衝突和精神焦慮。

---

[37] 〔德〕波蘭特〈文學與疾病──比較文學研究的幾個方面〉，葉舒憲主編《文學與治療》，社會科學文獻出版社，1999 年版，第 265 頁。

「疾病是通過身體說出的話，是一種用來戲劇性地表達內心情狀的語言：是一種自我表達。」[38]西方早期浪漫派作家就常常把疾病當作人格的象徵性表達，格羅德克認為：「病人自己創造了自己的病」，「他就是該疾病的原因，我們用不著從別處尋找病因。[39]現代文學中女性疾病的自我書寫也明顯具有這種特徵。疾病是女性精神苦悶的外化，然而在更大的歷史和文學語境中來看女性疾病的自我書寫，它的意味可能更為豐富。當女性在她們的創作中以主動的方式言說疾病時，疾病就不再是一種社會、文化強加到她們身上並且要擺脫的命運，而是她們不得不領受的生命處境。女性疾病的自我書寫改寫了個人疾病與國家意識形態相連接的隱喻模式。借用疾病所具有的逾出日常界限的功能來書寫女性的生命哀歌和由此而爆發的生命吶喊，正是女性疾病的自我書寫的意義所在。下面我將通過對具體文本的分析來說明這一問題。

1、從自虐到自救——女性疾病的精神隱喻

在盧隱的筆下，女性疾病的現代書寫特徵已初露端倪。盧隱筆下的主人公多是被人生的苦悶所纏繞的女性，她們多因抑鬱而生病、死亡，《或人的悲哀》中的亞俠，《麗石的日記》中的麗石，都是憂鬱成疾，說是心臟病，不如說是「心病」。憂鬱病是傳統文學中經常出現的女性疾病，是一種典型的具有傳統文化特徵的女性疾病書寫。不過，雖然寫的是「傳統疾病」，但值得注意的是，盧隱筆下的女性疾病書寫卻已顯露出借助於疾病的逸出規範來獲得對自我更充分的表達的女性

---

[38] 〔美〕蘇珊・桑塔格著，程巍譯《疾病的隱喻》，上海譯文出版社，2003 年版，第 41 頁。

[39] 〔美〕蘇珊・桑塔格著，程巍譯《疾病的隱喻》，上海譯文出版社，2003 年版，第 43 頁。

疾病書寫的現代特徵，如「今天病了，我的先生可以原諒我，不必板坐在書桌裏，我的朋友原諒我，不必勉強陪著她們到操場上散步……因為病被眾人所原諒，把種種的擔子都暫且擱下，我簡直是個被赦的犯人，喜悅何如？」(《麗石的日記》)這樣一種通過疾病而脫離日常規範控制的心態，在以後的女性疾病書寫中得到了更多的延續和發揮，它可以看作是女性為獲得探求自我的空間所作的努力。

丁玲的《莎菲女士的日記》更典型地表現了疾病對於女性探求自身的意義。在莎菲的「自己分析自己」的心靈歷程中，「肺病」是小說中莎菲基本的生活狀態，也是莎菲探詢自我的主要策略，因而小說中莎菲總是在心理上不斷強化這種疾病的感受，「這兩夜通宵通宵地咳嗽」，「整整兩天，又一個人幽囚在公寓裏，沒有一個人來，也沒有一封信來，我躺在床上咳嗽，坐在爐旁咳嗽，走到桌子前也咳嗽」。肺病的禁忌恰好與人物的情緒形成嚴重的衝突，「醫生說頂好能多睡，多吃，莫看書，莫想事，偏這就不能，夜晚總得到兩三點才能睡著，天不亮又醒了。」莎菲的探求自身不只是希望真正擁有自我，同時也希望擁有朋友們的關注並進而獲得真正的理解，這是疾病中的莎菲的重要的心理特徵。莎菲就曾有過通過生病而獲得這種關愛和理解的經驗：「去年這時候，我過的是一種什麼生活！為了蘊姊千依百順地疼我，我便裝病躺在床上不肯起來。為了想蘊姊撫摩我，我伏在桌上想到一些小不滿意的事而哼哼唧唧的哭。」疾病中的莎菲的確擁有了非常密集的朋友的關愛，得到了許多在日常生活中所得不到的滿足。可以看出，佔有人間更多的感情是莎菲在短暫的生中最大的渴望：「無論在白天，在夜晚，我都在夢想可以使我沒有什麼遺憾在我死的時候的一些事情。……我迫切的需要這人間的感情，想佔有許多不可能的東西。」丁玲對莎菲這種急切地佔有自我和他人的心理狀態的表現正是

置於了疾病狀態下才得以完成。然而，儘管莎菲在身體上確實得到了許多關愛，而在精神上她遭遇的卻是更大的不滿足和更深切的孤獨，從這一點來看，疾病又加速了她內心渴望的幻滅，這更把莎菲自己推到一種無所依託的精神絕境中，最後她只有「悄悄的活下來，悄悄的死去」。

因此可以說，正是借助於疾病，丁玲才成功地完成了對莎菲這個人物的刻畫。莎菲的狷傲、狂放、喜怒無常、自怨自艾等性格特徵從日常的角度來看，是自我膨脹的非正常行為，但由於人物在疾病狀態中，所以這些行為又能被她周圍的朋友所接受和容忍。因此，從疾病對於女性探求自身的意義出發，疾病對於莎菲的意義應該看作是莎菲在日常狀態下得不到釋放的生命熱情借助於「疾病」為自己提供的寬容環境而得到了盡情地釋放。正如桑塔格所說：「對疾病的羅曼蒂克看法是：它啟動了意識……它能把人的意識帶入一種陣發性的悟徹狀態中。把瘋狂浪漫化，這以最激烈的方式反映出當代對非理性的或粗野的（所謂率性而為的）行為（發洩）的膜拜，對激情的膜拜。」[40]在疾病形成的個人與社會暫時絕緣的屏障中，莎菲充滿焦灼地探求著自我：「我真不知應怎樣才能分析我自己」，「我，我能說得出我真實的需要是什麼呢？」「凡一個人的仇敵就是自己」，如果說女性疾病書寫的現代特徵就是通過疾病的書寫獲得，那麼丁玲對莎菲的疾病書寫已經顯示出這種現代特徵。

而在《阿毛姑娘》中，丁玲則悲劇地表現了疾病作為女性獲得自我拯救的方式的意義。健康活潑、單純知足的阿毛從小與父親一起生

---

[40]　〔美〕蘇珊‧桑塔格著，程巍譯《疾病的隱喻》，上海譯文出版社，2003 年版，第 35 頁。

活在荒僻的山谷，無憂無慮。成人後阿毛嫁給了山外的小二，在新婚之初阿毛是滿足的，生活儘管清苦卻恬然自得。然而，隨著阿毛越來越多地接觸外面的世界，她的心靈開始騷動了，「阿毛已跳在一個大的、繁複的社會裏，一切都使她驚詫，一切都是她不得不用其思想。而她只是一個毫無知識剛從鄉下來的年輕姑娘，環境竭力拖著她望虛榮走，自然，一天，一天，她的慾望增加，而苦惱也就日甚一日了。」阿毛對那些到這裏來度假和養病的都市青年男女的生活充滿著無邊的遐想，她羨慕那些打扮得漂漂亮亮的城裏女人，希望自己也能過上像她們那樣的生活，這時，阿毛認識到錢的重要性。因此，她拼命幫丈夫和婆婆幹活，想通過自己的努力徹底改變生活的面貌。家人無法看透阿毛的這種心思，都誇獎阿毛勤勞，而阿毛自己從養蠶、燒飯、洗衣的辛勞中得到的卻是「自慰的苦味」。阿毛後來發現這種努力也是徒勞無功的，小二永遠也不能給她她想要的那種生活。隨著希望的破滅，她的勤勞沒有了，婆婆罵她，丈夫不滿。後來阿毛又把希望寄託在那些每天來逛山的男子身上，希望能有那麼一天有個富裕、溫情、浪漫可愛的男子將她帶走。當阿毛的離奇的想法和行為遭到家人的反對和打罵後，阿毛的抗拒通過身體表現出來，她變得沉默而消瘦。這時阿毛也並沒有停止幻想，只是她原來是渴望夢幻實現，而現在則把夢幻看作是無望生活的一種慰籍，「為自己找點暫時的麻醉，特意使自己浸沈在一種認為不必希望的美滿生活的夢境裏。」

　　在無望的折磨中，阿毛病了，「她發青的臉色比那跟著拖鞋女人的蒼白還來得可怕。她整夜不能睡，慢慢的成了習慣，等到燈一熄，神志反清醒了。於是恣肆的做著夢。天亮時，有點疲倦了，但事情又催促她起來。她不願為了這些讓阿婆罵她懶，她又不覺得那些操作有什麼苦，有時故意讓柴畫破自己的手，看那紅的鮮血冒出皮膚來。又常

常一天到晚不吃一口飯。」阿毛始終緘默著，不願對任何人說出她心中的思慮，因為她知道即使說出也無人能理解，她只能用自虐來表達和宣泄她的痛苦。

開始，阿毛還無限羨慕那得了嚴重肺病的城裏姑娘，「在阿毛看來，即使那病可以致死她，也是幸福，也可以非常滿足的死去。」因為那年輕姑娘身邊有一個愛她的男子的陪伴。然而，年輕姑娘的死卻讓阿毛覺得幸福的短暫和人生的無常，死亡使阿毛對人生充滿了虛無感，「她不再去夢想許多不可能的怪事上去。不過她的病卻由此更深了。」如果說年輕姑娘的死只是讓阿毛覺得「幸福是不久的，終必被死所騙去」，阿毛從她羨慕的美婦人深夜彈奏的淒慘的曲調中就進一步悟出「根本就無所謂幸福」的道理，「她輾轉思量了一夜，她覺得倒不如早死了好。」如果說小說的前半部分重點在寫阿毛慾望膨脹的悲劇，那麼到了後半部分我們可以看到，在慾望徹底消失後，阿毛面對的則是無邊的虛無。對於阿毛的自殺，周圍的人包括小二都不能理解，阿毛臨死前只是說：「不為什麼，就是懶得活，覺得早死了也好。」從自虐到自殺，阿毛選擇這種殘酷的生命方式的原因儘管起於那些遙不可及的幻想，然而，最終卻並不是那些幻想置阿毛於死地，而是幻想的破滅把她推向了絕境。儘管阿毛無法在現實層面對命運進行抗拒，但阿毛在對生命徹底絕望的情況下，所能選擇的只有疾病和死亡，她是通過這樣一種自虐的方式獲得對個人生命的拯救。從某種意義上說，對死亡的無懼使她擺脫了被命運制服和控制的客體地位，從而以悲劇的方式完成了自己對人生的一次謀劃。

蕭紅的《小城三月》寫的也是這種從自虐到自救意義上的女性疾病和死亡。翠姨很早就定了婚，對方是個又醜又小的男人，三年到了，婆家要她正式過門，翠姨一聽就病了，後來到哈爾濱去辦嫁妝，認識

了哥哥的那些大學生同學，她就更不願出嫁了，一想到要嫁給那樣一個男人她就恐怖。翠姨後來越病越厲害，聽說婆家為了讓她的病早點好，急著要娶她過門，翠姨「就只盼望趕快死，拼命地糟蹋自己的身體，想死得越快一點兒越好。」哥哥來看翠姨時，翠姨說：「我現在也不知道為什麼，心裏只想死得快一點就好，多活一天也是多餘的……人家也許以為我是任性……其實是不對的。」對於翠姨後來的死，所有的人都不能理解，包括哥哥：「哥哥後來提起翠姨常常落淚，他不知翠姨為什麼死，大家也都心中納悶。」對於像翠姨這樣的傳統女性來說，她無法為自己的命運選擇新的可能，呼吸新的文化氣息對她來說只是更增添了絕望，死對於翠姨來說是斬斷無盡的絕望的最好的方式。

　　阿毛、翠姨都是變革時代的女性，一方面現代生活的氣息悄悄地刺激著她們的心靈，並為她們對新生活的想像提供了雛形，但另一方面她們的生活又不得不繼續在傳統的軌道上行駛，這種狀況的最終結果就是她們必須承受巨大的身心分裂的痛苦，疾病就是這一狀態的特殊呈現。但從文學的角度來看，疾病在女性創作中的意義並不是對女性生命的一種扼殺，相反，在這種極致的生命狀態中，女性因脫離了現實的約束從而恢復了自主的能力。

　　然而，女性的這種感性、敏感、喜歡對個人命運作出超出現實限制的思考和幻想的思維方式，站在男性的立場看卻意味著精神上的病態。在《雷雨》中，繁漪的精神處境就被周樸園看作是「瘋病」，因而他才逼著繁漪吃藥，但繁漪卻一再強調自己沒病。回顧近現代以來的婦女解放歷程，這一細節可以看作是一個象徵，即象徵著男性權威常常從政治、文化的立場先把疾病強加於女性，然後再以女性的拯救者自居。正是因為如此，女性才渴望對疾病進行重新書寫。

　　當然，並不是所有的男性對女性的疾病書寫都遠離了女性的個人體驗，在男性作家中，能夠從女性的體驗和立場出發來書寫疾病的是茅盾。在《一個女性》中，茅盾繼續發揮了他善寫女性心理的才能，並且把他在其他作品中描寫「時代女性」時那種常常帶著男性慾望目光的女性身體描寫方式也降低到了最低限度，真正從一個「人」的立場來寫女性的生命和疾病。小說中的女主人公瓊華在少女時代漂亮富有，身旁有數不盡的追求者，但純真的瓊華卻在懵懂之中既不以為喜，亦不以為憂。然而，一件事改變了瓊華的純真：男同學張彥英因為是私生子而遭同學恥笑，瓊華為他打抱不平，卻在事後遭致流言蜚語。這件事改變了瓊華對人事的單純、透明的看法，並因此也改變了瓊華原來簡單的處世方式，瓊華變得善於周旋，練達人情世故，並成為當地使無數男性匍匐於腳下的「女王」。儘管瓊華也到了渴望愛情的年齡，但剛毅和冷酷卻讓人不敢靠近。後來，隨著父親的去世、家道的中落，周圍的人都逐漸散去，她的生日不再有昔日的輝煌，瓊華感到世態的炎涼。巨大的生活落差使瓊華一病不起，醫生說是「女兒癆」，即肺病，「母親聽著變了臉色，嘴唇也發抖。瓊華卻淒慘地一笑。她現在是當真厭倦了這罪惡的世界，她祈望早些死；她勸母親不必為她的病多花錢，她是無望了。……她想不出一條路給自己勇敢地活著。她沒有勇氣再在這罪惡的世間孤身奮鬥了。」

　　然而，小說寫到這裏並沒有結束，茅盾筆鋒一轉，寫到在瓊華的病體中卻奇迹般地生長出了愛情——儘管這愛情來自瓊華的幻想。瓊華愛戀的對象叫張彥英，正是這個人讓她認識到了世界的險惡，同時，在被故鄉遺棄這一點上，他們應該是同病相憐的，於是，熾烈的愛情在瓊華的病體中逐漸燃燒起來。「長久以來肺結核就與愛情和死亡的想像結合在一起。病人身體的消耗與慾望的滿溢往往形成一種弔詭，平

添了一層浪漫的色彩。」[41]對於病重的瓊華來說，愛情使「希望的火又從冷灰裏複燃了」，渴望、幻想與疾病一起包圍著她，生理和心理的、病狀和興奮的融為一體，「終於冰和雪又包圍了這大地。瓊華的胸中卻滿貯著熾炭似的熱望，薰紅了她的雙頰，又刺激她不能睡眠。她整夜張開了期待的倦眼，望著神秘的黑暗；她看見一點一點的火星在滿房裏遊蕩，黃的綠的飄帶在她床裏舞蹈……這樣的直到天明，她覺得眼睛裏像塞進一塊熾炭那樣的燥澀，舌尖僵硬的像一塊木片，冷汗濕透了衣服；於是在艱苦的喘息後，她勉強有幾分鐘的朦朧。」疾病使幻想越過了身體的界限，發燒從隱喻的層面來看就是熱情，「結核病的發燒是身體內部燃燒的標誌：結核病人是一個被熱情『消耗』的人，熱情消蝕了他的身體。」[42]強烈的渴望加速了患者向死亡的靠近，瓊華最後是在母親「張先生來看你了」的聲音中滿足地閉上了雙眼。在這場身體與精神的較量中，巨大的精神能量的釋放與肉體的逐漸消蝕同時進行，最後顯然是精神戰勝了肉體，而隨著肉體的死去，精神強大的力量也煙消雲散。茅盾的這篇小說頗具女性作家的現代疾病描寫特徵，即把女性意識滲透到對疾病的書寫中，使二者互為映照。

2、真實的女性疾病書寫

上述作品與其說寫的是身體的疾病，不如說寫的是精神的疾病，也就是說，女性疾病只是在作為精神的隱喻的意義上存在的，與女性真實的身體疾病並沒有很大關係。實際上，女性在對疾病的書寫中，

---

[41] 王德威《現代中國小說十講》，復旦大學出版社，2003年版，第111頁。
[42] 〔美〕蘇珊‧桑塔格著，程巍譯《疾病的隱喻》，上海譯文出版社，2003年版，第20頁。

也表現出對真實的身體疾病的關注，這種關注往往表現為通過疾病來觀察女性的命運和生存狀態。

張愛玲在《花凋》中就展示了真實的疾病與女性命運的關係。待嫁的川嫦被介紹給留學回來的醫生章雲藩，幾次見面後互相之間有了好感，川嫦卻病倒了，而且是肺病，章雲藩天天來看她，為她治病，還說：「我總是等著你的。」兩年過去，川嫦的病不見起色，章雲藩不得不找新人。川嫦的病花了父母不少的錢，這使她覺得自己對所有的人都是個拖累。川嫦最後想看一眼上海，於是她坐著黃包車趴在李媽身上，「像一個冷而白的大白蜘蛛」，這一陰冷而恐怖的身體比喻，貼切地顯示出川嫦生命的無力和癱瘓狀態。通過川嫦，張愛玲對女性自我與疾病的關係有著透徹的解析：「川嫦本來覺得自己是個無關緊要的普通的女孩子，但是自從生了病，終日鬱鬱地自思自想，她的自我觀念逐漸膨脹。碩大無朋的自身和這腐爛而美麗的世界，兩個屍首背對背拴在一起，你墜著我，我墜著你，往下沈。她受不了這痛苦。她想早一點結果她自己。」肺病阻斷了那些美麗的人生期盼，儘管這不僅是女性生命的無奈，而且也是所有人的生命無奈，但把這種命運放在一個女輕的待嫁的女子身上，把疾病、死亡和愛情、婚姻拴在一起寫，卻更加符合張愛玲的蒼涼的人生哲學，對於女性來說，對愛情、婚姻的絕望也就是對全部生命的絕望。安敏成認為：「在現實主義的形而上學裏，身體總是最為重要的，如上述序列（饑餓、暴力、疾病、性和死亡，引者加）所顯示的那樣，罪魁禍首是自然世界的形象，它們踐踏了作為『真實』象徵的身體虛構性的自主。因為它們的物質性無比強大，所有這些因素在本質上被排斥在無力抗拒威脅的語言之外。」[43]

---

[43] 〔美〕安敏成著，姜濤譯《現實主義的限制——革命時代的中國小說》，江蘇人民出版社，2001年版，第19頁。

川嫦無論擁有多少自主意識，都敵不過致命的疾病的打擊，這明顯帶有生命形而上層面的虛無感。如果說前述的一些女性疾病的自我書寫，都是以精神之痛在先、身體之痛在後的形式進行的，那麼張愛玲的這篇小說，則反映出女性創作直接通過對真實的女性身體之痛的書寫來思考生命存在的傾向。

在蕭紅的作品中，這種對女性真實的身體和疾病的關注就更加突出，這主要表現在她對懷孕、生育這些女性特有的生理現象的書寫上。儘管懷孕、生育是女性的自然生命現象，然而，由於女性在完成人類延續生命的這一活動中，要承受巨大的身體痛苦，特別是在物質條件非常有限的情況下，它們對於女性就意味著受難和死亡，因此，這種自然的女性生命現象卻顯示出種種反自然、非人道的特徵。在蕭紅筆下，農村婦女的疾病體驗是無關浪漫的人生幻想的，因為她們連最起碼的生存需要都得不到保障，特別是女性在被男性社會唯一認可的生育職能上，也得不到起碼的人道關懷。蕭紅通過對生育給女性帶來的身體的痛苦、變形以至死亡的描寫，對女性在男權社會中最基本的社會認同和自我認同的方式予以了否定。

在《王阿嫂的死》中，懷孕的王阿嫂仍然給地主做工，做工時稍歇一會兒就遭到毆打，被地主踢了一腳。在丈夫被地主放火燒死後，王阿嫂早產了，「等到村婦擠進王阿嫂屋門的時候，王阿嫂自己已經在炕上發出她最沉重的嚎聲，她的身子是被自己的血浸染著，同時在血泊裏也有一個小的、新的動物在掙扎。王阿嫂的眼睛像一個大塊的亮珠，雖然閃光而不能活動。她的嘴張得怕人，像猿猴一樣，牙齒拼命地向外突出。」《王阿嫂的死》作為蕭紅的第一篇小說，顯示出蕭紅一開始就對農村女性的生殖苦難特別關注，並且這一主題一直延續在蕭紅的創作中，成為蕭紅文學創作的一個母題。對女性疾病特別是生殖

苦難的關注顯然與蕭紅個人的人生經驗密切相關：蕭紅曾兩次懷孕生產，但都由於經濟的困頓和生活的不穩定而未能把孩子保留下來，而蕭紅自己的身體也由於顛沛流離的生活和生產的折磨變得非常衰弱，身患多種疾病。疾病伴隨著蕭紅的人生和她的創作，《生死場》、《小城三月》這些描寫女性疾病的作品就是她在生命的最後階段完成的。

　　疾病成為蕭紅書寫她個人女性立場的重要方式。在《生死場》中，蕭紅以抗日戰爭為背景，描寫了東北農村婦女的生存現實。蕭紅沒有如五四以來的男性作家那樣把女性的疾病和苦難與民族、戰爭直接聯繫起來，「國家的劫難既不能解釋、也不能抹去女人身體所承受的種種苦難。」[44]在蕭紅這裏，對疾病的書寫也沒有表現出前述女性疾病的自我書寫中的那種浪漫的幻想和狂熱的激情，而只有處於生命和死亡之間的身體的掙扎和受難。蕭紅對女性的性愛、懷孕、生產到產後的每一階段生活都進行了審視，她發現，每一階段無一不充斥著恐懼和痛苦。這裏有未婚先孕所導致的對自己身體的排斥和抗拒，「金枝過於痛苦了，覺得肚子變成個可怕的怪物，覺得裏面有一塊硬的地方，手按得緊些，硬的地方更明顯。等她確信肚子裏有了孩子的時候，她的心立刻發嘔一般顫唆起來，她被恐怖把握著了。」金枝對懷孕的羞恥感來自於傳統道德對女性貞操的要求，她的身體在性、懷孕等問題上的非自主狀態正顯示出男權文化對女性身體的控制。這裏還有女性在生育過程中的身體受難，「受罪的女人，身邊若有洞，她將跳進去！身邊若有毒藥，她將吞下去。她仇視著一切，窗臺要被她踢翻。她願意把自己的腿弄斷，宛如進了蒸籠，全身將被熱力所撕碎一般呀！」分娩

---

[44] 劉禾著，宋偉傑等譯《跨語際實踐——文學，民族文化與被譯介的現代性》，生活‧讀書‧新知三聯書店，2002年版，第296頁。

的痛苦遠遠超出一般疾病的痛苦，這不是希望的生的呼喊，而是慘痛的死的絕叫，而正在生產的女人甚至還要遭到男人的辱罵和毒打，蕭紅把人類神聖的延續生命的活動寫得如動物一般，人與狗，豬的生產在小說中是同時進行的，「人和動物一起忙著生，忙著死……」女人如果生產不下來，就要開始準備葬衣了，即使熬過這一劫，也要承受產後的病痛的折磨，因此這裏還有生育後女人身體的繼續受難：美麗的月英因為生產而得病癱在床上，時間長了連丈夫也不願管，「她的眼睛，白眼珠完全變綠，整齊的一排前齒也完全變綠，她的頭髮燒焦了似的，緊貼住頭皮。她像一頭患病的貓兒，孤獨而無望。」當月英看見鏡子中自己的模樣，哭道：「我是個鬼啦！快些死吧！活埋了我吧！」總之，在對農村女性殘酷的生存現實的書寫中，蕭紅以女性的立場對於女性所承受的生命苦難給予了深切的同情和深入的表現。

由以上分析可以看出，無論是對女性疾病的精神隱喻的書寫，還是對真實的女性疾病的書寫，在女性對疾病的自我書寫中，疾病在小說中並不是作為一般性的細節，而是作為重要的情節線索出現的，疾病與人物的性格、命運等有著直接和密切的聯繫，這就形成了與男性對女性疾病的符號化、象徵化的書寫不一樣的疾病書寫特徵。

女性在歷史的話語中難以找到表達自身的方式，對於那些穿越女性的生命而又難以獲得主流話語認同的經驗，女性創作總需要通過一些特殊的方式來表達，女性疾病的自我書寫就是這樣一種女性尋求自主的言說方式的努力。同時，由於疾病是在女性特殊的生理、心理特點下形成的女性關注自身的一種方式，是從女性身體經驗出發的一條言說途徑，因此女性疾病的自我書寫體現了身體對於女性寫作的意義。儘管在很多作品中，身體的痛苦只是精神痛苦的顯現，身體只是在表達女性精神層面的意義上存在著，但是，由於這種精神之痛中本

來就包含著身體需求缺失的因素，並且，這種精神之痛最後又是返回到身體之中獲得體認的，因而可以說，女性疾病的自我書寫是在身體與精神合一中完成的對女性自我的探求和尋找。

結　語

　　中國現代作家表現出對身體的重視，這種重視主要是通過我們對文學現象和文本的分析反映出來的。現代作家對身體的重視存在不同的動機，也有各種不同的表現。

　　在五四新文化運動人性解放的思想背景下，現代作家對人的存在形式的「身體」投以了關注的眼光，從文學的立場出發，作家闡釋的不是抽象的人，而是真實而具體的具有感性本能的人，這就與思想文化領域的各種抽象的人性觀念形成了一種對照。正是因為身體為文學構築的是一個個人經驗的世界，身體視角的文學闡釋展露了在既有的思想模式（如現代性）和文學史範式中那些被遮蔽和扭曲的文學史經驗，喚醒了那些被忽略和遺棄的文學記憶。

　　如果說身體是個人慾望、感性經驗的展開場所，那麼身體同樣也是權力的施展場所，正是在這一意義上，身體與政治、時代、文化的問題相糾纏著。但是，由於身體有主體性的一面，它體現為身體的感性本能具有不可剝奪的言說自身的能力，因此，從現象上來說，對身體的書寫似乎只是表達了個人體驗和慾望，但由於對個人慾望的表達就如在各種冠冕堂皇的國家、民族等話語中劃開了一道裂痕，所以，隨著感性經驗空間的敞露，歷史真實的存在也隨之浮現出來。正是在這樣一種思路下，才可能對現代文學史中的一些現象和文本進行重新思考和闡釋。

　　身體觀念對作家的創作有著很大的影響，作家如何看待個體的身體、如何理解身體與精神的關係決定著作家以一種怎樣的方式書寫

「人」、怎樣反映「人」與現實的關係、怎樣看待個人與歷史的關係。同時，作家的身體意識也不是體現為某種不變的身體理念，而是體現為具體語境中不同的身體言說，身體觀念在歷史和文學的發展過程中充滿著反覆和曲折，身體觀念的變化折射出時代和文化精神的變化。

　　現代作家對身體予以重視不僅由於身體是一個需要被言說的對象，而且也由於身體是一個表達意義的符號，即作家可以通過身體符號的象徵性和隱喻性間接地表達意義，如茅盾在早期文學實踐對「真實」的探索中，新感覺派作家對都市的想像中，沈從文在表達他的審美理想中，身體特別是女性身體就具有這種表意的功能。正如中國古代文人常常借女性身體表達個人情感一樣，中國現代作家不僅繼承了這種傳統，同時還給予女性身體以更廣闊的隱喻空間。因此，在現代文學中，身體儘管經常以性徵突出的女性身體的形式出現，但這並不僅僅只意味著對慾望的表達，在隱喻的層面，作家借助身體間接地表達意義。

　　現代文學中的許多現象和文本都與身體有關，都可以通過身體的視角得到闡釋。除了本書中所涉及的研究對象之外，還有許多沒來得及研究的問題。如從身體與文學本體的關係的角度來看，胡風現實主義理論、象徵主義和唯美主義詩歌、通俗文學的情節模式等問題都可以從身體的角度得到闡釋。除此之外，由於身體問題在當代文學中的突出表現，因此，在以現代文學中的「身體」為歷史參照的前提下，在歷史的延續中進一步對當代文學中身體現象和文本進行研究也是非常重要的。這些問題，都有待今後作出研究。

　　本研究顯然受到了後現代主義思想意識的啟發，並認為，這種後現代特徵的身體思維對於現代文學的闡釋具有重要的意義，因此，「身體」在研究中經常被當作一個具有反思性和解構性的視點，並認為文

學敘事中的身體、感性、個人體驗等因素體現了另一種「真實」的歷史存在。但是，任何一種自由都不是絕對的，所以，身體的自由也是有限度的，正如劉小楓所反問的：「慾望是不是完全自由的？現代倫理意識在肯定個體慾望的自然權利時，是否同時誇大了個體慾望的自由？」[1]正是在此意義上，身體並不必然與解放、自由這樣的命題相連。同時，儘管是身體感性確定了個體自我的唯一性，但是並不是所有的身體感性都必然具有這種唯一性，身體感性的不可重複性仍然在於身體與精神如何相遇。否則，當身體成為了一種「感性」的神話，被放在解構宏大敘事的萬能的位置上，就會形成一種新的遮蔽。正如波德里亞所說：「身體的價值曾在於其顛覆性價值，它是意識形態最尖銳矛盾的策源地。我們看到，今天似乎取得了勝利的身體並沒有繼續構成一種生動矛盾的要求、一種『非神秘化』的要求，而只是很簡單地接過了時代的接力棒，成了神話要求、教條和救贖模式。身體崇拜不再與靈魂崇拜相矛盾：它繼承了後者及其意識形態功能。」[2] 因此，對身體在後現代理論中本身存在的局限和問題，以及這種思維對研究本身具有的約束，還須有進一步的反省。也就是說，在面對具體的對象時，確立這種具有顛覆性的身體闡釋視角的有效性是非常重要的，這也是這一研究在進一步完善中所需要努力的方向。

[1]　劉小楓《沉重的肉身——現代性倫理的敘事維語》，上海人民出版社，1999 年版，第 285 頁。

[2]　讓·波德里亞《消費社會》，南京大學出版社，2001 年版，第 148 頁。

參考文獻

一、文集、作品、刊物類

梁啟超《飲冰室合集》，中華書局，1989 年版。

湯志鈞編《康有為政論集》，中華書局，1981 年版。

譚嗣同《譚嗣同全集》，中華書局，1981 年版。

李大釗《李大釗文集》，人民出版社，1999 年版。

魯迅《魯迅全集》，人民文學出版社，1981 年版。

鍾叔河編《周作人文類編》，湖南文藝出版社，1998 年版。

陳獨秀《獨秀文存》，安徽人民出版社，1987 年版。

《胡適文集》，北京大學出版社，1998 年版。

趙清、鄭成編《吳虞集》，四川人民出版社，1985 年版。

吳虞《吳虞日記》（上、下），四川人民出版社，1984 年版。

吳虞《秋水集》，吳氏愛智廬刊行，民國 2 年（1913）。

郁達夫《郁達夫文集》，花城出版社、三聯書店香港分店，1982 年版。

李葆琰選編《張資平小說選》，花城出版社，1994 年版。

蕭鳳、孫可編《廬隱選集》，百花文藝出版社，1983 年版。

丁玲《丁玲全集》，河北人民出版社，2001 年版。

茅盾《茅盾全集》，人民文學出版社，1984 年-1997 年版。

蔣光慈《蔣光慈文集》，上海文藝出版社，四集分別為 1982 年、1983 年、
　　1985 年、1988 年版。

洪靈菲《大海》，花城出版社，1984 年版。

《洪靈菲選集》，人民文學出版社，1982 年版。

樂齊主編《洪靈菲小說精品》，中國文聯出版公司，1997 年版。

阿英《阿英全集》，安徽教育出版社，2003 年版。

蕭紅《蕭紅文集》，安徽文藝出版社，1997 年版。

張愛玲《張愛玲典藏全集》，哈爾濱出版社，2003 年版。

于青、曉藍、一心編《蘇青文集》，上海書店出版社，1994 年版。

嚴家炎編選《新感覺派小說選》，人民文學出版社，1985 年版。

孫中田、逄增玉主編《穆時英小說全集》，時代文藝出版社，2001 年版。

劉吶鷗《都市風景線》，水沫書店，1930 年版。

張競生《張競生文集》，廣州出版社，1998 年版。

李葆琰選編《張資平小說選》，花城出版社，1994 年版。

章克標《章克標文集》，上海社會科學院出版社，2003 年版。

葉靈鳳《葉靈鳳小說全編》，學林出版社，1997 年版。

李方編《穆旦詩全集》，中國文學出版社，1996 年版。

邵洵美《花一般的罪惡》，上海書店，1992 年版。

沈從文《沈從文全集》，北岳文藝出版社，2002 年版。

茅盾《我走過的道路》，人民文學出版社，上、中、下三冊分別為 1981 年、1984 年、1988 年版。

葉靈鳳主編《幻洲》半月刊，第一卷第一期至第二卷第七期，1926 年-1928 年。

二、論著類

〔英〕布萊恩・特納著，馬海良、趙國新譯《身體與社會》，春風文藝出版社，2000 年版。

〔美〕約翰・奧尼爾著，張旭春譯《身體形態——現代社會的五種身體》，春風文藝出版社，1999 年版。

〔美〕安德魯・斯特拉桑著，王業偉、趙國新譯《身體思想》，春風文藝出版社，1999 年版。

〔德〕《尼采文集》，灕江出版社，2000 年版。

〔美〕蘇珊・桑塔格著，程巍譯《疾病的隱喻》，上海譯文出版社，2003 年版。

〔法〕米歇爾・福柯著，姬旭升譯《性史》，青海人民出版社，1999 年版。

〔法〕米歇爾・福柯著，劉北成、楊遠嬰譯《規訓與懲罰》，生活・讀書・新知三聯書店，1999 年版。

〔法〕米歇爾·福柯著,劉北成、楊遠嬰譯《瘋癲與文明》,生活·讀書·新知三聯書店,1999 年版。

〔英〕凱倫·法林頓著,陳麗紅、李臻譯《刑罰的歷史》,希望出版社,2003 年版。

〔美〕理查德·沃林著,張國清譯《文化批評的觀念》,商務印書館,2000年版。

〔英〕特里·伊格爾頓著,王傑、傅德根、麥永雄譯,柏敬澤校《美學意識形態》,廣西師範大學出版社,1997 年版。

〔德〕伽達默爾著,洪漢鼎譯《真理與方法》,上海譯文出版社,1999年版。

〔英〕特里·伊格爾頓著,華明譯《後現代主義的幻象》,商務印書館,2002 年版。

〔英〕特里·伊格爾頓著,馬海良譯《歷史中的政治、哲學、愛欲》,中國社會科學出版社,1999 年版。

〔美〕海登·懷特著,陳永國、張萬娟譯《後現代歷史敘事學》,中國社會科學出版社,2003 年版。

〔美〕喬納森·卡勒著,陸揚譯《論解構》,中國社會科學出版社,1998年版。

〔法〕莫里斯·梅洛-龐蒂著,姜志輝譯《知覺現象學》,商務印書館,2001年版。

〔法〕莫里斯·梅洛-龐蒂著,劉韻涵譯《眼與心》,中國社會科學出版社,1992 年版。

〔美〕普里莫茲克著,關群德譯《梅洛-龐蒂》,中華書局,2003 年版。

〔美〕馬爾庫塞著,黃勇、薛民譯《愛欲與文明》,上海譯文出版社,1987年版。

〔美〕馬爾庫塞著,李小兵譯《審美之維──馬爾庫塞美學論著集》,生活·讀書·新知三聯書店,1989 年版。

〔法〕羅蘭·巴特著,汪耀進、武佩榮譯《戀人絮語──一個解構主義的文本》,世紀出版集團,2004 年版。

〔奧〕維特根斯坦著，郭英譯《邏輯哲學論》，商務印書館，1962年版。

〔德〕海德格爾著，彭富春譯《詩‧語言‧思》，文化藝術出版社。

〔德〕海德格爾《存在與時間》，生活‧讀書‧新知三聯書店，1987年版。

〔美〕丹尼爾‧貝爾著，趙一凡、蒲隆、任曉晉譯《資本主義文化矛盾》，生活‧讀書‧新知三聯書店，1989年版。

〔美〕馬泰‧卡林內斯庫著，顧愛彬、李瑞華譯《現代性的五幅面孔》，商務印書館，2003年版。

〔德〕哈貝馬斯著，曹衛東、王曉珏、劉北城、宋偉傑譯《公共領域的結構轉型》，學林出版社，1999年版。

〔法〕米歇爾‧昂弗萊著，劉漢全譯《享樂的藝術》，生活‧讀書‧新知三聯書店，2003年版。

〔英〕安東尼‧吉登斯著，陳永國、汪民安等譯《親密關係的變革》，社會科學文獻出版社，2001年版。

〔美〕簡‧蓋洛普著，楊莉馨譯《通過身體思考》，江蘇人民出版社，2005年版。

〔法〕托尼‧阿納特勒拉著，劉偉、許均譯《被遺忘的性》，廣西師範大學出版社，2003年版。

〔英〕傑佛瑞‧威克斯著，宋文偉、侯萍譯《20世紀的性理論和性觀念》，江蘇人民出版社，2002年版。

〔英〕瑪麗‧伊格爾頓編，胡敏、陳彩霞、林樹明譯《女權主義文學理論》，湖南文藝出版社，1989年版。

〔德〕沃爾夫岡‧伊瑟爾著，陳定家、汪正龍等譯《虛構與想像——文學人類學疆界》，吉林人民出版社，2003年版。

〔美〕彼得‧布魯克斯著，朱生堅譯《身體活——現代敘述中的慾望對象》，新星出版社，2005年版。

〔英〕喬萬尼‧恩特維斯特爾著，郜元寶等譯《時髦的身體》，廣西師範大學出版社，2005年版。

〔英〕丹尼‧卡瓦拉羅著，張衛東、張生、趙順宏譯《文化理論關鍵字》，鳳凰出版傳媒集團、江蘇人民出版社，2006年版。

〔美〕賀蕭著，韓敏中、盛寧譯《危險的愉悅：20 世紀上海的娼妓問題與現代性》，江蘇人民出版社，2003 年版。

〔美〕高彥頤著，李志生譯《閨塾師：明末清初江南的才女文化》，江蘇人民出版社，2005 年版。

〔美〕安敏成著，姜濤譯《現實主義的限制——革命時代的中國小說》，江蘇人民出版社，2001 年版。

〔斯洛伐克〕瑪麗安・高利克《中國現代文學批評發生史》，社會科學文獻出版社，1997 年版。

費約翰著，李恭忠、李里峰等譯《喚醒中國——國民革命中的政治、文化與階級》，生活・讀書・新知三聯書店，2004 年版。

〔美〕宇文所安《迷樓》，生活・讀書・新知三聯書店，2003 年版。

〔日〕木山英雄著，趙京華編譯《文學復古與文學革命》，北京大學出版社，2004 年版。

包亞明主編，嚴鋒譯《權力的眼睛——福柯訪談錄》，上海人民出版社，1997 年版。

劉小楓選編《舍勒選集》，上海三聯書店，1999 年版。

黃金麟《歷史、身體、國家：近代中國的身體形成，1895-1937》，聯經出版公司，2001 年版。

趙汀陽《沒有世界觀的世界》，中國人民大學出版社，2003 年版。

楊大春《感性的詩學：梅洛-龐蒂與法國哲學主流》，人民出版社，2005 年版。

馮俊等著《後現代哲學講演錄》，商務印書館，2003 年版。

汪民安、陳永國、馬海良主編《後現代性的哲學話語——從福柯到賽義德》，浙江人民出版社，2000 年版。

陳順馨、戴錦華選編《婦女、民族與女性主義》，中央編譯出版社，2004 年版。

張京媛主編《新歷史主義與文學批評》，北京大學出版社，1993 年版。

張京媛主編《當代女性主義文學批評》，北京大學出版社，1992 年版。

何兆武、陳啟能主編《當代西方史學理論》，上海社會科學院出版社，2003
　　年版。

夏光《後結構主義思潮與後現代社會理論》，社會科學文獻出版社，2003
　　年版。

汪民安主編《身體的文化政治學》，河南大學出版社，2004 年版。

汪民安、陳永國編《後身體——文化、權力和生命政治學》，吉林人民出
　　版社　，2003 年版。

汪民安編《色情、耗費與普遍經濟——喬治·巴塔耶文選》，吉林人民出
　　版社，2003 年版。

汪民安《福柯的界限》，中國社會科學出版社，2002 年版。

汪民安、陳永國編《尼采的幽靈》，社會科學文獻出版社，2001 年版。

金惠敏、薛曉源編《評說「超人」》，社會科學文獻出版社，2001 年版。

劉小楓《沉重的肉身——現代性倫理的敘事緯語》，上海人民出版社，1999
　　年版。

劉小楓《現代性社會理論緒論》，上海三聯書店，1998 年版。

劉小楓《這一代人的怕和愛》，生活·讀書·新知三聯書店，1996 年版。

汪暉、陳燕谷主編《文化與公共性》，生活·讀書·新知三聯書店，2005
　　年版。

劉再復、林崗《傳統與中國人》，安徽文藝出版社，1999 年版。

夏志清《中國現代小說史》，復旦大學出版社，2005 年版。

王德威《想像中國的方法》，生活·讀書·新知三聯書店，1998 年版。

王德威《現代中國小說十講》，復旦大學出版社，2003 年版。

李歐梵著，毛尖譯《上海摩登——一種新都市文化在中國》，北京大學出
　　版社，2001 年版。

李歐梵《現代性的追求》，生活·讀書·新知三聯書店，2000 年版。

李歐梵《未完成的現代性》，北京大學出版社，2005 年版。

陳嘉明等著《現代性與後現代性》，人民出版社，2001 年版。

張輝《審美現代性批判》，北京大學出版社，1999 年版。

陳建華《「革命」的現代性——中國革命話語考論》，上海古籍出版社，
　　2000 年版。

哈佛燕京學社、三聯書店主編《理性主義及其限制》，生活‧讀書‧新知
　　三聯書店，2003 年版。

韓毓海《從「紅玫瑰」到「紅旗」》，上海遠東出版社，1998 年版。

韓毓海主編《20 世紀的中國：文學與社會》（文學卷），山東人民出版社，
　　2001 年版。

曠新年《1928：革命文學》，山東教育出版社，1998 年版。

黃子平《「灰闌」中的敘述》，上海文藝出版社，2001 年版。

余岱宗《被規訓的激情——論 1950、1960 年代的紅色小說》，上海三聯
　　書店，2004 年版。

張光芒《啟蒙論》，上海三聯書店，2002 年版。

王曉華《個體哲學》，上海三聯書店，2002 年版。

周憲《現代性的張力》，首都師範大學出版社，2001 年版。

周憲《審美現代性批判》，商務印書館，2005 年版。

葉舒憲主編《性別詩學》，社會科學文獻出版社，1999 年版。

葉舒憲主編《文學與治療》，社會科學文獻出版社，1999 年版。

康正果《身體和情慾》，上海文藝出版社，2001 年版。

欒棟《感性學發微》，商務印書館，1999 年版。

孟悅、戴錦華《浮出歷史地表》，中國人民大學出版社，2004 年版。

張新穎《20 世紀上半期中國文學的現代意識》，生活‧讀書‧新知三聯書
　　店，2001 年版。

艾雲《用身體思想》，江蘇人民出版社，2003 年版。

張旭春《政治的審美化與審美的政治化》，人民出版社，2004 年版。

于堅、謝有順《于堅謝有順對話錄》，蘇州大學出版社，2003 年版。

葛紅兵《卑賤的真理》，中國文聯出版社，2003 年版。

葛紅兵、宋耕《身體政治》，上海三聯書店，2005 年版。

朱德發等著《20 世紀中國文學理性精神》，上海人民出版社，2003 年版。

趙毅衡《禮教下延之後——中國文化批判諸問題》，上海文藝出版社，2001
　　年版。

柄谷行人著，趙京華譯《日本現代文學的起源》，生活・讀書・新知三聯
　　書店，2003 年版。

南帆《叩訪感覺》，東方出版中心，1999 年版。

南帆《理論的緊張》，上海三聯書店，2003 年版。

楊義《中國現代小說史》，人民文學出版社，1986 年版。

汪暉《汪暉自選集》，廣西師範大學出版社，1997 年版。

汪暉《反抗絕望——魯迅及其文學世界》，河北教育出版社，2000 年版。

王曉明《無法直面的人生——魯迅傳》，上海文藝出版社，2001 年版。

王曉明《王曉明自選集》，廣西師範大學出版社，1997 年版。

王曉明主編《二十世紀中國文學史論》（三卷），東方出版中心，1997
　　年版。

錢理群《心靈的探尋》，北京大學出版社，1999 年版。

郜元寶《魯迅六講》，上海三聯書店，2001 年版。

張閎《聲音的詩學》，中國人民大學出版社，2003 年版。

趙園《趙園自選集》，廣西師範大學出版社，1999 年版。

陳思和《中國新文學整體觀》，上海文藝出版社，2001 年版。

陳方競《多重對話：中國新文學的發生》，人民文學出版社，2003 年版。

許紀霖編《二十世紀中國思想史論》，東方出版中心，2000 年版。

許紀霖、陳達凱主編《中國現代化史第一卷　1800-1949》，上海三聯書店，
　　1995 年版。

王一川《中國現代性體驗的發生》，北京師範大學出版社，2001 年版。

賀桂梅《轉折的時代——40-50 年代作家研究》，山東教育出版社，2003
　　年版。

吳福輝《都市漩流中的海派小說》，湖南教育出版社，1995 年版。

李今《海派小說與現代都市文化》，安徽教育出版社，2000 年版。

許道明《海派文學論》，復旦大學出版社，1999 年版。

周小儀《唯美主義與消費文化》，北京大學出版社，2002 年版。

解志熙《美的偏至——中國現代唯美-頹廢主義文學思潮研究》，上海文藝
　　出版社，1997年版。

姚玳玫《想像女性》，中國社會科學出版社，2004年版。

李玲《中國現代文學的性別意識》，人民文學出版社，2002年版。

艾雲《用身體思想》，江蘇人民出版社，2003年版。

陳子善、王自立編《郁達夫研究資料》，花城出版社、三聯書店香港分店，
　　1985年版。

袁良駿編《丁玲研究資料》，天津人民出版社，1982年版。

丁瑞珍、王中忱編《丁玲研究在國外》，湖南人民出版社，1985年版。

李岫編《茅盾研究在國外》，湖南人民出版社，1984年版。

孫中田、查國華編《茅盾研究資料》，中國社會科學出版社，1983年版。

王珞編《沈從文評說八十年》，中國華僑出版社，2004年版。

凌宇《沈從文傳》，北京十月文藝出版社，2003年版。

季紅真《蕭紅傳》，北方十月文藝出版社，2000年版。

葛浩文《蕭紅評傳》，北方文藝出版社，1985年版。

子通、亦清主編《張愛玲評說六十年》，中國華僑出版社，2001年版。

楊澤《閱讀張愛玲》，廣西師範大學出版社，2003年版。

曾華鵬、范伯群《郁達夫評傳》，百花文藝出版社，1983年版。

范伯群主編《中國近現代通俗文學史》，江蘇教育出版社，2000年版。

黃曼君《新文學傳統與經典闡釋》，湖北教育出版社，2005年版。

洪子誠《問題與方法》，生活‧讀書‧新知三聯書店，2002年版。

陳曉明主編《現代性與中國當代文學轉型》，雲南人民出版社，2003年版。

劉慧英編著《遭遇解放：1890-1930年代的中國女性》，中央編譯出版社，
　　2005年版。

荒林、王光明《兩性對話——20世紀中國女性與文學》，中國文聯出版社，
　　2001年版。

沈奕斐《被建構的女性——當代社會性別理論》，上海人民出版社，2005
　　年版。

李小江等《歷史、史學與性別》，江蘇人民出版社，2002年版。

黃華《權力，身體與自我——福柯與女性主義文學批評》，北京大學出版社，2005 年版。

文潔華《美學與性別衝突：女性主義審美革命的中國境遇》，北京大學出版社，2005 年版。

陳平原《陳平原小說史論集》（上、中、下），河北人民出版社，1997 年版。

夏曉虹《晚清女性與近代中國》，北京大學出版社，2004 年版。

王汎森《中國近代思想與學術的系譜》，河北教育出版社，2001 年版。

王緋《空前之迹——1851-1930：中國婦女思想與文學發展史論》，商務印書館，2004 年版。

周與沈《身體：思想與修行》，中國社會科學出版社，2005 年版。

楊念群、黃興濤、毛丹主編《新史學》，中國人民大學出版社，2003 年版。

黃東蘭主編《身體‧心性‧權力》，浙江人民出版社，2005 年版。

三、論文類

王岳川《梅洛-龐蒂的現象學與社會理論研究》，《求是學刊》2001 年第 6 期。

張堯均〈舍勒與梅洛-龐蒂心身關係論之比較〉，《浙江學刊》2004 年第 5 期。

張立波〈身體在實踐話語中的位置〉，《天津社會科學》2004 年第 4 期。

蘇宏斌《作為存在哲學的現象學》，《浙江社會科學》2001 年第 5 期。

蕭武〈身體政治的烏托邦〉，《讀書》2004 年第 3 期。

彭富春〈身體與身體美學〉，《哲學研究》2004 年第 4 期。

侯傑、姜海龍〈身體史研究芻議〉，《文史哲》2005 年第 2 期。

復光〈「身體」辯證〉，《江海學刊》2004 年第 2 期。

汪民安、陳永國〈身體轉向〉，《外國文學》2004 年第 1 期。

蔣小波、李文芳〈國家話語與個人慾望〉，《江南大學學報》2003 年第 1 期。

范智紅〈「向虛空凝眸」：19 世紀 40 年代沈從文的小說〉，《吉首大學學報》2001 年第 2 期。

孫歌〈試論抽象——讀沈從文四十年代論說文〉，《吉首大學學報》1995 年第 3 期。

李揚《文學分期中的知識譜系學問題》，《文學評論》2003 年第 5 期。

李怡〈「重估現代性」思潮與中國現代文學傳統的再認識〉，《文學評論》2002 年第 4 期。

鄭闖琦〈當代文學研究的四種文學史觀和三條現代性線索〉，《唐都學刊》2004 年第 5 期。

榮躍明〈中國現當代文學史研究：表述危機和「重新出發」〉，《社會科學》2004 年第 8 期。

曠新年〈「重寫文學史」的終結與中國現代文學研究轉型〉，《南方文壇》2003 年第 1 期。

陳太勝〈新歷史觀和現代文學史的重寫〉，《文藝爭鳴》2002 年第 1 期。

南帆〈文學、革命與性〉，《文藝爭鳴》2000 年第 5 期。

楊國榮〈日常生活的本體論意義〉，《華東師大學報》2003 年第 2 期。

郜元寶〈從捨身到身受——略談魯迅著作的身體語言〉，《魯迅研究月刊》2004 年第 4 期。

范偉〈「革命的羅曼蒂克」：從情的飛揚到觀念論的魔床〉，《中國文學研究》2004 年第 3 期。

劉海波〈1928：「革命文學」合法性論證〉，《文藝理論與批評》2003 年第 1 期。

賀桂梅〈知識份子、女性與革命——從丁玲個案看延安另類實踐中的身份政治〉，《當代作家評論》2004 年第 3 期。

林幸謙〈蕭紅早期小說中的女體書寫與隱喻〉，《南京師範大學文學院學報》2004 年第 4 期。

鄒忠民〈疾病與文學〉，《江西社會科學》2004 年第 12 期。

倪婷婷〈「非孝」與「五四」作家道德情感的困境〉，《文學評論》2004 年第 5 期。

薛毅的〈無詞的言語〉，《文藝理論批評》1995 年第 1 期。

四、英文參考文獻

Marston Anderson, 1990 The Limits of Realism : Chinese Fiction in the Revolutionary Period (University of California Press)

Lydia H. Liu, 1995 Translingual Practice (the Leland Stanford Junior University)

Dani Cavallaro, 2001 Critical and Cultural Theory (the Continuum International Publishing Group, Incorporated)

Joanne Entwistie, 2000 The Fashioned Body : Fashion, Dress and Modern Social Theory (Blackwell Publishers Ltd.)

Bryan S.Turner, 1996 The Body and Society (Sage Publications)

臺灣版後記

　　我的博士論文《中國現代文學的身體闡釋》的初版由中國社會科學出版社「博士文庫」出版（2009 年 9 月），而當這本專著的臺灣版即將由臺灣秀威出版公司付梓出版之際，我也完成了在復旦大學的博士後研究工作（博士後報告是從身體的視角研究中國當代文學中的「十七年文學」），順利出站。

　　從博士到博士後，從現代文學研究延伸到當代文學研究，和「身體」整整打了六年的交道。通過身體這樣一種視角，我的生活漸漸和文學研究真正建立了一種聯繫，我在學術上這些年的收穫可以說都是「身體」給予的。也是通過這一視角，生活向我展現了它從未顯露的面目，我開始對自己、對生命多了一份體會和感懷，因此，我感謝「身體」。

　　雖說這六年時間是通過身體的視角對中國現當代文學史進行的一個學術研究，然而，在這一研究的過程中，也收穫了許多來自自我生命層面的身體感悟，可以說，這些感悟和體會是和我的學術研究相互依存的。

　　喜歡尼采的這樣一些話：「你肉體裏的理智多於你的最高智慧中的理智」，「活得使你渴望再活一次，這樣活著是你的責任」。尊重身體的生存才是人性和人道的，尊重身體的生存也才是審美的。身體對於有些人來說，是一種基本的思維。當然，不管你是否意識得到，身體都會在我們生命的時間和空間中無限延展開來，遍佈每一個角度，如自然界的草木衰榮，既有某種終極性的定律，也有一些意想不到的奇跡發生。

　　用身體感知到的世界是獨一無二的，是語言的描述無法替代的，通過身體所獲得的生命體驗也是穿著厚厚的「防護服」無法獲得的，不過，當用活生生的血肉去觸碰世界時，身體卻很容易受傷、流血，因為如此，用身體感知世界的方式不可能一直被堅持下去。身體所擁有的能量和生命的節奏是相同的，它是遞減的，會在歲月中慢慢耗盡，不過所消耗的不都是歸為零，它還有可能轉化為智慧，這要看個人的悟性，如若能這樣也是身體的勝利，這智慧的果實是留待人生的後半段去享用的。因此，用身體去感知世界這樣一種人生方式只能是階段性的，人生的後半段需要的只是身體的記憶和由此而生的智慧。馮至、穆旦年輕時候的詩歌都寫身體，可中年之後，身體就變成了一種記憶、經驗和智慧。記憶和想像似乎是身體之外的精神遨遊，但是，試想想，在那些關於過去和未來的場景中，怎能沒有經驗中身體的影子，正是因為有了身體化的語言和行為，才能將這種想像落在實處，因為感性的細節，記憶和想像的內容才會有如此迷人的魅力。

　　從現實層面來看，西方式的身體通常呈現在人的青年時期，它敏感燥動、強悍有力，那種巨大的能量非衝撞、撕裂自己不能自已，而在中年以後，現實層面上的身體無法承受生命層面上的身體之重，這時東方式的身體就必須替代它，中國古代文化和醫學強調身心的平穩，它能使身體趨向平和寧靜，如果說西方的身體觀是動的，消耗性的，東方的身體觀是靜的，積蓄保護性的，沿著這樣一條路走下來，對身體的體驗和感悟才能是深刻全面而又不至於太傷其身的。當然，這並不是普遍性的情況，涉及到具體的個體，情況有很大不同，有些人一生都是西方式的身體，而有些人則一生都是東方式的身體。

　　身體善變，如果要說它的規律，「求新」就是它的規律，所以恒定的品質與它無關，如果一個人希望通過身體來獲得永恆，他註定是失

敗的，而且會敗得很慘烈。但是，正是在身體裏才包含著人存在的全部真實，雖然這全部的真實也就這麼一點、這麼一瞬。身體的流動，身體的自我消解、自我摧毀，身體的從不為誰停留，都包含著一種深刻的生命本質。所以，看清身體的人常常也是虛無的人。

身體能讓人高飛，也能讓人墜入谷底，身體的限度就是人的限度。對於高蹈的人來說，身體能讓他回到真實。身體是滯重的，能超越的永遠只是精神。

銘刻在身體上的記憶才是獨一無二的，它的終極地無外乎和生命一起墜入歷史的黑暗（也許無需等這麼久，在它出現時，它就在慢慢遠離那個出現的自己），後人即使尋到一點關於身體的蛛絲馬跡，那也已經不是完整的生命形態，因此身體只是對它自身，和在時間之流中的那些轉瞬即逝的時刻有意義。

個人的身體永遠是孤獨的，所以所有關於身體的語詞也註定是孤獨的。不過，身體的孤獨並不是一種可怕的狀態，它至少表明，我是我身體的主人。

身體的魅力永遠來自於它所散發的謎一樣的生命能量，如一圈圈光環，朦朧迷離，又與生命相伴始終。它是每個人的小宇宙，這小小的宇宙中只生產屬於自己的秘密。

最後要特別感謝蔡登山先生，是他的幫助才使我的這一研究成果得以在臺灣出版發行。據我個人的經驗，在大陸文學研究界，能以學理性的眼光來看待身體研究的人並不多，文學的身體研究仍是寂寞的。我曾經讀過一些臺灣學者這方面研究的著作和文章，也包括一些學位論文，臺灣學界對於「身體」研究所具有的充沛熱情，以及他們豐碩的研究成果，在使我受到啟發的同時，也使我受到了巨大的鼓舞。我很希望以此書的出版為契機，能和這一領域的研究同仁有所交流和

溝通。這裏還要感謝責任編輯胡珮蘭女士為本書的出版所付出的辛勤勞動。

作者　2009 年 12 月 19 日於金華

國家圖書館出版品預行編目

中國現代文學的身體闡釋 / 李蓉著.
-- 一版. -- 臺北市：秀威資訊科技, 2010.06
面； 公分. -- (語言文學類；PG0350)
BOD 版
參考書目：面
ISBN 978-986-221-462-6 (平裝)

1.中國當代文學 2.文學評論

820.908　　　　　　　　　　　99007120

語言文學類　PG0350

中國現代文學的身體闡釋

作　　者 / 李　蓉
主　　編 / 蔡登山
發 行 人 / 宋政坤
執行編輯 / 胡珮蘭
圖文排版 / 蘇書蓉
封面設計 / 陳佩蓉
數位轉譯 / 徐真玉　沈裕閔
圖書銷售 / 林怡君
法律顧問 / 毛國樑　律師
出版印製 / 秀威資訊科技股份有限公司
　　　　　　台北市內湖區瑞光路 583 巷 25 號 1 樓
　　　　　　電話：02-2657-9211　　　傳真：02-2657-9106
　　　　　　E-mail：service@showwe.com.tw
經 銷 商 / 紅螞蟻圖書有限公司
　　　　　　台北市內湖區舊宗路二段 121 巷 28、32 號 4 樓
　　　　　　電話：02-2795-3656　　　傳真：02-2795-4100
　　　　　　http://www.e-redant.com

2010 年 6 月 BOD 一版
定價：450 元

讀 者 回 函 卡

感謝您購買本書，為提升服務品質，煩請填寫以下問卷，收到您的寶貴意見後，我們會仔細收藏記錄並回贈紀念品，謝謝！

1.您購買的書名：＿＿＿＿＿＿＿＿＿＿＿＿＿＿＿＿＿

2.您從何得知本書的消息？

　□網路書店　□部落格　□資料庫搜尋　□書訊　□電子報　□書店

　□平面媒體　□ 朋友推薦　□網站推薦 □其他＿＿＿＿＿＿

3.您對本書的評價：(請填代號　1.非常滿意 2.滿意 3.尚可 4.再改進)

　封面設計＿＿　版面編排＿＿　內容＿＿　文/譯筆＿＿　價格＿＿

4.讀完書後您覺得：

　□很有收獲　□有收獲　□收獲不多　□沒收獲

5.您會推薦本書給朋友嗎？

　□會　□不會，為什麼？＿＿＿＿＿＿＿＿＿＿＿＿＿＿＿＿＿

6.其他寶貴的意見：＿＿＿＿＿＿＿＿＿＿＿＿＿＿＿＿＿＿＿

＿＿＿＿＿＿＿＿＿＿＿＿＿＿＿＿＿＿＿＿＿＿＿＿＿＿＿＿＿

＿＿＿＿＿＿＿＿＿＿＿＿＿＿＿＿＿＿＿＿＿＿＿＿＿＿＿＿＿

＿＿＿＿＿＿＿＿＿＿＿＿＿＿＿＿＿＿＿＿＿＿＿＿＿＿＿＿＿

讀者基本資料

姓名：＿＿＿＿＿＿＿＿＿＿　年齡：＿＿＿＿　性別：□女 □男

聯絡電話：＿＿＿＿＿＿＿＿　E-mail：＿＿＿＿＿＿＿＿＿＿＿

地址：＿＿＿＿＿＿＿＿＿＿＿＿＿＿＿＿＿＿＿＿＿＿＿＿＿＿

學歷：□高中(含)以下　□高中　□專科學校　□大學

　　　□研究所(含)以上 □其他＿＿＿＿＿＿＿

職業：□製造業 □金融業 □資訊業 □軍警 □傳播業 □自由業

　　　□服務業 □公務員 □教職　□學生 □其他＿＿＿＿＿

(請沿線對摺寄回,謝謝!)

秀威與 BOD

BOD（Books On Demand）是數位出版的大趨勢，秀威資訊率先運用 POD 數位印刷設備來生產書籍，並提供作者全程數位出版服務，致使書籍產銷零庫存，知識傳承不絕版，目前已開闢以下書系：

一、BOD　學術著作—專業論述的閱讀延伸
二、BOD　個人著作—分享生命的心路歷程
三、BOD　旅遊著作—個人深度旅遊文學創作
四、BOD　大陸學者—大陸專業學者學術出版
五、POD　獨家經銷—數位產製的代發行書籍

BOD 秀威網路書店：www.showwe.com.tw
政府出版品網路書店：www.govbooks.com.tw

　　永不絕版的故事・自己寫・永不休止的音符・自己唱